Arttu Tuominen

WAS WIR IHNEN ANTUN

Weitere Titel des Autors:

Was wir verschweigen
Was wir verbergen
Was wir nie verzeihen

ARTTU
TUOMINEN

WAS WIR IHNEN ANTUN

KRIMINALROMAN

Übersetzung aus dem Finnischen
von Anke Michler-Janhunen

Lübbe

Die Bastei Lübbe AG verfolgt eine nachhaltige Buchproduktion. Wir verwenden Papiere aus nachhaltiger Forstwirtschaft und verzichten darauf, Bücher einzeln in Folie zu verpacken. Wir stellen unsere Bücher in Deutschland und Europa (EU) her und arbeiten mit den Druckereien kontinuierlich an einer positiven Ökobilanz.

Der Verlag bedankt sich für die Übersetzungsförderung von

FILI FINNISH LITERATURE EXCHANGE

FSC www.fsc.org MIX Papier | Fördert gute Waldnutzung FSC® C014496

Titel der finnischen Originalausgabe:
»Häväistyt«

First published in Finnish with the original title »Häväistyt«
by Werner Söderstrom Ltd. (WSOY), Helsinki. Published in German language
by arrangement with Bonnier Rights Finland

Textredaktion: Anja Lademacher, Bonn
Umschlaggestaltung: Manuela Städele-Monverde
Einband-/Umschlagmotiv: © Ingrid Michel/plainpictures;
© Ebru Sidar/Trevillion Images
Satz: Dörlemann Satz, Lemförde
Gesetzt aus der Minion
Druck und Verarbeitung: GGP Media GmbH, Pößneck

Printed in Germany
ISBN 978-3-7577-0059-1

2 4 5 3 1

Sie finden uns im Internet unter luebbe.de
Bitte beachten Sie auch: lesejury.de

Eines Tages, sie war zwei Jahre alt, spielte sie im Garten, und sie pflückte eine Blume und rannte damit zu ihrer Mutter. Ich glaube, sie sah wunderbar aus, denn Mrs Darling legte sich die Hand ans Herz und rief: »Ach, warum kannst du nicht immer so bleiben!« Das war alles, was zu diesem Thema gesagt wurde, doch fortan wusste Wendy, dass sie groß werden musste. Man weiß es immer, sobald man zwei ist. Zwei ist der Anfang vom Ende.

J. M. Barrie: Peter Pan,
Aus dem Englischen von Kim Landgraf

PROLOG

Das Mädchen steckt sich eine Zigarette zwischen die Lippen und dreht vorsichtig am Zündrädchen des Feuerzeugs, damit ihr Nagellack nicht splittert. Die Flamme erfasst die Tabakbrösel, die Zigarette glimmt auf. Der Rauch dringt schmerzhaft wie ein Spieß in ihre Lunge. Sie hustet.

Der Spielplatz liegt verlassen da. Die Heckenrosensträucher rascheln im Wind. Sie inhaliert eine weitere Dosis Nikotin, bläst es aus. Der Tabak schmeckt nach verfaultem Holz. Mit der Spitze ihres Lederstiefels malt sie ein P in den Sand und darum ein Herz, verwischt es aber sofort wieder. Die Ketten der Schaukel knarren, als sie sich bewegt. Sie friert. Hätte sie doch besser eine Hose angezogen.

Wie spät es wohl schon ist?

Sie klemmt sich die qualmende Zigarette in den Mundwinkel und holt ihr Handy hervor. Der Rauch brennt in ihren Augen.

Ist was von Sami gekommen?

Das Karussell steht still, mit Rostblumen übersät, trostlos und wartet auf den Winter. Ein Windstoß fegt über den Spielplatz, reißt trockenen Sand und Herbstlaub mit sich, wallt über den Rasen.

Er kommt nicht.

Der Gedanke bedrückt sie.

Sami hat zweimal angerufen. Sie löscht die Anrufe und drückt die Kippe im Sand aus.

Sami ist kindisch.

Anders als Peter.

Sie fährt zusammen. Vor ihr steht ein Mann. Die Sonne steht

hinter ihm, und im Gegenlicht wirken Hals und Kopf wie ein schwarzer Kegel. Sie kneift die Augen zusammen und beschattet sie mit der Hand.

Der Mann tritt aus der Sonne, sein Lächeln wird sichtbar. Sie lächelt auch, versucht ihr Erröten zu verbergen. Der Mann setzt sich in die Schaukel neben ihr. Ihre Körper berühren sich. Sie kann sein Rasierwasser riechen.

»Was machst du denn hier, müsstest du nicht in der Schule sein?«

Sie antwortet, dass sie auf jemanden wartet.

Er lacht. »Einen Jungen?«

Sie nickt. Sein Blick wandert zu ihren nackten Knien. Er zieht seine Tweedjacke aus, faltet sie mit bedächtigen Bewegungen und breitet sie dann behutsam über ihren Schoß. »Ist dir nicht kalt?«

»Jetzt nicht mehr.«

»Könnte ich auch eine Zigarette bekommen?«

Sie kramt die Marlboro-Schachtel aus der Tasche. Er nimmt zwei Zigaretten, steckt sie an und reicht ihr eine. Schweigend rauchen sie und schauen sich an. Eine hundertköpfige Spatzenschar streift über den Spielplatz und lässt sich auf einem mächtigen Ahornbaum nieder. Das Mädchen und der Mann verfolgen den Schwarm mit den Blicken.

»Bist du überrascht, dass ich es bin?«, fragt der Mann, schnipst die Asche ab und lässt die Kippe in seiner Tasche verschwinden.

»Nein.«

Er greift nach seiner Jacke und legt sie ihr um die Schultern. »Komm, wir gehen.«

Sie gehen den flachen, mit Rasen bedeckten Abhang hinauf. Auf dem Teich zwischen Straße und Gehweg schwimmt ein Schwanenpaar. Die Spatzenschar löst sich von der Baumkrone, bildet einen Halbmond und fliegt dann über sie hinweg. Das

Mädchen und der Mann schauen ihnen kurz hinterher, dann setzen sie ihren Weg fort. Er legt ihr die Hand zwischen die Schulterblätter und lässt sie dort verweilen.

ERSTER TEIL

Kainuun Sanomat vom 27. 5. 2009

FÜNFZEHNJÄHRIGE IN KEMI VERMISST

Die Polizeidirektion Lappland hat im Fall der vermissten Hanna-Riikka Sammalsuo Suchmaßnahmen eingeleitet. Die Fünfzehnjährige wurde am Montagabend als vermisst gemeldet, nachdem sie aus der Schule nicht nach Hause gekommen war. Sammalsuo wurde zuletzt gesehen, als sie vom Parkplatz der Syväkankaan-Schule Richtung Stadtzentrum unterwegs war. Zum Zeitpunkt ihres Verschwindens trug sie eine helle Jeans, einen roten College-Hoodie und einen hellgrünen Rucksack. Die Polizei geht nicht von einem Verbrechen aus. Sachdienliche Hinweise nimmt die Polizeidienststelle Kemi entgegen.

Helsingin Sanomat vom 2. 6. 2009

HANNA-RIIKKA SAMMALSUO – DIE SUCHE IN KEMI GEHT WEITER

Die Suche nach der seit dem 25. Mai vermissten Hanna-Riikka Sammalsuo wurde auf die Regionen Tornio und Haaparanta ausgeweitet. Das Mädchen war nach der Schule nicht nach Hause gekommen. Ermittlungsleiter Juho Tapola von der Polizeidirektion Lappland führt aus, dass es Hinweise aus der Bevölkerung gegeben habe, denen zufolge die Fünfzehnjährige auf der Straße nach Tornio in Höhe der Kreuzung Richtung Yli-Kaakamo gesehen wurde. Eine Jugendliche, auf die die Beschreibung passt, sei am 29. Mai alleine in der Nähe der Trabrennbahn von Laivakangas unterwegs gewesen und dabei beobachtet worden, wie sie Passanten um Geld bat. Laut Tapola kann auch ein Unfall oder ein Verbrechen nicht mehr ausgeschlossen werden. Man gehe momentan aber vorrangig davon aus, dass die Fünfzehnjährige von zu Hause weggelaufen sei und möglicherweise nach Schweden wolle. Polizei und Grenzschutz stehen in engem Kontakt. Die Polizei bittet die Bevölkerung weiterhin um Hinweise zum Aufenthaltsort von Hanna-Riikka Sammalsuo.

1

Kriminaloberkommissarin Linda Toivonen starrte auf den alten Massivholzschreibtisch mit Buchenfurnier. Sie hatte ihn einst im Keller des Polizeigebäudes unter einem Berg von Möbeln aus beschichteten Spanplatten gefunden und sofort gewusst, dass sie an genau diesem Schreibtisch arbeiten wollte.

Der Tisch hatte Charakter.

Linda liebte es, sich Geschichten zu diesem Tisch auszudenken. Vielleicht war darauf ja vor langer Zeit einem Polizisten die Kaffeetasse umgekippt. Und dieser Kratzer hier stammte möglicherweise von Handschellen während einer etwas ruppigen Vernehmung. Auch einige schwarze Brandstellen fanden sich auf dem Tisch. Womöglich hatte jener Polizist während einer längst vergangenen Nachtschicht vergessen, die Asche seiner Zigarette abzuklopfen, weil er ganz darin vertieft gewesen war, ein Festnahmeprotokoll auf einer alten Remington abzutippen.

Linda fand, sie und der Tisch hatten etwas gemeinsam: Sie waren beide Relikte, die nicht so recht in die heutige Zeit passten, aber bei genauer Betrachtung recht ansehnlich waren.

Sie stand auf, ging in den Pausenraum und kehrte mit einem Becher Kaffee an ihren Tisch zurück. Die Papiere stapelten sich darauf. Eines war jedenfalls sicher: Zu Zeiten seines früheren Besitzers hatten nie so viele Unterlagen auf diesem Tisch gelegen. Linda erinnerte sich noch daran, wie mit dem Einzug der Computer die Büroarbeit papierlos werden sollte. Doch das Gegenteil war eingetreten. Als dann Tablets und Handys, Dokumentenverwaltungssysteme und Cloud-Dienste dazugekommen waren, hatte man erneut geglaubt, dass die Zeiten eines papierlosen

Büros endlich angebrochen wären, trotzdem war die Anzahl der Akten weiter explodiert. Sie fand, das Polizeipräsidium ähnelte immer mehr einem Briefzentrum, wo die Ermittler die Fälle in solche einteilten, die wahrscheinlich niemals aufgeklärt werden würden, und jene, bei denen die Ermittlungen tatsächlich zur Anklage führen konnten.

Linda trank ihren Kaffee aus und brachte die leere Tasse in die Spülmaschine. Als sie zurückkam, klingelte ihr Handy. Sicher wieder einer dieser Wichtigtuer, die ständig wegen irgendwelcher eingebildeten Probleme bei der Polizei anriefen. Einmal hatte ein Mann mit einem Schnauzbart, der in Form und Farbe an ein Fischstäbchen erinnerte, sich darüber beschwert, dass der Bewohner unter ihm jede Nacht um drei Uhr lautstark mit Blecheimern klappere. Er hatte so lange genervt, bis Linda schließlich eingewilligt hatte, eine Streife vorbeizuschicken. Doch in der betreffenden Wohnung hatte überhaupt niemand gelebt. Vorgestern erst war Fischstäbchen wieder in die Polizeidienststelle marschiert und hatte aufgebracht verkündet, sein Nachbar blase durch einen Schlauch Giftgas in seine Wohnung.

Linda beschleunigte ihre Schritte und schaffte es gerade noch ans Handy, bevor aufgelegt wurde. Der Anruf kam aus dem Präsidium.

»Hier ist ein Kunde für euch.«

Linda stöhnte. Verdammter Mist, Fischstäbchen schon wieder.

»Kann das nicht jemand anders übernehmen?«

»Die Frau möchte unbedingt mit einem Kriminalermittler sprechen … sie ist sehr aufgebracht. Und sonst ist niemand im Haus.«

»Okay, ich komme runter.«

Linda zog mehrere Schubladen heraus, bis sie in der untersten ihren Notizblock fand. Das hatte ihr gerade noch gefehlt. Eine hysterische Frau, der man das Fahrrad oder Handy gestohlen oder eine Beule in den Kotflügel gefahren hatte. Ein weiterer Fall, der sofort zu den Akten wandern würde. Vielleicht wäre da ein erneuter Auftritt von Fischstäbchen doch die bessere Alternative gewesen.

Sie lief die Treppe hinunter, der Empfang war schon geschlossen. Im Raum dahinter traf sie den Schichtleiter, der schwer erkältet war. Seine Augen waren genauso gerötet wie seine dicke Schniefnase.

»Sie ist im Besprechungsraum und weigert sich, wieder zu gehen.«

»Ist sie ruhig?«

»Margit ist bei ihr.«

Linda trat in den Besprechungsraum. Zwei Frauen saßen an einem Tisch. Margit, die seit über vierzig Jahren als Büroleiterin im Polizeipräsidium arbeitete, verließ bei Lindas Eintritt ohne ein Wort den Raum. Linda setzte sich auf den frei gewordenen Stuhl und wartete, bis die Tür ins Schloss fiel.

Die Frau kam ihr bekannt vor, obwohl sie nicht zu sagen wusste, wo sie sich schon einmal begegnet waren. Auch ihr Name, Eveliina Törmänen, sagte ihr nichts. Die Frau ihr gegenüber schien Linda ebenfalls erkannt zu haben. Sie mussten sich irgendwo schon einmal gesehen haben. Die Frau war knapp über vierzig, jedenfalls noch keine fünfzig. Sie war eher klein und untersetzt, die halblangen Haare hingen wirr herab, das Augen-Make-up verwischt. Linda reichte ihr ein Taschentuch, mit dem sie sich sofort die Augen tupfte.

»Meine Tochter ist verschwunden«, begann sie, wobei sie ihre Erregung nur mühsam zurückhalten konnte.

Linda knipste die Mine aus dem Stift. »Wie lautet der Name Ihrer Tochter?«

»Laura Eveliina Törmänen.«

Linda schrieb ihn auf. Die Tochter trug den Vornamen ihrer Mutter als zweiten Vornamen. *Genau wie bei mir und Linnea.*

»Wie alt ist Laura, und wann haben Sie sie zuletzt gesehen? Auf welche Schule geht sie?«

Die Frau atmete in Stößen. »Dreizehn … auf die Oberschule West-Pori … heute Morgen, als sie los ist.«

Genau so alt wie Linnea und beide gehen auf dieselbe Schule.

Wahrscheinlich waren sie sich auf irgendeinem Schulbasar oder Elternabend begegnet.

Linda sah zur Uhr. Halb sechs. »Wann hatte sie heute Schluss?«

»Um zwei.«

»Und sie ist nicht nach Hause gekommen?«

Die Frau schüttelte den Kopf. »Sie kommt immer direkt von der Schule nach Hause. So haben wir es ausgemacht. Ich kam gegen vier von der Arbeit. Ihr Rucksack lag nicht im Flur, und im Geschirrspüler war kein Geschirr von ihr.«

»An ihr Handy geht sie auch nicht?«

»Die Mailbox springt sofort an.« Eveliina Törmänen fing wieder an zu weinen.

Linda reichte ihr zwei frische Taschentücher und wartete, bis sich die Gefühlsaufwallung etwas gelegt hatte.

»Was ist mit dem Vater?«

»Timo wohnt in Deutschland. Er hat dort eine neue Familie. Ich habe ihn noch nicht angerufen.«

»Haben Sie ein Foto von Laura?«

Die Frau suchte auf ihrem Handy, bis sie ein Foto gefunden hatte, es war nicht besonders gut. Auf dem Foto schaute das Mädchen an der Kamera vorbei, und ein Teil ihres Gesichtes wurde von ihren Haaren bedeckt. Linda wies sie aber nicht darauf hin. Sollten sie ein besseres Foto benötigen, konnten sie sie immer noch danach fragen.

»Könnten Sie mir das Foto für eine eventuelle Vermisstenanzeige aufs Handy schicken?«

»Wird Laura jetzt zur Fahndung ausgeschrieben?«

»In Finnland wird man nur zur Fahndung ausgeschrieben, wenn man sich einer Straftat verdächtig gemacht hat. Nach dreieinhalb Stunden gilt man in dem Alter noch nicht als vermisst. Vielleicht ist sie zu einer Freundin gegangen und hat die Zeit vergessen. Vielleicht ist der Akku ihres Handys leer, oder es hat sich aus Versehen ausgeschaltet.«

»Heißt das, sie wollen Laura nicht suchen?«

Linda sah zur Uhr. »Wenn Sie bis, sagen wir, neun Uhr nichts von Laura hören, wählen Sie bitte die Notrufnummer.«

»Aber sie kommt immer direkt nach Hause, so haben wir es vereinbart. Sie weiß, dass ich …« Sie brach wieder in Schluchzen aus, und Linda reichte ihr ein sauberes Taschentuch.

Linda überlegte, wie sie die Frau dazu bringen konnte, sich zu beruhigen. Ihre Reaktion wirkte angesichts der wenigen Stunden, in denen sie ihre Tochter nicht erreicht hatte, ziemlich übertrieben.

»Erzählen Sie mir von Laura: Hat sie Hobbys, mit wem trifft sie sich, wo hält sie sich gerne auf? Welche Kleidung trägt sie und wie ist sie unterwegs?«

Die Mutter beschrieb ihre Tochter sehr detailliert, und Linda notierte sich die Erkennungsmerkmale.

»Wie ging es Laura in letzter Zeit?«

»Wie meinen Sie das?«

»War sie vielleicht niedergeschlagen, oder hat sie sich sonst auffällig verhalten? Hatten Sie Streit, oder wissen Sie, ob sie sich mit jemandem aus ihrem Freundeskreis gestritten hat?«

»Wir streiten uns nie«, erwiderte Eveliina Törmänen entschieden. »Laura ist ein liebes Mädchen.«

»Sicher«, sagte Linda. Im Stillen dachte sie, dass die Frau gerade zum ersten Mal log. Eine Mutter und eine Teenagerin, die sich niemals stritten, waren in Lindas Augen genauso undenkbar, wie auf einer Blechbüchse zum Mond zu reisen.

»Ich denke, es gibt für das alles eine natürliche Erklärung«, sagte Linda.

Wieder kämpfte die Frau mit einem Weinkrampf. Linda fuhr beruhigend fort: »Gehen Sie nicht gleich vom Schlimmsten aus. Es gibt keinerlei Anzeichen dafür. In diesem Alter fangen die jungen Leute an, ein soziales Leben außerhalb des Elternhauses zu führen. Die Pubertät ist eine Zeit großer Veränderungen.«

Linda riss ein Blatt von ihrem Notizblock ab und reichte es der Frau.

»Schreiben Sie bitte die Namen aller Freunde auf, bei denen Laura vielleicht sein könnte. Notieren Sie bitte auch die Namen der Eltern.« Dann griff Linda zu ihrem Handy. »Wir rufen sie alle der Reihe nach an und fragen, ob einer von ihnen Laura gesehen hat oder weiß, wo sie sein könnte.«

Die Frau schrieb fünf Namen auf den Zettel. Linda fand über das Adressregister zu jedem von ihnen eine Anschrift und eine Telefonnummer. Linda überließ es der Frau, die Liste abzutelefonieren, und registrierte anerkennend, dass sie dabei kein einziges Mal zusammenbrach. Nach dem letzten Telefonat ließ die Frau das Telefon auf den Tisch sinken und schüttelte den Kopf.

»Niemand von ihnen hat Laura nach der Schule gesehen.«

Linda erwiderte: »Ich bin immer noch der Meinung, dass es bisher keinen Grund zur Sorge gibt. Ich habe eine Tochter im gleichen Alter – sie geht sogar in die gleiche Schule. Es ist erst so wenig Zeit seit dem Verschwinden vergangen, dass sich die Polizei noch nicht damit befassen kann. Ich bin sicher, sie kommt bald nach Hause. Vielleicht ist sie sogar schon dort. Ich empfehle Ihnen, nach Hause zu gehen und abzuwarten. Es ist wichtig, dass Sie zu Hause sind und nirgendwo sonst.«

»Laura tut so etwas nicht. Sie kommt immer nach Hause. Sonst schreibt sie einen Zettel oder ruft an …«

Linda erhob sich und reichte der Frau ihre Visitenkarte. »Ich arbeite heute noch bis neun Uhr, und morgen bin ich auch schon früh hier. Sie können mich jederzeit anrufen, egal aus welchem Grund.«

Linda begleitete Eveliina Törmänen zum Ausgang. Die Frau war in sich zusammengesunken, lief aber mit sicheren Schritten. Windböen peitschten durch die Baumkronen und rissen Blätter mit sich. Linda wartete, bis die Frau hinter der nächsten Ecke verschwunden war, und ging erst dann wieder hinein, um an ihren Schreibtisch zurückzukehren.

Im Kommissariat war es still. Sie betrachtete das Papierchaos vor sich. Wenn sich daran nicht bald etwas änderte, würde hier alles zusammenbrechen. Und wenn erst die Bürger erfuhren, wie wenig Ressourcen sie tatsächlich hatten, würden augenblicklich Chaos und Anarchie ausbrechen. Aber wie durch ein Wunder hielt alles zusammen, solange sie und ihresgleichen nur weiterhin jeden Morgen auf der Arbeit erschienen.

Eveliina Törmänen ging ihr nicht aus dem Kopf. Laura war im gleichen Alter wie Linnea. Linda konnte sich gut in eine Mutter hineinversetzen, die ihre Tochter im Teenageralter nicht erreichen konnte. Sie wartete mit Schrecken darauf, dass sie eines Tages von dem gleichen Gefühl erfasst wurde – dieser Hysterie und Angst, die aus dem Gesicht von Lauras Mutter gesprochen hatten. Linda hatte plötzlich den zwingenden Wunsch, Linnea anzurufen und sich zu vergewissern, dass alles in Ordnung war.

Linnea ging sofort ans Telefon, und Lindas Anspannung ließ augenblicklich nach. Für einen Moment war sie überzeugt gewesen, dass Linnea nicht antworten würde und ihr etwas zugestoßen war.

»Bist du zu Hause?«, fragte Linda, weil ihr auf die Schnelle nichts anderes einfiel, was sie hätte sagen oder fragen können.

»Ich bin bei Jaana.«

»Bei welcher Jaana?« Sie konnte sich nicht erinnern, dass Linnea jemals eine Jaana erwähnt hatte.

»Ich habe dir doch gesagt, dass ich nach der Schule zu ihr gehe.«

Daran konnte sich Linda partout nicht erinnern, aber vermutlich war es so gewesen. Sie vergaß laufend Dinge, schien es ihr. »Hast du schon deine Hausaufgaben gemacht?«

»Jaja. Warum rufst du an?«

»Ich kann dich doch anrufen. Ist alles in Ordnung?«

»Na klar. Wieso?«

»Kennst du eine Laura Törmänen?«

Linneas Stimme wurde wachsam. »Sie geht in die Parallelklasse, aber ich kenne sie nicht wirklich. Warum fragst du?«

»Nur so. Ich habe nur zufällig ihre Mutter getroffen, und da kamen wir darauf.«

»Worauf?«

»Dass ihr in die gleiche Schule geht.«

»Und woher kennst du Lauras Mutter?«

»Ich kenne sie nicht.«

»Wann kommst du heute nach Hause?«

Linda sah auf die Uhr. »So in drei Stunden. Du gehst auf direktem Weg nach Hause, ja?«

»Ja, ja.«

»Hab dich lieb.«

Linnea legte auf. Linda hatte das Gefühl, als würde sich eine schwere Last auf ihre Schultern legen. Plötzlich hatte sie heftigen Durst. Ihr fiel die ungeöffnete Miniflasche Stolichnaya in ihrer Handtasche ein. Trockenheit breitete sich in ihrem Mund aus, als ob jemand Salz hineingeschaufelt hätte. Ihre Handflächen begannen zu schwitzten, ihre Wangen röteten sich. Sie sah zu ihrer Tasche, die auf dem Kleiderschrank lag und ihr zuzuraunen schien.

Sie versuchte den Durst zu verdrängen und sich auf die Arbeit zu konzentrieren, ging die Strafanzeigen durch und ordnete sie zu Stapeln. Doch immer wieder irrte ihr Blick zur Tasche. Sie zog eine Akte aus einem Stapel hervor, die sich mit einer Serie von Raubüberfällen auf Kioske befasste. Innerhalb weniger Wochen hatte ein jugendlicher Kapuzenmann drei R-Kioske im Gebiet West-Pori überfallen, er war mit einem Brotmesser bewaffnet gewesen. Erbeutet hatte er dabei lediglich ein paar hundert Euro und einige Stangen Zigaretten. Aber er war dabei ziemlich dreist vorgegangen. Auf den Aufnahmen der Überwachungskameras hatten sie lediglich gesehen, dass die Person mit einem altmodischen Damenfahrrad unterwegs war, mehr hatten sie bisher nicht in Erfahrung bringen können.

Wahrscheinlich, so vermutete Linda, war es wieder mal ein Drogenabhängiger, der dringend Geld brauchte, um seine Sucht zu finanzieren. Das Traurigste an der Sache war, dass er dafür wahrscheinlich eine lange Zeit hinter Gitter wanderte und wieder einmal das Leben eines jungen Menschen wegen der Drogen den Bach runterging. Auch diesmal fand Linda keine neuen Hinweise in der Akte. Ihnen blieb nichts anderes übrig, als auf den nächsten Raub zu warten.

Linda legte die Papiere zur Seite und zog den nächsten Stapel heran: ein missglückter Einbruch vom heutigen Tag. Eine Gruppe aus drei schätzungsweise siebzehn bis zwanzig Jahre alten Männern war gegen Mittag im Hafen von Mäntyluoto in eine Speditionshalle eingestiegen, um Mobiltelefone zu stehlen, die dort lagerten. Dabei hatten sie die Bewegungsmelder ausgelöst, waren von mehreren Überwachungskameras erfasst worden und anschließend mit einem Saab ohne Kennzeichen davongefahren. Weil sie keine Beute gemacht hatten und kein weiterer Schaden entstanden war, ordnete Linda den Fall den weniger eiligen zu. Ihre Erfahrung sagte ihr, dass das Trio bald erneut zuschlagen würde, um ihr Glück zu versuchen.

Linda klappte die Akte zu und betrachtete die Brandflecken auf ihrem Schreibtisch. Der Durst hatte etwas nachgelassen, obwohl er immer noch irgendwo in ihrem Hinterkopf pochte. Sie kramte ihre Zigaretten hervor und wollte sich gerade auf den Weg nach unten machen, als ihr Handy klingelte. Eine unbekannte Nummer. Linda drückte die grüne Taste und hörte eine verweinte Stimme:

»Laura ist immer noch nicht nach Hause gekommen.«

Linda hatte das verschwundene Mädchen schon fast vergessen. Tatsächlich war sie sich sicher gewesen, dass sie einfach nur zu spät nach Hause kommen würde. Mit Blick auf die Uhr stellte sie fest, dass es gleich neun war. Draußen war es bereits komplett dunkel. Der Wind pfiff und drückte gegen den Fensterrahmen.

»Hallo, hören Sie mich?«, fragte Eveliina Törmänen.

»Ah, entschuldigen Sie bitte. Ich … sind Sie zu Hause?«

»Ja«, schluchzte die Frau.

»Bleiben Sie dort. Ich schicke eine Streife vorbei.«

»Wird jetzt nach Laura gefahndet?«

»Die Streife nimmt die erforderlichen Angaben auf. Ich sage auch der Leitstelle Bescheid.«

»Was soll ich tun?«

»Suchen Sie ein Foto von Laura heraus. Ein möglichst neues, auf dem ihr Gesicht ganz zu sehen ist.«

Damit endete das Telefonat, Linda sah hinaus. Das Fenster gab den Blick auf die beleuchteten Gleisanlagen frei. Dahinter war es schwarz wie im All. Im Wind bogen sich die Äste des Ahornbaums, und die letzten gelben Blätter wurden von den Zweigen gerissen.

2

Lindas Schicht ging zu Ende. Sie übergab ihren Bericht dem Diensthabenden, der frisch von der Polizeischule kam und nicht einmal versuchte, seine Müdigkeit zu verbergen. Sie hatte alles erledigt: eine ordnungsgemäße Vermisstenanzeige zu Laura Törmänen erstellt, eine Pressemitteilung verfasst und die Leitstelle über die Situation informiert. Eine Streife war zur Wohnung der Törmänens gefahren und hatte von Lauras Mutter ein Foto bekommen, das an alle Streifen im Einsatz verteilt worden war. Sie glaubte immer noch nicht, dass etwas Ernstes passiert war, aber eine Dreizehnjährige war fast noch ein Kind und alles Notwendige musste unverzüglich und vorschriftsmäßig in die Wege geleitet werden. Dann gäbe es zumindest hinterher kein Gerede.

Als Linda endlich zu Hause eintraf, war alles dunkel. Die Beleuchtung vor dem Haus war nicht angeschaltet, und durch die Vorhänge drang kein Lichtstrahl.

Die Haustür war abgeschlossen. Linda öffnete sie und trat ins Dunkle. Sie hielt inne, um zu lauschen. Stille.

»Linnea!«

Keine Antwort.

Linneas Jacke hing auf dem Bügel, und ihre Schuhe standen hübsch nebeneinander im Schuhregal. Alles wirkte ganz normal.

Aber irgendetwas stimmte nicht.

Es war zu still.

Linda knipste das Licht an. »Linnea!«

Das Adrenalin schärfte ihre Sinne. Sie sah alles deutlicher und roch intensiver. Ihre Gedanken setzten zum Galopp an. Linnea hätte auf jeden Fall zu Hause sein sollen. Verdammt, wo steckte sie um diese Uhrzeit?

Sie ging weiter ins Haus hinein und schaltete im Vorübergehen überall das Licht an. Die Tür zu Linneas Zimmer war geschlossen. Sie drückte die Klinke herunter und betrat das dunkle Zimmer. Der Schein der Straßenlaternen fiel durch die Ritzen der Jalousien. Linnea lag mit Kopfhörern auf ihrem Bett. Das Handy warf Schatten auf ihr Gesicht, die aussahen wie Totenschädel.

Linda schaltete die Deckenlampe ein, und Linnea bedeckte ihre Augen mit der Hand.

»Mama!«

Unendliche Erleichterung gemischt mit Wut erfüllte Linda. »Weißt du, wie oft ich nach dir gerufen habe!«

Linnea blinzelte.

»Hast du deine Hausaufgaben gemacht?«

»Ja, ja, ja doch! Mann, das habe ich doch schon gesagt.«

Linda beschloss, sich nicht zu streiten, egal was passieren würde. Dafür war sie schlicht und einfach zu müde. Überhaupt war sie es leid, dass jeder Wortwechsel zwischen ihnen im Zank endete. Linda klopfte Linnea versöhnlich auf den Oberschenkel. Die Berührung fühlte sich seltsam an, obwohl es erst ein paar Jahre her war, dass sich Linnea noch in ihre Arme gekuschelt hatte. Inzwischen schmiegte sie sich auf dem Sofa nicht mehr an sie, kam morgens nicht mehr in ihr Bett gekrabbelt und bat sie auch nicht mehr, ihr die Haare zu flechten – und erst recht wollte sie keinen Gute-Nacht-Kuss von ihr. Linda dachte, dass sie damals in den sogenannten Stressjahren als junge berufstätige Mutter nicht verstanden hatte, wie wichtig diese kleinen Dinge waren. Man wusste nie, wann es das letzte Mal war, dass man sein Kind auf den Schoß nehmen, ihm durch die Haare fahren durfte. Jetzt war es zu spät.

»Ich habe mir nur Sorgen gemacht«, sagte Linda.

»Was soll denn passieren?«

»Ich sehe schreckliche Dinge bei der Arbeit«, sagte Linda und bemerkte, dass sie auf ein derartiges Gespräch nicht vorbereitet war. Linnea hob erst jetzt den Blick vom Handydisplay und schaute ihre Mutter an.

»All das«, sagte Linda und deutete mit dem Kopf in Richtung Handy. »Das Internet und so … da gibt es viele schlimme Dinge.«

Linnea legte das Handy mit dem Display nach unten auf ihren Bauch und setzte sich auf.

Linda knetete ihr Gehirn auf der Suche nach Worten, die nicht gekünstelt klangen, fand aber keine.

»Du weißt, dass du immer mit mir reden kannst. Egal, was für schlimme Dinge auch passieren.«

Linneas Augen verengten sich. »Alles ist gut, Mama.«

Linda stellte fest, dass sie sich im Gesicht ihrer Tochter wiedererkannte. Genauso hatte sie auch ausgesehen, als ihre Mutter ihr vor fast dreißig Jahren eine ähnlich flammende Rede gehalten hatte: mit versteinertem Gesicht, das Geheimnisse barg. Schlagartig wurde ihr klar, dass sie sich von ihrer Tochter entfremdet hatte und sie nie wieder ganz erreichen würde.

»Weißt du, wie du dich verhältst, wenn dich ein fremder Mann anspricht und auffordert mitzukommen?«, fuhr Linda fort.

»Hallo, glaubst du, du sprichst mit einer Fünfjährigen? Ich bin dreizehn! Seit der ersten Klasse quasselst du immer dasselbe: Steig nicht in fremde Autos. Geh nicht mit Fremden mit. Nimm von fremden Onkeln und Tanten keine Süßigkeiten an.«

»Deine Freundin Laura, von der ich dir erzählt habe. Sie ist nach der Schule nicht nach Hause gekommen. Ihre Mutter war heute auf dem Revier«, sagte Linda.

»Ich habe dir schon gesagt, sie ist nicht meine Freundin.«

»Du darfst niemandem sagen, dass ich dir davon erzählt habe. Hast du verstanden?«

»Sie geht in die Parallelklasse und ist ein bisschen seltsam.«

»Inwiefern seltsam?«

Linnea zuckt mit den Schultern und sagt: »Eine Tussi halt.«

»Und was heißt das?«

»Musst du immer so auf Polizistin machen? Na, so wie die sich kleidet: so aufreizend.«

»Kennst du die Leute, mit denen Laura Kontakt hat?«

Linnea runzelte die Stirn. »Kannst du nicht mal normal sein? Eine Mutter und kein Bulle? Du könntest dich für mich mal so interessieren wie für all die Vergewaltiger, hinter denen du dauernd herjagst.«

»Hast du was gegessen?«

»Ja!«, schrie Linnea, setzte sich die Kopfhörer auf, nahm das Handy und starrte wieder auf das Display.

Linda holte ihre Handtasche aus dem Flur, nahm zwei Wodkaflaschen heraus, die sie in der Mittagspause gekauft hatte, und stellte sie neben die Spüle. Die eine versteckte sie hinten im Eckschrank, die zweite schraubte sie auf. Sie goss zwei Zentiliter Schnaps in ein Glas und füllte es mit Mineralwasser auf. Als sie das Glas an die Lippen setzen wollte, entschied sie sich um und goss alles in den Ausguss. Sie versteckte auch die zweite Flasche hinter Mehl- und Müslipackungen und ging ins Wohnzimmer. Sie schaute kurz Fernsehen und fühlte, wie die Müdigkeit sie übermannte. Sie hörte noch, wie Linnea ins Bad und zurück in ihr Zimmer ging, ohne Gute Nacht zu wünschen. Wieder eines jener kleinen Dinge, die verschwunden waren. Früher wäre Linnea nie schlafen gegangen, ohne sich von ihr zudecken zu lassen.

Im Fernseher lief ein Programm, bei dem man Prominente zwang, ekelhafte Dinge zu essen. Das sollte offensichtlich lustig sein, doch Linda wurde davon nur übel. Ihre Gedanken glitten in ihre eigene Teenie-Zeit ab. Viel zu jung war sie in die Welt gezogen, um ihre Träume zu verwirklichen.

Plötzlich fiel ihr etwas ein. Sie stand auf und zog eine der unteren Schubladen heraus. Sie wühlte darin, bis sie unter lauter altem Zeug einen Ordner mit schwarzem Samtbezug fand, den sie seit vielen Jahren nicht in der Hand gehalten hatte – ihre Präsentationsmappe aus der Zeit, als sie gemodelt hatte. Sie ging damit zurück zum Sofa, schlug den Deckel auf und sah sich selbst in die Augen.

Ein sechsundzwanzig Jahre altes Porträt füllte die erste Seite. Sommersprossen auf der Nase, dunkle Augenbrauen und unwirklich helle Haare, die ein puppenhaftes Gesicht umrahmten. Der wilde Blick direkt auf den Betrachter gerichtet.

Linda erkannte sich, fand aber nichts Vertrautes auf dem Bild. Es hätte genauso gut das Foto eines vollkommen fremden Mädchens sein können.

Sie blätterte in ihrer Modelmappe und betrachtete Fotos von sich – eines atemberaubender als das andere: im Abendkleid auf dem Catwalk, im lässigen Jumpsuit auf der Couch, im Sportdress beim Boxen, in Unterwäsche zwischen Satinlaken. Sie konnte sich an jedes Foto erinnern und hatte doch das Gefühl, keines davon zu kennen.

Jedes Foto in der Mappe hätte auf dem Titel der Vogue glänzen können, denn sie war damals eine Schönheit gewesen, auch wenn es ihr nicht bewusst gewesen war. Man sagte, die Jugend werde an die Jungen verschwendet, und jetzt mit dreiundvierzig konnte sie den Satz voll unterschreiben. Sie schlug erneut das Porträt auf der ersten Seite auf und versuchte, so hungrig und abenteuerlustig wie damals zu gucken, aber es gelang ihr nicht.

Linda klappte die Mappe zu. Ein Foto fiel heraus und flatterte auf den Boden. Darauf waren drei junge Mädchen zu sehen. Linda stand in der Mitte und lachte so, dass ihre weißen Zähne blitzten. Das Foto war in einer Straßenbahn in Mailand aufgenommen worden. Sie hatten einen Einheimischen gebeten, ein Foto von ihnen zu machen, mit einer billigen Einwegkamera, die Linda in einem Souvenirshop erstanden hatte. Linda betrachtete die beiden anderen Mädchen auf dem Bild, die eine hatte eine

Haut blass wie Schneewittchen, die der anderen war wie schwarze Seide.

Nadia und Aisha.

Sie hatte seit sechsundzwanzig Jahren von keiner der beiden etwas gehört. Wo sie wohl jetzt waren und ob sie ihren Traum verwirklicht hatten – oder war bei den beiden auch alles schiefgelaufen wie bei ihr?

Schlagartig verdüsterte sich ihre Laune, als hätte ihr jemand schwarze Tinte ins Gehirn gegossen. Ein Geruch von Firnis, Staub und alten Stoffen drang ihr in die Nase. Sie hatte das Gefühl, ihre Finger wären glitschig von Blut. Sie schloss die Augen, damit sich der Gestank verflüchtigte, aber es half nichts. Er quoll jetzt aus etwas sehr Tiefem hervor, einem Brunnen etwa, obwohl Linda davon überzeugt gewesen war, dass er schon vor geraumer Zeit ausgetrocknet wäre. Doch es gab ihn noch: den Tümpel voll schwarzen, stinkenden Schlamms in ihr.

Schwindel erfasste sie.

Linda erhob sich und schnappte nach Luft. Gaumen und Zunge fühlten sich an, als wären sie geschwollen und hätten ihre Luftröhre zugemauert. Sie ging in die Küche und trank drei Gläser kaltes Wasser. Als das ihren Durst nicht löschte und ihr Unwohlsein nicht vertrieb, holte sie die Wodkaflasche hervor, goss das Glas halb voll und kippte es unverdünnt hinunter.

3

Linda hebt den Koffer aufs Bett und packt zusammengelegte Kleidungsstücke hinein. Von Zeit zu Zeit hält sie inne und lauscht, ob die Treppe knarrt, dann macht sie weiter. Sie überschlägt, wie viele Slips, BHs und Strümpfe sie benötigt. Wie in aller Welt sollen nur all die Schuhe, die sie mitnehmen möchte, in den Koffer passen?

Um diese Jahreszeit ist es in Mailand warm, aber was, wenn es nicht so ist? Was, wenn es plötzlich kühl wird und sie nichts als Sommerkleider dabei hat?

Sie sinkt aufs Bett und holt tief Luft.

Alles ist so schnell gegangen. Das vergangene Jahr kommt ihr fast vor wie ein Traum. Alles begann mit einem Zettel mit der Nummer einer Modelagentur, den sie am Schwarzen Brett in der Schule entdeckt hat. Zur Überraschung ihrer Freundinnen hat sie dort angerufen, sodass sie nun für drei Wochen nach Mailand reisen darf.

Die Treppenstufen knarzen, als Mama ihr Gewicht verlagert.

Etwas wie ein stinkender Ölfleck legt sich über ihr Gemüt. Das Modeln würde sich viel besser anfühlen, wenn ihre Mutter sie dabei unterstützen und ihr Mut machen würde, anstatt ihr dauernd Steine in den Weg zu legen. Warum kann ihre Mutter nicht verstehen, dass sie sich einen Traum verwirklicht?

Mutter betritt das Zimmer. Sie ist beschwipst, wie neuerdings immer um diese Tageszeit. Bittersüßer Tabakgeruch breitet sich im Zimmer aus. Sie mustern sich wortlos. Es gibt auch nichts mehr zu sagen. Wegen der Mailand-Reise sind sie schon so oft und garstig aneinandergeraten, dass jetzt eine Art Waffenstillstand zwischen ihnen herrscht, den keine brechen will. Mutter schaut auf den ge-

packten Koffer und dann zum Schreibtisch, auf dem neben den Schulsachen ihr Pass mit den Tickets liegt.

Linda wartet ab.

Mutter beißt sich auf die Unterlippe und runzelt die Stirn. »Du willst also wirklich fahren.«

Linda antwortet nicht.

»Mit dem Bus?«

»Papa fährt mich zum Flughafen nach Vantaa.«

Mutter schweigt lange. Linda ist sich schon fast sicher, dass es diesmal gut endet, doch das magische Wort »Papa« verändert alles: »Ich kann diese Reise nun mal nicht gutheißen. Ich verbiete dir zu fahren.«

Plötzliche Wut durchflutet Linda. Sie weiß nur zu gut, woher der Wind weht. Schließlich ist sie nicht dämlich. Nach der Scheidung war sie für ihre Eltern ein Mittel der Rache. Wenn Mutter etwas wollte, war Vater grundsätzlich dagegen und andersrum genauso. Und weil ihr Vater sie von Anfang an bei ihren Modelambitionen unterstützt hat, musste Mutter natürlich dagegen sein.

»Papa holt mich in einer halben Stunde ab.«

»Du fährst nicht. Basta!«

Linda richtet sich auf. Sie ist zwar erst sechzehn, aber schon jetzt größer als ihre Mutter. Mit eisiger Kälte schauen sie sich in die Augen. Mutters Mund ist ein schmaler Strich.

Mutter schnappt sich den Versandkatalog von Anttila vom Schreibtisch und schlägt die Seite mit der Unterwäsche auf. Das sind die jüngsten Fotos von Linda und die ersten, auf denen sie nur leicht bekleidet ist. Für das Shooting ist Linda extra von Pori nach Helsinki gefahren. Es war aufregend, nur in BH und Slip vor den Fotografen zu treten. Aber alles lief glatt und professionell ab, zudem hat sie mit den Bildern gut verdient und gleichzeitig neue Fotos für ihre Modelmappe.

»Ist es das, was du willst?«, zischt Mutter und fuchtelt mit dem Katalog herum. »Kapierst du überhaupt, was die Kerle tun, wenn

sie sowas sehen? Oder die alten Säcke, die sabbernd in der ersten Reihe sitzen, wenn du arschwackelnd über den Laufsteg stolzierst?«

»Das ist Arbeit ...«

»Arbeit?! Vor der Kamera seinen nackten Hintern zu zeigen ist keine Arbeit, das ist Hurerei!«

Linda entgegnet nichts, auch nicht, dass der Anttila-Katalog absolut nichts mit Nacktbildern in einer Pornozeitschrift zu tun hat. Mutter möchte nur einen Streit vom Zaun brechen, an dessen Ende sie glaubt, das Recht zu haben, ihr Hausarrest aufzubrummen. Deswegen beherrscht sich Linda. Immerhin geht es um drei Wochen Mailand, in einer Stadt, in der Träume wahr werden können.

Deswegen sagt sie: »Doch, es ist Arbeit. Fünfhundert für zwei Stunden.«

Mutter bläht die Nasenflügel. Ihr künstliches Lächeln weicht blankem Hass. »Dann kannst du hier ja auch Miete bezahlen! Ich werde bestimmt kein Schönchen durchfüttern, das mit seinem Geld prahlt. Und was ist mit der Schule? Brichst du die ab? Ich kann dir versichern, dass du mit Arschwippen keine Rente verdienst.«

Linda verteidigt sich immer noch nicht. Am liebsten hätte sie erwidert, dass Mutter, die das Gymnasium nach dem ersten Jahr geschmissen und an einer Raststätte Tische abgewischt hat, wohl nicht die Richtige ist, ihr von Schule oder Rente zu predigen. Oder dass Forbes gerade Cindy Crawford als bestverdienendes Model der Welt gelistet hat. Stattdessen sieht sie zur Uhr und stellt fest, dass Vater jeden Moment hier sein kann. Sie klappt den Koffer zu und schnappt sich Pass und Flugtickets vom Schreibtisch ehe ihre Mutter auf die Idee kommt, sie ihr wegzunehmen.

Draußen ist das Brummen eines Autos zu hören und dann ein Kreischen, in dem sie beide das Quietschen der Bremsen von Vaters Mazda erkennen.

Anspannung zeichnet sich auf dem Gesicht ihrer Mutter ab, die Wangenmuskeln zucken. Linda wirft sich den Rucksack über und hievt den Koffer vom Bett. Sie schiebt sich an ihrer Mutter vorbei in den Flur. Mutter folgt ihr. Linda geht an der Küche vorbei und sieht auf dem Küchentisch die leeren Bierflaschen. Schon solange sie denken kann, trinkt ihre Mutter, doch seit ihrer Kündigung hat sie an Tempo zugelegt. Jetzt sind jeden Tag irgendwo Flaschen zu sehen, während sie früher nur an den Wochenenden auftauchten. Mit Vater kann sie darüber nicht sprechen, denn das hieße, einen Megakrieg heraufzubeschwören, in dem Linda direkt in der Schusslinie stehen würde. Davon abgesehen ist sie in zwei Jahren achtzehn und braucht sich dann keine Gedanken mehr über die erbitterten Streitereien ihrer Eltern zu machen.

Vater steht gegen die Motorhaube gelehnt und raucht einen Zigarillo. Als er Linda kommen sieht, huscht ein Lächeln über sein Gesicht. Er drückt den Zigarillo mit der Schuhsohle aus und nickt Mutter zu, die Linda bis zur Haustür begleitet hat.

»Sei vorsichtig«, sagt Mutter.

»Na klar.«

Sie umarmen sich nicht zum Abschied, aber als Vater am Ende ihrer Straße wendet, sieht Linda, dass ihre Mutter immer noch am Gartentor steht und ihnen nachschaut.

4

Ihre Morgenbesprechung begann pünktlich um acht. Seit ihr ehemaliger Chef Juhani Heinonen zum Zentralen Kriminalamt gewechselt war und Susanna Manner seinen Platz eingenommen hatte, gab es regelmäßige Besprechungen, die immer auf die Minute pünktlich begannen.

Manner setzte die Lesebrille auf und begann wie inzwischen üblich:

»Was gibt es Neues vom Fischstäbchen?«

Die Anwesenden lachten. Auch wenn der Typ eine echte Plage war und viel Arbeit verursachte, hatte er auch einen gewissen Unterhaltungswert. Niemand machte sich wirklich über die offensichtlichen psychischen Probleme des Mannes lustig. Aber bei ihrer aufreibenden Arbeit brauchten sie hin und wieder eine kleine Aufheiterung, und die bot ihnen Fischstäbchen einfach. Zum Beispiel als er die tote Nebelkrähe anschleppte, die er auf der Straße gefunden hatte, und behauptete, sie sei von »Satansanbetern im Rahmen eines Ritus ermordet worden«.

»Wir haben schon ein paar Tage nichts mehr von ihm gehört«, sagte Paloviita. »Sollten wir ihn nicht mal anrufen und fragen, wie es ihm geht?«

»Du hast wohl Sehnsucht nach ihm?«, scherzte Linda.

Alle lachten.

»Okay, lasst uns zur Sache kommen«, meldete sich Manner erneut zu Wort. »Gibt es Neuigkeiten zu den Kioskrauben? Die Betreiber rufen wütend an, dass sich immer mehr Angestellte krankmelden, weil sie Angst haben, zur Abendschicht zu erscheinen. Einige haben schon Wachpersonal engagiert. Außerdem zeigt die Presse ein großes Interesse daran, sie machen sich allmählich ein wenig lustig über uns.«

»Leider haben wir nur sehr wenig. Die Aufnahmen der Überwachungskameras sind von schlechter Qualität, und der offenbar männliche Täter trägt Sturmmaske und Handschuhe. Unser einziger Anhaltspunkt ist das altmodische Damenrad, mit dem er unterwegs ist. Das ist so individuell bemalt, dass es sofort ins Auge sticht«, sagte Oksman. »Auf jeden Fall handelt es sich um eine eher junge Person.«

»Die Raubüberfälle haben Priorität. Ich habe schon mit Grönroos vereinbart, dass sie vermehrt Streife fahren in der Nähe der Kioske. Vielleicht beruhigt das die Situation ein wenig.«

Oksman nickte, fragte aber sicherheitshalber noch einmal nach: »Vorrang vor *allen* anderen Fällen?«

»Zumindest für ein zwei Tage. Dann bewerten wir die Lage neu.«

Manner blätterte in einem Stapel Unterlagen, der Woche für Woche dicker wurde. Eine beunruhigende Entwicklung. Es war einfach zu viel, gemessen an ihren Ressourcen. Da war es nur verständlich, dass sie klare Prioritäten setzen mussten.

»Der missglückte Einbruch gestern im Hafen. Sehe ich es richtig, dass wir damit nicht unsere Zeit verschwenden?«, erkundigte sich Manner. »Ich frage nur, weil der Eigentümer wegen der Versicherung Bescheid wissen will.«

»Versicherung? Da wurde doch gar nichts gestohlen«, warf Paloviita ein. »Sag ihm, wir tun unser Bestes.«

»Wir unternehmen also nichts?«, vergewisserte sich Manner.

»Wenn du es unbedingt so ausdrücken willst.«

Manner wandte sich an Linda. »Du hattest gestern Bereitschaftsdienst. Gab es da etwas Besonderes?«

»Ein junges Mädchen ist verschwunden. Die dreizehnjährige Laura Törmänen ist nach der Schule nicht nach Hause gekommen. Ich habe die Anzeige aufgenommen und alles Notwendige in die Wege geleitet. Die Nachtschicht hat weitergemacht. Heute Morgen habe ich nachgefragt: Das Mädchen ist weder zu Hause noch in der Schule aufgetaucht.«

Manner bedeutete ihr fortzufahren.

»Das letzte Mal wurde sie mittags am Fahrradständer an der Schule gesehen, als sie vorzeitig wegen Bauchschmerzen nach Hause wollte.«

Linda reichte Manner ein Foto des Mädchens, das sie anschließend in die Runde gab.

»Wahrscheinlich hat sie sich eigenmächtig freigenommen von Schule und Familie«, meinte Paloviita. »Diese Fälle, bei denen Jugendliche plötzlich verschwinden, gibt es doch jeden Herbst zu Dutzenden, wenn die Schule wieder anfängt. Wenn es kälter wird, kommen sie von ganz allein nach Hause.«

»Hoffentlich«, entgegnete Manner. »Letzte Nacht ist die Temperatur auf vier Grad gesunken, der Wind weht in Böen mit bis zu zwölf Metern pro Sekunde. Falls Laura einen Unfall hatte und über Nacht irgendwo draußen lag, ist sie vermutlich erfroren. Eine Dreizehnjährige ist immerhin noch ein Kind. Linda, übernimmst du den Fall, weil du von uns am besten auf dem Laufenden bist?«

Linda nickte.

»Womit ist sie unterwegs?«, fragte Paloviita.

»Mit dem Rad. Es ist weder zu Hause noch an der Schule. Das hat die Mutter überprüft.«

»Wir suchen also nach einem Mädchen auf einem Fahrrad?«

»Sie kann auch zu Fuß unterwegs sein. Ich muss noch einmal mit Lauras Mutter sprechen. Lauras Vater wohnt in Bremen. Es besteht somit die Möglichkeit, dass sie nach Deutschland will. Lauras Bild wurde an alle Grenzstellen geschickt, und wir hoffen, dass es sich in den sozialen Medien weit verbreitet.«

Linda stand auf und schloss ihren Laptop an den Beamer an. An der Wand erschien der amtliche Stadtplan von Pori. Dort, wo sich Lauras Zuhause und ihre Schule befanden, waren Kreise eingezeichnet. Zwischen beiden lagen nur wenige Kilometer.

»Ich schlage vor, dass wir mit der Suche an der Schule beginnen und sie ringförmig ausweiten. Wir werten die Aufzeichnungen aus den Überwachungs- und Verkehrskameras der näheren Umgebung aus und checken die Funkzellendaten.«

»Da war aber jemand schon früh mächtig tüchtig«, grinste Paloviita.

»Laura ist im gleichen Alter wie Linnea. Sie gehen in Parallelklassen«, erklärte Linda, obwohl die Suche nach einem vermissten Kind eigentlich keinerlei Rechtfertigung bedurfte. Falls wirklich etwas Schlimmes geschehen war und später herauskäme, dass das Verschwinden nicht gleich ernst genommen worden war, würde es einen handfesten Skandal geben. Es war immer besser, zu viel als zu wenig zu machen.

»Ich denke, das Mädchen hat sich bei einer Freundin auf dem Dachboden einquartiert«, fuhr Paloviita versöhnlicher fort. »Ich habe mehr verschwundene Teenager gesehen, als ich zählen kann. Jeder Vorfall endete ohne Ausnahme glücklich.«

»Hoffentlich auch dieses Mal«, erwiderte Manner, »aber selbstverständlich nehmen wir den Fall ernst. Wir können die Möglichkeit eines Unfalls oder eines Verbrechens nicht ausschließen.«

Linda sah zu Paloviita und Oksman hinüber.

»Ich fahre zuerst zu den Törmänens und dann in Lauras Schule. Es wäre gut, wenn mich einer von euch begleiten könnte. Ich möchte mit dem Direktor und mit Lauras Klassenlehrer reden.«

»Ich kann mitkommen«, beeilte sich Paloviita zu sagen.

Auf Manners Stirn zeigten sich Falten: »Sollten wir zur Sicherheit alle Sexualstraftäter checken, die sich in der Gegend aufhalten?«

»Das übernehme ich«, bot Oksman an.

Paloviita sagte: »Habt ihr schon gehört, dass die Hauptkommissarin aus Imatra lebenslänglich bekommen hat?«

»Sie hat einen Namen: Siiri Bohm«, sagte Linda.

Der Fall war allen bekannt und seit letztem Frühjahr in aller Munde. Die Polizistin aus Imatra hatte bei einem Einsatz in einer Privatwohnung einem Mann in den Rücken geschossen. Der Vorfall war in Polizeikreisen heftig diskutiert worden, denn anfangs war in den Medien die Rede von Notwehr gewesen, bei der die Polizistin zu extremer Gewaltanwendung gezwungen gewesen sei. Inzwischen hatte das Gericht aber festgestellt, dass es sich um Mord handelte.

»Ein völlig korrektes Urteil«, meinte Oksman. »Die Polizei darf sich bei ihrer Arbeit nicht von Gefühlen leiten lassen, egal wie widerwärtig der Schurke ist, mit dem wir es zu tun haben.«

»Leichter gesagt als getan. Aber beim Töten ziehe auch ich eine Grenze«, erwiderte Paloviita.

»Wir kennen doch die genauen Umstände gar nicht«, widersprach Linda. »Die Grenze zwischen Richtig und Falsch lässt sich mitunter nur schwer ziehen.«

Paloviita starrte seine Kollegin an. »Na so schwierig ist das nun auch wieder nicht. Willst du eine derartige Tat ernsthaft verteidigen? Laut Amtsgericht hatte Bohm ein Motiv für den Mord. Ich habe auch noch nie gehört, dass man bei Notwehr jemandem in den Rücken schießt.«

Lindas Gesicht lief rot an. »Ihr wisst, was der Kerl getan hat – und im Begriff stand, wieder zu tun. Außerdem … wer bist du, hier über Rechtmäßigkeit zu schwadronieren.«

Lindas heftige Reaktion und ihre spitze Äußerung brachten Paloviita zum Verstummen.

Manners Handy auf dem Schreibtisch begann zu blinken und zu brummen. Nach einem schnellen Blick darauf sagte sie: »Gut, das war wohl alles. Die Besprechung ist beendet.«

Bevor sie ihr Gespräch annahm, wartete sie, bis alle den Raum verlassen hatten. »Hi Großer! Ich bin auf Arbeit. Kann ich dich in einer halben Stunde anrufen?«

»Es ist wichtig.«

Sie stöhnte. Schon zu oft hatte sie diese immer gleichen Gespräche mit ihrem Sohn geführt, sie wusste genau, was kam. Gleich würde Aleksi sie um Geld bitten.

»Hat das nicht eine halbe Stunde Zeit?«

»Mama. Ich hab ein Problem, ich stecke echt voll in der Scheiße.«

Auch diesen Satz hatte Manner schon dutzende Male gehört. Aleksi wusste genau, welche Knöpfe er drücken musste. Die Kombination von »Mama« und »Problem« funktionierten immer. Doch diesmal schwang in seiner Stimme noch etwas anderes mit.

Manner überlegte, wie sie auf die erneute Bettelei um Geld reagieren sollte. Es widerstrebte ihr, ihm Geld zu geben, dass sofort an einen Drogendealer weitergereicht wurde. Doch wenn sie sich weigerte, konnte es noch schlimmere Konsequenzen nach sich ziehen.

Unvermittelt brach Aleksi in Schluchzen aus.

Manner erschrak. Soweit sie sich erinnerte, hatte Aleksi das letzte Mal mit zwölf geweint, als er beim Eishockey-Training gestürzt war und sich die Hand gebrochen hatte. Jetzt stürmten die Erinnerungen auf sie ein, als hätte jemand einen Hahn aufgedreht: Aleksi zahnlos glucksend im Gitterbett, mit wehendem Superman-Umhang auf dem Dreirad oder mit dem Ranzen auf dem Rücken am Gartentor, das erste Mal auf dem Weg zur Schule.

»Was ist passiert?«

Aleksi schluckte seine Tränen hinunter. Jetzt machte sie sich ernsthafte Sorgen.

»Ich brauche etwas Geld.«

»Wieviel?«

»Nicht viel, fünfzig.«

»Ich überweise es dir jetzt sofort. Wann kommst du vorbei?«

»Nächste Woche.«

»Pass auf dich auf. Ich habe dich lieb.«

»Ich dich auch, Mama.«

Manner nahm das Telefon vom Ohr und stand auf, ließ sich aber sofort wieder auf den Stuhl fallen. Ihr Magen revoltierte. Aleksis Stimme und das Weinen machten sie wahnsinnig vor Sorgen. Auch ihr stiegen jetzt die Tränen in die Augen.

»Aleksi …«, hauchte sie, rief die Bank-App auf ihrem Smartphone auf und überwies ihrem Sohn zweihundert.

5

Als Linda und Paloviita an der Oberschule West-Pori ankamen, war gerade Pause, und auf dem Schulhof tummelten sich Jungs in verschiedenfarbigen Kapuzenpullis und Mädchen, die viel zu dünn gekleidet waren. Alle hatten nackte Knöchel, obwohl es nur fünf Grad waren.

Die Schule wurde gerade renoviert, wie gefühlt jede Schule und jeder Kindergarten in Pori, denn in fast allen gab es Probleme mit Schimmelbefall. Ein Teil der Gebäude wurde auch wie am Fließband abgerissen, und waren sie dann neu errichtet, stieß man in kürzester Zeit auch dort auf Probleme.

Am Eingang trafen sie auf einen riesigen Glatzkopf in einer graublauen Latzhose, das weiße T-Shirt voller Schmieröl-Flecken. Die mächtigen Unterarme waren mit krausem Haar bedeckt. Auf der ID-Karte, die ihm um den Hals baumelte, stand, dass es sich um Markku Rantanen, den Hausmeister, handelte.

Linda erkundigte sich bei ihm nach dem Weg zum Zimmer des Schulleiters. Der Hausmeister murmelte etwas, zeigte Richtung Treppe und war im gleichen Augenblick verschwunden. Als es klingelte, wurden die Türen aufgestoßen. Auf einmal fanden sich Linda und Paloviita inmitten einer hereinstürmenden Herde Jugendlicher wieder. Sie schlängelten sich durch die Schüler aus der Siebten, Achten und Neunten hindurch, die gerade ihre Rucksäcke und Jacken ablegten, gingen zur Treppe und in den ersten Stock hinauf.

»Unglaublich, dass die Hausmeister heute immer noch solche Schränke sind«, sagte Paloviita. »Gibt es vielleicht ein Hausmeister-Gen, das für einen Stiernacken und eine faltige Stirn sorgt?

In meiner Kindheit gab es nichts Furchteinflößenderes als den Hausmeister der Schule.«

»Vielleicht siehst du sie nur in deiner Erinnerung so, weil du damals noch ein Büblein warst. Wenn man dich heute sieht, könnte man das Gleiche von der Polizei sagen.«

Paloviita grinste.

Die Schulleiterin war um die fünfzig. Sie trug ein Jackenkleid und hatte mausgraue kurze Haare. Der einzige Farbtupfer an ihr war das knallrote Brillengestell, das in ihrem Gesicht leuchtete wie eine Verkehrsampel. Sie begrüßten sich förmlich und steif.

»Bisher haben wir keine Spur von Laura«, bekannte Paloviita.

»Es war in den Nachrichten. Hier wird von nichts anderem mehr geredet. Heute Morgen hatten wir eine Lehrerkonferenz zu dem Thema. Niemand hat gesehen, wie Laura die Schule verlassen hat.«

»Was ist mit dem Hausmeister?«

»Markku? Er war heute Morgen nicht dabei, aber ich habe gesondert mit ihm gesprochen. An dem Tag gab es im Keller eine größere Wartungsarbeit, und er war den ganzen Tag dort.«

»Wir haben ihn am Eingang getroffen. Ein großer Kerl.«

»Markku ist zahm wie ein Lamm. Aber die Größe schadet nicht, wenn man die älteren Jungs mal rüffeln muss.«

»Was ist Laura für eine Schülerin?«, fragte Linda.

»Da kann Ihnen Lauras Klassenlehrer Onni Sandberg mehr zu sagen. Er ist gleich da.«

Die Schulleiterin schob einen Stapel Papiere über den Tisch. Es waren sämtliche Unterlagen, die die Schule zu Laura hatte. Paloviita begann zu blättern.

»Laura geht in die siebte Klasse, ist also erst seit ein paar Wochen hier auf der Oberschule.«

Jemand klopfte an die Tür. Herein kam ein knapp zwei Meter großer, schmalgesichtiger, hagerer Mann, der im Türrahmen den Kopf einzog. Paloviita schätzte ihn auf etwa dreißig. Der Lehrer trug eine helle Jeans, ein Poloshirt und einen dunklen Blazer und entsprach so gar nicht Paloviitas Bild von einem Lehrer.

»Wir haben gerade von dir gesprochen«, sagte die Direktorin.

»Hoffentlich nur Gutes«, erwiderte Sandberg und lächelte, wurde aber sofort wieder ernst. »Was denken Sie, ist passiert?«

»Das wissen wir leider nicht. Natürlich hoffen wir, dass sie schnell gefunden wird. Statistisch gesehen haben wir Anlass, optimistisch zu sein.«

Sandberg nickte. »Ich habe mich ein bisschen im Netz umgesehen. Lauras Foto wird fleißig in den sozialen Medien geteilt. Hoffen wir, dass es hilft.«

»Wie würden Sie Laura als Schülerin beschreiben?«, fragte Linda.

»Ich lerne die Klasse gerade erst kennen.«

Die Polizisten warteten ab.

»Was soll man sagen. Laura ist in jeder Hinsicht durchschnittlich. Das beschreibt sie eigentlich am besten. Sie ist nicht die Stillste, aber auch keine von den Vorlauten, erledigt ihre Hausaufgaben und kommt nicht zu spät.«

Der Lehrer verstummte und ließ die Stille für sich sprechen.

»Aber …«, half ihm Paloviita auf die Sprünge.

Sandberg sah die Polizisten an. »Ganz ehrlich, in letzter Zeit hat sie sich verändert.«

»Inwiefern verändert?«

Sandberg zuckte die Achseln. »Das kann man so einfach gar nicht festmachen. In der Klasse sind sechsunddreißig Schüler. Die Oberstufe ist eine Zeit starker hormoneller Turbulenzen. Die Persönlichkeiten der jungen Leute bilden sich gerade erst heraus. Es ist schwer, die Veränderung bei einem Einzelnen da genau einzuordnen.«

»Sie haben es trotzdem erwähnt«, sagte Linda.

»Sie hat sich in ihrem Verhalten verändert … sie wurde gleichgültiger, war in ihre Gedanken versunken. Aber wie gesagt, dass ist in dem Alter ganz normal. Ich dachte, vielleicht hat sie private Sorgen.«

»Sie sagten *gleichgültiger*«, wiederholte Linda. »Warum haben Sie gerade dieses Wort gewählt?«

Sandberg sah Linda an. Linda dachte, dass er etwas sehr Anziehendes und gleichzeitig etwas Abstoßendes an sich hatte. Sie wusste nicht zu sagen, worin diese Kombination bestand, stellte aber fest, dass sie unter seinem Blick innerlich zusammenzuckte.

»Weil es Laura womöglich am besten beschreibt. Auf jeden Fall war sie müde, als ob sie zu wenig Schlaf bekäme.«

»Was meinten Sie mit privaten Sorgen?«, fragte Paloviita.

»Was die Jugendlichen eben zu Hause und in der Schule so bewegt. Streit oder Ähnliches, Herzschmerz. Es gab ein paar Vorfälle zwischen Laura und einigen anderen Mädchen auf dem Schulhof.«

»Was für Vorfälle?«

»Nichts Besonderes. Normaler Zank zwischen Mädchen. Gleich zum Schuljahresanfang hat sie sich mit ihrer Klassenkameradin Stella Hietikko gestritten, und die Pausenaufsicht musste eingreifen. Sie sind nicht physisch aneinandergeraten, aber es gab einen heftigen Wortwechsel.«

Linda schrieb den Namen Stella Hietikko in ihren Notizblock.

»Und vor ein paar Wochen gab es erneut Streit im Computerraum. Diesmal zwischen Laura und einem Jungen der Klasse, Oliver Nurminen. Auch hier kam es zu Beschimpfungen, und der Lehrer musste die Stunde unterbrechen, um den Streit zu beenden.«

Die Schulleiterin ergänzte: »Ich habe danach mit beiden Schülern gesprochen. Wir tolerieren keinerlei Mobbing oder Unruhestiftung an unserer Schule. Sie haben die Sache unter sich geklärt.«

Paloviita nickte. »Hat Laura Freunde? Wurde sie gemobbt?«

»Doch, Freunde hat sie. Mir ist nicht bekannt, dass sie gemobbt wurde, aber ich kann mich irren. Leider bekommen wir Lehrer nicht jedes Mobbing mit«, sagte Sandberg.

»Und hat Laura gemobbt?«

»Soweit ich weiß, nicht. Aber …«

»Reden Sie ruhig offen«, ermutigte ihn Linda.

»Für mich sah es so aus, als ob ihr Freundeskreis sich verändert hat. In letzter Zeit war Laura mehr mit den Mädchen aus der Parallelklasse zusammen als mit denen aus ihrer eigenen Klasse. Zum Schuljahresanfang war das noch anders.«

»Können Sie uns die Namen der Jugendlichen aufschreiben, mit denen Laura am meisten zu tun hatte? Gern auch mit Kontaktdaten. Und wenn möglich, würden wir auch gern mit dem Informatiklehrer reden, den Sie erwähnten.«

»Ari Kekäläinen«, sagte die Schulleiterin. »Er ist länger krankgeschrieben, er hatte letzte Woche eine OP. Ich bitte ihn, sich möglichst bald bei Ihnen zu melden.«

Sandberg reichte Linda die fertige Liste. Beim Anblick von Linneas Namen runzelte sie die Stirn. Es war, als hätte ihr jemand einen Schlag in die Magengrube versetzt. Linnea hatte ihr geschworen, dass sie Laura nicht besonders gut kannte.

Linnea hat gelogen.

Linda faltete die Liste zusammen und steckte sie in ihre Tasche, dann reichte sie der Schulleiterin und dem Lehrer ihre Visitenkarte. Schließlich verließen Paloviita und Linda das Schulgebäude durch die leeren Korridore und traten in den kalten Wind hinaus.

6

Linda hielt am Straßenrand, schaltete ihr Tablet an und schaute die aktuelle Nachrichtensendung im Netz. Der Sprecher las ihre Pressemitteilung ungekürzt vor, Lauras Foto war die ganze Zeit eingeblendet. Wer Angaben zu dem Fall machen konnte, wurde gebeten, sich unverzüglich bei der Polizei Südwestfinnland zu melden.

Linda war erleichtert, dass sie die Sache sofort ernst genommen hatten. Aber natürlich war es unbefriedigend, dass das Mädchen bisher noch nicht gefunden worden war. Die ersten vierundzwanzig Stunden waren immer die entscheidenden.

Ihr kam eine eiskalte Oktobernacht in den Sinn, die sie allein in einer Schutzhütte am Fluss verbracht hatte, als sie vierzehn gewesen war. Vater und Mutter hatten sich gerade scheiden lassen, und ihr Leben war von einem Moment auf den anderen entzweigerissen worden. Linda erinnerte sich an diese Nacht voll glitzerndem Raureif, als wäre es gestern gewesen. Wie sie Türen knallend und so voller Wut von zu Hause weggelaufen war, dass sie fürchtete zu platzen. Der Himmel war sternenklar, die Temperatur unter null gefallen. Sie war auf der Stelle gehüpft, um warm zu bleiben. Dabei hatte sie die ganze Zeit unaussprechliche Angst gehabt. Aus dem Nebel, der über dem Fluss lag, hallten die Schreie der Vögel herüber, im Wald knackte es – und ständig kam es ihr so vor, als starrte sie jemand aus der Dunkelheit an. Als sie sich im Morgengrauen und steif vor Kälte nach Hause schleppte, hatten Vater und Mutter sie in der Küche erwartet und waren ebenso übernächtigt wie sie. Keiner von beiden hatte geschimpft oder sie angeschrien – und an jenem Morgen hatten Vater und Mutter sich kein einziges Mal gestritten.

Linda hielt es für wahrscheinlich, dass auch Laura die Nacht irgendwo verbracht hatte, vielleicht bei einer Freundin oder in irgendeiner Spielhütte, vielleicht war sie auch die ganze Nacht durch die Straßen der Stadt gelaufen, um sich warm zu halten.

Wachstumsschmerzen.

Trotzdem lag in diesem Verschwinden etwas, dass sie das Schlimmste befürchten ließ. Und das hatte mit Eveliina Törmänens Hysterie zu tun. Die Mutter war sich sofort absolut sicher gewesen, dass Laura etwas zugestoßen sein musste. Das war nicht normal.

Linda knipste das Tablet aus, ließ den Motor an und fädelte sich wieder in den Verkehr ein. Sie schaltete das Radio ein und legte sich die Worte zurecht, die sie Lauras Mutter gleich sagen würde, obwohl sie wusste, dass es in einer solchen Situation keine richtigen Worte gab.

Nichts am Haus der Törmänens war in irgendeiner Weise besonders. Es war in die Jahre gekommen und hatte dringend einen neuen Anstrich nötig – genau genommen hätte noch viel mehr daran getan werden müssen. Das Grundstück war schattig und eher düster. Das Fundament hatte sich tief in den lehmigen Boden eingegraben und zeigte erste Feuchtigkeitsflecken. Auch das Dach war moosbedeckt, und nur ein Teil des Rasens war gemäht. An vielen Stellen lag Krempel herum. Schon das Äußere des Hauses tat kund, dass in dieser Familie nicht alles zum Besten stand.

Auf ihr Klingeln reagierte niemand. Linda spähte durch das staubige Fenster auf der Veranda. Der Flur lag im Dunkeln, aber weiter hinten war ein Lichtschein zu sehen.

Linda ging um das Haus herum. Die Sonne stand als glühender Ball über den Baumkronen. Auf der Gartenschaukel saß eingesunken und in eine Decke gehüllt eine Frau, die eine Kaffeetasse umklammert hielt. Eveliina Törmänen hob den Kopf, als sie Linda kommen hörte.

»Morgen.«

Ihre Augen waren gerötet.

»Haben Sie schlafen können?«

»Ein paar Stunden gegen Morgen, aber selbst dann bin ich immer wieder zusammengezuckt und aufgewacht, weil ich glaubte, die Haustür zu hören.«

»Leider haben wir Laura immer noch nicht gefunden.«

Eveliina Törmänen schlang die Decke fester um sich und sagte: »Laura ist tot.« Kein Zögern und keine verschluckten Silben.

»Diese Schlussfolgerung sollten wir noch nicht ziehen«, erwiderte Linda. »Statistisch gesehen werden die meisten Vermissten wohlbehalten aufgefunden.«

»Ich habe doch schon gesagt, dass Laura nicht so ist. Sie ist nicht von zu Hause weggelaufen.«

Linda zog einen Gartenstuhl heran. Die Sonne wärmte das Gesicht. Sie nahm den Geruch von reifen Äpfeln gemischt mit dem der Birkenholzfeuer in den Kaminen wahr – der Duft des Herbstes.

»Laura wurde etwas Schlimmes angetan«, sagte Eveliina Törmänen.

Linda musterte die Frau auf der Schaukel. Ihr Verhalten war komplett anders als am Vorabend. Jegliche Hysterie war verflogen. Die Veränderung war erschreckend.

»Haben Sie mit Lauras Vater gesprochen?«

»Ich habe gestern Abend mit ihm telefoniert – und er hat mich heute Morgen wieder angerufen. Er hat auch nichts von Laura gehört. Er meinte, er kommt nach Finnland, wenn sie bis heute Abend nicht wieder auftaucht.«

Linda zog ihren Notizblock hervor und knipste die Mine aus ihrem Stift. »Lauras Vater wohnt in Bremen?«

»Wir haben uns getrennt, als Laura sieben war. Timo ist schon damals beruflich viel zwischen Deutschland und Finnland hin-

und hergereist. Nachdem wir alles geregelt hatten, ist er ganz dorthin gezogen.«

»Er hat dort eine neue Familie?«

Sie nickte, und Linda entging das Glänzen in ihren Augen nicht. Sie konnte sich leicht in Eveliina Törmänens Lage hineinversetzen. Wenn man alles zusammennahm, hatten Linda und sie eine Menge gemeinsam. Auch Ville hatte wieder eine neue Frau und ein neues Eigenheim, während Linda scheinbar auf der Stelle trat.

»Als wir offiziell geschieden wurden, war Timo bereits verlobt. Er hat zwei Kinder in der neuen Beziehung. Vier und fünf Jahre alte Töchter.«

»Kommt er oft nach Finnland?«

»Zwei-, dreimal im Jahr. Im Sommer mit seiner Familie, dann bleiben sie meist mehrere Wochen, und um den Muttertag herum allein für ein paar Tage. Aber er ruft Laura jede Woche an.«

»Besucht Laura ihren Vater ab und zu?«

»Nicht regelmäßig. In den letzten sechs Jahren war sie vielleicht vier Mal dort.«

»Wie würden Sie die Beziehung zwischen Laura und ihrem Vater beschreiben?«

Eveliina zuckte mit den Schultern. »Gut, denke ich. Sie schicken sich mehrmals wöchentlich Nachrichten, mailen und skypen. Timo denkt immer an Namens- und Geburtstage und schickt rechtzeitig ein Geschenk«, sagte sie und ergänzte, wieder mit einem Schimmern in den Augen: »Aber es ist auch leicht, guten Kontakt zu halten, wenn man nicht den Alltag mit einem Teenie meistern muss.«

Linda nickte. Sie wusste haargenau, was die Mutter meinte.

»Ist es möglich, dass Laura zu ihrem Vater wollte?«

»Nach Deutschland? Das glaube ich nicht. Für so eine Reise hat sie kein Geld. Außerdem liegt ihr Pass auf dem Küchentisch.«

»Erzählen Sie mir von Laura«, forderte Linda sie auf. »Was für

Dinge mag sie, mit wem verbringt sie ihre Zeit, was macht sie in ihrer Freizeit?«

Die Mutter dachte kurz nach. »Laura hat viele Freunde. Sie steht häufig im Mittelpunkt, schon seit der Kita, aber tief in ihrem Inneren war sie immer allein. Zumindest habe ich das immer geglaubt.«

»Warum haben Sie das geglaubt?«

»Als Mutter spürt man sowas. Laura war gern zu Hause.«

»Was macht sie so, wenn sie zu Hause ist?«

»Sie hat viel gespielt, also als sie kleiner war. Mit Puppen und Barbies. Sie hat gern gemalt und war sogar recht talentiert. Das hat sie von ihrem Vater. Inzwischen hängt sie nur noch am Handy oder sitzt mit Kopfhörern vorm Computer.«

Linda nickte. Genau wie Linnea. Die Zeit vergeht so schnell. Erst spielen die Kinder mit Ponys und bauen sich Buden, und dann plötzlich sind sie groß.

»Hat Laura eine beste Freundin?«

»Die wechseln oft. Manchmal ist es Stella, dann wieder Aino, dann eine aus der Parallelklasse, von der ich nie zuvor gehört habe.«

»Hat sie vielleicht auch eine Freundin, die sie schon über mehrere Jahre kennt?«

»Dann wohl Stella Hietikko. Sie sind seit der ersten Klasse befreundet. Mitunter sind sie wie Pech und Schwefel, dann hört man wieder monatelang nichts von ihr, und plötzlich sind sie wieder unzertrennlich. In letzter Zeit waren sie, glaube ich, nicht so viel zusammen, aber genau weiß ich es nicht.«

Linda notierte sich den Namen und stellte fest, dass er dort schon stand. Es war das gleiche Mädchen, mit dem Laura auf dem Schulhof aneinandergeraten war.

»Hat sie einen Freund?«

»In dem Alter hat man doch noch keinen Freund.«

»Hat Laura Alkohol oder andere Suchtmittel konsumiert, hat

sie eventuell mal mit Drogen experimentiert?« Als Linda im Gesicht der Mutter sah, welche Reaktion ihre Frage auslöste, beeilte sie sich zu sagen: »Ich weiß, dass das unangenehme Fragen sind, aber es ist meine Pflicht, sie zu stellen. Leider probieren viele in diesem Alter das erste Mal Drogen aus.«

Eveliina Törmänen stellte ihre leere Kaffeetasse auf den Gartentisch, zog eine Marlboro-Schachtel hervor und zündete sich eine Zigarette an. Der Rauch stieg Linda in die Nase, sie hatte auch langsam Lust, eine zu rauchen.

»Wenn Laura etwas genommen hätte, wüsste ich das, aber so ist Laura nicht.«

»Warum sind Sie so sicher, dass Laura etwas zugestoßen ist?«

»Das habe ich nicht gesagt. Ich habe gesagt, jemand hat ihr etwas angetan. Das ist ein Unterschied.«

»Also gut. Warum glauben Sie, dass jemand Laura etwas angetan hat?«

»Mütter spüren so etwas.«

Linda erhob sich. »Dürfte ich einen Blick in Lauras Zimmer werfen?«

Sie zeigte auf die offene Terassentür. »In der Küche liegen ihr Pass und ein paar Fotos. Sie können sie haben. Lauras Zimmer ist hinten im Flur. An der Tür klebt ein Drachenposter.«

Linda ging ins Haus. Wieder musste sie daran denken, wie sehr sich Lauras Mutter seit gestern verändert hatte. Das hatte etwas sehr Besorgniserregendes an sich. Fast, als hätte sie alle Hoffnung aufgegeben.

Durch die Terrassentür gelangte man in ein Kaminzimmer, in dem eine dreiteilige Couchgarnitur stand. Die Sonnenstrahlen reichten nicht bis ins Innere des Raumes, und Linda suchte nach dem Lichtschalter. Es war alles sehr ordentlich, aber auf allem lag eine deutlich erkennbare Staubschicht. Hier hatte seit Längerem niemand mehr sauber gemacht. Es roch nach angebrannter Bratensoße und einem übervollen Mülleimer. Auf dem Küchentisch stapelten sich Schuhkartons, die voller Familienfotos und Postkarten waren. Linda nahm eine Postkarte heraus, auf der eine Fjäll-Landschaft und ein Mann in der Tracht der Samen zu sehen waren. Sie war im März 1989 in Kittilä oben in Lappland abgestempelt. Den Namen des Absenders konnte sie nicht entziffern, denn die Tinte war mit der Zeit verlaufen. Sie schaute die oberen Fotos durch, fand aber keine bessere Porträtaufnahme von Laura als die, die sie schon hatten. Das war einer der Nachteile des digitalen Zeitalters. Die Bilder blieben in einem Kunststoffgehäuse gefangen.

Linda stieß auf ein altes Familienfoto. Darauf war Laura etwa ein Jahr alt und hatte offensichtlich gerade laufen gelernt. Das Foto war im Garten unweit der Gartenschaukel aufgenommen worden. Darauf waren die Sträucher und Fichten noch kleiner, der Rasen frisch gemäht, und nirgends lag altes Zeug herum. Die Eltern hielten ihre Tochter an der Hand. Es war offensichtlich sehr warm, denn Timo trug kein Hemd. Alle sahen in die Kamera und lachten.

Auch Linda hatte solche Fotografien in den Schubladen liegen, auf denen sie, Linnea und Ville als lächelnde Familie posierten. Manchmal schien es ihr, als gäbe es jene Zeiten nur im Traum, doch die Fotos bewiesen, dass es das alles wirklich gegeben hatte. Auch sie waren einmal eine fröhliche, schöne und blühende Familie gewesen, auf die alle neidisch geschaut hatten.

Und auf einmal gab es sie nicht mehr.

Linda war es gewohnt, Schlüsse aus dem zu ziehen, was sie sah – und jetzt kam sie zu dem Ergebnis, dass in diesem Haus eine erschöpfte Alleinerziehende mit ihrer Tochter wohnte und dass Eveliina Törmänen schon seit längerer Zeit Hilfe gebraucht hätte.

So wie ich.

Linda erschrak vor ihrer inneren Stimme, so real hatte sie geklungen. Fast als stünde jemand neben ihr und flüsterte ihr die Worte ins Ohr. Wahrscheinlich war sie nur nervös, weil dieser Vermisstenfall ihr sehr nahe ging.

Dann stand sie vor der Tür zu Lauras Zimmer, sie war geschlossen.

Tatsächlich hing ein überdimensionales Fantasy-Poster an der Tür, auf dem ein riesiger Drache Feuer gegen einen Ritter spie, der hinter einem Schild Schutz suchte. Linda drückte die Türklinke herunter und betrat das Zimmer. Auf der Innenseite der Tür hing das Poster einer Metal-Band, deren Name Linda nichts sagte: *Tribulation*. Sie schrieb den Namen der Band in ihren Notizblock und sah sich um.

Das Zimmer war nicht sonderlich groß, in etwa so wie Linneas Zimmer bei Linda. Allerdings hatte Linnea ein dreimal größeres Zimmer bei Ville und Sune in ihrem nagelneuen Siporex-Leichtbetonhaus.

Als Linda und Ville ein Paar wurden, hatten sie beide noch studiert. Sie an der Polizeihochschule in Tampere und Ville Jura in Helsinki. Kennengelernt hatten sie sich auf einer alkoholgeschwängerten Turku-Stockholm-Kreuzfahrt für Studenten, auf der Ville direkt nach dem Ablegen der Fähre ein Auge auf sie geworfen und sie den ganzen Abend wegen ihrer Telefonnummer genervt hatte. Anfangs war er ihr auf den Senkel gegangen, aber zu späterer Stunde hatte sie nachgegeben und ihre Nummer auf eine Serviette geschrieben. Sie hatte nicht damit gerechnet, dass er tatsächlich anrufen würde, und war ehrlich überrascht, als sie bereits am darauffolgenden Tag eine SMS von ihm erhielt. Das war der Auftakt zu einem eifrigen Nachrichtenaustausch, der in einem gemeinsamen Wochenende in ihrer Wohnung in Hervanta, einem Neubaugebiet von Tampere, mündete. Zu Villes Ehrenrettung musste gesagt werden, dass er sehr zielstrebig vorging und sie unermüdlich mit Nachrichten und Briefen und Geschenken überhäufte. Anfangs hatte Ville keine tieferen Gefühle in ihr geweckt. Sie hatte seinen Verstand und seine Körpergröße gemocht, aber Humor suchte man bei ihm genauso vergeblich wie Wagemut. Linda hingegen konnte im Rausch der Gefühle blindlings losstürmen, ohne lange über die Folgen nachzudenken.

Trotzdem fühlte sie sich immer mehr zu ihm hingezogen. Ville hörte sich geduldig ihre Sorgen an und war immer bereit, sie in den Arm zu nehmen, wenn alles um sie einzustürzen drohte. Und außerdem war der Sex mit ihm gut.

Sie heirateten standesamtlich.

Nach der Trauung gingen sie in ein Restaurant und aßen mit Villes Eltern zu Abend. Ihre Mutter hatte Linda nicht eingeladen, weil sie sich zu diesem Zeitpunkt schon in einem ziemlich schlechten Zustand befand. In ihrer Hochzeitsnacht schliefen sie in der Präsidentensuite des legendären Hotels Ilves in Tampere. Tatsächlich schliefen sie, denn Linda war so betrunken, dass sie sich kaum auf den Beinen halten konnte. Linda hatte bis heute keine Ahnung, womit Ville die Suite bezahlt hatte, denn sie waren arm wie Kirchenmäuse gewesen.

Ville wurde Jurist und sie Polizistin. Ihre erste gemeinsame Wohnung bezogen sie in Pori. Sie probierten lange, ein Kind zu bekommen, und die ersten zwei Schwangerschaften endeten mit einer Fehlgeburt. Linda spülte schon damals ihre Trauer mit Wodka herunter, ebenso wie sie ihr Glück damit begoss. Linda entspannte und munterte sich auf die gleiche Weise auf: mit Alkohol.

Als Linnea geboren wurde, schraubte sie die Flaschen zu.

Daran hielt sie sich so lange, bis die Sache mit Ville aus den Gleisen zu geraten drohte. Los ging es mit kleinen Dingen, unbedachten Äußerungen, unerledigter Hausarbeit, Beschimpfungen und unvereinbaren Zeitplänen. Meinungsverschiedenheiten entwickelten sich zu Zankereien und wurden schließlich zu heftigen Streits, die bis in die frühen Morgenstunden andauerten. Am

Ende eines besonders heftigen Streits zerschmiss Linda alle Porzellanteller, die sie im Schrank hatten – und trabte am nächsten Tag in ein Warenhaus, um neue zu kaufen, weil sie sonst nichts hatten, von dem sie hätten essen können. Sie wusste noch gut, wie hilflos sie sich gefühlt hatte, als Ville ihr nicht mehr zur Seite gestanden, sondern sich auf seine Karriere konzentriert, immer länger gearbeitet und Netzwerke geknüpft hatte, während sie mit dem Baby allein zu Hause saß.

Immer häufiger kam es vor, dass sie Linnea abends das Fläschchen gab und dabei selbst an der Wodka-Flasche nuckelte.

Linda schüttelte die übelriechenden Erinnerungen ab und konzentrierte sich wieder auf ihre Arbeit.

Das Fenster in Lauras Zimmer ging auf die Straße hinaus, die Jalousie war geschlossen. Linda drehte sie auf. Der Garten war zur Straße hin mit einer Rosenhecke begrenzt. Vor dem Fenster ein Schreibtisch, auf dem ein geschlossener Laptop stand, darauf ein Sticker mit einem Bild von Peter Pan. Die Tagesdecke war schwarz und mit einer goldenen Rose bestickt, mit einem Stiel voller langer Dornen.

Linda stellte sich mitten in den Raum und blickte einmal um sich. Sie wusste, wie wichtig der erste Eindruck sein konnte. War er einmal vorüber, konnte man ihn nicht wieder zurückholen.

Die Tapete war blassrosa mit einer breiten Borte, auf der weiße Pferde galoppierten. Linda überlegte, ob Laura ein Pferdemädchen war, fand aber kein weiteres Anzeichen dafür im Zimmer. Gegenüber dem Bett stand ein Bücherregal, in dem sich einige Sachbücher zum Thema Natur, einige Souvenirs und gerahmte Fotografien befanden. An der Decke hing eine Plafond-Lampe. Eine der drei Glühbirnen war kaputt, was ein unangenehmes Licht erzeugte.

Der erste Eindruck in diesem Raum war Beklemmung. Das war kein Kinderzimmer mehr, aber auch noch nicht das Reich einer Erwachsenen. Alles hier rief das Gefühl hervor, als stünde

Laura an der Grenze zwischen zwei Welten. Auf der einen Seite die Kindheit, auf der anderen das Jugendalter.

Dann nahm Linda sich das Zimmer gründlich vor.

Sie ging jedes einzelne Buch durch, überprüfte, ob darin etwas versteckt war, und stellte sie dann zurück an ihren Platz. Die Fotografien im Regal zeigten entweder Laura allein oder zusammen mit einer Freundin. Linda fotografierte sie mit ihrem Handy, sie wollte Eveliina fragen, wer darauf zu sehen war. Dann war der Kleiderschrank an der Reihe, Linda durchsuchte die Taschen aller Hosen und Jacken, schaute unter dem Bett und unter der Matratze nach. An der Innenseite der Tür des Kleiderschranks hing noch ein Poster, auf dem ebenfalls Peter Pan zu sehen war. Linda überlegte, ob der Aufkleber auf dem Laptop und dieses Poster aus der Kindheit stammten oder neueren Datums waren, so wie das Poster der Metal-Band an der Zimmertür. Der Kontrast zwischen einer Heavy-Metal-Band und den Peter-Pan-Bildern verstärkte das Gefühl, dass Laura zurzeit eine große Veränderung durchmachte.

Alles, was sie fand, war Staub, sonst nichts. In den Schubladen des Schreibtisches waren nur Schulsachen, Hefte, Stifte und alte Zeitschriften: einige Ausgaben der *Cosmopolitan,* dem finnischen Jugendmagazin *Demi* sowie eine uralte Pferdezeitschrift *Hevoshullu,* die total zerlesen war. Linda blätterte die Zeitschriften durch und wollte sie gerade zurücklegen, als ihr Blick auf eine kleine Schlagzeile auf der Titelseite einer *Cosmopolitan* fiel: »Modepate Michael Cosco gestorben«.

Linda überflog den kurzen Artikel über den italienischen Star-Modedesigner Michael Cosco, der nach langer Krankheit im Alter von vierundsiebzig Jahren verstorben war. Der Artikel pries Cosco und dessen beachtlichen Einfluss auf die Modewelt während vier Jahrzehnten, er habe für alle großen Modehäuser entworfen und sei bis in sein letztes Lebensjahr hinein aktiv gewesen. Unter dem Artikel befand sich eine Abbildung, die Cosco im Smoking zeigte, wie er einen Preis entgegennahm. Der Bildunterschrift war zu entnehmen, dass das Foto aus dem Jahr 2008 stammte und in Paris aufgenommen war. Er war ergraut und fülliger geworden, trotzdem erkannte Linda ihn sofort. Sie furchte die Stirn, presste die Lippen fest aufeinander. Linda riss die Seite heraus, faltete sie und steckte sie ein. Dann vergewisserte sie sich noch einmal, dass die Ausgabe wirklich schon zwei Jahre alt war, und legte die Zeitschriften dann zurück.

Cosco betrachtete bereits seit zwei Jahren das Gras von unten. In dem Artikel fiel kein Wort über die Art der Krankheit, an der Cosco gestorben war, doch Linda hoffte, es möge ein langer und schmerzhafter Tod gewesen sein.

Die oberste Schublade war abgeschlossen, und Linda wunderte sich, warum die Mutter nach Lauras Verschwinden nicht versucht hatte, sie zu öffnen. Auch das war seltsam. Sie dachte an Linnea. Wenn ihre Tochter nicht nach Hause gekommen und auch am nächsten Morgen noch nicht wieder aufgetaucht wäre, würde sie alle Schubladen aufbrechen und ihr Zimmer komplett auf den Kopf stellen, um so einen Hinweis darauf zu erhalten, was passiert sein könnte. Doch Eveliina hatte nichts angerührt. Nur festgestellt, dass ihre Tochter verschwunden war. Das war hochgradig merkwürdig.

Linda verfolgte den Gedanken noch etwas weiter.

An dem Fall war noch mehr faul. Drei Stunden, nachdem Laura nicht aus der Schule heimgekommen und nicht über ihr Handy zu erreichen gewesen war, hatte sich Eveliina sofort auf den Weg zur Polizei gemacht, anstatt herauszufinden, wo ihre Tochter sein könnte. Fast so, als wäre es für sie nur eine Frage der Zeit gewesen, wann Laura verschwinden würde. Und jetzt saß diese Frau gelähmt und völlig handlungsunfähig draußen in der Gartenschaukel.

Das war wirklich auffallend, und sie würde sich genauer damit befassen müssen, sollte Laura nicht bald wiederauftauchen.

Sie zog ein Schlüsselbund aus der Tasche, an dem ein Haken aus Messing hing. Linda wusste, dass sie damit die verschlossene Schublade öffnen konnte. Es dauerte weniger als zwei Sekunden.

In der Schublade befanden sich Unterlagen in Plastikhüllen, Zwischen- und Jahreszeugnisse aus den letzten drei Schuljahren. Ihre Zensuren waren recht gut, nicht überragend, aber auf jeden Fall besser als Mittelmaß. Mit Sicherheit besser, als Lindas Noten jemals gewesen waren. Nur auf dem Zeugnis vom letzten Sommer gab es eine sichtbare Verschlechterung, aber auch das war nicht dramatisch.

Schließlich griff sie ganz tief in die Schublade und runzelte die Stirn, als sie eine Packung Kondome zu fassen bekam. Fünf fehlten. Auch die Verpackung steckte sie ein. Sie wusste nicht, was sie davon halten sollte. Laura war dreizehn, viel zu jung, um Sex zu haben, doch möglicherweise hatte sie die Kondome nur aus Neugier gekauft.

Als Nächstes versuchte Linda, Lauras Laptop in Gang zu setzen, kam aber über die Passwortseite nicht hinaus. Raunela und Salminen würden ihn im Labor knacken. Dann drehte sie noch eine Runde durch den Raum. Abgesehen von den Kondomen hatte sie nichts Auffälliges gefunden.

Auf der Schwelle machte sie noch einmal kehrt und ging zurück ins Zimmer. Irgendetwas stimmte hier nicht. Es lag an der Harmonie. Linda wurde von dem Gefühl erfasst, dass sie in einer Kulisse stand. Das hier war das Zimmer eines Kindes, in dem wie zum Schein ein Bandposter aufgehängt worden war. Der Rest war unpersönlich, geruchs- und geschmacklos.

Ihr Blick blieb am Sockel des Schranks hängen. Der Bodenbelag davor war zerschrammt, als sei der Schrank öfter vor- und zurückgeschoben worden. Linda hockte sich hin und betastete den Sockel. Er war fest angeschraubt. Dann probierte sie, den Boden im untersten Fach anzuheben, aber er war fest verleimt. Sie erhob sich wieder, verharrte kurz und griff dann an eine Ecke des Schranks und zog daran. Der Schrank bewegte sich ohne größere Kraftanstrengung von seinem Platz. Sie schaltete die Taschenlampe ihres Handys an und leuchtete in den Spalt zwischen Schrank und Wand. Auch hier nichts als Staub. Sie hockte sich wieder hin und betastete den Boden von unten. Gerade wollte sie ihre Hand zurückziehen, als sie etwas Festes ertastete. Linda zog ein mit einem Schloss versehenes Tagebuch hervor, genau das gleiche, das sie vor ein paar Jahren für Linnea gekauft hatte, als Tagebücher unter Jugendlichen wieder in Mode gekommen waren.

Das Schloss war kaputt und hing nur lose daran.

Linda nahm es vorsichtig ab, schlug das Tagebuch auf und blätterte. Anfangs gab es fast täglich Einträge, dann wurden sie spärlicher. Dazwischen gab es monatelange Pausen und dann wieder Zeiten, in denen sie an mehreren aufeinanderfolgenden Tagen etwas hineingeschrieben hatte. Der letzte Eintrag stammte vom 19. September. Unter dem Datum stand nur ein Name: Peter. Dahinter drei Herzchen.

Linda klappte das Tagebuch zu, schob den Schrank zurück an seinen Platz und schnappte sich den Laptop und die Papiere, die in der Schublade lagen, um das Tagebuch darunter zu verstecken, bevor sie zurück in den Garten ging. Eveliina Törmänen saß unverändert in der Schaukel und rauchte die wer weiß wievielte Zigarette. Sie schaute Linda an. Der Blick glich dem eines müden, resignierten Tieres.

»Ich gehe jetzt, komme aber morgen wieder.«

Eveliina nickte.

»Ich habe Lauras Laptop und ihre Zeugnisse mitgenommen. Wissen Sie zufällig ihr Passwort?«

»Nein. Was wollen Sie denn da finden?«

»Hoffentlich einen Hinweis darauf, wohin Laura unterwegs ist.«

Eveliina senkte den Blick und fummelte umständlich eine

neue Zigarette aus der Schachtel, obwohl die alte in ihrem Mundwinkel noch brannte.

»Ich halte Sie auf dem Laufenden«, sagte Linda und verließ das Grundstück. Als sie in ihrem Wagen saß, verspürte sie eine immense Erleichterung, dieses Haus hinter sich lassen zu können. Sie zog den Artikel aus der Tasche, den sie zusammengefaltet hatte, und las ihn ein zweites Mal.

»Modepate Michael Cosco gestorben«

Ihre Gesichtsmuskeln verspannten sich, und zwischen ihren Brauen bildete sich eine tiefe Falte. Sie knüllte die Seite zusammen, ließ das Fenster herunter und schmiss sie in den Graben.

Linda dachte an die Kommissarin aus Imatra, die lebenslänglich bekommen hatte, weil sie bei der Verhaftung einem Verdächtigen in den Rücken geschossen hatte. Im Augenblick empfand sie tiefes Mitgefühl für diese Frau.

Sie startete den Wagen und fuhr Richtung Polizeigebäude, änderte dann aber ihre Meinung und machte einen Abstecher zum Einkaufszentrum Länsikeskus. Dort kaufte sie bei Alko eine große und sechs kleine Flaschen Stolichnaya, legte die große Flasche ins Handschuhfach und verstaute die kleinen Fläschchen in ihrer Handtasche. Dann fuhr sie zum Parkplatz hinter dem Polizeigebäude, parkte im hintersten Winkel und kippte zwei der Fläschchen hinunter. Bevor sie hineinging, rauchte sie noch eine Zigarette auf der Raucherinsel und fühlte, wie der Wodka ihr zu Kopf stieg. Sie war erschöpft, hatte aber noch viel zu erledigen, bevor sie nach Hause fahren und den Rest trinken konnte.

ZWEITER TEIL

Haparandabladet vom 14. 09. 2015

VERMISST!
FRIDA KARLSSON

Alter: 14 Jahre

Vermisst seit: 12. 09. 2015

Ort: Töre, Schweden

Frida, wir sind für dich da. Wir hören dir zu und helfen dir. Schick eine Nachricht, damit wir wissen, dass du in Sicherheit bist.

Mama und Papa

Ilta-Sanomat vom 09. 07. 2009

HANNA-RIIKKA SAMMALSUO WEITERHIN VERMISST

Die Ende Mai auf dem Schulweg verschwundene Hanna-Riikka Sammalsuo (15) konnte trotz großangelegter Suchaktionen bisher nicht gefunden werden. Der Fall sorgte für enorme Aufmerksamkeit, dennoch steht die zuständige Polizeidirektion Lappland immer noch vor einem Rätsel. Ermittlungsleiter Juho Tapola von der Polizeidienststelle Kemi erklärte, es habe sich um eine extrem groß angelegte Suchaktion gehandelt. Neben Spürhunden seien auch Soldaten und ein Hubschrauber im Einsatz gewesen. Taucher hätten die Gewässer der Umgebung abgesucht. Die Zusammenarbeit zwischen den Einsatzkräften auf finnischer und schwedischer Seite sei eng und reibungslos verlaufen. Zum Stand der Ermittlungen äußerte sich die Polizei Lappland bisher nicht. Jedoch wurde bekannt, dass in dem Fall des vermissten Mädchens inzwischen auch ein mögliches Tötungsdelikt nicht mehr ausgeschlossen werden kann.

7

»Hast du auch bestimmt deinen Pass und die Flugtickets dabei?«, fragt ihr Vater und tritt von einem Fuß auf den anderen. Sein stämmiger Körper wippt vor und zurück wie ein schwankender Kegel kurz vor dem Umkippen.

Linda lächelt. Er hat das schon mindestens fünfmal gefragt. Ihr Pass ist in der Innentasche ihrer Handtasche, auch die Tickets sind dort, ebenso wie das Einreisevisum. Linda hat mehrfach nachgesehen. Das Geld bewahrt sie sicherheitshalber an drei verschiedenen Stellen auf, denn ihr Vater hat gesagt, Italien sei das gelobte Land der Taschendiebe.

Sie schauen zur Anzeigetafel, auf der jetzt die Flugnummer und das Abfluggate der Maschine nach Mailand angezeigt werden. Sie drücken sich dreimal. Linda sieht ein Schimmern in den Augen ihres Vaters. Auch sie kämpft gegen die Tränen an.

»Gerade erst warst du noch ein winziger Puck.«

»Das klingt, als würde ich aus Finnland wegziehen.«

»Drei Wochen sind eine Ewigkeit. Außerdem weiß man nie, was passiert. Was ist, wenn das dein Durchbruch wird?«

Linda lacht und stupst ihrem Vater gegen die Schulter. »Spinner! Bis in drei Wochen. Ich melde mich, wenn ich angekommen bin.«

Vater begleitet sie noch bis zur Sicherheitskontrolle. Sie hat Schmetterlinge im Bauch und im Kopf tausende Traumbilder.

Sie in Mailand.

Als Model.

Allein.

Linda streift lange durch das Terminal, mit wiegenden Schritten zieht sie den Koffer hinter sich her. Sie geht aufrecht, das Kinn gereckt, und konzentriert sich auf jeden Schritt, immer darum bemüht, lässig auszusehen. Sie spürt, wie sich die Blicke auf sie richten, als sie zum Gate geht. Seit sie vierzehn ist, schauen die Männer ihr nach. Ebenso die Frauen, aber deren Blicke sind schwerer zu deuten. Sie weiß, dass an ihr etwas Besonderes ist. Der Gedanke zaubert ein Lächeln auf ihre Lippen. Ihre Schritte werden länger, die Hüfte schwingt, ihre hohen Absätze klackern.

Wie ein echtes Model aus Mailand.

8

Linda starrte auf ihren wüsten Schreibtisch und dann an die Wand. Ihr Kopf schmerzte, und auch sonst fühlte sie sich schwach. Als sie gestern nach der Arbeit nach Hause gekommen war, hatte sie sich dem Alkohol hingegeben und es erst spät geschafft, die Flasche zuzuschrauben, gerade noch rechtzeitig, bevor sie die Kontrolle völlig verloren hätte. Sie hatte nicht das Gefühl, dass ihr Trinken ein Problem darstellte, aber es konnte sich rasch zu einem entwickeln, wenn sie sich nicht zügelte. Alkohol war für sie nur ein Mittel zum Entspannen, anders als etwa für ihre Mutter, für die Saufen eine Art anstrengender Hochleistungssport war. Hinzu kam, dass der Alkohol Linda half, klarer zu denken. Sobald diese stressige Phase mit Linnea und Ville vorüber wäre, würde sie die Flaschen für mindestens ein Jahr verschließen, vielleicht sogar für den Rest ihres Lebens.

Linda ging rasch die Unterlagen zu den Vorermittlungen durch und widmete sich dann der letzten Akte zum Vermisstenfall Laura Törmänen, die immer dicker wurde. Sie hoffte inständig, der Fall würde sich bald aufklären, damit sie ihn dem Sozialamt übergeben konnten.

Warum verschwindet ein Mensch? Mit dieser Frage musste sie beginnen. Linda wusste, dass es keine unerklärlichen Vermisstenfälle gab, lediglich Fälle, die nicht aufgeklärt werden konnten.

Es gab vier Gründe, warum ein Mensch verschwand: auf eigenen Wunsch, infolge eines Unfalls, eines Selbstmordes oder eines Verbrechens. Und hinter jedem Verschwinden steckte eine eigene Geschichte. Ihre Aufgabe war es, diese Geschichte sichtbar zu machen. Dann würden sie auch Laura Törmänen finden.

Linda spielte alle vier Varianten in Bezug auf Lauras Fall durch.

Der Unfall.

Unfälle geschahen ständig und zu jeder Zeit. Menschen gingen in den Wald zum Beerensammeln und stürzten von einem Felsvorsprung, fielen in einen Fluss, verirrten sich, schlugen mit dem Kopf auf einem Stein auf. Die unwegsamen finnischen Weiten schluckten eine Leiche schnell. Vielleicht war es Laura genauso ergangen. Unweit der Schule verlief ein tiefer Entwässerungsgraben. Ein Straucheln und ein Mensch, der eben noch existiert, gelacht, gelächelt, gelebt hatte, war wie vom Erdboden verschluckt.

Das Verschwinden.

Einige Menschen verschwanden aus eigenem Antrieb. Dafür gab es eine Vielzahl von Gründen, ein unglückliches Leben war einer der häufigsten. Man glaubte, wenn man alles hinter sich ließe, könnte man irgendwo neu anfangen. Die Polizei suchte selbstverständlich auch nach diesen Menschen, und falls man sie aufspürte, ließ man die Sache häufig dabei bewenden. Ein Mensch durfte verschwinden, wenn er es wollte. Dann wurden lediglich die Angehörigen darüber informiert, dass der oder die Vermisste am Leben war, aber nicht gefunden werden wollte.

Linda hatte sich auch oft vorgestellt, einfach zu verschwinden. Sie hatte alles bis ins Detail geplant. Sie würde einfach weggehen, und niemand würde wissen, was geschehen war. Der Gedanke hatte etwas Verführerisches. Als Polizistin wusste sie haargenau, wo und wie mit den Nachforschungen begonnen werden würde. Auf die Benutzung von Bank-, Bonus- und Kreditkarten musste man verzichten, genauso wie auf das Handy. Kurz vor dem Verschwinden durfte man keine größeren Geldsummen abheben, man musste sich peu à peu eine Reisekasse anlegen. Man musste sein Aussehen verändern und Verkehrs- und Überwachungskameras meiden. Am schwersten war es, sich eine neue Identität zuzulegen, aber sie kannte Leute, über die auch das gelingen würde. Dann könnte sie irgendwo weit weg, beispielsweise in Südafrika oder Australien, neu beginnen. Sie würde sich einen Job auf einem Weingut suchen und ein einfaches Leben führen: Bücher lesen, frische Lebensmittel auf dem Markt kaufen und lange Spaziergänge über die Anhöhen unternehmen. Und jeden Abend, kurz vor dem Schlafengehen, würde sie zusehen, wie die Sonne im Meer verschwand.

Natürlich würde sie diese Idee nicht umsetzen. Sie könnte Linnea niemals mutterlos zurücklassen. Und sie glaubte auch nicht, dass Laura für immer hatte verschwinden wollen.

Der Selbstmord.

Wer diesen Weg wählte, wollte in der Regel, dass man ihn schnell fand. Menschen mit Selbstmordabsichten hinterließen einen Abschiedsbrief, in dem sie ihre Tat erklärten oder um Entschuldigung baten – oder verbittert mit dem Leben abrechneten. Linda wusste aber auch von Fällen, in denen ein Mensch Selbstmord begangen und alle Spuren seiner Existenz vernichtet hatte.

Linda erinnerte sich an einen Fall aus ihren Anfangsjahren, der zunächst als Tötungsdelikt behandelt worden war, sich aber später als Selbstmord herausgestellt hatte. Zwei Frauen, die im Spätherbst in einem abgelegenen Moor Moosbeeren sammelten, hatten eine weibliche Leiche unter Buschwerk entdeckt. Die Leiche lag auf dem Rücken, ihr Kopf in einem Moorloch unter Wasser. Es war purer Zufall, dass eine der beiden Frauen zwischen den Fichtenzweigen etwas schimmern gesehen hatte.

Umfangreiche Kriminalermittlungen hatten begonnen. Über dem Fundort wurde ein Zelt errichtet und die Umgebung weiträumig abgesucht. Die Leiche wurde schnell als eine vierzigjährige Frau identifiziert, die im Frühjahr verschwunden war. Eines Morgens war sie nicht zur Arbeit erschienen. Keine Nachricht, nichts. Wohnung, Auto, Handy – alles hatte sie zurückgelassen. Niemand hatte eine Idee, was vorgefallen sein könnte. Als man ein halbes Jahr später ihre Leiche in dem über fünfzehn Kilometer entfernten Moor gefunden hatte, war die Polizei natürlich zunächst von Mord ausgegangen. Nach umfangreichen Ermittlungen waren sie jedoch zu dem Schluss gekommen, dass die Frau Selbstmord verübt hatte. Sie hatte mitten in der Nacht ihre Wohnung verlassen, war durch die ganze Stadt und die angrenzenden Wälder gelaufen, hatte eine Packung Schlaftabletten geschluckt, sich an den Rand eines Moorlochs gelegt und Zweige wie Grabbewuchs über sich gezogen. Warum sie das getan hatte, wurde nie geklärt.

Doch Linda glaubte ebenso wenig, dass Laura sich etwas angetan hatte.

Die Selbstmorde Jugendlicher hatten zwar besorgniserregend zugenommen, aber Anzeichen für Selbstmordgedanken hatte Linda nicht finden können. Oder vielleicht weigerte sie sich auch unbewusst, sie zu sehen.

Für Lauras Verschwinden musste es einen anderen Grund geben.

Sie konnten die Möglichkeit eines Verbrechens also keineswegs ausschließen, auch wenn bisher nichts darauf hindeutete. Am wahrscheinlichsten war es aber immer noch, dass sie von zu Hause weggelaufen war.

Linda machte auf ihrem Schreibtisch Platz und breitete den amtlichen Stadtplan von Pori vor sich aus. Sie kringelte die Oberschule West-Pori und Laura Törmänens Haus mit einem roten Fineliner ein. Dann zog sie eine rote Linie von der Schule zum Einkaufszentrum Vähärauma und weiter bis zur Musantie. Dann fuhr sie mit dem Stift die Straße entlang und bog in die Tommilantie ein. In Höhe des Fußballplatzes zog sie die Linie weiter Richtung Wald, durch den sie sich hindurchschlängelte bis zum Einkaufspark Länsikeskus. Die Standortdaten des Handys endeten am Spielplatz Suulotinpuisto, in zwei Kilometern Entfernung von der Schule und anderthalb Kilometer von ihrem Zuhause entfernt.

Immerhin hatten sie Lauras Weg von der Schule so weit nachverfolgen können. Außerdem hatten sie eine Videoaufnahme. Um 12.08 Uhr war sie von der Überwachungskamera am Einkaufszentrum erfasst worden. Sie war mit dem Rad unterwegs und quer über den Parkplatz gefahren.

Der Umstand, dass die Funksignale am Spielplatz endeten, war äußerst besorgniserregend. Entweder hatte sie ihr Handy ausgeschaltet, oder es war aus einem anderen Grund verstummt.

Linda kannte den Spielplatz, ein paarmal war sie mit Linnea dort gewesen, als sie noch kleiner war. Der Spielplatz war ziemlich einfallslos gestaltet, ein paar Schaukeln, ein Drehkarussell und ein kleiner Hügel. Daneben ein lehmiger Teich, den sie schnellstmöglich absuchen mussten. Ihre Techniker hatten alle in der Funkzelle eingeloggten Handys überprüft, aber keine weiteren Signale ermittelt. Was natürlich nicht hieß, dass sich nicht trotzdem eine weitere Person zur gleichen Zeit auf dem Spielplatz aufgehalten haben konnte.

Linda telefonierte mit der Einsatzleitung, um eine Streife anzufordern, die zusammen mit weiteren Einsatzkräften den Teich durchkämmen sollte. Dann kontaktierte sie Raunela von der Kriminaltechnik.

»Konnte Salminen Lauras Computer schon knacken?«

»Ich wollte dich gerade anrufen. Der Laptop ist fleißig benutzt worden.«

Linda vernahm eine leichte Unsicherheit in der Stimme des Kriminaltechnikers.

»Lauras Mutter meinte, sie hätte den Laptop hauptsächlich für Schularbeiten und den Kontakt zu ihrem Vater benutzt. Eine Onlinespielerin oder Youtuberin soll sie nicht gewesen sein«, meinte Linda.

»Nein, eine Spielerin war sie nicht. Der Rechner ist vor allem nachts in Betrieb gewesen, was möglicherweise dafür spricht, dass er gehackt wurde – und zwar häufiger. Schulaufgaben wurden auch erledigt, aber die meiste Zeit hat sie in der fantastischen Welt des Internets verbracht.«

»Eveliina Törmänen hat also gelogen?«

»Nicht unbedingt. Es ist möglich, dass sie davon nichts wusste. Der Rechner war meistens in der Zeit zwischen null und 2.30 Uhr in Betrieb.«

»Mitten in der Nacht?«

Raunela machte eine Pause und Linda vermutete, dass er jetzt etwas sagen würde, was sie nicht hören wollte.

»Vielleicht haben wir ein falsches Bild von Laura«, erklärte Raunela.

»Wie meinst du das?«

»Es sieht ganz so aus, als hätte Laura in der Welt des Internets ein Doppelleben geführt.«

»Ein Doppelleben? Sie ist erst dreizehn!«

Raunela erwiderte nichts. Linda spürte, wie sich ihr das Nackenhaar sträubte. Sie kam nicht umhin, an Linnea zu denken, die unaufhörlich am Handy oder Tablet hing. Woher sollte sie wissen, auf welchen Seiten sich ihre Tochter abends oder nachts herumtrieb?

»Erzähl.«

Raunela holte tief Luft. »Die meiste Zeit war Laura auf Webseiten wie Alastonsuomi.fi oder Kuumasuomi.fi, also auf Sex- und Pornoforen mit so schönen Namen wie ›Nacktes Finnland‹ oder ›Heißes Finnland‹, und auf Dating-Seiten hat sie sich auch getummelt.«

Linda schwieg. Raunela ließ ihr einen Moment, ihre Gedanken zu sortieren, bevor er fortfuhr:

»Ich war auch erst geschockt. Mein erster Gedanke war, den Laptop muss jemand anders benutzt haben, vielleicht Lauras Mutter. Aber alles deutet darauf hin, dass sich Laura über ihre Schul-Mailadresse mehrere Online-Profile angelegt hat. Auf Alastonsuomi.fi ist sie als Aliisa2069 und auf Kuumasuomi.fi als

HotfussWendy registriert. Im Diskussionsforum ›Suomi24‹ verwendete sie Alias-Namen wie LostGirl99, RebelliousGirl und Wetlips69.«

»Alastonsuomi.fi. Ist das nicht eine Seite, auf der …«

»… man Nacktfotos von sich hochladen kann«, bestätigte Raunela. »Genau wie auf Kuumasuomi.fi. Auf diesen Seiten veröffentlichen Leute intime Fotos von sich oder ihren Partnern und teilen sie mit anderen Usern.«

»Wie ist das möglich? Muss man als Nutzer nicht volljährig sein?«

Raunela schnaufte verächtlich. »Beim Registrieren wird nach dem Geburtstag gefragt. Die Identität mit einem Onlinebanking-Zugang verifizieren muss man allerdings nicht.«

»Das heißt, Mädchen und Jungen egal welchen Alters können sich jederzeit auf diesen Seiten einloggen, Fotos anschauen oder sogar hochladen, wenn sie bei ihrem Geburtsdatum schummeln?«

»Willkommen im dritten Jahrtausend.«

»Überprüft die Seiten denn niemand?«

»Theoretisch gibt es einen Administrator, allerdings kann der Betreiber einer Internetseite nicht in gleicher Weise wie der Besitzer eines Nachtklubs für minderjährige Besucher verantwortlich gemacht werden. Mit der Übermittlung des Geburtsdatums wird die Haftung an den User übertragen, genauso wie beim Vorzeigen gefälschter Papiere, um in eine Bar zu kommen.«

»Ich komme runter. Ich will die Fotos selbst sehen.«

Raunela klickte die entsprechenden Internetseiten an. Linda verzog das Gesicht, als sie die Fotos sah: neben Nacktfotos auch Großaufnahmen von Genitalien und Geschlechtsakten.

Die Fotos von Laura waren äußerst freizügig, zeigten jedoch weder Brüste noch Geschlechtsteile. Keiner von beiden sagte ein Wort, als Raunela ein weiteres Foto anklickte, das durch den

Spiegel aufgenommen worden war und Lauras Hintern zeigte, der von dem knappen Stringtanga kaum bedeckt wurde.

»Zum Teufel, man sieht doch deutlich, dass das nicht der Körper einer Frau ist!«

Das Blut pulsierte in Lindas Ohren. Viele Dinge rauschten ihr durch den Kopf. In allererster Linie dachte sie an Linnea. Wann hatte sie zuletzt Linneas Browserverlauf überprüft? Hatte sie überhaupt jemals nachgeschaut? Jedenfalls war ihr gerade einmal wieder klargeworden, dass sie keine Ahnung von der Welt des Internets hatte. Ebensowenig wie Eveliina Törmänen.

Sie musste über die Beziehung zwischen Linnea und Laura nachdenken. Sie hatten auch in der Schule Zeit zusammen verbracht, obwohl Linnea behauptet hatte, Laura nicht näher zu kennen.

Linnea hat mich angelogen.

Es gab weitere Übereinstimmungen: sowohl Laura als auch Linnea waren Scheidungskinder, wie auch Linda eines gewesen war. In ihrem Kopf schrillten die Alarmglocken. Was, wenn sie ebenso blind gewesen war wie Lauras Mutter?

Sie wurde von dem dringenden Bedürfnis erfasst, aus dem Polizeigebäude zu stürzen, um Linneas Computer zu überprüfen und sie zur Rede zu stellen.

Ich brauche einen Drink.

Der Geruch nach Firnis, Staub und einem Ledersofa stieg ihr in die Nase. Sie rieb die Finger aneinander, und es kam ihr vor, als wären sie glitschig und voller Blut.

Strenggenommen war das Tangafoto nicht so weit von jenen Fotos entfernt, die von ihr mit fünfzehn Jahren im Anttila-Katalog abgedruckt worden waren.

Die Flut bitterer Erinnerungen wurde stärker. Sie begann zu schwitzen, ihr Magen zog sich zusammen. Sicherheitshalber schaute sie sich nach dem Mülleimer um.

»Laura ist im Netz viel älter aufgetreten, als sie tatsächlich war.

In den Foren hat sie sexuell aufgeladene Gespräche mit erwachsenen Männern geführt. Sie hatte mehrere Dutzend Abonnenten.«

»Abonnenten?«

»Ein Teil von Lauras Fotos ist öffentlich, um mehr zu sehen, muss man ihren Kanal abonnieren.«

»Kostet das etwas?«

»Laura muss mit ihren Fotos hunderte Euro verdient haben. Ich habe ein paar Beispiele ausgedruckt. Salminen schreibt die genauen Daten dazu.«

Raunela reichte ihr die Ausdrucke.

»Sie hat also ihre Fotos verkauft? Wie viele waren es, und wo ist das Geld?«

»Das versuchen wir gerade herauszukriegen«, sagte Raunela und rief ein neues Foto auf. Hier lag Laura nur mit einem Slip bekleidet und durchgebogenem Rücken auf dem Bett, die Brüste bedeckte sie mit den Händen. »Dieses Foto hat sie mit Sicherheit nicht allein aufgenommen.«

Linda betrachtete das Bild und kam zu dem gleichen Schluss wie Raunela. Das hier war kein Selfie oder ein durch den Spiegel selbst aufgenommenes Bild. Dieses Foto hatte jemand anders gemacht.

»Das verändert die Richtung der Ermittlungen«, stellte Linda fest. Die Blätter in ihrer Hand zitterten. Sie legte sie neben den Computer auf den Tisch. »Lauras Mutter ist sich sicher, dass Laura etwas angetan wurde. Ich hielt das zuerst für eine Überreaktion, aber vielleicht hat sie etwas geahnt.«

»Oder gewusst. Mütter spüren doch sowas.«

Die Worte des Kollegen trafen Linda wie ein Vorschlaghammer. Als würden ihr alle Knochen gebrochen. Sie hatte lange kein so erdrückendes Gefühl des Versagens verspürt wie in diesem Moment. Es brach über sie herein wie ein Schwall eiskalten Schlicks. Sie hatte nie eine solche Ahnung gehabt, obwohl sie

Linnea bereits beim Lügen ertappt hatte. Es schien, als wären ihre mütterlichen Instinkte völlig stumm.

Linda zwang sich, die transkribierten Chats zwischen Linda und den unbekannten Männern zu lesen, doch es belastete sie so sehr, dass sie sofort wieder damit aufhören musste. Sie presste die Kiefer zusammen.

»Die Männer, mit denen Laura … gechattet hat. Können wir rauskriegen, wer sie sind?«

»Salminen ist schon dran. Wir konzentrieren uns zunächst auf jene Männer, mit denen Laura am längsten gesprochen hat und deren Inhalte besonders obszön waren.«

»Sie ist erst dreizehn«, wiederholte Linda wie zu sich selbst, und sagte dann: »Wie zur Hölle soll ich das Lauras Mutter beibringen?«

Raunelas Telefon klingelte. »Lauras Rad ist am Rand des Spielplatzes Suulotinpuisto gefunden worden«, sagte er, nachdem er wieder aufgelegt hatte. »Es war unter einer Rosenhecke versteckt. Die Polizisten bringen es in die Technik. Die Rettungstaucher bereiten sich gerade auf ihren Einsatz vor.«

Linda nickte. Die Neuigkeit war alles andere als beruhigend. Auf einmal nahmen die Ermittlungen eine erschreckende Wendung.

9

Das Ermittlungsteam verfolgte schweigend Lindas Ausführungen zu den Entdeckungen auf Lauras Computer. Ein kurzer Blick in Paloviitas Richtung genügte, um zu erahnen, was er dachte, hatte er doch zwei Mädchen im Kindergartenalter. Auch ihm gingen die Ermittlungen unweigerlich nahe.

»Das ist noch nicht alles«, fuhr Linda fort und legte Lauras Tagebuch auf den Besprechungstisch. »Das war unter Lauras Kleiderschrank versteckt. Sie hat es seit ihrem zehnten Lebensjahr geführt.«

Manner blätterte die Seiten durch.

»Laura ist vielleicht nicht die eifrigste Tagebuchschreiberin, aber man bekommt ein ganz gutes Bild, was für ein Mensch sie ist und was sie denkt. Anfangs beziehen sich die Einträge auf alltägliche Dinge. Auf Spiele mit Freundinnen, Familie, Vorkommnisse in der Schule, Freunde und Schwärmereien. Zuletzt hat sie im August ins Tagebuch geschrieben, kurz nach Beginn des Schuljahres.«

Manner las vor: »Am 20. August schrieb sie, Sami habe sie um *das* angebettelt, aber sie fürchte sich davor, *es* zu tun.«

Paloviita verzog das Gesicht.

»Am 21. August schrieb sie, dass sie Sami erlaubt habe, seine Hand *da* hinzulegen, es aber nicht angenehm war. Sami sei zu grob gewesen und habe schmerzhaft zugedrückt. Danach gibt es eine zweiwöchige Pause, dann folgt nur noch ein Eintrag: ›Ich habe *es* Sami machen lassen.‹ Weiter steht hier nichts.«

»Sami hat um *das* gebettelt, sie hat ihm erlaubt, seine Hand *da* hinzulegen, hat Sami *es* machen lassen«, wiederholte Paloviita. »Geht es hier um das, was ich befürchte?«

»Was sollte es sonst bedeuten?«, fragte Manner tonlos.

Linda fand Manners Reaktion zu abgebrüht, sie schien ihre Gefühle hinter dieser Kälte zu verbergen. Allen anderen in der Runde ging es schlecht. Auch für ihre Kollegen, die schon mit allen möglichen Scheußlichkeiten konfrontiert und daran gewöhnt waren, Leichen, Blut und Ausscheidungen zu sehen, schien dies eine ganz neuartige Widerwärtigkeit zu sein. Etwas, von dem sie ahnten, dass es schon bald zum Polizeialltag gehören würde.

»Findet sich im Tagebuch ein Hinweis darauf, wer dieser Sami ist?«

Linda schüttelte den Kopf. »Sami taucht vor August kein einziges Mal im Tagebuch auf, und sein Nachname steht nirgends. Der letzte Eintrag lautet allerdings ›Peter‹.«

»Wir fangen mit Sami an«, schlug Paloviita vor. »Gibt es einen Nachnamen oder eine Altersangabe?«

»Beides nicht. Es ist natürlich möglich, dass dieser Sami einige der Fotos gemacht hat, die Laura online gestellt hat, es kann aber auch jemand ganz anderes gewesen sein. Wir sollten zu diesem Zeitpunkt noch nichts ausschließen. Eine Sache habe ich schon überprüft, in ihrer Parallelklasse gibt es weder einen Sami noch einen Peter. An der Schule gibt es zwei Jungs namens Sami, aber die sind beide älter als Laura. Ich kontaktiere sie heute noch, ebenso Lauras Freundinnen, von denen ich eine Liste habe.«

Linda legte die Packung Kondome auf den Tisch. »Dann ist da noch das. Das habe ich auch in Lauras Zimmer gefunden. Fünf Kondome fehlen.«

»Wir haben zwei Namen, mit denen wir anfangen können«, sagte Manner. »Ich denke, wir konzentrieren uns darauf, herauszufinden, wer dieser Sami ist. Ist es zum Beispiel möglich, dass Laura und Sami zusammen davongelaufen sind?«

»Und was ist mit Peter?«

»Lasst uns das Einwohnerverzeichnis von Pori durchgehen,

es gibt sicher nicht viele Einträge mit diesem Namen. Vielleicht ergibt sich ein Anhaltspunkt.«

Nachdem sie den Vermisstenfall durchgesprochen hatten, führte Oksman aus, was es Neues im Fall der Kiosküberfälle gab. Viel war es nicht, aber es verdichteten sich die Anzeichen dafür, dass der Täter irgendwo im Westteil von Pori wohnt.

»In diesem Gebiet liegen nur noch zwei Kioske, die bisher verschont geblieben sind. Ich schlage vor, dass wir in ihrer Nähe gegen Ladenschluss verstärkt Streife fahren. Natürlich kann er auch einen der früheren Kioske erneut wählen, aber bis jetzt war es jedes Mal ein neues Ziel.«

»Scheint so, als handele es sich nicht um die hellste Kerze auf der Torte«, merkte Paloviita an.

»Vielleicht nicht, aber statistisch gesehen war er ziemlich erfolgreich: drei Raubüberfälle und nur ein Versuch ist missglückt.«

»Fünfhundert Euro und ein paar Stangen Zigaretten als Beute.«

»Ungefähr.«

Paloviita schüttelte den Kopf. »Ein Sofortkredit wäre günstiger gewesen. Ein bewaffneter Raubüberfall bringt ihn leicht für ein Jahr hinter Gitter.«

Im Anschluss an die Besprechung passte Linda Paloviita auf dem Flur ab und fragte: »Kannst du mit mir in die Schule kommen? Sie haben mich angerufen, der Informatiklehrer ist jetzt zu sprechen.«

Paloviita sah auf die Uhr. »Ich muss in einer Viertelstunde im Gericht sein. Ich bin schon jetzt spät dran.«

»Ach so, das hatte ich schon vergessen. Du bist ja dauernd im Gericht.«

»Darin besteht heutzutage ein Großteil unserer Arbeit«, stöhnte er. »Ich würde viel lieber mit dir kommen. Sieh zu, dass du alleine klarkommst.«

»Kein Problem. Ich bin ja schon groß.«

10

Linda fand keinen freien Platz und musste zwischen den Bäumen auf dem Rasen parken. Sie steckte den Parkausweis der Polizei hinter die Windschutzscheibe und stieg aus. Die Sonne schien, trotzdem stieß sie beim Atmen kleine Wölkchen aus. Falls Laura irgendwo verletzt in einem Graben lag, hatten sie nicht mehr viel Zeit. Bei diesen Temperaturen war eine Hypothermie kaum abzuwenden.

Linda mochte den Herbst. Ville hatte die Kälte immer gehasst. Er hatte sie scherzhaft immer Frostkönigin genannt, und er war ihr Sonnenkönig gewesen. Anfangs waren es Kosenamen, aber später verkörperten sie nur noch ihr grundverschiedenes Naturell.

Sie betrat das Gebäude durch den Haupteingang. Es war gerade Unterricht. Irgendwo war die durchdringende Stimme einer Lehrerin zu hören. Linda stieg die Treppe in den ersten Stock hinauf, drückte den Summer zum Zimmer der Direktorin. Linda sah, dass sie mit einem Mann sprach, der aufstand, als sie eintrat und ihr die Hand reichte. Seine andere Hand lag eingegipst in einer Armschlinge.

»Ari Kekäläinen, Informatiklehrer hier an der Schule.«

Sein Alter war schwer zu schätzen. Er war nicht besonders groß, sein Gesicht schmal und jungenhaft, dafür hatte er breite Schultern. Vielleicht war er dreißig, vielleicht aber auch schon fünfundvierzig.

Linda kam direkt zur Sache: »Ich habe gehört, dass eine Informatikstunde unterbrochen werden musste, weil es zwischen Laura Törmänen und einem Mitschüler zum Streit kam. Können Sie mir den Vorfall genauer schildern?«

Kekäläinen wurde ernst. »Ehrlich gesagt habe ich mich an den Vorfall erst erinnert, als mich die Direktorin anrief.«

»Sie sind krankgeschrieben?«

Kekäläinen hob die eingegipste Hand leicht an. »Morbus Dupuytren. Er wurde letzte Woche operiert.«

»Fahren Sie fort«, forderte Linda ihn auf.

»Ich bin seit zweiundzwanzig Jahren Lehrer, in dieser Zeit hat sich viel verändert, allem voran die Disziplin. Die Unterrichtsstunden sind bisweilen recht unruhig.«

»Was aber nicht heißt, dass Disziplin nicht eingefordert werden darf«, warf die Direktorin ein.

Kekäläinen registrierte die unausgesprochene Kritik und beeilte sich zu sagen: »Ich meinte, dass ich mich an den Vorfall gar nicht mehr erinnert habe, weil so etwas immer häufiger vorkommt. Als ich als Lehrer anfing, saßen die Schüler noch still in der Klasse. Die Jugendlichen wissen einfach, dass Lehrer nur sehr begrenzte Möglichkeiten haben, Disziplin auch durchzusetzen. Der Zwischenfall hat sich einige Wochen vor meiner Operation zugetragen. Es hatte etwas mit irgendeiner E-Mail zu tun, aber Genaueres weiß ich nicht. Laura und ihr Mitschüler Oliver Nurminen fingen an, sich zu streiten.«

»Worüber?«

Kekäläinen schürzte die Lippen. Linda fand, dass er eigentlich recht ansehnlich aussah.

»Zuerst war es eine verbale Auseinandersetzung. Nurminen hat gelacht, woraufhin Laura die Nerven verlor und auf ihn losging. Ein anderer Mitschüler ging dazwischen, und dann mischten sich auch andere ein.«

»Können Sie sich daran erinnern, worum es in diesem Streit genau ging?«, erkundigte sich Linda.

»Ich meine, es ging um ein Foto. Ein unglaublicher Aufruhr! Zuletzt blieb mir nichts anderes übrig, als die beiden zur Direktorin zu schicken.«

Sie nickte. »Ich habe mit den beiden ein ernstes Gespräch geführt. Nachdem sie sich gegenseitig entschuldigt hatten, habe ich sie zurück in die Klasse geschickt und den Eltern eine Nachricht geschrieben.«

»Der Streit ging also um eine E-Mail und ein Foto?«, fragte Linda noch einmal nach.

»Wenn ich mich richtig erinnere, hat Oliver Laura ein Foto geschickt, über das sie sich fürchterlich aufgeregt hat. Später hat sie gesagt, dass sie überreagiert habe«, ergänzte die Direktorin.

»Was war auf dem Foto zu sehen?«

»Das hat keiner der beiden verraten. Ich konnte sie ja auch nicht zwingen.«

Laura kam nicht umhin sich vorzustellen, dass es sich um eines jener Fotos gehandelt haben könnte, die Laura ins Internet gestellt hatte. Vielleicht war sie deshalb weggelaufen. Die Verbreitung eines intimen Fotos in der Schule würde jeden aus der Fassung bringen. Hoffentlich hatte sie sich nichts angetan.

»Was für ein Schüler ist Oliver Nurminen?«

»Einer der schlausten. Ich tippe auf eine glänzende Zukunft für ihn«, erklärte Kekäläinen.

»Das passt aber nicht zu diesem Vorfall.«

»Nun ja, wer ist schon perfekt. In diesem Alter kochen die Gefühle dauernd über.«

Linda nickte. Lauras Klassenlehrer Onni Sandberg hatte das gestern fast genau so formuliert.

Sie dankte beiden und wandte sich dann aber noch einmal an Kekäläinen: »Könnten wir uns noch kurz zu zweit über die Online-Aktivitäten der Jugendlichen unterhalten?«

Kekäläinen schürzte wieder die Lippen, doch seine Augen lächelten.

Linda errötete, sah, das Kekäläinen es bemerkte, und errötete noch mehr.

»Sie wissen nicht, worum Sie mich da bitten. Das ist mein

Steckenpferd. Wir können uns im Computerraum unterhalten, der ist gerade frei.«

Linda verabschiedete sich von der Direktorin und folgte Kekäläinen ins Erdgeschoss. An der Garderobe war ein hitziges Gespräch im Gang. Zwei Männer, die sie sofort erkannte, diskutierten laut vor der Tür zur Aula. Es waren der Hausmeister der Schule Markku Rantanen und Lauras Klassenlehrer Onni Sandberg, doch Linda konnte nicht genau verstehen, worum es ging. Als die beiden sie kommen sahen, verschwanden sie sofort in verschiedene Richtungen. Kekäläinen sah Linda an und zuckte die Schultern.

Vor dem Computerraum zog Kekäläinen den Schlüssel mit der gesunden Hand aus der Hosentasche und schloss auf. Er schaltete das Licht ein.

»Es ist einfacher, wenn ich es Ihnen zeige.«

Er ging zum Lehrertisch, bewegte kurz die Maus und gab sein Passwort ein, als der Bildschirm aufleuchtete. Linda zog sich einen Stuhl heran.

»Ich verfolge schon seit Langem mit Sorge, wohin sich das Internet entwickelt«, sagte Kekäläinen und klickte auf dem Desktop mehrere Icons an. »Genau genommen bereits seit den Neunzigern, aber meine Sorge ist enorm gewachsen.« Das Funkeln in seinen Augen war erloschen, sein Gesicht jetzt ernst. Linda fand, er strahlte eine angenehme Wärme aus.

»Haben Sie Kinder?«, fragte er, und als Linda nicht gleich antwortete, fügte er hinzu: »Ich frage, weil ich Ihnen gleich etwas zeigen möchte, das ziemlich schockierend ist.«

»Ich denke, ich bin ziemlich abgehärtet«, meinte Linda.

Der Informatiklehrer lächelte. »Na klar, ich hatte ganz vergessen, dass Sie Polizistin sind.«

Linda lächelte zurück. »Das nehme ich mal als Kompliment. Ehrlich gesagt, ist meine Tochter Schülerin dieser Schule. Linnea Toivonen.«

»Natürlich! Sie beide haben viel gemeinsam.«

Kekäläinen loggte sich auf seinem Facebook-Account ein. »Wir gehören der gleichen Generation an. Auch zu unserer Zeit wurden einzelne Schüler fertiggemacht, aber auf andere Art: physischer und sichtbarer. Heutzutage gibt es keinesfalls weniger Mobbing, aber es ist versteckter und findet in anderen Räumen statt.«

Nach ein paar Klicks hatte er das Gesuchte gefunden: eine Facebook-Gruppe mit dem Namen »Milla ist eine H*re!«. Nur Gruppenmitglieder konnten den Inhalt einsehen, aber davon gab es über einhundert, und es bedurfte wahrlich keiner Fantasie, um zu erraten, worum es in den Chats in dieser Gruppe ging. Das Profilbild war die Handyaufnahme eines Mädchens mit leicht runder Brille, das schätzungsweise in die siebte Klasse ging und eine hautenge Jeans und ein nabelfreies Shirt trug.

»Diese Art von Seiten gibt es zu Tausenden. Jeder Beliebige kann eine Mobbing-Seite ins Leben rufen, auf der das Opfer beschimpft, über es hergezogen und Fotos von ihm geteilt werden.«

In Lindas Eingeweiden rumorte es. Wie mag Milla sich gefühlt haben, als sie auf diese Mobbingseite gestoßen ist? Und wie würde Linda sich fühlen, wenn es zu Linnea eine ähnliche Seite gäbe?

Kekäläinen sah Linda von der Seite an, er hatte ihre ungeteilte Aufmerksamkeit.

»Ich habe zu diesem Thema schon dutzende Lesermeinungen an verschiedene Zeitungen geschickt. In einigen Fällen wurden sie veröffentlicht, aber in den meisten Fällen wurden sie kaum registriert. Und das ist nur die Spitze des Eisbergs. Unsere Generation ist auf Facebook, aber die Jugend von heute hat damit nichts mehr im Sinn. Sie nutzen komplett andere Kanäle. Neue Internetforen schießen wie Pilze aus dem Boden, und die Eltern haben keine Chance, damit Schritt zu halten. Wir kennen gerade noch Twitter, Instagram, TikTok, YouTube und WhatsApp, aber es gibt Dutzende weitere Kanäle, in denen man Nachrichten posten kann, ohne Spuren zu hinterlassen. Auf diesen Plattformen wird mit Drogen und Pornografie gehandelt, gedroht und erpresst, gemobbt und gepöbelt, ohne dass die Erwachsenen auch nur die geringste Ahnung davon haben. Für unsere Kinder ist das Alltag und eine Wirklichkeit, die wir ernst nehmen müssen.«

Kekäläinen machte eine Pause, und weil Linda nichts fragte, fuhr er fort, sichtlich erfreut, über sein Lieblingsthema referieren zu können.

»Kinder können sehr grausam sein. Ich habe Fälle gesehen, in denen ein zehnjähriges Mädchen erpresst wurde, kompromittierende Fotos von sich zu teilen, die dann über die unterschiedlichsten Kanäle weiterverbreitet wurden. Wahrscheinlich sind sie immer noch im Umlauf, Jahre später. Heute kann sich jeder mit ein paar Klicks Medikamente, Drogen, harte Pornografie oder Steroide an die Haustür bestellen. In unserer Jugend haben wir uns Sexmagazine aus dem Altpapier geklaubt, mittlerweile haben schon Erstklässler das Internet in der Tasche. In den Pausen wird darum gewetteifert, wer sich traut, auf dem Handy das schlimmste Video anzuschauen.«

»Laura ...«, fing Linda an, ließ aber den Satz unvollendet.

Kekäläinen, dem das nicht entging, sagte: »Es würde mich nicht überraschen, wenn sich in Lauras Browserverlauf ähnliche Dinge finden, aber das geht mich natürlich nichts an. Bedauerlicherweise kann sich dem heutzutage kein einziger junger Mensch entziehen.«

»Kein einziger?«

Kekäläinen sah sie mitfühlend an. »Nun, vielleicht habe ich das ein bisschen zugespitzt ausgedrückt. Ganz so schlimm ist es nicht. Die jungen Leute werden von Generation zu Generation immer cleverer, auch wenn wir Erwachsenen ständig etwas an ihnen auszusetzen haben. Es ist schwer zu akzeptieren, dass unsere Kinder uns überholen. Die jungen Leute von heute kriegen schon als Zweijährige ein Tablet in die Hand gedrückt und wachsen in einer vom Internet dominierten Welt auf. Sie können Fakenews und Internetbetrug erkennen und sind sich der Gefahren deutlich besser bewusst als wir in die Jahre gekommenen Boomer.«

Linda lächelte verhalten über Kekäläinens Feingefühl. Trotzdem ging ihr nicht aus dem Kopf, was er gesagt hatte.

»Kann ich mich wieder an Sie wenden, wenn noch Fragen zur Internetnutzung auftauchen?«

»Selbstverständlich«, versicherte Kekäläinen, kramte einen Werbekugelschreiber hervor und reichte ihn Linda.

»Autosoft Consultants«, las Linda vor.

Kekäläinen grinste verlegen. »Das ist keine Werbung. Aber auf dem Stift steht meine Privatnummer. Ich mache ab und zu Jobs als Softwarespezialist. Ich helfe Leuten bei Computerproblemen, räume Festplatten auf, repariere sie, solche Sachen. Schon bevor ich Lehrer wurde, habe ich mir damit mein Geld verdient.«

Linda ließ den Stift in die Tasche gleiten und bedankte sich bei Kekäläinen, der sie noch zum Ausgang begleitete. Es war viertel nach zwölf, und ein schneidend kalter Wind wehte. Laura war jetzt seit fast achtundvierzig Stunden verschwunden.

11

Der stumpfe Bug des Busters glitt durch das schwarz dahinströmende Wasser. Kari Venäläinen war mit seinem Boot stromaufwärts unterwegs, er lehnte sich gegen den Fahrersitz und goss sich Kaffee aus der Thermosflasche in den Becher. Über dem Flussdelta wogte still der Morgennebel. Langsam kroch die Sonne über den Baumwipfeln empor. Kari liebte das mosaikartige Flussdelta, das ständig seine Form änderte. Nie konnte er sich daran satt sehen. Wie eine völlig andersartige Welt lag es zwischen der Stadt und dem Meer. Der Wind hatte nicht aufgefrischt, sodass der zarte weiße Nebel über dem Mündungsgebiet liegenblieb, als hätte jemand einen Schleier über der Landschaft ausgebreitet.

Kari stellte den Kragen seines Wollpullovers auf und zog den Reißverschluss des Floatinganzugs hoch. Die Morgenstunden wurden Tag für Tag kühler. Noch war Herbst, doch bald schon würde die Kälte wütend hereinbrechen, und die Reusen mussten für den Winter eingelagert werden. Dann begann das lange Warten auf den Frühling.

Kari steuerte eine Biegung an, in der der Fluss etwas breiter wurde, und sah die Reusenstangen, die sich in der Strömung bogen. Er lenkte das Boot so nah an den Rand des Schilfs wie er konnte. Kari richtete sich auf und kuppelte aus. Er griff nach der ersten Markierungsfahne und ankerte, um den Fang einzuholen. Er trank den letzten Schluck Kaffee, zündete sich eine Zigarette an und betrachtete den Fluss und dessen schwarze Oberfläche. Die Sonnenstrahlen wärmten allmählich, der auffrischende Wind hatte den Nebel vertrieben.

Als er aufgeraucht hatte, stellte er die Fischboxen zurecht, griff nach dem Seil und begann die Reusen, mit denen er hier Flussneunaugen fing, ins Boot zu hieven. Sofort spürte er einen Widerstand.

»Verdammt!«

Nach Jahrhunderten der Holzflößerei war der Grund voller gesunkener Stämme. Falls sich eine der Schnüre im Schlick daran verfangen hatte, wäre die Reuse hinüber. Und an die vergeudeten Arbeitsstunden für das Aufstellen wollte er gar nicht erst denken. Kari zog mit mehr Kraft und hoffte, dass es sich nur um einen Ast oder den Wurzelstock einer Gelben Teichrose handeln möge, der sich lösen würde, wenn er nur ordentlich Kraft aufwand.

Nach und nach hob sich die Reuse, und Kari seufzte erleichtert. Er holte das Seil weiter ein, und legte es aufgewickelt auf den Boden des Bootes. Die Fangreuse wog ordentlich und Kari musste seine ganze Kraft aufbringen. Da würde sicher noch etwas anderes an die Oberfläche kommen. Als die oberste Netzkammer auftauchte, griff er mit beiden Händen danach, um sie ins Boot zu hieven. Abrupt hielt er inne. Im Netz hatte sich tatsächlich etwas verfangen, aber es war kein Holz und auch nicht die Wurzel einer Teichrose. Es sah aus wie ... Kari schluckte ... eine Kinderhand.

Die Reusenstangen kreisten in der Bewegung des schwarzen Wassers. Unverwandt starrte er auf die blütenweiße Hand und die zarten Finger, die sich im fließenden Wasser bewegten wie die Knospen des schwimmenden Laichkrauts. Er wollte schreien, aber der Schrei blieb ihm in der Kehle stecken. Sein Gehirn arbeitete mit Hochdruck. Um sicherzugehen, zog er die Reuse noch einmal übers Wasser, bereute es aber sofort, denn jetzt kamen zerzauste lange Haare zum Vorschein, die im Wasser trieben wie schwarzes Gras und kurzzeitig ein blasses, blutleeres Gesicht freigaben. An Kinn und Hals hatten sich zwei Flussneunaugen festgesaugt. Ihre muskulösen Körper wanden sich hin und her. Es handelte sich um ein junges Mädchen, fast noch ein Kind. Kari hatte die Nachrichten verfolgt und brachte die Leiche sofort mit der vor zwei Tagen verschwundenen Laura Törmänen in Verbindung, deren Foto in der Zeitung abgebildet worden war.

Zunächst wollte er das Mädchen über den Bootsrand heben, doch sein Mut verließ ihn. Also befestigte er die Reuse am Bootsrand und zog sein Handy hervor. Er musste sich abwenden, konnte den Blick aus den starren grauen Augen nicht ertragen. Er fürchtete, der Körper könnte erneut in die Tiefe sinken, und gleichzeitig hoffte er es. Seine Finger zitterten, als er den Notruf wählte.

12

Das Boot fuhr an der Fontäne im Kokemäenjoki-Fluss vorbei, umrundete die Spitze der Insel Kirjurinluoto und bog in den Flussarm Luotsinmäenhaara ein. Der Polizeimeister schaltete das Blaulicht ein und gab Gas. Der Innenbordmotor brummte, über das mit Raureif bedeckte Ufer glitt blaues Leuchten. Das Boot schnitt durch die Wasseroberfläche. Instinktiv griff Linda nach der Reling und hielt sich krampfhaft daran fest. Sie blickte zu Paloviita, der mit einer Hand seine Kapuze festhielt und mit der anderen die Reling umklammerte. Sie lächelten sich zu.

Der Flussarm war in Erwartung des Winters erstarrt. Die Bäume am Ufer reckten schwarz ihre Äste. Über den Feldern und Weideflächen hingen noch dünne Nebelfladen, die der fahle Schein der Sonne noch nicht gänzlich aufzulösen vermochte. Das mit einem Zwillingsmotor ausgestattete Schlauchboot der Wasserrettung überholt sie. Die Bootsführer grinsten sich kurz an. Dann drückte der Fahrer des Schlauchbootes den Gashebel durch und ließ sie stehen, als hätte er eine Rakete gezündet.

Sie fuhren unter der Vaasantie hindurch und ließen das Klärwerk und die ehemalige Müllhalde hinter sich. Der Fluss wurde breiter, der Baumbewuchs spärlicher, das Flussdelta bestand hier überwiegend aus Inselfleckchen. Überall Schilfröhricht, durch das sich das Wasser unaufhörlich neue Wege bahnte und Verästelungen aus Fahrrinnen, Erdhügeln und Wasserflächen bildete. Am Horizont ragte der Beton-Schornstein der ehemaligen Pigmentfabrik in die Höhe wie ein riesiger in die Wolken gereckter Finger. Schwärme von Schwänen, Kranichen und Gänsen erhoben sich, von den Booten aufgeschreckt, in die Lüfte. In der

Biegung wurden sie langsamer, der Bootsführer sprach in sein Funkgerät und fuhr an die Seite.

Das Boot der Wasserrettung schaukelte neben dem verbeulten Buster und den Reusenstangen. Die Ausläufer der Heckwelle trafen ihr Boot, das kontrolliert neben den anderen Booten zum Stehen kam. Paloviita befestigte das Schlauchboot am Targa, dem Boot der Polizei.

Der Fahrer des Busters saß zusammengesunken auf der Ruderbank. Sein Gesicht war von tiefen Furchen gezeichnet, die aussahen, als wären sie von den Zinken einer Harke verursacht worden. Zwischen den Zähnen hing eine Zigarette.

Die Reuse trieb zwischen Bojen und Stangen und war halb über die Bordwand gezogen. Ein einziges Gewirr aus Netzen, Stricken und Styroporbällen. Der Polizeimeister stellte den Motor ab. Es wurde still. Oberflächlich betrachtet schien der Fluss zu stehen, doch die Kraft der Strömung war an der Schrägstellung der Bojen zu erkennen.

Der Fischer deutete auf die Reuse. Paloviita und Linda reckten sich, um etwas erkennen zu können, aber die Boote behinderten die Sicht. Einer der Wasserretter drehte sich zu ihnen um und sagte:

»Ein junges Mädchen.«

Er half Linda und Paloviita ins Schlauchboot hinüber. Sie balancierten über die Bordwände. Linda sah an den Seilen entlang in die Tiefe des Wassers hinab und entdeckte die Leiche. Sie hatte sich an einer Seitenwand der Reuse verfangen, ihr Gesicht zeigte nach oben. Quer über der Brust lag ein knallgelber Strick, der die Leiche fixierte. Ihre rechte Hand bewegte sich in der Strömung, als wollte sie Lebewohl sagen. Linda erkannte sofort, dass es Laura Törmänen war. Ihr Magen zog sich stechend zusammen.

Der Einsatzleiter testete das Gewicht der Fischfangvorrichtung. Für kurze Zeit trieb die Leiche an der Wasseroberfläche und gab den Blick auf geschätzt hundert Flussneunaugen frei, die sich mit ihren Saugmäulern in ihr Fleisch gebohrt hatten. Stellenweise waren es so viele, dass sie aussahen wie wogende Pflanzen, die aus ihrer Haut wuchsen. Paloviita beugte sich über die Bordwand und übergab sich.

Die Rettungstaucher legten ihre Oberbekleidung ab, legten die Gurte um und stiegen ins Wasser. Linda und Paloviita kletterten zurück ins Polizeiboot. Paloviita nahm die Spiegelreflexkamera aus der Tasche und machte Aufnahmen von der Bergungsaktion.

Schließlich gelang es ihnen, die Leiche auf den Boden des Bootes zu rollen. Die Taucher machten sich daran, die Parasiten herauszureißen und über Bord zu werfen. Dann bedeckten sie die Leiche mit einer Plane. Die Motoren starteten. Eine Schar Graugänze flog über sie hinweg, gefolgt von einigen Singschwänen. Schweigend fuhren sie zurück in die Stadt. Erst als der Kirchturm von Poris neugotischer Hauptkirche sichtbar wurde, konnte Paloviita wieder sprechen:

»Zumindest haben wir jetzt Gewissheit.«

»Wir müssen es noch den Eltern sagen.«

»Ich komme mit.«

Linda schüttelte den Kopf. »Ich gehe allein.«

13

Pihlava war wie eine eigene kleine Stadt am Rande von Pori, nicht sehr weit von der Stelle entfernt, an der sie Laura Törmänen gefunden hatten. Entstanden war die Siedlung an der Mündung des Kokemäenjoki im 19. Jahrhundert rund um ein Sägewerk. Nach und nach hatte sich in dem Vorort Pihlava eine ganz eigene Mischung aus drögen Betonbauten und grüner Idylle herausgebildet.

Linda stieg aus dem Auto und nahm den vor ihr aufragenden sechsgeschossigen Plattenbau in Augenschein. Ganz gleich wie der Ruf dieser Vorortsiedlung war, dieses Haus und seine Umgebung machten einen ordentlichen Eindruck. Insbesondere wenn sie es mit der vorigen Wohnung ihrer Mutter verglich, einer Doppelhaushälfte im Stadtteil Nr. 6. Auch das eine kommunale Sozialwohnung. Linda war nur einmal dort gewesen. Sie hatte ihre Mutter, die völlig vergessen hatte, dass sie eine neue Winterjacke für sie kaufen wollten, sternhagelvoll auf dem Boden in der Küche vorgefunden. Sie hatten gestritten, und Linda hatte Türen knallend die Wohnung verlassen, sich auf den Weg nach Hause gemacht und einen Wodka-Orange hinuntergekippt.

Auch jetzt war sie angespannt, weil sie nicht wusste, in welcher Verfassung ihre Mutter wäre und worüber sie sich diesmal wohl streiten würden.

Die Haustür war verschlossen. Sie fand den Namen ihrer Mutter auf der Klingelleiste, drückte den Knopf und wartete. Nichts geschah. Sie drückte erneut.

Immer noch keine Reaktion. Es fing an in ihr zu brodeln. Falls ihre Mutter ihr Treffen erneut vergessen hatte, dann wäre es das.

Das endgültige Aus. Sie würde jeden Kontakt abbrechen, egal ob sie Krebs im Endstadium hatte oder nicht. Niemand musste einen derartigen Umgang ertragen.

Sie klingelte noch einmal, konstatierte, dass man sie erneut versetzt hatte, und machte kehrt. Vor Wut stiegen Tränen in ihr auf. Ihr Tag war mehr als miserabel verlaufen. Zuerst hatten sie Lauras Leiche gefunden, dann Eveliina Törmänen die Todesnachricht überbracht. Und jetzt hatte Mutter sie versetzt. Sie hatte sich erst ein paar Schritte vom Haus entfernt, als sie aus Richtung des Fahrradständers eine vertraute Stimme vernahm.

»Du kommst früh.«

Linda drehte sich um. Mutter schob das Vorderrad in den Ständer. Im Lenkradkorb ein Stoffbeutel, aus dem Lebensmittel ragten.

»Ich war einkaufen.«

Die düstere Wolke in ihrem Kopf löste sich augenblicklich auf. Sie schlenderte zum Rad ihrer Mutter und nahm den Beutel heraus. Dann gingen sie gemeinsam ins Treppenhaus und riefen den Fahrstuhl. Von Amts wegen war Linda schon unzählige Male in vergleichbaren mehrgeschossigen Gebäuden gewesen, um aus dem Ruder gelaufene Streitigkeiten zu beenden und Säufer abzutransportieren. Die Polizei war in dieser Gegend ein täglicher Gast.

Mutters Wohnung lag im vorletzten Stock. Sie schloss die Tür auf, und Linda wappnete sich gegen den Anblick haufenweise geleerter Flaschen.

Aber es war keine einzige Flasche oder Dose zu sehen. Die gut dreißig Quadratmeter große, spärlich möblierte Wohnung war komplett aufgeräumt.

Linda zog die Schuhe aus, hob den Beutel neben die Küchenspüle und fing an, die Einkäufe in den Kühlschrank zu räumen. Sie wollte helfen, aber auch sichten, was sich im Beutel und im Kühlschrank befand. Ihre Mutter ging derweil auf die Toilette, wusch sich die Hände und stellte die Kaffeemaschine an. Ein Blick aus dem Fenster zeigte Linda, dass die Aussicht wirklich schön war. Man konnte von hier aus bis zur Bucht Preiviikinlahti sehen.

Mutter setzte sich auf die Couch und steckte sich eine an.

Linda wollte sich schon aufregen, hielt sich dann aber zurück. Wer war sie, anderen etwas zu predigen? Stattdessen holte sie ihre eigene Schachtel und zündete sich aus Geselligkeit auch eine an. Sie rauchten schweigend und sahen sich an. Mutter aschte in einen Emaillebecher und unterbrach die Stille als Erste.

»Danke«, sagte sie.

»Wofür?«

»Dass du gekommen bist.«

Linda stiegen Tränen in die Augen, und sie gab blinzelnd vor, dass der Rauch daran schuld war. »Wie geht es dir?«

Mutter bewegte die Hand hin und her: »Mal so mal so. Im Moment ganz gut.«

»Was sagen die Ärzte?«

»Sie machen Tests. Wenn ich nicht an Krebs sterbe, dann weil sie mich leergepumpt haben.«

»Möchtest du, dass ich das nächste Mal mitkomme?«

»Das wäre schön. Meistens verstehe ich die Hälfte von dem, was sie sagen, nicht, und an die andere Hälfte kann ich mich nicht erinnern.«

Der Kaffee war durchgelaufen. Linda füllte die Tassen. In eine Schale gab sie ein paar Kekse, die Mutter gekauft hatte.

»Die Wohnung ist viel netter als deine alte«, sagte sie.

»Das Haus wurde abgerissen. Ich hätte lieber weiter so nah am Zentrum gewohnt, aber das hier war die einzige Wohnung, die frei war.«

Linda dachte bei sich, dass es nur gut war, dass ihre Mutter in einigem Abstand zu ihren Saufkumpanen wohnte. Möglicherweise waren diese aber auch gar nicht mehr am Leben.

Sie tranken Kaffee und rauchten. Linda wusch das Geschirr,

räumte es in den Schrank, saugte, wischte Staub und scheuerte das Klo.

»Ich komme Freitag wieder. Ich habe noch Vorhänge, die gut hierher passen würden. Also, falls du sie willst.«

Mutter lächelte ihr nikotingelbes Lächeln, und kurz erschauderte Linda, als ihr schlagartig klarwurde, dass sie sich in einem zwanzig Jahre ältermachenden Spiegel erblickte.

»Mir tut alles so leid«, sagte Mutter.

Zuerst verstand Linda nicht, was sie meinte, sie brauchte eine Weile, bis die Bedeutung der Worte zu ihr durchdrang. Und dann wusste sie nicht, was sie darauf antworten sollte, starrte ihre Mutter einfach nur an, die plötzlich ganz klein aussah.

»Ich meine damals, als du nach Mailand gegangen bist. Ich war dir keine Stütze, auch danach nicht, obwohl ich gesehen habe, dass nicht alles in Ordnung war, als du zurückkamst. Ich war nur froh, dass du das Modeln aufgegeben und die Schule beendet hast. Ich war eine schlechte Mutter. Das ist mir in letzter Zeit nicht aus dem Kopf gegangen.«

Linda nickte. Sie spürte einen Kloß im Hals, und erneut spürte sie die aufsteigenden Tränen. Auch Mutters Augen schimmerten feucht.

»Dein Vater und ich haben uns geliebt. Vielleicht hat es nicht so ausgesehen, aber wir waren einander wichtig.«

Linda kehrte in Gedanken in ihre Kindheit zurück. An einige schöne Tage konnte sie sich erinnern, an denen sie etwas gemeinsam unternommen hatten. Doch jede Erinnerung wurde überschattet von einer dunklen Wolke: Mutter und Vater streitend in der Küche, splitterndes Geschirr und donnernde Türen. Wenn ihre Eltern sich anschrien, hatte sie sich häufig in einer Lücke zwischen Wand und Kleiderschrank versteckt.

Mutter machte eine Pause, drückte die Zigarette aus und zündete sich sofort eine neue an. »Glaub nur nicht, dass ich darüber nie nachgedacht habe.«

Lindas Unterlippe begann zu zittern, und sie musste all ihre Willenskraft aufbringen, um sich zu beherrschen. In ihrem Geist hatte sie dieses Gespräch hunderte Male geführt, mitunter sogar ihrer beiden Rollen laut gesprochen. In ihrer Vorstellung hatte sie ihrer Mutter stets entgegengeschleudert, dass sie an allem schuld wäre. An der Scheidung, auch an Lindas eigener, daran, dass sie bereits mit sechzehn zu Hause ausgezogen war, ja sogar an Vaters Tod. Allerdings hatte sie nie damit gerechnet, dass sie dieses Gespräch eines Tages tatsächlich führen würden. Noch vor einem Jahr war sie überzeugt gewesen, dass sich das Verhältnis zwischen ihr und ihrer Mutter nie bessern würde. Jetzt stand sie auf einmal im Wohnzimmer ihrer Mutter, und das Gespräch war in vollem Gange.

»Ich habe schon jung gelernt zu trinken«, sagte Mutter.

Linda nickte. Fast hätte sie gesagt, *»dito«*, doch sie schwieg.

»Als du anfingst zu modeln, war ich sauer. Ich dachte, du stößt mich weg. Du hattest eigenes Geld und viele Freunde. Du warst mir entglitten. Dann bist du nach Mailand gegangen, wie ich fürchtete, für immer. Doch dann kamst du zurück. Was ist dort passiert? Du hast nie darüber gesprochen, und ich habe mich nicht getraut, dich zu fragen.«

Lindas Nacken und Rücken kribbelten. Sie sagte nur: »Es war einfach nichts für mich.«

Mutter und sie sahen sich forschend an und fanden sich vor derselben Mauer des Schweigens wieder, die immer schon zwischen ihnen gestanden hatte.

»Als ich jung war, war auch ich schön. Und ich war mir dessen sehr bewusst. Ich glaubte, ich müsste nichts weiter tun, alles würde mir einfach in den Schoß fallen, einfach, weil ich gut aussah. Bis es dann eines Tages nicht mehr so war.«

Linda nickte erneut.

Mutters Worte hätten auch aus ihrem Mund kommen können. Urplötzlich zuckte sie zusammen. Sie hatte das Gefühl, als wäre sie in der Zeit vorwärts gereist, säße ihrerseits an Mutters Stelle und führte ein identisches Gespräch mit Linnea.

»Ich will nur, dass du weißt, dass es mir leidtut.«

»Danke«, krächzte Linda. Ihre Augen füllten sich mit Tränen, und sie strich sich mit dem Handballen über die Augen. »Ich muss los. Ich komme Freitag vorbei, um die Vorhänge auszumessen.«

Der Fahrstuhl war im Erdgeschoss. Linda nahm die Treppe. Sie setzte sich ins Auto, lehnte den Kopf gegen das kühle Lenkrad und verharrte lange in dieser Position. Schließlich startete sie den Motor und fuhr zurück ins Stadtzentrum.

DRITTER TEIL

Itä-Savo-Kurier vom 03. 05. 2021

POLIZISTIN AUS IMATRA WEITER IN HAFT

Das Amtsgericht Imatra hat gestern Haftbefehl gegen die 1979 geborene Polizeiobermeisterin Siiri Helena Bohm aus Imatra erlassen. Bohm befindet sich seit dem Vorabend des Ersten Mai in Untersuchungshaft. Die Polizei ermittelt wegen Mordes mit besonderer Schwere der Schuld, Amtsanmaßung und grober Amtspflichtverletzung. Wie im April bekannt wurde, soll die erfahrene Polizistin mit ihrer Dienstwaffe einen 1969 geborenen Mann in seiner Privatwohnung im Rahmen eines Polizeieinsatzes tödlich verletzt haben.

Die Verteidigung betont, dass es bei dem Einsatz zu einer für die Polizistin lebensbedrohenden Situation gekommen sei, bei der der Einsatz von Gewalt und der Gebrauch der Dienstwaffe unerlässlich gewesen seien, um ihre eigene Sicherheit und die ihres Kollegen nicht zu gefährden. Anfänglich waren die Ermittlungen wegen des Verdachts auf rechtswidrige polizeiliche Gewalt geführt worden. Die Polizistin wurde erst drei Tage nach dem Einsatz in Gewahrsam genommen, nachdem festgestellt worden war, dass weder die kriminaltechnischen Untersuchungen noch die Obduktion die Schilderung der Tatverdächtigen zum Tathergang stützten. Zum weiteren Stand der Ermittlungen machte die Polizei keine Angaben.

14

Aus dem Fenster sieht sie die Universität, auf deren Backsteinmauern die über Mailand aufgehende Sonne stetig neue Bilder zeichnet. Linda zieht den Vorhang einen Spalt auf und lässt sich von den Sonnenstrahlen wärmen. Sie öffnet das Lüftungsfenster, schließt die Augen und lauscht dem Lärm der Straße, nimmt den Geruch der erwachenden Millionenstadt in sich auf, es riecht nach Backwaren, Diesel und Baumwollstoffen. Die Straßen flimmern in der Hitze, und Linda hat das Gefühl, der glücklichste Mensch unter der Sonne zu sein.

Aisha schlurft nur in Unterwäsche zur Küche, gähnt und lächelt. Linda lächelt zurück und vergleicht insgeheim ihren Körper mit Aishas gazellenhaften Gliedern. Neben ihrer Mitbewohnerin fühlt sie sich wie ein kleines Mädchen. Aishas kurze lockige Haare geben den Blick frei auf ihren zarten Schwanenhals und ihre festen Rückenmuskeln.

Die aus dem Senegal stammende Aisha ist zwei Jahre älter als Linda und arbeitet bereits im zweiten Jahr als Laufstegmodel in Mailand. Sie waren sich sofort sympathisch, und Aisha hat ihr wie eine große Schwester erklärt, wie alles in Mailand abläuft – dass um jeden Job ein harter Wettbewerb herrsche, dies aber zum Geschäft gehöre. Und jetzt, nach der zurückliegenden ersten Woche in Mailand hat Linda das Gefühl, Aisha schon ihr ganzes Leben zu kennen.

Aisha füllt den Kessel mit Teewasser und zündet den Gasherd an.

»Nadia, trinkst du auch einen Kaffee?«, gluckst Aisha.

Aus einem der Schlafzimmer dringt Deckenrascheln und Ge-

murmel, was sie als Zustimmung werten. Aisha und Linda grinsen sich an.

Die dritte Bewohnerin in ihrer Wohngemeinschaft ist Nadia aus Polen, die faktisch im Bett lebt und nur aufsteht, um zu essen, aufs Klo zu gehen oder zu arbeiten. Gestern Abend, als Nadia schon schlief und Linda mit Aisha noch in der Küche saß, hatte Aisha ihr zugeraunt, dass Nadia ein typisches Model aus dem Ostblock sei: stolz und faul wie ein Esel, die schlank bleibt, selbst wenn sie zum Frühstück ein Pferd verspeist. Darauf kicherten sie und konnten sich gar nicht wieder einkriegen.

Das Telefon im Flur klingelt. Wieder hören sie es rascheln und nackte Füße über den Boden tapsen, als Nadia zum Telefon hastet. Der vierte Anlass, der Nadia aus dem Bett treibt, ist ihr Freund, der alle paar Stunden anruft.

Im Flur ist Genuschel zu hören und dann ihre enttäuschte Stimme:

»Linda, it's for you.«

Linda schaut zu Aisha und stapft in den Flur. Nadia ist schon wieder in ihrem Bett verschwunden und hat den Hörer einfach baumeln lassen. Linda hebt ihn ans Ohr. Sie lauscht den Anweisungen und notiert sie schnell auf dem Notizblock neben dem Telefon. Linda geht in die Küche zurück, wo Aisha dabei ist, den Frühstückstisch zu decken.

»Ich bin zu einem Casting eingeladen.«

Aisha zeigt ihr strahlendweißes Lächeln. »Herzlichen Glückwunsch, wo findet es statt?«

Linda schaut auf ihren Zettel. »In der Corso Sempione.«

Aisha stößt einen Pfiff aus. »Bei der Milano Model Agency. Deine Mappe hat Eindruck gemacht. Wann?«

»Um zehn.«

Aisha sieht auf die Uhr, stellt das Gas aus und schiebt Linda ins Bad. »In anderthalb Stunden? Dann müssen wir dich herrichten, und zwar ein bisschen flott!«

Aisha setzt Linda auf den Klodeckel und kramt in ihrer Schminktasche.

Als sie Nadia in der Küche schimpfen hören: »Wo zum Teufel bleibt das Frühstück?«, kichern beide los.

15

»Wie hat Eveliina Törmänen es aufgenommen?«

Linda betrachtete Paloviita. »Was glaubst du wohl?«

Paloviita sah ein, dass die Frage nicht sehr überlegt gewesen war. Lindas Gesicht war von einer Schwermut gezeichnet, die Paloviita so noch nie wahrgenommen hatte.

Die Wolken stapelten sich am Himmel, außerdem hatte ein recht kräftiger Wind eingesetzt. Die Dämmerung hüllte die Stadt ein wie ein Samtumhang. Sie liefen den Hügel hinauf, gingen um das Krankenhaus herum und zum Eingang der Pathologie. Schon so oft waren sie hier gewesen, aber jeder Besuch in der Rechtsmedizin löste in ihnen den gleichen Widerwillen aus.

An seinen ersten Besuch hier konnte sich Paloviita nur zu gut erinnern, wie wohl jeder Kriminalpolizist. Er war gekommen, um ein Ehepaar zu begutachten, das bei einem Verkehrsunfall in seinem Wagen eingequetscht und übel zugerichtet worden war. In der darauffolgenden Nacht hatte er einen Albtraum, in dem er selbst auf dem Obduktionstisch lag, die Brust mit groben Stichen vernäht, die einer nach dem anderen aufrissen, woraufhin etwas Großes, Lebendiges aus ihm hervorquoll. Schweißgebadet war er aufgewacht.

Die Pathologie lag in den neuen Räumlichkeiten des renovierten Flügels, aber selbst durch den Geruch von frischer Farbe, Putz- und Desinfektionsmitteln drang deutlich wahrnehmbar der süßlich-beißende Leichengeruch, den Paloviita noch am Abend in der Nase haben würde.

Sie zogen sterile Kleidung über, legten Atemschutzmasken an und betraten den Präparationssaal. Die Rechtsmedizinerin Maarit Heiniluoma war am Morgen für die Obduktion von Laura Törmänen aus Turku eingetroffen, würde aber auch noch drei weitere Fälle bearbeiten.

Die Rechtsmedizinerin erinnerte sehr an eine Boxerin. Ihre Nase war mehrfach gebrochen, die Kopfbedeckung verbarg kurze blondierte Haare, am Hals hatte sie ein Tribal-Tattoo. Ihre Augen waren grün und groß, eines schielte leicht.

Paloviita konnte sich nicht erinnern, sie je lächeln gesehen zu haben.

Heiniluoma kam direkt zur Sache.

»Todesursache ist Ersticken.«

»Also nicht Ertrinken?«, vergewisserte sich Linda.

Die Pathologin trat an den Seitentisch und hob einen durchsichtigen Beutel auf Augenhöhe. Darin befand sich eine Haarspraydose aus Aluminium.

»Die befand sich in der Luftröhre.«

Linda stöhnte.

»Das Opfer ist an Sauerstoffmangel gestorben, doch davor ist sie schwer misshandelt worden. Ihre Kiefer waren ausgerenkt, zwei Vorderzähne ausgeschlagen und zahlreiche Gesichtsmuskeln wiesen Rupturen auf.«

Heiniluoma führte sie zum Obduktionstisch und schlug das Tuch zurück, dass den toten Körper bedeckte. Paloviita wurde von einer panischen Beklemmung ergriffen. Er hatte Mühe zu atmen. Am liebsten hätte er sich die Atemschutzmaske vom Gesicht gerissen und wäre an die frische Luft hinausgestürmt. Der Geruch von Ethanol, Chlorit und Kupfer umgab ihn wie eine dichte Wolke. Er hatte schon früher zahlreiche Leichen gesehen, und dennoch erforderte es von ihm ungeheure Überwindung, einen Blick auf die leblose Laura Törmänen zu werfen. Der Y-Schnitt auf dem Brustkorb war mit Fäden grob verschlossen und zugetackert. Auf dem Kopf trug sie eine Gazehaube, die, wie Paloviita wusste, die Spuren des mit einer Knochensäge geöffneten Schädels verbergen sollte. Möglicherweise zu gut erinnerte er sich, was er auf der Polizeischule zum Ablauf einer Obduktion gelesen hatte: Das Gehirn wurde nach der Untersuchung nicht zurück in die Schädelhöhle gelegt, sondern vernichtet und der Schädel stattdessen mit Zeitungspapier ausgefüllt.

»Die Leiche hat grob geschätzt dreißig Stunden im Fluss gelegen, das kühle Wasser hat sich verlangsamend auf den Zersetzungsprozess ausgewirkt.« Heiniluoma deutete auf einige Leichenflecken, die sich am ganzen Körper abzeichneten. Am Hals war ein Ring aus Hämatomen zu erkennen. »Alle Spuren, insgesamt achtundzwanzig, wurden ihr sämtlich vor Eintreten des Todes zugefügt. Das Mädchen ist am ganzen Körper misshandelt worden. Wahrscheinlich mit Fäusten, vielleicht auch mit einem stumpfen, harten Gegenstand. Einem Baseballschläger, Rohr oder etwas Ähnlichem. Sie ist ebenfalls heftig gewürgt worden, erkennbar an den blauen Flecken am Hals und den blutunterlaufenen Augen. Zum Tod geführt hat dann aber der Treibgasbehälter, der ihr mit Gewalt in den Rachen gepresst wurde. Er hat die Atemwege verschlossen und einen sofortigen Sauerstoffmangel verursacht. Die Verletzungen in Gesicht, Mund und Kiefer gehen größtenteils darauf zurück.«

Weder Linda noch Paloviita sagten etwas.

Dann zeigte die Rechtsmedizinerin auf drei kreisförmige Male, etwas größer als die Abdrücke eines Saugnapfs, einen an der Schulter, einen mitten auf dem Bauch und einen dritten an der Innenseite des Oberschenkels.

»Zahnabdrücke«, erklärte sie. »Das Opfer wurde dreimal heftig gebissen.«

Linda beugte sich hinunter, um genauer hinzusehen. Paloviita beschränkte sich auf Beobachtungen aus größerer Entfernung.

»Kann man Abdrücke der Spuren für einen zahntechnischen Abgleich anfertigen?«

»Schon geschehen. Keiner der Abdrücke ist vollständig, doch hoffentlich ausreichend für den Abgleich.«

»Wurde sie …«, hub Paloviita an.

»Ja. Die Scheide ist eingerissen. Ich werde das in meinem Bericht genauer ausführen, sobald die Ergebnisse der gerichtschemischen Untersuchung vorliegen. Dann wissen wir mehr.«

Als sie in den Waschraum gingen, um die Schutzkleidung abzulegen, kam Maarit Heiniluoma noch einmal zu ihnen. Das war noch nie vorgekommen.

»Versprecht mir, dass ihr diese Bestie kriegt«, sagte sie.

16

Linda kickte die Schuhe von den Füßen, zog ihre Jacke aus und rief nach Linnea, obwohl sie wusste, dass diese nicht zu Hause, sondern mit Annukka im Stall in Pinomäki war. Zumindest wähnte Linda ihre Tochter dort – doch konnte sie das sicher wissen? Natürlich nicht. Es war höchste Zeit, eine Ortungs-App auf Linneas Handy zu installieren, wie sie viele Mütter in ihrem Bekanntenkreis benutzten.

Die Tür zu Linneas Zimmer war geschlossen, wie neuerdings immer. Auch das war eine Veränderung, die es erst seit Kurzem gab.

Linda ging hinein.

Sie schaute sich in neuer Weise um: mit den Augen einer Polizistin. Ihr Blick schweifte auf dieselbe Weise über Flächen, Regale und Gegenstände, wie sie es im Zimmer von Laura Törmänen getan hatte. Linda versuchte auszublenden, dass sie sich in ihrem Zuhause befand, dass es das Zimmer ihrer Tochter war.

Alles wirkte normal, nur die Gegenstände aus der Kindheit waren in letzter Zeit rarer geworden. An ihrer Stelle gab es nun Schminkdosen, Schmuckkästchen, Ladekabel und elektronische Geräte. Auf ihrem Bett saß nur noch ihr einäugiger Nuppu-Teddy, mit dem sie seit ihrem zweiten Lebensjahr einschlief.

Linda trat an den Schreibtisch und ging alle Schubfächer durch. Bisweilen unterbrach sie ihr Tun, um einen Schulaufsatz oder eine alte Klassenarbeit zu lesen, die Linnea aufgehoben hatte, und stellte fest, dass sie eine kluge Tochter hatte. Viel klüger als sie es je gewesen war.

Sie machte mit dem Kleiderschrank weiter und sah nach,

ob Linnea etwas hinter den Stapeln verborgen hatte, fand aber nichts als Staub. Die verschlossene Schublade im Schreibtisch hob sie sich bis zuletzt auf. Im Leben einer Dreizehnjährigen gab es Dinge, die sie nicht mit ihren Eltern teilte. Das gehörte zum Heranwachsen. Die Schublade war nicht ohne Grund verschlossen. Darin befanden sich private Dinge, die einzig Linnea sehen sollte. Linda dachte an Briefe von damals, die ihr Jungs in der Schule geschrieben hatten, und an ihr eigenes Tagebuch, in das sie Herzchen gezeichnet hatte. Was hätte sie getan, wäre herausgekommen, dass ihre Mutter sie gelesen hatte?

Dann fielen Linda das Tagebuch und der Computer von Laura Törmänen ein und was sie enthalten hatten. Grenzen akzeptieren war Liebe, Neugierde dagegen Sorge. Immerhin hatte Linnea mit Laura Törmänen zu tun gehabt, obwohl sie vorgab, sie nicht näher zu kennen.

Sie hat mich angelogen.

Worüber hatte sie noch gelogen?

Linnea wohnte jeweils eine Woche bei ihr und eine Woche bei ihrem Vater. Sie konnte gut ein Doppelleben führen, von dem keiner von ihnen etwas mitbekam. Außerdem war Ville ziemlich verantwortungslos und darum musste sie nachsehen, was Linnea in dem verschlossenen Schubfach aufbewahrte.

Linda wollte nicht, dass es ihr erging wie Eveliina Törmänen. Ihre Tochter würde nicht in einer Fischreuse enden.

Linda schob ihren Messinghaken ins Schloss und ließ es aufschnappen. Ihr Puls beschleunigte sich. Sie war sich nicht sicher, was sie zu finden befürchtete. Eine angebrochene Packung Kondome, eine Schachtel Zigaretten, Amphetaminpillen oder eine Flasche billigen Weißweins? Sie fand nichts davon. In der Schublade lag nur ein Gegenstand: ein Tagebuch, an dem ein kleines Schloss hing. Linda hatte es ihrer Tochter vor zwei Jahren zum Geburtstag gekauft. Sie zog eine Haarnadel aus ihrer Frisur, damit ließ sich das Schloss leicht öffnen.

Sie verzog das Gesicht bei dem Gedanken, wie sie Linnea das Buch überreicht hatte – vorsichtig wie ein heißes Glas Milch und über dessen Unantastbarkeit referierend. Sie hatte erklärt, dass man in einem Tagebuch absolut ehrlich sein konnte, gerade weil es privat war. Das Tagebuch eines anderen zu lesen war die schlimmste Verletzung der Privatsphäre, die es auf der Welt gab.

Einen Moment zögerte sie. Dann mischte sich ihre innere Stimme in die Überlegungen.

Worüber bist du noch belogen worden?

Unvermittelt wurde die Stimme, die immer die einer Frau gewesen war, zu der rauen und dunklen Stimme eines Mannes: *Ich mache einen Star aus dir!*

Linda zuckte zusammen, so echt hatte die Stimme geklungen, fast als stünde jemand hinter ihr. Sie musste sich umdrehen, um sicherzugehen, dass da niemand war. Wieder stieg ihr der Geruch aus Firnis, Stoff und Staub in die Nase. Sie rieb ihre Finger aneinander, sie fühlten sich glitschig an. Linda wurde übel und sie musste sich setzen. Sie holte ein paarmal tief Luft und schlug dann das Tagebuch ihrer Tochter auf.

Linnea hatte regelmäßig Tagebuch geschrieben. Jede Woche mindestens ein kurzer Eintrag. Genau wie bei Laura handelten sie von der Schule, von Freunden, Hobbys oder einem Song, den sie auf Spotify gehört hatte.

Der Druck auf ihrer Brust ließ nach. Das Büchlein schien nichts Schwerwiegendes zu enthalten. Keine Experimente mit Zigaretten oder Alkohol, und nicht viel über Jungs. Ein paarmal hatte sie einen Jere erwähnt, und Linda war sich relativ sicher zu wissen, von wem die Rede war. Ein schüchterner, nett aussehender Junge, der seit der dritten in Linneas Klasse war. Seine Mutter war Ärztin im Gesundheitszentrum und sein Vater Bauingenieur. Etwa nach der Hälfte der Einträge blieb ihr Blick auf einer Seite hängen, auf der, ganz in der Mitte nur ein einzelner Satz mit Bleistift geschrieben stand: »Mutter ist wieder betrunken.«

Linda las den Satz, ungläubig, mehrere Male.

Mutter – wieder – betrunken.

Ihr war, als hätte sie jemand ins Gesicht geschlagen. Sie blätterte vor und zurück und schlussfolgerte, dass der Eintrag vom sechsten oder siebten April stammen musste. Sie wusste nicht mehr, ob sie an diesem Tag getrunken hatte.

Dann wieder die Stimme einer Frau (die sehr nach der Stimme ihrer Mutter klang): *Red keinen Scheiß! In den letzten fünf Jahren hast du jeden Abend gesoffen.*

Aber das stimmte doch nicht, so war es nicht. Nein? Gestern hatte sie nicht getrunken und auch heute nicht.

Wenn man die zwei Bier am Abend nicht mitzählte, um runterzukommen, weil der Tag so hart war und man etwas brauchte, um einschlafen zu können.

Ihre Haut kribbelte. Es begann an den Fußsohlen und stieg den Körper hinauf bis zur Kopfhaut.

Sie dachte an die Flaschen, die sie im Eckschrank in der Küche, in der unteren Schublade ihres Schreibtisches, in ihrer Handtasche und im Handschuhfach im Auto aufbewahrte. Ihr fielen die unzähligen Male ein, die Linnea sie auf der Couch im Wohnzimmer wachgerüttelt hatte, wenn sie mit einem Glas in der Hand eingeschlafen war. Aber nicht der Alkohol hatte sie ausgeknockt, sie hatte nur ein paar beruhigende Schlucke getrunken und war dann einfach nach einem harten Arbeitstag eingenickt. In Mitteleuropa war es völlig normal, einen Schoppen Wein oder ein Glas Bier beim Mittagessen zu trinken, aber in Finnland wurde man dafür schief angesehen, also musste man es heimlich machen, obwohl daran rein gar nichts Verwerfliches war. Sie war eine geschiedene Alleinerziehende, die gewaltige finanzielle Sorgen und einen Job als Staatsangestellte hatte, der zwar sicher, aber schlecht bezahlt war.

Was war falsch daran, dass sie sich hin und wieder auf dem Sofa ausstreckte und ein Gläschen trank?

Du trinkst nicht, um zu entspannen, raunte die Stimme. *Schon lange nicht mehr – wenn überhaupt jemals.*

Jetzt hatte sich ein spöttischer Unterton in die Stimme geschlichen, und Linda erkannte sie nun sicher als die vom Rauchen heisere Stimme ihrer Mutter, die sich tief in ihr festgesetzt hatte.

Du trinkst, weil du ohne zu trinken nicht mehr sein kannst.

»Halt's Maul!«, kläffte Linda und brachte die Stimme zum Verstummen.

Dann erfasste sie Wut.

Wie konnte Linnea nur so etwas schreiben!

Von ihr, ihrer Mutter, die sie ernährte und kleidete und durch die Gegend chauffierte, die hunderte Nächte an ihrem Bett gewacht hatte, als Linnea noch ein Baby war.

Mutters kalte Stimme blaffte immer noch irgendwo in ihrem Hinterkopf, aber Linda hörte nicht mehr auf sie, denn sie wusste, dass die Stimme Unrecht hatte. Sie war keine Säuferin so wie ihre Mutter. Sie ging arbeiten, erledigte ihre täglichen Aufgaben und machte nie blau. In der Tat machte sie ihre Arbeit besser als jeder ihrer Kollegen – und mit einem gewissen Stolz konnte sie verkünden, dass sie sich noch nie vor einer Aufgabe gedrückt hatte.

Sie blätterte weiter im Tagebuch.

In ihrem Geist herrschte Schwärze. Von überall her prasselten jetzt die Beschimpfungen auf sie ein – und wenn nichts gesagt wurde, verletzte sie auch das. Als wäre sie nichts wert, als wäre sie ein Nichts.

Anfang August gab es wieder einen Eintrag.

Mama war einkaufen. Die Flaschen hat sie unten in der Einkaufstasche versteckt. Hält sie mich für blöd? Wenn sie vom Einkaufen kommt, geht sie immer zuerst zum Eckschrank in der Küche, wie ein verschrecktes Eichhörnchen, das seine Vorräte versteckt. Kapiert sie nicht, dass jeder über ihre Sauferei Bescheid weiß?

Am unteren Rand der Seite war mit einem anderen Stift, offensichtlich später am gleichen Tag, hinzugefügt: *Wenn Mama trinkt, kann sie einem richtig Angst einjagen.*

Widerwillig las Linda bis zum Schluss. Vor einer Woche hatte Linnea Folgendes geschrieben:

Ich ziehe zu Papa. Er sagt, es ist okay und er würde sich um alles kümmern, wenn ich das will.

Das war zu viel. Sie legte das aufgeschlagene Tagebuch auf Linneas Schreibtisch und marschierte in die Küche.

Jeder weiß von ihrer Sauferei.

Mama macht mir Angst.

Ich ziehe zu Papa.

»Miststück!«, schrie Linda. Sie stiefelte von Zimmer zu Zimmer. »Aah!«

Das Adrenalin kochte in ihren Gehirnzellen.

Was glaubte Linnea eigentlich, wer sie war!

Sie riss den Eckschrank auf und schob die Mehltüten zur Seite. Dahinter standen eine angebrochene und eine volle Flasche Stolichnaya. Linda hatte eigentlich in Erinnerung, dass beide noch voll waren, aber offensichtlich erinnerte sie sich da falsch, denn die eine war tatsächlich nur noch halbvoll. Sie schraubte beide Flaschen auf und kippte den Inhalt in den Ausguss. Ein scharfer Ethanolgeruch stieg ihr in die Nase, und das Wasser lief ihr im Mund zusammen.

Mit den leeren Flaschen ging sie in den Flur zu der Tasche mit den Pfandflaschen, schob die Wasserflaschen beiseite und versenkte die Schnapsflaschen tief im Beutel. Einen Moment stand sie unschlüssig dort, kramte dann die Flaschen wieder hervor und ging zum Altglasbehälter der Hausgemeinschaft, um sie dort zu entsorgen. Anschließend ging sie zurück ins Wohnzimmer und schaltete den Fernseher ein. Irgendwo tief in ihr zischelte und tuschelte ihre Mutter und lachte über sie.

Sie lag auf der Couch, bis die Wohnungstür aufging. Linnea rief ihr ein Hallo zu, zog ihre Jacke aus und verschwand in ihrem

Zimmer. Linda richtete sich auf. Zehn Sekunden später kam Linnea mit dem Tagebuch in der Hand ins Wohnzimmer gestürzt. Ihre Blicke kreuzten sich, noch nie hatte Linda einen so grausamen Blick in den Augen ihrer Tochter gesehen.

So hast du mich auch einmal angesehen, keifte die Stimme ihrer Mutter. *Wie fühlst du dich jetzt?*

»Du hast mein Tagebuch gelesen!« Das war nicht die Stimme eines kleinen Mädchens, die Stimme war tief und heiser und voll unterdrücktem Zorn. »Du hast gesagt, dass ein Tagebuch niemanden etwas angeht!«

»Ich hatte keine Wahl«, erwiderte Linda, ohne sich zu entschuldigen. Jetzt war nicht die Zeit, um Verzeihung zu bitten. Jetzt ging es ums Muttersein und um Verantwortung.

Sie sah ihre Tochter an und erinnerte sich daran, dass sie trotz allem ihre Mutter war. Eltern mussten manchmal Regeln verletzen, um ihre Kinder zu schützen. Eines Tages würde sie es verstehen.

»Keine Wahl?«, wiederholte Linnea mit zitternder Stimme.

»Laura … sie ist ermordet worden.«

Für einen Moment milderte sich Linneas Gesichtsausdruck, versteinerte aber augenblicklich erneut.

»Laura! Was hat Laura mit meinem Tagebuch zu tun?«

Linda seufzte, als müsse sie einem kleinen Kind die einfachste Sache der Welt erklären. »Mein Engel, ich wollte nicht … Du musst verstehen, dass Laura nicht die war, für die wir sie gehalten haben.«

Linda schloss den Mund. Ihr wurde plötzlich bewusst, dass sie über Dinge sprach, über die sie unter keinen Umständen reden durfte. Schon gar nicht mit ihrer minderjährigen Tochter.

»Laura war was nicht?«, fragte Linnea ungehalten.

»Ihr werdet so schnell groß. Jemand hat Laura etwas Schlimmes angetan, und jetzt ist sie tot. Ich möchte nicht, dass dir das Gleiche zustößt.«

»Und das willst du verhindern, indem du mein Tagebuch liest?«, ereiferte sich Linnea. »Du hast kein Recht, meine Schubladen zu durchsuchen!«

»Wenn du selbst einmal Mutter bist, wirst du mich verstehen. Als ich so alt war wie du, habe ich jede Menge Dummheiten angestellt. Ich … ich möchte nicht, dass … du dich in ähnliche Schwierigkeiten bringst.«

Aus Linneas Gesicht sprach unverhohlene Verachtung. »Ich werde niemals so eine Säuferin wie du.«

»Was hast du gesagt?«

»Ich habe gesagt, dass ich nicht so ein Spritti werde wie du.«

Linda versuchte, sich zu beruhigen. Sie verstand, dass Linnea verletzt war und sie das Recht hatte, wütend zu sein. Dessen ungeachtet durchflutete nackte, primitive Wut jede ihrer Zellen. Sie richtete sich auf. Sie war immer noch größer als Linnea, auch wenn es nur noch ein paar Zentimeter waren.

»Nimm das zurück, oder du wirst es bereuen! Solange du in diesem Haus wohnst, hältst du deinen Mund, hast du das verstanden?«

Linnea kniff die Augen zusammen, ihre Lippen formten sich zu einem Lächeln. Einen derartigen Ausdruck hatte sie bei ihrer Tochter noch nie wahrgenommen. Gleichzeitig wurde ihr mit Schrecken bewusst, dass Linnea wirklich kein kleines Mädchen mehr war, sondern schon fast eine junge, kluge Frau.

Ihre Stimme klang eisig.

»Ich soll also meinen Mund halten? So wie damals, als ich zehn war und dich gefunden habe, als du im Bad in deiner Kotze lagst? Ja, das weiß ich noch sehr gut. Welche Zehnjährige würde sich nicht daran erinnern, wenn sie ihre Mutter ins Bett schleppen und mitten in der Nacht ihre Kotze vom Boden aufwischen musste? Damals habe ich den Mund gehalten. Aber weißt du was? Noch einmal werde ich nicht schweigen. Nicht hier und nicht bei der Schulgesundheitsschwester in der Schule, wenn sie das nächste Mal fragt, wie es zu Hause läuft. Und noch etwas, ich werde zu Papa ziehen. Das haben wir schon ausgemacht.«

Linda stand wie angewurzelt da, unfähig etwas zu sagen. Linneas Worte trafen sie wie Geschosse. Alles geschah so plötzlich und ohne Vorwarnung, dass sie wie gelähmt war. Gleichzeitig wurde ihr bewusst, dass sie ihre Tochter eigentlich gar nicht kannte.

»Okay, es war nicht in Ordnung«, gab Linda zu. »Aber ich habe es deinetwegen getan, das musst du doch verstehen. Um dich zu schützen. Aus Liebe. Ich sehe auf der Arbeit so viel. Und ich habe herausgefunden, dass du mich angelogen hast. Laura und du, ihr habt in der Schule Zeit miteinander verbracht, und jetzt ist Laura tot. Du kannst dir nicht vorstellen, was ... Irgendwo da draußen ist ein Mensch, der Laura gewaltig weh getan hat. Hätte ihre Mutter das Gleiche getan wie ich und ihr Tagebuch gelesen, wäre so etwas Schreckliches nicht passiert.«

»Ich bin aber nicht Laura!«

»Natürlich nicht, das weiß ich doch. Ich vertraue dir, du warst immer ein liebes Mädchen ...«

Linneas Gesicht verhärtete sich noch mehr. Sie zischte die Worte zwischen den Zähnen hervor. »Aber ich vertraue *dir* nicht. Das konnte ich nie. Ich wusste nie, in welchem Zustand du nach Hause kommst.«

Linda wollte etwas antworten, aber sie fand keine Worte, die der Situation angemessen gewesen wären. Sie spürte, dass sie ihre Tochter verloren hatte. Zwischen ihnen hatte sich eine so tiefe Kluft aufgetan, die niemals überwunden werden konnte. Und das Schlimmste war, dass sie diese Kluft bisher nicht bemerkt hatte.

Red keinen Stuss, mein Mädchen. Schrill erklang die Stimme ihrer Mutter in ihrem Gehirn. *Natürlich hast du es bemerkt, es hat dich nur nicht gekümmert.*

Schnauze!, schrie Linda die Stimme an, die in Wahrheit nicht die Stimme ihrer Mutter war, sondern ihre eigene, von Tabakrauch und Alkohol und einer kaputten Leber gezeichnet, eine Stimme, die aus einer Zukunft in dreißig Jahren zu ihr sprach. Doch die Stimme verstummte nicht, ganz im Gegenteil.

Linda bemühte sich, die Situation zu beruhigen.

»Können wir nicht sein wie damals, als du klein warst, weißt du noch? Wir könnten uns einen Kakao kochen und einen Film gucken. Und reden.«

Linnea lachte gekünstelt. »Deinen Pfeffi-Kakao kannst du dir allein mixen. Ich verschwinde!«

Linnea machte kehrt und wollte zur Tür hasten, doch Linda versperrte ihr den Weg. Mit donnernder Stimme sagte sie:

»Du gehst nirgendwo hin! Da draußen ist jemand, der Mädchen in deinem Alter auflauert.«

»Ich kann auf mich selbst aufpassen, im Gegenteil zu dir!«

Sie maßen sich mit Blicken. Kurz fürchtete Linda, ihr Streit könnte körperlich werden, und sie wusste nicht, was sie dann machen sollte. Aber zurückweichen konnte sie jetzt auch nicht mehr, hatte sie sich doch in eine Situation gebracht, in der ihre ganze Autorität auf der Waagschale lag.

Linnea machte einen Schritt auf sie zu. »Geh weg!«

Über Lindas Wangen rannen Tränen. Sie hatte keine Möglichkeit, Linnea zurückzuhalten.

»Geh weg!«

Schließlich gab Linda nach und trat zur Seite. Ihr Körper sackte erschöpft in sich zusammen. Hilflos sah sie zu, wie Linnea ihre Jacke überstreifte, in ihre Schuhe stieg und die Tür zum Vorraum aufzog. Ohne ihre Mutter auch nur einmal anzuschauen.

»Linnea, bitte …«, bekam sie noch heraus, aber es zeigte keinerlei Wirkung. Ihre Tochter stieß die Haustür auf und trat hinaus in den dämmrigen Oktoberabend.

Als die Tür ins Schloss fiel, gaben Lindas Beine nach, und sie musste sich auf den Fußabtreter setzen. Sie schlang die Arme um ihre Beine und lehnte die Stirn gegen ihre Knie. Sie ließ den Tränen freien Lauf, und sie strömten nur so hervor. Lange blieb sie dort sitzen, und nachdem sie sich endlich erhoben hatte, ging sie in die Küche und schaute nach, wie spät es war. Noch nicht einmal acht, bis neun durften die Läden noch Alkohol verkaufen. Sie zog ihre Jacke über und machte sich auf den Weg in den nächsten Supermarkt und ging direkt in den hinteren Teil des Ladens, wo die Regale mit den Importbieren aufragten, etwas Stärkeres würde sie jetzt nicht mehr bekommen.

Linda war schon ordentlich betrunken und im Bett, als sie hörte, wie die Haustür aufging. Es war halb elf. Viel zu spät für Linnea. Im Laufe des Abends hatte sie alle Freunde ihrer Tochter durchtelefoniert und notgedrungen zweimal auch Ville angerufen, dem sie ihren Streit mit Linnea eingestehen musste. Ville hatte aufreibend vernünftig reagiert und versprochen, alles zu unternehmen, um Linnea ausfindig zu machen. Er war sogar mit Sune zusammen in sein Auto gestiegen und durch die Stadt gefahren, um nach ihr zu suchen.

Endlich, nach dutzenden Telefonaten, war es Linda gelungen, Linnea zu erreichen, und sie hatte sie am Telefon beschworen, nach Hause zurückzukehren. Dem waren unsägliches Flehen und Anbiedern sowie etliche Bitten um Verzeihung vorausgegangen. Als all die angestaute Panik und Sorge urplötzlich verflogen waren, hatte sie nach den Bierflaschen gegriffen und sie in einem Zug geleert, um damit klarzukommen.

Die Frauenstimme lachte ihr keifendes Lachen und verspottete sie noch immer in den tiefsten Kammern ihres Unterbewusstseins. Linda war zu müde, um die Stimme zum Schweigen zu bringen. Sie wusste, dass sie sich dauerhaft dort eingenistet hatte.

17

Manner stellte die Lasagne auf den Tisch, um sie noch etwas ziehen zu lassen. Alle fünf Minuten sah sie zur Uhr. Ihre Kehle war trocken, und obwohl sie mehrere Glas Wasser aus der Leitung trank, konnte das ihren Durst nicht lindern.

Aleksi rief um halb sechs an. Manner stürzte zum Telefon.

»Bist du zu Hause?«

»Das Essen ist fertig.«

»Ich bin in einer Viertelstunde da.«

Manner legte das Handy zur Seite und begutachtete den gedeckten Tisch, wie sie es mindestens schon sechsmal zuvor getan hatte. Ihre Schultern waren verspannt. Sie ließ sie kreisen, neigte den Hals nach links und rechts, aber es half nichts. Sie betrachtete sich im Spiegel und befand, sie sähe aus wie eine Frau ihres Alters, anders als beispielsweise Paloviita, den sie anfangs zehn Jahre älter geschätzt hatte, als dieser tatsächlich war.

Manner ging dreimal in der Woche joggen und zweimal zum Bodypump, führte ein regelmäßiges Leben und aß bewusst, besuchte keine Restaurants und trank höchstens ein paarmal im Jahr Alkohol. Hin und wieder ging sie mit einem Mann aus, achtete aber darauf, dass nie etwas Ernstes daraus wurde. Seit der Geburt von Aleksi war in ihrem Leben nur Platz für einen Mann.

Dann war alles schiefgelaufen.

Noch immer verstand sie nicht ganz, was sie falsch gemacht hatte. Insgeheim hoffte sie, dieser Abend würde alles wieder ins Lot bringen und sie könnten noch einmal neu beginnen. Doch in Wahrheit wusste sie, dass es dazu nicht kommen würde. Man konnte die Zeit nicht zurückdrehen.

Manner hatte lange gebraucht, sich einzugestehen, dass sie nicht wegen einer besseren Stelle nach Pori gezogen war, sondern einzig und allein, um ihrem Sohn nah zu sein. Zugleich hatte sie damit ihr altes Leben hinter sich lassen können. In Seinäjoki hatten alle vom Drogenproblem ihres Sohnes gewusst.

Doch sie machte sich nichts vor. Über kurz oder lang würde auch hier etwas vorfallen und jeder davon erfahren.

Dann stand Aleksi vor der Tür.

Manner öffnete ihm und erstarrte. Sie hatte damit gerechnet, dass er heruntergekommen, schmutzig und abgemagert sein würde, doch das, was sie hier sah, hatte sie absolut nicht erwartet. Sein Gesicht war blau und unförmig geschwollen. An der Lippe und der Schläfe waren frisch genähte Wunden zu sehen. Ein Ohr stand hässlich gerötet ab.

Manner presste eine Hand auf den Mund.

»Hi, Mama!«, sagte Aleksi und versuchte zu lächeln, was ihm aber augenscheinlich Schmerzen verursachte, sodass er nur ein schiefes Grinsen zustande brachte.

»Um Gottes willen! Was ist passiert?«

Aleksi zog seine Jacke aus. Es bereitete ihm offenbar Mühe, und Manner begriff, dass sich die Verletzungen nicht auf sein Gesicht beschränkten. Sie eilte ihm zu Hilfe. »Zwei Rippen sind gebrochen«, erklärte Aleksi.

Manner hob vorsichtig sein Shirt. Die Seite und der untere Rücken waren mit blauen Flecken übersät. Die Kleidung strömte einen intensiven Geruch aus, und verstohlen rümpfte sie die Nase. Dann führte sie ihren Sohn ins Wohnzimmer, half ihm, sich auf die Couch zu legen, und richtete Kissen, um seinen Rücken zu stützen.

Manner machte sich schnell in der Küche zu schaffen, um nicht in Tränen auszubrechen. Im Flur untersuchte sie die Taschen ihres Sohnes. Sie fand weder Tütchen noch eine Crackpfeife oder Spritze. Das Portemonnaie war verschlissen und labberig. Es enthielt den Führerschein, die Kela-Versichertenkarte, ein paar Rabattkarten, eine abgelaufene Mitgliedskarte für das Fitnessstudio an ihrem früheren Wohnort in Seinäjoki, einige Münzen und ein paar Kassenbons. Er hatte Fertiggerichte, Bier, Zigaretten und mehrere Tafeln Schokolade gekauft. Sie steckte alles zurück und ging ins Wohnzimmer.

Aleksi surfte auf dem Handy.

»Und, was gefunden?«, fragte er und legte das Telefon auf den Tisch.

Aleksi lächelte müde, und Manner versetzte es erneut einen Stich, als sie seine schwarz verfärbten Zähne sah, mit denen er schon vor langer Zeit zum Arzt gemusst hätte. Wieder griff das Gefühl, versagt zu haben, mit kalten Fingern nach ihrer Magengrube. Sie setzte sich neben ihren Sohn und nahm seine Hand in die ihre. Die Hand war schmal, ledern und wettergegerbt. Sie streichelte sie wie früher, als er noch klein war.

»Erzähl, was ist passiert.«

Aleksi sah sie an.

»Ich kann dir nicht helfen, solange ich nicht weiß, wer dir das angetan hat.«

»Ich schulde ein paar schlimmen Typen Geld.«

»Wie viel und wem?«

»Zehn Riesen.«

»Zehntausend!«, rief sie aus. Sie wusste einfach zu gut über Drogengeld-Eintreiber Bescheid. So eine Summe, zehntausend … es war ein Wunder, dass Aleksi überhaupt noch am Leben war. Wenn er das Geld nicht auftrieb, wäre es schon bald um ihn geschehen. Sie fühlte Panik in sich aufsteigen. Vor ihrem geistigen Auge sah sie Aleksi bereits im Sarg liegen.

»Du musst mir sagen, wem du das Geld schuldest, sonst kann ich dir nicht helfen.«

Aleksi schüttelte den Kopf. »Du weißt, dass ich das nicht tun kann.«

»Diesmal musst du es tun!«, brüllte Manner. »Beim nächsten Mal werden sie dir sehr viel mehr brechen als die Nase und ein paar Rippen. Ist es das, was du willst?«

»Wenn ich es dir sage, schickst du ihnen die Bullen auf den Hals.«

»Verdammt nochmal, natürlich tue ich das!«

Dann beruhigten sich beide.

Manner ging in die Küche, trank noch ein Glas Wasser und kehrte mit einem zweiten Glas ins Wohnzimmer zurück. Sie reichte es Aleksi, der es ohne zu trinken auf den Tisch stellte.

Manner setzte sich wieder neben ihn. Sie betrachtete Aleksis Gesicht, das erbärmlich aussah.

»Bis wann musst du zahlen.«

»Bis Ende des Monats.«

»Die ganze Summe?«

Aleksi nickte.

»Ist das wirklich alles?«

»Ja.«

Manner schwieg einen Moment und sagte dann: »Ich helfe dir, aber du musst mir alles sagen.«

Aleksi richtete sich etwas auf, sah seine Mutter an und begann zögernd zu erzählen:

»Als ich damals nach Pori zog, hat mein Kumpel Kale mich einem Typ namens Dragan vorgestellt. Kennst du den?«

Manner nickte.

Jeder Polizist kannte Dragan »Piano« Valenski, der sich seit Jahren in Poris Unterwelt bewegte, Drogen und manch anderes verkaufte. Er war nach dem Kosovo-Krieg nach Finnland gekommen und hatte sich schnell unter Poris Kriminellen einen Namen gemacht. Ende der Neunziger hatte er seinen Geschäftspartner mit einer Klaviersaite erwürgt und lebenslänglich kassiert. Als er freikam, machte er nahtlos dort weiter, wo er aufgehört hatte. Mit einem Drahtseil erwürgte und in einem Autoreifen verbrannte

Leichen gab es auch danach etliche, aber es war ihnen nie wieder gelungen, sie direkt mit Dragan in Verbindung zu bringen.

»Dragan verkauft Straßenbereiche.«

Manner nickte wieder. Ihr Magen krampfte sich immer mehr zusammen. Sie fürchtete, sich übergeben zu müssen.

»Und dann …«

»Habt ihr euch als Dealer verdingt, um mehr zu bekommen«, vervollständigte Manner.

»Anfangs schien es ein guter Deal zu sein. Kale hatte früher schon gedealt. Das Geschäft lief gut, aber dann wurden wir reingelegt. Das Auto, in dem wir unser Zeug aufbewahrten, wurde geklaut. Darin war Stoff für zwanzigtausend. Ich brauche zehn Riesen, oder …«

Er fuhr sich mit ausgestrecktem Finger vor dem Hals entlang. Manner sah Aleksi in irgendeiner Unterführung vor sich, eine Klaviersaite und einen geschmolzenen Autoreifen um den Hals.

»Ich besorge dir das Geld«, sagte Manner. »Unter einer Bedingung: Du machst eine Entziehungskur. Du musst damit aufhören, dich mit diesem Zeug zuzudröhnen.«

»Ich versprech's.«

Manner lächelte traurig. Sie wusste, wie zuverlässig die Versprechungen eines Narkomanen waren. Aber wie auch immer, Aleksi war ihr Sohn. Wem sollte sie vertrauen, wenn nicht dem eigenen Sohn?

»Du musst schwören, dass du dich nicht einmischst. Keine Bullen! Ich zahle jeden Cent zurück.«

Manner antwortete nicht. Es war ihre Pflicht, die Drogenfahndung darüber zu informieren, was sie wusste – und das würde sie auch tun. Piano hatte lange genug die Straßen von Pori unsicher machen können. Doch das würde sie Aleksi nicht sagen. Selbst das Gefängnis war ein besserer Ort als ein frostiges Grab.

»Nimm ein Bad. Ich wasche deine Sachen. Nimm dir aus dem Schrank einen Bademantel, solange sie im Trockner sind.«

Aleksi blieb lange im Bad und ging rauchen. Sie aßen, obwohl niemand so recht Hunger hatte. Sie versuchten ein Gespräch zu führen, aber es verlief schleppend und gekünstelt. Manner sah immer wieder auf Aleksis verunstaltetes Gesicht, und es schnürte ihr die Kehle zu.

Aleksi stocherte mit der Gabel in der Lasagne vor ihm auf dem Teller. Dann dankte er für das Essen und legte sich im Wohnzimmer hin.

Der Trockner piepte. Manner bügelte Aleksis Kleider.

Sie schauten gemeinsam fern. Später briet Manner Plinsen. Dann bezog sie ihm das Bett im Gästezimmer.

In der Nacht schlich sie sich an sein Bett, blieb als Schatten eine Zeitlang neben seinem Bett stehen und widerstand der Versuchung, ihm über Wange und Haare zu streichen.

Am nächsten Morgen befürchtete Manner, Aleksi könnte schon wieder gegangen sein, doch dieser schlief noch tief und fest wie ein kleines Kind. Manner kochte Kaffee und weckte ihren Sohn zum Frühstück. Dann verließen sie gemeinsam die Wohnung, Manner machte sich auf den Weg zur Arbeit und Aleksi irgendwohin, wo genau er hinging, wusste sie nicht, und sie wollte es auch nicht wissen.

18

Am nächsten Morgen rief Linda Manner an, um ihrer Chefin zu sagen, dass sie heute Vormittag von zu Hause aus arbeiten würde. Bevor sie sich auf ihrem Dienstrechner einloggte, klappte sie ihren privaten PC auf, las ihre privaten Mails und aktualisierte ihre Facebook- und Instagram-Accounts, was sie zuletzt im Frühjahr getan hatte. Ihr Profilbild war ein Foto von einer unglücklich dahinsiechenden Zimmerpflanze auf dem Fensterbrett in ihrem Büro, die inzwischen eingegangen und längst entsorgt war.

Linda war noch nie besonders aktiv in den sozialen Medien gewesen. Vor zwei Jahren hatte sie als Witz auf Insta ihr erstes und letztes Selfie gepostet. Dafür hatte sie Make-up aufgelegt, sich Locken gedreht und die Lippen geschürzt, so wie sie es bei anderen gesehen hatte. Sie war mit Likes und Kommentaren überflutet worden. Unumwundene Sexanfragen erreichten sie als private Nachrichten von Menschen, die sie kaum kannte und die so ratzfatz zu Ex-Bekannten wurden. Lindas Foto war nur zwei Stunden online gewesen, dann hatte sie es frustriert entfernt. Auf einmal meldete sich die Antivirensoftware mit einem roten Warndreieck. Instinktiv klickte sie es weg, aber es erschien umgehend wieder und diesmal konnte sie es nicht entfernen. In schreiend roten Buchstaben stand da:

WARNUNG:
FIREWALL-VERLETZUNG!

Ihr Computer ist möglicherweise
mit Spyware infiziert.

»Verdammt!«

Linda runzelte die Stirn. Solche Meldungen konnten natürlich gefälscht sein, um ihre Internetdaten abzufischen, doch die hier wirkte echt. Linda hatte sich bisher nicht groß Sorgen wegen Viren gemacht, doch seit es im Herbst vergangenen Jahres einen Hackerangriff auf das Intranet im Dienstgebäude der Polizei gegeben hatte, nahm sie die Internetsicherheit ernster.

Die Welt, in der sie lebten, unterschied sich grundlegend von der vor zwanzig Jahren. Bankräuber kamen heute nicht mehr mit einer Flinte in die Filiale gestürmt, sondern drangen über Kupferkabel in Tresorräume und Bankdaten ein. Drogendealer standen nicht mehr an der nächsten Ecke, sondern verkauften ihre Ware im Netz und schickten sie per Post. Und Pädophile hockten nicht mehr mit Bonbons am Spielplatzrand, sondern fanden ihre Opfer in den sozialen Medien und bei Onlinespielen.

Das Internet war zu einem Tummelplatz für Kriminelle aller Art geworden, der so groß war, dass es praktisch unmöglich wurde, ihn komplett zu überwachen. Und weil die Welt und das Internet sich veränderten, musste die Polizei sich mit ihnen wandeln.

Linda las den kurzen Warnhinweis erneut, der ihr mitteilte, dass das Virenschutzprogramm einen Angriff auf ihren Rechner bemerkt hatte und dass die Dateien auf ihrem Computer in Gefahr sein könnten. Als Gegenmaßnahme wurde empfohlen, die Festplatte zu formatieren, um mögliche Schadsoftware aufzuspüren.

Linda griff sich einen Kugelschreiber vom Tisch und begann ihn nervös zu drücken, wie immer, wenn sie sich einem Problem gegenübersah. Sie war in wenigen Situationen unbeholfener als im Umgang mit Computern. Sie fürchtete, wenn sie selbst anfing, ihren Computer zu säubern, könnte er ganz den Geist aufgeben. Sie beschloss, den Laptop zu ihrem Kollegen Salminen von der Kriminaltechnik zu bringen, und wollte gerade das Ladekabel herausziehen, als ihr Blick auf die Aufschrift des Kulis fiel:

Autosoft Consultants

Der IT-Lehrer Ari Kekäläinen von Linneas Schule hatte ihr den Stift gegeben. In einem spontanen Einfall wählte sie die aufgedruckte Telefonnummer. Es klingelte lange, und Linda wollte schon aufgeben, als er endlich ranging:

»Autosoft Consultants, Ari Kekäläinen.«

»Hier ist Linda Toivonen. Wir haben uns bei Ihnen in der Schule getroffen.«

»Genau, die Polizistin. Ich habe ein sagenhaft schlechtes Namensgedächtnis. Ist Laura gefunden worden?«

Linda dachte an die Leiche auf dem Tisch im Obduktionssaal und antwortete: »Wir haben leider noch keine neuen Informationen, die für die Öffentlichkeit bestimmt sind.«

»Ist das offizieller Polizeislang, der besagt, dass Sie nichts sagen dürfen?«

Linda lachte kurz: »Wahrscheinlich.«

»In diesem Fall klangen Sie sehr überzeugend. Wie kann ich Ihnen helfen?«

»Ich rufe nicht dienstlich an. Ich habe ein PC-Problem.«

»Autosoft – zu Ihren Diensten«, erwiderte Kekäläinen, und Linda konnte das Lächeln in seiner Stimme hören.

»Das Virenschutzprogramm auf meinem Privatrechner schlägt Alarm. Ich habe keine Ahnung, was ich tun muss.«

»Was genau meldet das Programm?«

Linda las ihm den Text des Virenalarms vor.

»Das bedeutet genau das, was da steht. Ihr Computer ist möglicherweise infiziert.«

»Infiziert?«

»Keine Panik. Vielleicht war jemand auf ihrem Computer oder hat es zumindest versucht. Im schlimmsten Fall hat jemand Dateien von Ihrem Computer auf seinen geladen, Schadsoftware bei Ihnen installiert oder verwendet gerade Ihren Computer, um Spammails zu verschicken.«

»Das ist nicht Ihr Ernst.«

Jetzt lachte Kekäläinen. »Na, es wird schon nicht so dramatisch sein. Wahrscheinlich ist es nichts Schlimmes.«

»Was muss ich also tun?«

»Moment, ich lass das Taxameter laufen. Zwanzig Euro für jede angefangene Minute zuzüglich Mehrwertsteuer.«

Linda war baff.

»Kleiner Scherz … öffnen Sie die Virensoftware, Sie finden sie in der rechten unteren Bildschirmecke. Da ist ein Icon. Klicken Sie darauf und Ihnen wird angezeigt, wie Sie beim Scannen der Festplatte vorzugehen haben. Sie müssen nichts weiter tun, alles Weitere übernimmt der Virenscanner.«

»Ich bin eine totale Null mit Computern. Was würde es kosten, wenn ich Sie herbitte?«

»Haben Sie eine Kaffeemaschine?«

»Ja, und ich habe sogar auch Kaffee da.«

»Wo wohnen Sie?«

Linda nannte ihm die Adresse.

»Ich komme zu Fuß und bin in etwa einer halben Stunde da.«

In diesem Moment fiel Linda ein, dass er einen Gipsarm hatte.

»Ich kann sie auch abholen.«

»Ich gehe gern zu Fuß. Lassen Sie den Kaffee schon durchlaufen, aber schalten Sie auf keinen Fall den Computer aus.«

Zwanzig Minuten später traf Kekäläinen ein. In der Zwischenzeit hatte Linda ihre lockere Hose gegen eine Leggins eingetauscht, das Kapuzenshirt gegen ein knielanges Strickkleid und ihre Haare zu einem Dutt hochgesteckt. Sie sah, wie Kekäläinen mit übergeworfener Jacke die Straße herunterkam.

»Scheint fast, als wäre ich ein freudig erwarteter Gast, wenn Sie mich sogar schon draußen in Empfang nehmen«, sagte Kekäläinen.

»Weiblichen Personen aus dem Schlamassel zu helfen ist für Sie doch sicher Alltag?«

»Das trifft wohl leider eher auf Mechaniker zu.«

»Und ich dachte, IT-Spezialisten sind die Ritter der Gegenwart.«

Kekäläinen lachte.

Sie gingen ins Haus. Linda nahm ihm die Jacke ab. »Führen Sie mich zum Patienten.«

Sie gingen in die Küche, und Kekäläinen setzte sich vor den Computer. »Dann schauen wir mal«, sagte er und tippte etwas mit der gesunden Hand ein. Seine Finger glitten über die Tastatur wie über die Tasten eines Klaviers.

Linda stellte sich hinter ihn. »Sagen Sie, wenn Sie etwas brauchen.«

»Danke, alles gut.«

Sie goss Kaffee ein. Nach fünf Minuten drehte Kekäläinen sich um. »Ich habe gute und schlechte Nachrichten.«

»Fangen Sie mit den schlechten an«, sagte Linda und hob die Brauen. »Muss der Patient eingeschläfert werden?«

Kekäläinen grinste. »Nicht doch. Auf Ihrem PC sind zwei Viren.«

»Und was ist die gute Nachricht?«

»Die sind jetzt entfernt.«

Linda seufzte. »Und die haben den Alarm ausgelöst?«

Kekäläinen schüttelte den Kopf. »Diese Viren waren alt und ungefährlich. Wahrscheinlich hat jemand versucht, auf Ihren PC zuzugreifen, wurde aber von der Firewall daran gehindert. Ich habe gleich noch einige unnütze Programme entfernt, die Ihren Rechner verlangsamt haben.«

»Was schulde ich Ihnen?«

»Tausendzweihundert plus Mehrwertsteuer, bitte«, sagte Kekäläinen und grinste. »Nein, diesmal war es umsonst. Außerdem war es eine nette Abwechslung, manchmal fällt mir einfach die Decke auf den Kopf. Ich zeige Ihnen noch, wie Sie das Problem beheben, wenn es wieder auftritt.«

»Kann ich Sie dann nicht einfach anrufen?«

Kekäläinen lachte. »Na klar. Ich wäre schließlich beleidigt, wenn Sie nicht aus dem kleinsten Anlass anrufen, trotzdem – nur zur Sicherheit.«

Linda beugte sich zu ihm. Der Duft seines Rasierwassers stieg ihr in die Nase. Nach ein paar Minuten hatte er ihr alles erklärt. Linda schaltete den Computer aus und brachte ihn ins Schlafzimmer. Sie tranken Kaffee, als Linda einfiel, dass ihre Arbeitszeit schon begonnen hatte. Sie nahm ihr Diensthandy aus der Tasche und entsperrte es.

»Unterrichten Sie auch Linnea?«, fragte sie.

Kekäläinen nickte. »Das ist mir erst bewusst geworden, als Sie sagten, dass Sie ihre Mutter sind. Wie gesagt, mein Namensgedächtnis lässt zu wünschen übrig. Aber an Linnea kann ich mich erinnern.«

»Wieso?«

»Sie ist eine der Pfiffigsten in der Klasse.«

»Kommt nach ihrer Mutter«, sagte Linda.

»Zweifellos.«

Als Linda auf die Uhr schaute, war es schon fast zehn. Sie gingen ins Wohnzimmer hinüber.

»Wie wäre es mit einem Gläschen Wein zur Entschädigung für Ihren Aufwand?«

Kekäläinen sah ebenfalls auf die Uhr. »Recht früh, aber warum nicht? Ich habe keine Eile.«

»Haben Sie Familie?«

Kekäläinen schüttelte den Kopf. »Ich hätte gern eine gehabt, aber ich fürchte, inzwischen bin ich zu alt. Es gibt auch niemanden, mit dem ich eine gründen könnte.«

Linda ging in die Küche und öffnete den Eckschrank. Sie kramte in den Regalen, bis ihr einfiel, dass sie die zwei Flaschen Wein am Wochenende getrunken hatte. Fluchend mixte sie ihnen zwei Gin Tonic.

Mit den Gläsern in der Hand ging sie ins Wohnzimmer und Kekäläinen zog eine Braue hoch: »Jesus hat Wasser zu Wein werden lassen, Sie machen es andersherum?«

»Das ist das Weinähnlichste, was ich im Haus habe.«

»Hoffentlich wird Laura gefunden«, sagte er, als sie den ersten Schluck getrunken hatten.

Linda nickte. Die Erinnerung an das mit Flussneunaugen übersäte Mädchen war noch allzu frisch. Sie verzog das Gesicht. Kekäläinen wurde schlagartig ernst.

»Sie wurde schon gefunden?«

Linda antwortete nicht. Sie trank ihr Glas in einem Zug aus und stellte es auf den Tisch.

Kekäläinen nickte. »Ich verstehe.«

Sie schwiegen lange. Allmählich ging es auf elf zu. Linda rief Manner an, dass sie den Rest des Tages von zu Hause aus arbeiten würde, und erklärte ihr, dass sie gerade den Informatiklehrer der Schule noch einmal befragte.

Schatten fielen durch die Fenster, krochen über den Boden und die Wände hinauf. Sie schauten Nachrichten. Fast die halbe Sendung ging es um das vom Amtsgericht Ost-Finnland verhängte lebenslängliche Urteil für Siiri Bohm.

»Was denken Sie über das Urteil?«, fragte Kekäläinen.

»Rechtsprechung muss beides umfassen, Recht und Gerechtigkeit.«

»Was meinen Sie damit?«

»Dass Gerichte manchmal einfach nur Behörden sind, und die Gerechtigkeit so zu kurz kommt.«

»Hat Ihrer Meinung nach die Polizei das Recht, einen Menschen hinzurichten?«

»Das ist jetzt aber sehr zugespitzt formuliert. Mit Selbstverteidigung meinte Bohm vielleicht, dass sie so auch all die dutzende Opfer verteidigt hat – und all jene, denen der Täter noch Schaden zugefügt hätte.«

»Sind das jetzt die Worte aus dem Mund der Polizistin oder der Mutter?«

»Ich habe nur einen Mund.«

Linda schaltete den Fernseher aus und wechselte das Thema. »Sie sagten, Sie machen sich Sorgen über das Verhalten der Jugend im Netz.«

»Das Internet ist gekommen, um zu bleiben«, entgegnete Kekäläinen, nahm einen Schluck aus seinem Glas und behielt ihn eine Zeitlang im Mund, um ihn auszukosten. »Es ist bereits zu einem festen Bestandteil in unser aller Leben geworden, und das wird in Zukunft noch zunehmen. Die Technik wird oft als Feindin der Menschheit betrachtet, dabei ist sie unsere Freundin und Dienerin.«

»Für mich haben alle elektronischen Geräte etwas Feindliches«, sagte Linda, erhob sich und ging in die Küche, um ihnen einen neuen, etwas steiferen Drink zu mixen. Sie kam mit den Gläsern ins Wohnzimmer zurück, spürte die angenehme Wärme des Alkohols. Sie merkte, wie sehr sie Kekäläinens Gesellschaft genoss. Es tat gut, sich zu unterhalten, einfach mit einem erwachsenen Menschen zusammenzusitzen. Sie war schon viel zu lange allein, und sie hatte mit einer gewissen Befriedigung zur Kenntnis genommen, dass er unverheiratet war und keine Familie hatte.

»Eltern finden oft, die sozialen Medien seien schädlich für ihre Kinder, nutzen sie aber selbst völlig unverantwortlich. Wir predigen ihnen von Bildschirmzeit, bewegen uns selbst aber unbeschränkt im Netz. Wir sollten akzeptieren, dass die digitale Welt für die jungen Menschen von heute Alltag ist. Dort teilen sie Erlebnisse, lachen, albern herum und verbringen Zeit zusammen, aber natürlich ist es auch wahr, dass es dort zu Belästigung und Mobbing kommt. Deswegen sollten Eltern die Nutzung des Internets viel besser beaufsichtigen.«

»Also nicht verbieten, sondern beaufsichtigen«, wiederholte Linda.

Kekäläinen lächelte, und Linda fand, dass so die jungenhaften Züge in seinem Gesicht noch stärker hervortraten.

»Exakt. Und um es deutlich zu sagen …«, Kekäläinen sah ihr direkt in die Augen. »Ich möchte mich im Vorhinein entschuldigen, wenn ich jetzt etwas aushole. Aber die Chance, mit einer Polizistin über dieses Thema zu sprechen, kann ich mir nicht entgehen lassen.«

»Gerade bin ich einfach nur Linda.«

»Ich bin entschieden der Meinung, dass es meistens an den Erwachsenen liegt und weniger an den Kindern. Die Erwachsenen sagen ständig, dass die Jugend verdorben ist, dass sie nichts taugt und früher alles besser war, aber trotzdem stellen dieselben Mütter und Väter Bilder von ihren Kindern ins Internet, ohne um Erlaubnis zu fragen. Sie begreifen einfach nicht, dass sich ein unschuldig gemeintes Bild ihres Kindes in der Wanne oder nackt am Strand in Pädophilen-Netzwerken verbreiten kann.«

Jetzt war Linda an der Reihe zu nicken. Kekäläinen nannte die Dinge beim Namen. Genau aus diesem Grund hatte sie niemals ein Bild von Linnea gepostet. Ein weiterer Grund war ihr Beruf. Sie wollte keinem ihrer Klienten Gelegenheit geben, in ihrem Leben herumzuspionieren.

»Das Gleiche gilt, wenn Erwachsene von ihren Kindern erzählen. Sie posten einfach, in welche Schule sie gehen, welches Hobby sie haben und wo sie ihre Zeit verbringen. Das macht absolut keinen Sinn.«

Kekäläinen schnaubte kurz und lächelte dann: »Okay, wir sind in Finnland. Hier ist es relativ sicher, Kinder können sich frei bewegen. Aber wie lange noch? Im Ausland wurden zahlreiche Kindesentführungen auf Grund der Informationen in sozialen Medien geplant, ganz zu schweigen von Identitätsdiebstahl, bei dem die persönlichen Daten eines Kindes genutzt werden, um eine falsche Identität anzulegen. All das ist heute schon Wirklichkeit.«

»Also Datendiebstahl?«

»Ja, aber das Internet ist vor allem auch ein Spielplatz für Pädophile. Sexualstraftäter sind Meister im Manipulieren. Insbesondere Kinder und Jugendlich sind empfänglich dafür, denn Kinder vertrauen Erwachsenen ganz selbstverständlich.«

»Das nennt man Grooming, richtig?«

Kekäläinen verzog das Gesicht. »Diese Widerlinge wissen ganz genau, wie sie sich Kindern nähern können. Sie vermitteln ihnen das Bild eines fürsorglichen Menschen, dem sich das Kind anvertrauen kann. Kinderschänder bieten ihrem Gegenüber Geld oder Geschenke. Und wenn sie das Vertrauen des Kindes gewonnen haben, bitten sie es um Gegenleistungen.«

Im Geiste hörte Linda die Worte: *L-inda, ich mache einen Star aus dir!*

Kekäläinen rieb seinen Gips.

»Tut es weh?«

»Es juckt. Noch eine Woche, dann bin ich dieses verdammte Ding los … Ein Kinderschänder bittet beispielsweise um intime Fotos, oder er fordert den jungen Menschen auf, sich vor der Kamera zu befriedigen. Und er ist immer darauf bedacht, dass das Kind ihr Geheimnis bewahrt. Das ist die ekelhafteste Manipulation, die man sich vorstellen kann.«

»Glauben Sie … hältst du es für möglich, dass Lauras Entführer zur Planung der Tat Informationen aus den sozialen Netzwerken genutzt hat?«, fragte Linda und begriff augenblicklich ihren Fauxpas. Sie verfluchte sich selbst und schaute auf ihr halbleeres Glas. »Das ist natürlich absolut vertraulich«, versuchte sie den Fehler zu korrigieren.

»Selbstverständlich«, erwiderte Kekäläinen ernst. »Ich habe schon tausendmal gesagt, dass so etwas eines Tages auch in Finnland passieren wird. Laura ist also …?«

Linda nickte. »Ermordet worden. Ihre Leiche wurde aus dem Kokemäenjoki geborgen. Details darf ich leider nicht preisgeben. Morgen wird es eine offizielle Mitteilung dazu geben.«

Kekäläinen drückte sein Kinn gegen die Brust und hob dann den Blick. Seine Augen waren voller Trauer und zerstörter Hoffnung. »Das wird ein schwerer Schlag für die Schule und die Eltern. Gibt es schon einen Verdächtigen?«

Linda leerte ihr Glas. Kekäläinen tat es ihr nach.

»Ich würde es sagen, wenn ich könnte.«

Kekäläinen nickte. Linda nahm sein Glas und ging mit beiden in die Küche. In ihres tat sie die doppelte Menge Gin und halbierte den Tonic-Anteil. Es war zwar nicht gerade ein leichtes Thema, aber es tat Linda einfach gut, sich mit einem Außenstehenden unterhalten zu können. Mit jemandem, der die Welt der Jugend verstand.

Die Tür ging. Linnea kam mit dem Rucksack über der Schulter nach Hause.

Kekäläinen erhob sich und stellte sein noch volles Glas auf den Tisch. »Es ist Zeit für mich aufzubrechen. Vielen Dank für den Drink und die Gesellschaft.«

Linda lächelte. »Vielen Dank, dass du mich gerettet hast.«

Sie begleitete ihn in den Flur und reichte ihm seine Jacke. Als die Tür ins Schloss fiel, steckte Linnea den Kopf aus ihrem Zimmer.

»Was wollte der hier?«

»Er hat meinen Computer repariert.«

»Nee, oder?«

»Was soll das jetzt heißen?«

»Das ist mein Mathelehrer.«

»Ja, und?«

»Du fängst aber nichts mit dem an.«

»Er hat meine Festplatte gereinigt, das ist alles.«

»Ach, egal«, sagte Linnea und schloss die Tür.

Linda summte vor sich hin und ging in die Küche. Sie trank das Glas aus, das Kekäläinen nicht angerührt hatte und mixte sich ein weiteres, garantiert das letzte für heute.

VIERTER TEIL

Helsingin Sanomat vom 17. 07. 2009

HANNA-RIIKKA SAMMALSUO TOT AUFGEFUNDEN

Die Tote, die aus dem Kemijoki geborgen wurde, ist identifiziert. Es handelt sich um die im Mai verschwundene Hanna-Riikka Sammalsuo.

Die in Kemi vermisst gemeldete Schülerin wurde am späten Dienstagabend in der Nähe des Ortes ihres Verschwindens tot aufgefunden. Ein Anwohner hatte die Leiche im Fluss entdeckt.

Kriminalkommissar Juho Tapola, der mit der Leitung der Ermittlungen betraut ist, geht von Mord aus. Weitere Einzelheiten gibt die Polizei derzeit nicht bekannt. Die Suchaktion nach dem Mädchen war außergewöhnlich umfangreich. Während ihrer Ermittlungen erhielt die Polizei über eintausend Hinweise aus der Bevölkerung. Die Polizei bittet weiterhin jeden, der Angaben zum Fall machen kann, sich an die Polizeidirektion Lappland zu wenden.

Aamulehti vom 22. 09. 2018

LEICHE VON MILJA VUORINEN AUS DEM RAUTAVESI GEBORGEN

Die in Vammala als vermisst geltende Milja Vuorinen wurde am Donnerstag in der Nähe des Ortes ihres Verschwindens tot aufgefunden. Die Leiche der Vierzehnjährigen trieb unweit eines Pfades, der zur öffentlichen Sauna am Seeufer Niemistö führt, im seichten Wasser. Obwohl die Leiche schon vor drei Tagen gefunden wurde, ging die Polizei erst heute nach Abschluss der gerichtlichen Obduktion und der gesicherten Identifizierung der Leiche mit der Information an die Öffentlichkeit. Das Mädchen war am 18. September vermisst gemeldet worden. Seit ihrem Verschwinden bestand der Verdacht auf ein Gewaltverbrechen. Die Polizei bittet die Öffentlichkeit weiterhin um ihre Mithilfe. Personen, die im Gebiet Sarkiankatu – Ojalahti-Park oder Rantakukkuri etwas Ungewöhnliches beobachtet haben, werden gebeten, sich mit der Polizeidirektion Pirkanmaa in Verbindung zu setzen.

19

Linda will sich zu Fuß auf den Weg zum Casting machen, doch Aisha hindert sie entschieden daran, bestellt ihr ein Taxi und vergewissert sich sogar, dass sie auch wirklich einsteigt.

»Viel Glück!«

Die Milano Model Agency, eine der berühmtesten Mailänder Modelagenturen, befindet sich im historischen Stadtzentrum inmitten alter Backsteinhäuser. Das Taxi hält direkt vor dem Haupteingang, wo eine Schar spindeldürrer Mädchen schwatzt und raucht. Linda wird mit abschätzenden Blicken gemessen und trotz des heißen Vormittags spürt sie die Kälte, die ihr entgegenweht.

Linda betritt das Gebäude und ist überrascht, wie viele Personen sich hier aufhalten. Aisha hatte sie bereits vor dem Chaos gewarnt, aber mit etwas Derartigem hatte sie nicht gerechnet. Auf jeder Bank, jedem freien Fleck drängen sich die Mädchen. Männer und ältere Frauen eilen Kleiderstangen schiebend oder Kartons tragend hin und her. Der Lärm schmerzt in den Ohren. Linda stellt sich an das Ende einer Warteschlange, die sich durch die ganze Eingangshalle windet, meldet sich schließlich bei der Frau an, die am Ende der Schlange hinter einem Tisch sitzt, und findet ein freies Plätzchen auf dem Boden im Flur. Die ganze Zeit über strömen weitere Mädchen herein und andere hinaus. Ab und zu öffnet sich eine Tür und ein neues Mädchen wird hereingerufen. Die Kleiderstangen schiebenden Männer und Frauen rempeln einander an, beschimpfen sich, sie scheinen kurz davor zu explodieren. Linda hat das Gefühl, als stürzte sie in das Auge eines Wirbelsturms. Die wenigen Castings, die sie in Finnland mitgemacht hat, waren minutengenau geplant und organisiert. Ohne Aishas Vorwarnung wäre sie mit Sicherheit in Panik ausgebrochen und davongelaufen. Sie zwingt sich, ruhig zu bleiben, und begutachtet die jungen Frauen, die alle viel erfahrener aussehen als sie. Nach und nach verringert sich die Zahl der Models. Bald sind sie nur noch zu dritt.

Die Tür wird geöffnet.

»Linda Toewoenen!«

Linda erhebt sich, streicht den Saum ihrer Bluse glatt, richtet ihre Haare, streckt die Glieder. Dann geht sie forsch und so rhythmisch wie möglich in den Raum. Ihr Herz hämmert. Das lange Warten hat ihre Nervosität fast ganz verschlungen. Sie fühlt sich erstaunlich sicher.

Linda betritt einen Saal mit einer hohen Gewölbedecke, fast wie in einer Kathedrale. Die Wände bestehen aus grauen Steinen, der Fußboden aus poliertem schwarz-weißem Marmor. Am Ende eines roten Teppichs steht ein Tisch, hinter dem zwei Frauen und ein Mann sitzen. Die Frauen sehen über alle Maßen gelangweilt aus und streifen Linda nur flüchtig mit dem Blick. Der Mann, wesentlich jünger als die Frauen, sieht ihr direkt in die Augen und lächelt ihr aufmunternd zu. Er trägt einen grauen Blazer und darunter ein straff sitzendes weißes T-Shirt, das seinen muskulösen Brustkorb betont. Linda kommt der Gedanke, dass er selbst Model sein könnte oder es zumindest einmal war.

Die Frauen sagen nichts, der Mann aber reicht Linda die Hand.

»Antonio Barbieri.« Und mit Blick auf die Frauen: »Das sind meine Kolleginnen Maria und Veronica.«

Linda schaut nur ihn an, lächelt und schöpft aus seinem Blick zusätzlichen Mut. Jetzt wird sie auch von den Frauen betrachtet. Aus ihren wächsernen Mienen ist nichts abzulesen.

Linda reicht der Jury ihre Mappe, die sie aufschlägt. Linda weiß, dass ihre Fotos den Vergleich mit denen anderer nicht standhalten, aber es gibt auch einige richtig gute Aufnahmen. Jene, die ihr die Einladung nach Mailand eingebracht haben – und auch zu diesem Casting, das Aisha mit dem Wort »magnificent« kommentierte.

»Also, Linda aus Finnland«, sagt der Mann und lächelt sie mit einer Reihe tadelloser weißblitzender Zähne an, »erzähl uns, wer du bist.«

Linda räuspert sich. Sie hat ihren Auftritt in englischer Sprache vor dem Spiegel geübt und findet, dass sie sich recht gut präsentiert. Das Sprachenlernen war zumindest nicht umsonst.

»Excellent! Nun zeig uns deinen besten Walk!«

Linda dreht sich um, läuft bis zur Tür, macht kehrt und geht zurück zum Tisch, dreht sich wieder um und wiederholt das Ganze.

»Very good!«, stellt Antonio fest.

Die Jury wechselt ein paar Worte miteinander auf Italienisch, und obwohl sie kein Wort versteht, liest sie aus Gesten und Tonfall, dass die Frauen mitnichten begeistert sind. Doch der Mann kann sie umstimmen und wendet sich an Linda.

»Du bist unerfahren, aber du hast ausbaufähiges Potential.«

Antonio runzelt die Stirn und schürzt beim Nachdenken die Lippen. Er schaut von Linda zu ihrer Mappe und wieder zu Linda. Sie sieht, dass er das Foto aufgeschlagen hat, auf dem sie in zerrissenen Jeans-Shorts auf einer Harley-Davidson sitzt und aufsässig in die Kamera guckt. Jenes Bild, das ihre Mutter dazu veranlasst hat, sie als Schlampe zu beschimpfen, und das als Jeanswerbung im Jugendmagazin Suosikki abgedruckt war.

Dann sagt er etwas, und die Frauen werden laut. Sie diskutieren heftig, alle drei sprechen gleichzeitig und gestikulieren wild. Linda fühlt sich ausgeschlossen. Die Auseinandersetzung währt eine Weile, bis der Mann dazwischenbrüllt. Das Stimmengewirr verstummt wie auf Knopfdruck. Antonio wendet sich an Linda.

»Bitte entschuldige. Wir Italiener sind sehr impulsiv, meinen es aber nicht so.« Er zieht ein Formular hervor, kritzelt etwas darauf und reicht es Linda. Sie liest den Zettel durch und sieht ihn an. Sein weiß blitzendes Lächeln ist jetzt noch breiter. Er zwinkert ihr zu.

»Don't be late.«

20

Linda wachte mit Kopfschmerzen auf. Im Magen rumorte es, ihre Hände zitterten. Mit steifen Muskeln verrichtete sie die Morgentoilette, sah nach, dass Linnea in ihrem Zimmer schlief, und bereitete ihr das Frühstück. Lindas Bewegungen waren ungelenk, ihre Gedanken nur schleppend. Sie versuchte, etwas zu essen, doch das verschlimmerte ihr Unwohlsein nur, also begnügte sie sich mit einer Ibuprofen und trank zwei Gläser kühlschrankkalten Saft. Ihr Blick fiel auf den Eckschrank, der in seinem Inneren ein Mittel barg, das ihr Gehirn in Schwung bringen konnte. Es bedurfte all ihrer Willenskraft, nicht an den Türknauf zu fassen.

Sie zog sich an, fuhr mit arg überhöhter Geschwindigkeit zur Dienststelle und schaffte es gerade noch rechtzeitig zur Morgenbesprechung. Sie setzte sich in die Nähe des Fensters, lutschte eine Halspastille und dachte, dass sie mit den Schlückchen an den Abenden unter der Woche aufhören musste. Fortan würde sie nur noch am Wochenende trinken.

Die Besprechung dauerte ganze zwei Stunden.

Oksman berichtete, dass es keinen weiteren Überfall auf einen Kiosk gegeben hatte. Die Abendzeitung *Iltalehti* hatte mit einem leicht ironischen Unterton über die Raubserie berichtet, was zu einer Reihe von Hinweisen aus der Bevölkerung geführt hatte. Doch etwas Entscheidendes hatte sich nicht ergeben, und die Ressourcen der Polizei reichten nicht aus, die Präsenz von Streifen noch weiter zu erhöhen. Mit den Raubüberfällen musste schnellstmöglich Schluss sein, doch sie hatten einfach keinerlei Handhabe. Der Räuber war am Zug.

Paloviita hatte Neuigkeiten von Fischstäbchen, der auf der

Polizeiwache angerufen und eine Streife angefordert hatte, weil seine Nachbarin ihn angeblich durch die Wand mit Mikrowellen beschoss.

Paloviita senkte sogar die Stimme und ahmte Fischstäbchens stockende Stimme nach: »Soll ich hier gegart werden wie ein Truthahn, bevor es jemanden interessiert? Verdammt nochmal, ich versenge!«

Das lockerte die bedrückende Stimmung im Raum ein wenig.

»Vielleicht sagt er ja die Wahrheit. Gibt es nicht in China so eine Art Mikrowellenwaffe?«, warf Manner ein.

Dann führte Linda aus, was der Rechtsmediziner ihr mitgeteilt hatte: Laura Törmänen sei ermordet worden und die Tötung mit einer Vergewaltigung, außergewöhnlich grausamer Gewaltanwendung, Sadismus und Folterungen einhergegangen. Die Fotos aus der Pathologie wurden herumgereicht.

»Mit was für einem Hannibal Lecter haben wir es hier nur zu tun?«, schauderte es Manner.

»Als ich von der Sprayflasche und den Bissspuren hörte, fiel mir sofort Ted Bundy ein, der im Jahr 1978 zwei Frauen in einem Studentenhaus in Florida ermordete«, sagte Oksman. »Eines der Opfer wurde vergewaltigt, eine Haarspraydose war in sie hineingewürgt worden und sie hatte am ganzen Körper Bissspuren.«

»Ted Bundy war ein Soziopath, der über dreißig junge Frauen und Mädchen auf dem Gewissen hat«, fügte Paloviita hinzu. »Ein Mord macht aus unserem Fall aber noch keine Reihe von Serienmorden und unseren Täter noch nicht zu Ted Bundy.«

»Auch Bundy hat mit einem Mord angefangen«, beharrte Oksman.

»Jari hat recht«, sagte Manner. »Zum gegenwärtigen Zeitpunkt gehen wir von einer Einzeltat aus. Aber ein Untier ist der Täter zweifellos. Außerdem gibt es bereits einen Tatverdächtigen.«

Linda setzte ihre Lesebrille auf. »Der Hauptverdächtige ist Sami Vanhatalo, siebzehn Jahre alt und wohnhaft im Stadtteil

Vähärauma bei seiner Mutter, nur wenige Kilometer von der Wohnung der Törmänens entfernt. Seine Eltern haben ihn als vermisst gemeldet. Zusätzlich haben wir ihn zur Fahndung ausgeschrieben wegen des dringenden Tatverdachts des Mordes an Laura Törmänen.«

»Ist das der Sami aus Lauras Tagebuch, der sie *da* angefasst und *es* gemacht hat?«, fragte Paloviita nach.

Linda nickte. »Wir haben mit einigen Mitschülern gesprochen, mit denen Laura zu tun hatte. Sami Vanhatalos Name wurde von mehreren erwähnt. Außerdem ist er untergetaucht, kurz nachdem die ersten Schlagzeilen über Lauras Verschwinden auftauchten.«

»Durchbruch«, stellte Paloviita fest und lächelte Linda an.

Alle teilten seine Meinung. Ein Freund passte als Täter mehr als gut. Es kam extrem selten vor, dass Täter und Opfer sich nicht kannten. Auch gab es kein deutlicheres Schuldeingeständnis, als zu fliehen.

»Ausgezeichnete Polizeiarbeit«, lobte Manner.

»Natürlich können wir uns irren, aber der Verdacht drängt sich einfach auf«, ergänzte Linda. »Sami hat für sein Alter ein ungewöhnlich langes Strafregister: Vandalismus, Ladendiebstähle, Trunkenheit am Steuer, schwere Körperverletzung und Beteiligung an einer schweren Körperverletzung, Schulverweis wegen Trunkenheit. Wir haben eine Handyüberwachung für ihn beantragt.«

Der Fall näherte sich seiner Lösung. Wie Occams Rasiermessertheorie besagte, war die naheliegendste Erklärung auch mit hoher Wahrscheinlichkeit die richtige.

»Es gibt noch mehr, dass auf Sami Vanhatalo als Täter hindeutet«, fuhr Linda fort. »Raunelas Team hat herausgefunden, wohin die Gelder geflossen sind, die mit Laura Törmänens Fotos verdient wurden. Ratet mal, auf wessen Konto das Geld überwiesen wurde.«

»Also gut, mit was für einem Gesellen haben wir es hier zu tun?«, fragte Manner.

»Bisher wissen wir erst wenig, aber es kommen immer weitere Informationen hinzu. Sami Vanhatalo geht auf die Berufsschule, Schwerpunkt Metalltechnik. Laut Aussage seiner Lehrer wurde er im Laufe des Herbstes nicht oft dort gesehen. Im Sommer hat er seinem Vater das Auto gestohlen und es im Suff gegen die Wand eines nahen Supermarktes gefahren, und vor einem Jahr war er Tatbeteiligter an einem Raubüberfall auf eine achtzigjährige Frau, der zu einer schweren Körperverletzung führte. Sami Vanhatalo und drei seiner Kumpel haben die am Boden liegende Frau getreten. Sie trug eine Gehirnerschütterung, sechs gebrochene Rippen und einen gebrochenen Finger davon. Der Fall kommt im November vor Gericht. Die Ermittlungen liefen unter dem Verdacht des versuchten Totschlags.«

Oksman schüttelte den Kopf. »Traurig, dass es der Gesellschaft nicht gelingt, solche Karrieren zu unterbrechen. Das Ergebnis sehen wir in den Nachrichten. Gestern wurde berichtet, dass in Tampere ein Sechzehnjähriger einer Messerstecherei verdächtig ist – bei uns ein Siebzehnjähriger des Mordes in Tateinheit mit einer Vergewaltigung an einer Dreizehnjährigen. Und die Regierung will dem Jugendpsychiatrischen Dienst weiter das Geld kürzen.«

»Es ist zu einfach, der Gesellschaft die Schuld dafür zu geben. Die Verantwortung liegt immer noch in der Familie. Eltern würde ein gründlicher Blick in den Spiegel guttun«, meinte Paloviita.

»Ganz so ist es nun auch wieder nicht!«, fuhr Manner dazwischen und lenkte aller Blicke auf sich. Manner merkte, dass ihre Reaktion unangemessen heftig war und fügte ruhiger hinzu: »Zufällig kenne ich Menschen, an deren Erziehung oder familiären Verhältnissen es nichts zu beanstanden gibt und bei denen trotzdem alles schiefläuft. Das sind komplizierte Angelegenheiten.«

Linda spürte sofort, dass dieses Thema Manner persönlich berührte. Als niemand widersprach, fuhr Manner fort:

»Sobald die Genehmigung zur Handyüberwachung vorliegt, will ich, dass alle verfügbaren Ressourcen für die Suche nach Sami Vanhatalo bereitgestellt werden. Aber kein Wort zu den Medien. Ich möchte die Meute nicht aufschrecken. Es wird uns an Medienanfragen sowieso nicht mangeln, wenn wir in einer Stunde den Mord an Laura Törmänen bekanntgeben.«

21

Linnea Toivonen schaltete ihr MacBook Air ein, das sie zu ihrem dreizehnten Geburtstag von ihrem Vater geschenkt bekommen hatte. Der Laptop hatte zu einem heftigen Streit zwischen Vater und Mutter geführt, allerdings aus ganz einfachen Gründen. Mutter fand, das sei ein viel zu teures Geschenk. Und dann hatte sich der Streit ausgeweitet auf Handy- und Internetnutzung, Ausgehzeiten und Freunde, bis Mutter Vater rausgeworfen und ihn sogar noch schimpfend bis vor die Tür verfolgt hatte.

Die Scheidung lag jetzt sechs Jahre zurück. Doch sie konnte sich an diesen Moment noch erinnern, als wäre er gestern gewesen. Sie hatte auf der Couch zwischen ihren Eltern gesessen und den Erklärungen gelauscht. Auch wenn sie jetzt in verschiedenen Wohnungen wohnten, sei sie immer noch das Wichtigste in ihrem Leben. Diese Erinnerung hatte sich in ihr Hirn eingeprägt wie ein Brandzeichen, obwohl sie damals noch nicht einmal richtig verstand, was das war, eine Scheidung.

Das hatte sich allerdings schnell geändert.

Ihre Eltern hatten sich nicht mehr lieb.

Als Vater dann Sune traf, kam es zu heftigen Auseinandersetzungen zwischen ihren Eltern. Etwa zur gleichen Zeit fing Mutter wieder an zu trinken, und als Linnea neun wurde, war sie bereits Meisterin darin, die Alkoholexzesse ihrer Mutter vor allen zu verbergen. Abends sammelte sie die klebrigen Saftgläser im Wohnzimmer, der Küche und auf den Regalen ein und räumte sie in die Spülmaschine. Mit zehn begann sie, regelmäßig Mutters Pullenschrank zu kontrollieren, um im Bilde zu sein, wieviel sie wann getrunken hatte. Einmal hatte sie sogar die Autoschlüssel versteckt, damit sie sich nicht betrunken ans Steuer setzte.

Der Computer fuhr hoch, Linda gab ihr Passwort ein und meldete sich an. Tatsächlich hatte sie wegen des Laptops sogar ein schlechtes Gewissen. Mutter hatte recht. Sie hätte kein so teures Gerät gebraucht. Vater war Jurist und hatte nicht mit Geldsorgen zu kämpfen – ganz anders als Mutter. Er überhäufte sie mit Dingen und Geschenken, nahm sie mit auf Reisen, ins Kino und in Restaurants. Mutter hatte diese Möglichkeiten nicht. Wenn Mutter ihnen hin und wieder eine Pizza bestellte, war das für sie genauso wertvoll wie der Schmuck, den Vater ihr kaufte.

Nur hatte sie nicht besonders oft daran gedacht, das ihrer Mutter auch mal zu sagen.

Ebensowenig wie die Tatsache, dass sie sie trotz allem aus ganzem Herzen liebte.

Linnea checkte Instagram und Snapchat. Das Foto, das sie heute Morgen gepostet hatte, aufgenommen mit zwei Spiegeln und Weichzeichner, hatte zahlreiche Likes bekommen. Ihr Gesicht war darauf nicht zu sehen, dafür fielen ihre Haare weich auf den durchgebogenen Rücken. Die Aufmerksamkeit für ihr Foto, besonders die der Jungen, brachte ihre Haut zum Kribbeln.

In der Schule zog Linnea viele Blicke auf sich, auch die älterer Jungs, und sie riefen ihr die ein oder andere Unanständigkeit hinterher, denn sie wollten, dass Linnea sie bemerkte. In letzter Zeit suchten Jungs auf dem Schulhof und im Speisesaal verstärkt ihre Nähe. Obwohl die meisten sich nie trauen würden, sie auch nur anzusprechen, konnte sie die elektrisch aufgeladene Stimmung spüren, die nur kurz davorstand, sich zu entladen. Und das fühlte sich gut an.

Gesehen zu werden.

Mutter kontrollierte von Zeit zu Zeit, was sie auf Instagram postete, also hatte sie bisher keine zu freizügigen Fotos hochgeladen. Andererseits, wer war sie, um ihr Moral zu predigen. Linnea hatte gesehen, was für Fotos es von ihrer Mutter mit fünfzehn gab.

Warum Mutter ihre Modelmappe ganz hinten in der untersten Schublade des Bücherregals verstaut hatte, verstand Linnea nicht. In der Mappe waren ganz unglaubliche Bilder. Linnea hatte sofort gedacht, dass sie sie allen zeigen würde, wenn es ihre Fotos wären.

Sie erledigte ihre Hausaufgaben, die ihr nicht schwerfielen. Sie waren ihr noch nie schwergefallen. Dann las sie die Schulmails, über die die Lehrer manchmal zusätzliche Aufgaben schickten. Heute gab es keine. Ein paar Mails hatte sie von einem Onlineshop bekommen, über den sie sich von Papas Geld Klamotten bestellt hatte. Sie surfte ziellos im Netz, schaute sich ein paar YouTube-Videos an und ging dann auf ihr Fake-Profil, das sie angelegt hatte, um die Insta-Accounts interessanter Jungs unerkannt verfolgen zu können.

Ihr Telefon piepte.

Sie hatte über Wickr Me eine Nachricht erhalten. Sie hatte die App heruntergeladen, um mit ihren Freunden chatten zu können, ohne dass die Nachrichten gespeichert wurden, denn sie fürchtete, ihre Mutter könnte ihr Telefon kontrollieren.

Oder ihr Tagebuch lesen.

Fiese Kuh.

Um ehrlich zu sein, hatte Laura Törmänen ihr dieses Chatprogramm gezeigt, ebenso wie viele andere anonyme Messenger-Apps, zum Beispiel Sarahah.

Laura war Expertin darin.

Laura …

Es war schwer zu glauben, dass Laura tatsächlich tot war.

Sie hatten in der Schule und ein paarmal auch nachmittags miteinander Zeit verbracht, aber beste Freundinnen waren sie nicht. Mit Laura hatte etwas Entscheidendes nicht gestimmt, obwohl sie nicht sagen konnte, was genau es gewesen war. Man spürte es einfach. Linnea war sich sicher, dass Laura nur deshalb den Umgang mit ihr gesucht hatte, weil sie bei den Jungs beliebt war.

Umgebracht.

Linnea war ratlos, wie sie damit umgehen sollte: Sollte sie Trauer oder Angst empfinden. Oder weinen?

Sie richtete ihre Aufmerksamkeit auf die eingegangene Nachricht.

Das Profilbild des Absenders zeigte Peter Pan. Zuerst hielt sie die Nachricht für Spam und wollte sie schon löschen, doch dann siegte die Neugier, und sie öffnete sie.

Hi Wendy!

Du bist das schönste Mädchen der Schule.

Ich glaube, ich bin verliebt.

Ich möchte mit dir ins Nimmerland fliegen.

– Peter –

Linnea las die Nachricht mehrmals.

Ihr Herz schlug schneller. Ihren Benutzernamen kannten nicht viele. Zuerst dachte sie, eine ihrer Freundinnen erlaubte sich auf ihre Kosten einen Scherz oder die Nachricht wäre an den falschen Empfänger gegangen, doch andererseits: Vielleicht hatte auch ein Junge ihren Account vom Kumpel eines Kumpels seines Kumpels in Erfahrung bringen können, um anonym mit ihr in Kontakt zu treten? Sie überlegte kurz und tippte dann eine kurze Antwort:

Hallo P!

Wie fliegt man nach Nimmerland?

-W-

Die Antwort kam zwei Sekunden später.

P: Wenn man nur fest daran glaubt, kann jeder fliegen.

L: Du weißt ja nicht mal, wer ich bin.

P: Du bist das schönste Mädchen der Welt.

L: LOL! Du hast ja keine Ahnung :)

P: Hab dich angeschaut.

L: Na klar :) BEWEIS ES!

Zwanzig Sekunden lang geschah nichts, und Linnea fürchtete schon, Peter könnte den Chat verlassen haben. Aus irgendeinem Grund hätte sie das bedauert, auch wenn sie innerlich immer noch davon ausging, dass eine ihrer Freundinnen sich einen Scherz erlaubte. Vielleicht Annukka oder Milla?

Dann erschien eine neue Nachricht auf dem Display:

P: Was bekomme ich, wenn ich es dir beweise?

L: Was meinst du damit, was du bekommst?

P: Einen Kuss?

L: Haha! Träum weiter! Beweis es!

P: Du hast das schönste Lächeln der Welt.

L: Aha. :)

P: Und die schönsten Haare der Welt.

L: Du spinnst!

P: Dein Name beginnt mit L.

Jetzt brauchte Linnea länger für ihre Antwort, denn sie war sich nicht sicher, wie sie reagieren sollte.

Mit Sicherheit erlaubte sich da jemand auf ihre Kosten einen Spaß.

L: Annukka, bist du das? Ich warne dich.

P: Wer ist Annukka? Ich bin dein größter Bewunderer.

L: Woher kennst du meinen Benutzernamen?

P: Das ist ein Geheimnis.

P: Du hast das schönste Lächeln der Welt.

L: Echt jetzt! Hör auf und sag, wer du bist!

Es kribbelte ihr in den Zehen und auf der Kopfhaut. Die Mitteilungen hatten etwas Geheimnisvolles. Was, wenn es nicht Annukka war, wenn es doch vielleicht Jere war … oder einer der älteren Schüler? Lauri aus der Achten hatte sie oft angeschaut.

P: Heute hattest du die hellrosa Jacke an. Die mit den Fransen an den Ärmeln. Du bist echt hübsch.

L: Das ist nicht mehr lustig. Sag jetzt, wer du bist, oder ich bin raus.

P: Das ist kein Scherz, ich habe mich in dich verliebt.

L: Was willst du?

P: Hab ich doch schon gesagt … einen Kuss … von dir. 😘

L: Red jetzt oder das wars!

P: Ich bin Peter Pan, zumindest im Moment noch.

L: OMG!

P: Du würdest dich totlachen, wenn du meinen Namen wüsstest.

L: Ich lache nie. So eine bin ich nicht!

P: Das weiß ich. Du bist anders … Ich sage es dir, wenn ich genug Mut gefunden habe. Da ist noch was, aber das ist ein Geheimnis, ich sage es dir eines Tages.

Damit endete der Chat. Linnea legte das Handy zur Seite. Sie ging mögliche Gesichter vom Schulhof durch, die zu einem Peter passen könnten. Insgeheim hoffte sie, es möge Jere sein, den sie seit der Vierten vergötterte. Aber der Ton der Nachrichten passte nicht zu ihm. Sie waren etwas schüchtern, aber gleichzeitig auch selbstsicher und herausfordernd, ja geradezu dreist. Ihr Bauch kribbelte. Irgendwo gab es einen Peter Pan, der in sie verliebt war und mit ihr spielen wollte.

Ein Lächeln zog über ihr Gesicht. Nun, auch sie konnte spielen. Na sicher doch. Sie würde herausfinden, wer dieser Peter Pan war, und würde es ihm mit gleicher Münze heimzahlen.

22

Sami Vanhatalo zündete sich eine Zigarette an, knüllte die Schachtel zusammen und warf sie durch den Türschlitz in den Kellergang. Sie kullerte in die Ecke zu den zwei anderen.

»Fuck, fuck!«

Er inhalierte das Nikotin.

Sein wirbelnder Geist beruhigte sich ein wenig, doch nach fünf Minuten, das wusste er, würde ihm der Kopf wieder rauchen.

Und jetzt war auch seine letzte Schachtel leer.

Er rauchte die Zigarette bis zum Filter, drückte sie aus und streckte sich auf der Matratze aus, die er auf dem Fußboden ausgerollt hatte. Er schaute auf seine Armbanduhr, noch drei Stunden bis zum Einbruch der Dunkelheit.

Drei verdammt lange Stunden.

Er schloss die Augen und versuchte zu schlafen, aber immer, wenn er die Augen schloss, sah er Lauras Gesicht vor sich. Es hatte sich auf seiner Netzhaut eingebrannt wie mit Säure eingeätzt. In seiner Vorstellung lächelte Laura ihn an, doch er wusste, dass an diesem Bild etwas partout nicht stimmte, denn ihre Haut und Lippen waren unnatürlich weiß, die Haare nass und etwas Grünes hing darin.

(Seetang)

Laura war tot.

(verweste)

Und er war

(in Panik)

auf der Flucht.

Er war nicht dumm. Obwohl jeder in der Berufsschule das

glaubte. Seine Kumpel, sein Lehrer, seine Eltern – alle. Sie alle hielten ihn für beschränkt, weil er nicht gut klarkam, nicht richtig schreiben und sich Sachen nicht merken konnte. Aber dumm war er nicht. Er hatte andere Talente. Es gab keinen Motor auf der Welt, den er nicht reparieren konnte, und – hör zu, Mann – was für feine Nähte er schweißen konnte!

Als er hörte, dass Laura gesucht wurde, kapierte er sofort, dass es nicht lange dauern konnte, bis die Polizei auch ihn nach einigen Fotos und Überweisungen fragen würde. Also hatte er seinen Rucksack gepackt und war auf sein Moped gesprungen.

Die Bullen kriegten ihn nicht. Fuck – niemals!

Vielleicht war es ja gut, dass man ihn für einen Idioten hielt. So lange hatte er die Oberhand. Niemand würde ihm seine genialen Schachzüge während der Flucht zutrauen.

Als erste Maßnahme hatte er sein Handy ausgeschaltet.

Er hatte häufig genug CSI geguckt, um zu wissen, wie man Handys nachverfolgen konnte. Den Bullen würde noch langweilig werden, wenn sie ihm vergeblich nachjagten.

Für den Anfang brauchte er ein sicheres Versteck, bis sich der gröbste Staub gelegt hatte. Er war auf seine Suzuki gestiegen, quer durch die Stadt nach Impola gefahren und hatte sich vorübergehend in der Abstellkammer im Keller des Wohnblocks einquartiert, in dem seine Oma wohnte und für die er einen Schlüssel hatte. Hier gab es eine Gästematratze, auf der er als Kind dutzende Nächte im Schlafzimmer seiner Oma geschlafen hatte. Das alles schien viele Jahre her zu sein, obwohl es in Wirklichkeit nur fünf waren.

In fünf Jahren war viel passiert.

Bei der Erinnerung an jene Zeiten, als er noch mit seiner Oma Karten gespielt und Eis gegessen hatte, schnürte sich seine Kehle zu. Er würde es nie jemandem gegenüber zugeben, aber in seinem Innersten vermisste er die Spiele mit Freunden im nahegelegenen Wald – und seine Oma, die ihm immer durch die Haare fuhr und riesengroße Eierkuchen buk. Aber jetzt war sie schlimm demenzkrank und konnte sich nicht einmal mehr an seinen Namen erinnern. Die Zeiten von Eisbechern und Armbrust waren vorbei. Und die Polizei suchte ihn,

weil Laura

(verwest)

tot war.

(voller Tang)

Wieder drang aus einem Schatten Lauras Gesicht in sein Bewusstsein. Er sah ihre Augen, auch sie ganz grau, als hätte jemand alle Farbe aus ihnen herausgespült.

Es kam genau so, wie er befürchtet hatte. Sobald die Wirkung des Kohlenmonoxids nachließ, begann sein Gehirn zu überhitzen wie ein schleifender Bremsklotz. Wenn er sich nicht bald in den Griff bekäme, würde er durchdrehen.

Er erhob sich und starrte die zerknüllte Zigarettenschachtel an. Bis es dunkel wurde, hielt er es niemals aus. Außerdem hatte er Hunger.

Und er war

(verängstigt)

angepisst.

Sami strich sich mit kettenölverschmierten Fingern über den Nacken und dann übers Gesicht. An der Kinnspitze und der Oberlippe fühlte er weichen Flaum.

Plötzlich horchte er auf.

Auf der Treppe war jemand.

Er lauschte angestrengt, und als er sicher war, dass die Schritte herunter in den Kellergang kamen, zog er die Gittertür zu, drückte sich in die hinterste Ecke der Abstellkammer und machte sich so klein wie möglich.

Die Tür zum Keller wurde geöffnet. Zwei Personen blieben in der Türöffnung stehen.

»Jemand hat hier geraucht«, sagte eine männliche Stimme.

»Und zwar gerade erst«, stimmte ihm eine Frau zu. »Und das Licht angelassen!« Sie kamen in den Kellergang, die Tür fiel zu.

Die Schritte kamen näher, bogen aber in einen anderen Gang ein. Sami atmete aus. Ein Vorhängeschloss wurde aufgeschlossen, Gegenstände durchsucht. Der Mann ächzte und fluchte. Sami hörte, wie die Schritte der Frau sich näherten.

Samis Oma hatte die Innenseiten der Trennwände vor etlichen Jahren mit schwarzen Müllsäcken verkleidet, einige hingen in Fetzen herab. Sami krümmte sich noch mehr zusammen.

»Hier, hier wurde geraucht«, keifte die Frau.

Der Mann unterbrach seine Suche und kam ebenfalls näher. Durch die Schlitze konnte er ihre Gesichter erkennen. Ein etwa sechzigjähriger Mann mit Schweinenacken und eine etwa gleichaltrige, dürre, knorrige Frau. Hätte sich einer von ihnen in diesem Moment zur Seite gedreht, hätten sie ihn sofort gesehen.

»So eine Schweinerei!«, schimpfte der Mann und trat in die Ecke. Sami biss die Zähne zusammen. Der Mann bückte sich und hob die Zigarettenschachteln auf. Sami konnte die fleischigen Finger sehen, wie die herabbaumelnden Zitzen eines Euters.

»Was wohl die Alte im obersten Stock denkt, wenn ich ihr die durch den Postschlitz schiebe?«

»Weiß nicht, aber irgendwas müssen …« Ihr Satz endete abrupt, als hätte jemand den Schalter umgelegt, und Sami wusste, das konnte nur eines bedeuten. Es folgte eine lange stille Sekunde. Die Gittertür wurde aufgezogen, und das runzelige Gesicht der Frau schob sich durch den Spalt.

Sami ließ sich mehr von seinen Instinkten als von seinem Verstand leiten. Er sprang auf, stieß die Tür des Kellerverschlags auf und die Frau zur Seite. Sie schrie. Der Mann wollte ihn aufhalten, doch die zitzengleichen Finger berührten nur noch das Rückenteil seiner Jacke. Mit einem Sprung war Sami an der Tür.

»Bleib stehen!«, brüllte der Mann, aber Sami hatte nicht die geringste Absicht zu gehorchen. An der Tür drehte er sich kurz um, sah die Frau, die ihm als Erste folgte. Er drehte den Türriegel, stieß die Tür auf und schaltete das Kellerlicht aus. Dann drückte er die Tür zu und rannte ins Freie.

Es regnete. Er lief über den asphaltierten Hof, überquerte die Straße und bog auf das Grundstück einer Autowerkstatt ein. Als die Tür am Wohnblock geöffnet wurde und Fleischfinger samt Gattin ins Freie trat, war Sami gerade hinter der Werkstatthalle verschwunden.

Leichtfüßig sprang er über den Gitterzaun, lief durch hüfthohe Gräser auf einer Brache, über einen vom Regen glitzernden Hügel und verschwand im Innenhof eines anderen Wohnblocks. Erst hier hielt er inne, um durchzuatmen. Sein Herz klopfte.

Er war aufgeflogen.

Der Mann würde ihn mit Sicherheit melden und die Polizei nicht lange brauchen, um herauszufinden, dass oben im Haus seine demenzkranke Großmutter wohnte.

Da fiel ihm sein Moped ein.

Zum Glück war er so schlau gewesen, es auf dem Parkplatz des Nachbarhauses abzustellen. Mit etwas Glück war es heute Abend noch dort, und er konnte es holen.

23

Ein kalter, feuchter Morgen brach an. Sami Vanhatalo saß auf seinem Moped und zog mit eingezogenen Wangen an einer Zigarette. Er war ganz steif. Die ganze Nacht hatte er sich im nassen Gebüsch zwischen zwei Wohnblöcken versteckt. Das waren die längsten Stunden seines Lebens gewesen. Polizeistreifen waren vorübergefahren, Hunde hatten gebellt, einmal hatte ein Transporter der Polizei direkt neben ihm gehalten und das Gebüsch angeleuchtet.

Erst gegen vier hatte er sich getraut, sein Versteck zu verlassen. Von Schatten zu Schatten huschend hatte er die Parkplätze überquert. Vor dem Haus seiner Oma stand ein Polizeiwagen. Sami beobachtete ihn kurz, dann schlug er einen weiten Bogen zum Parkplatz des Nachbarhauses, wo sein Moped stand. Endlich traute er sich, es zu holen.

Die Läden öffneten um sieben.

Sami kaufte fünf Packungen Zigaretten, fünf Energydrinks und eine ganze Tüte voll Schokoriegel. Auf dem Ständer mit den Boulevardzeitungen schrien ihn die Schlagzeilen an:

JAGD AUF DEN MÖRDER!
WER TÖTETE LAURA TÖRMÄNEN?

TOTES MÄDCHEN
IN FISCHREUSE ENTDECKT –
TÄTER AUF DER FLUCHT

SCHOCK!
POLIZEI IST TÄTER AUF DER SPUR –
ALLES ZUM FALL LAURA TÖRMÄNEN

Von den Titelblättern lächelte eine kindlich wirkende Laura.

Sami war klar, dass er aus der Stadt verschwinden musste – und später aus Finnland, aber dafür brauchte er Geld.

Und er würde Hilfe brauchen.

Das Handy brannte in seiner Hosentasche. Er könnte es anschalten, seine Nachrichten checken und sehen, was über ihn und Laura geschrieben wurde. Doch er zögerte. Die Polizei wäre in der Lage, ihn sofort zu orten. Und die Polizei verfügte über Hubschrauber, Satelliten und Drohnen – überall.

Sami rauchte die Zigarette bis zum Filter und blickte auf den Fluss, der im grauen Morgenlicht träge dahinfloss. Kurz sah er Laura und ihre im Fluss treibende Leiche vor sich.

Er schüttelte sich und richtete seine Gedanken auf etwas anderes, doch das Bild von Lauras aufgequollenem, mit Wasserpflanzen behangenem Gesicht drängte sich wie eine behaarte Spinne immer wieder in den Vordergrund.

Zum Schluss konnte er nicht länger widerstehen und schaltete das Handy an, las seine Nachrichten, es waren dutzende, und dann die Schlagzeilen der *Ilta-Sanomat*. Immerhin wurde sein Name kein einziges Mal erwähnt – noch nicht. Jesse hatte ihm zwei Dutzend Rückrufbitten hinterlassen. Im gleichen Moment klingelte sein Telefon. Jesse. Sami überlegte kurz, ob er rangehen sollte, schließlich tat er es.

»Verdammt, wo steckst du? Die Polizei war an der Schule und hat mich und Tommi ausgefragt.«

»Was wollten die?«

»Wissen, wo du bist.«

»Was habt ihr gesagt?«

»Dass du bestimmt schon in Schweden bist.«

»Das bin ich auch, bald. Ich brauch Geld und für ein paar Nächte eine Bleibe.«

»Hast du sie umgebracht?«

»Nee, na klar nicht.«

»Warum bist du dann abgehauen?«

»Ich bin ein guter Sündenbock. Die würden mich definitiv einbuchten. Aber die kriegen mich nicht. Ich geh weg aus Finnland.«

Es war kurz still, dann sagte Jesse:

»Du kannst ein paar Nächte bei mir im Zimmer schlafen. Meine Mum hat Nachtdienst. Ich lass dich rein, wenn sie losgeht. Und bevor sie morgens wieder da ist, bist du weg.«

»Thanks. Dann brauche ich noch zwei Hunnis. Ich zahl's zurück.«

»Ich versuch, was locker zu machen. Meine Mutter hat irgendwo was.«

»Danke, du bist mein bester Freund.«

Jesse antwortete nicht. Sami beendete das Telefonat und schaltete das Handy aus. Dann trat er den Kickstarter durch und brauste davon. Das Hinterrad grub eine tiefe Furche in den Kies. Falls die Polizei das Telefonat nachverfolgt hatte, wäre er schon weit weg, wenn der Hubschrauber kam. Er war wie ein Krieger in der Prärie, und ein Krieger in Bewegung war schwer zu fangen und unmöglich zu verfolgen.

Jesse Kivi legte das Telefon auf den Tisch und starrte es mit hängendem Kopf an. Linda legte ihm die Hand auf die Schulter.

»Du hast richtig gehandelt«, sagte sie.

Jesse sagte nichts.

»Das war verantwortungsvoll«, pflichtete ihr Jesses Mutter bei.

»Ich weiß nicht, wie ich ihm je wieder in die Augen sehen soll. Oder mir. Ab jetzt habe ich keinen Freund mehr.«

Linda ging in den Flur, um den Diensthabenden anzurufen und ihm die Situation zu schildern: dass sie Kontakt zu Sami

Vanhatalo hatten. Sie war stolz auf den Jungen, der mit schmutzigen Händen und schmuddeligem Kapuzenshirt in der Küche saß. Den besten Freund ans Messer zu liefern, war ein schwerer Entschluss, aber verantwortungsvoll und erwachsen. Einen Kriminellen zu schützen, insbesondere bei einem Tötungsdelikt, war eine ernste Angelegenheit, und Jesse hatte das sofort verstanden. Tatsächlich hatte Jesse selbst gesagt, dass sich Sami früher oder später bei ihm melden würde. Und außerdem, wenn er unschuldig war, wie Jesse glauben wollte, war es besser, Sami stellte sich und half bei der Aufklärung des Falls.

Der Tag war grau und windig. Böen fegten gelbe Blätter an den Mauern entlang. Manchmal strich ein Nieselregenschauer über die Stadt und hinterließ schwarz glänzenden Asphalt. Gegen halb sechs setzte die Dämmerung ein, und eine Stunde später versank die Sonne endgültig hinter dem Horizont und zeichnete einen roten Schimmer an den Himmelsrand, der genauso rasch wieder erlosch.

Jesse Kivis Mutter ging gegen acht zur Arbeit und ließ die Außenbeleuchtung brennen. Kurz darauf erschien Sami Vanhatalo. Linda, Oksman und zwei Polizeimeister saßen in der dunklen Küche und verfolgten Samis Auftauchen durch die Vorhänge. Der Junge kam die Straße heruntergeschlendert und hielt sich immer dicht an den Hecken. Er hatte die Kapuze seines Collegeshirts über den Kopf gezogen, um sein Gesicht zu verbergen. Hin und wieder hielt er an, sah sich um wie ein verschrecktes Reh und ging dann weiter in ihre Richtung.

»Geh zur Tür«, sagte Linda zu Jesse, der im Wohnzimmer auf dem Sofa saß und auf seine kettenölverschmutzten Hände starrte.

Langsam erhob er sich, Oksman folgte ihm zum Windfang.

»Denk an das, was wir besprochen haben. Du öffnest die Tür, stehst im Licht, damit Sami dich sehen kann – und gehst dann ins Haus, lässt die Tür aber angelehnt.«

Linda drückte die Taste ihres Funkgeräts und informierte die Polizisten vor dem Haus über das sich nähernde Ziel.

Jesse tat, was Oksman ihm gesagt hatte.

»Zielperson bleibt stehen«, berichtete Linda aus der Küche.

Sami Vanhatalo war unter einer Straßenlaterne stehengeblieben und checkte die Umgebung. Die Entfernung zwischen ihm und dem Gartentor betrug etwa vierzig Meter. Sami drehte den Kopf, als würde er jeden Augenblick zum Spurt ansetzen.

»Was hast du gemacht?«, zischte Oksman. »Hast du ihn gewarnt?«

»Zielperson zögert. Festnahme«, ordnete Linda über Funk an.

Im selben Moment drehte Sami sich unvermittelt um und sprintete so schnell er konnte davon, über die Straße und Richtung Einkaufszentrum.

»Zielperson flieht zu Fuß in nördlicher Richtung!«, rief Linda und stürmte zur Tür, doch Oksman hatte schneller als sie und alle anderen reagiert. Seine Bewegungen wirkten übernatürlich geschmeidig, fast so, als würden seine Beine den Boden nicht berühren, als würde er fliegen.

Auf der gegenüberliegenden Straßenseite wurde ein Auto gestartet, hinter der Windschutzscheibe leuchtete ein rotblaues Warnlicht auf. Der Škoda sprintete mit quietschenden Reifen und jaulendem Motor los.

Linda rannte die Straße entlang und gab über Funk Anweisungen. Vier Polizisten zu Fuß teilten sich auf, um Sami an der Kreuzung den Weg abzuschneiden.

»Mist!«, ächzte Linda, als sie einsehen musste, dass der Junge bedeutend schneller war als sie. Obwohl sie alles gab, wurde der Abstand immer größer. Sie keuchte, Milchsäure schoss in ihre Oberschenkelmuskulatur.

Ein Polizeiwagen schoss mit heulender Sirene an ihr vorbei.

Sami sah sich um, änderte blitzschnell die Richtung und bog

urplötzlich in ein Gartentor ein. Die Bewegungsmelder des Hauses sprangen an, ein Hund fing an zu bellen.

»Zielperson flieht durch die Gärten in Richtung Porrasalhotie«, keuchte Linda in ihr Funkgerät. Sie wurde langsamer, ebenso wie ihre Kollegen in Uniform und Schutzwesten, nur Oksman hielt die Geschwindigkeit. Der Polizei-Škoda machte eine Kehrtwende, beschleunigte, um am Ende der Straße den Weg zu versperren.

Linda verfiel in einen leichten Laufschritt. Aus Richtung Musa waren weitere Sirenen zu hören. Wenn es ihnen nicht gelingen würde, Sami zu schnappen, könnte es lange dauern, bis sie das nächste Mal eine Gelegenheit dazu bekämen, denn ein zweites Mal würde er sich sicher nicht überraschen lassen.

Sie fluchte.

Es war ein Fehler gewesen, Jesse Kivi die Tür öffnen zu lassen. Sie hätten wissen müssen, dass er versuchen würde, seinen Freund im letzten Augenblick zu warnen.

Oksman fühlte den kühlen Luftstrom an seinem Gesicht. Leichtfüßig sprang er über eine Hecke, lief weiter den Radweg entlang und konnte gerade noch erkennen, wie der Verfolgte auf einem Grundstück verschwand. Oksman legte einen Zahn zu und spürte, wie sein Körper auf höchster Stufe arbeitete. Jede Muskelfaser, jeder Nerv und jede Sehne konzentrierten sich darauf, ihn nach vorn schnellen zu lassen. Er tauchte durch einen Fliederbusch und verlor Sami kurz aus den Augen, bis ein Bewegungsmelder auf einem Grundstück ihn verriet.

Oksman wurde klar, dass er versuchte, einen Bogen zu schlagen und in die Richtung, aus der er gekommen war, zu verschwinden. Das hätte sogar funktionieren können, wären nicht so viele Polizeikräfte im Einsatz, um ihn zu verfolgen. Doch das wusste Sami Vanhatalo nicht. Die Schlinge würde sich unvermeidbar festziehen.

Oksman kürzte durch den Garten eines alten Holzhauses ab. Ein überraschter, angeleinter Rottweiler sprang mit gefletschten Zähnen von seinem Liegeplatz auf, doch bevor er Oksmans Hosenbein zu fassen bekam, spannte sich die Leine und riss ihn zurück. Sein Jaulen verhallte hinter Oksman.

Vor Oksman leuchtete das orangegetönte Licht der Straßenlaternen auf. Am Gartentor wurde er langsamer, drückte sich in die Hecke und wartete. Erst war nichts zu hören oder zu sehen, und Oksman fürchtete schon, einen Fehler gemacht zu haben. Dann hörte er ein Rascheln und leises Keuchen. Oksman sah, wie Sami sich etwa zwanzig Meter vor ihm vorsichtig auf den Weg schob, und grinste. Sami blieb kurz stehen, wartete, bis sein Atem sich etwas beruhigt hatte, und lauschte in Richtung der Sirenen.

Oksman war versucht, unmittelbar hervorzustürmen und ihn zu schnappen, hielt sich aber zurück und wartete, bis Sami sich wieder in Bewegung setzte. Als die Entfernung zwischen ihnen nur noch zwei Meter betrug, trat er heraus und griff ihn am Arm.

»Polizei! Du bist unter dem dringenden Tatverdacht verhaftet, Laura Törmänen ermordet zu haben.«

Sami erschrak und versuchte instinktiv sich loszureißen, doch Oksmans Finger hielten ihn fest umschlossen wie eine Rohrzange. Dann versuchte Sami zu schlagen. Die Faust zischte auf Oksmans Gesicht zu, doch dieser wich geschickt aus und bekam Samis Handgelenk zu fassen. Gleichzeitig bog der Polizei-Škoda in die Straße ein und beschleunigte. In einem letzten Versuch drehte Sami seinen Körper zur Seite und riss mit aller Kraft an Oksmans Händen. Doch dessen Griff lockerte sich nicht, er warf sich den Jungen einfach über die Schulter wie einen Sack Korn.

»Na, na«, beruhigte ihn Oksman. »Nun mal ganz ruhig, mein Freund.«

Das Polizeiauto bremste neben ihnen, und zwei Polizisten sprangen heraus.

Oksman stellte Sami wieder auf die Füße. Die Polizisten nahmen ihn in die Mitte, legten seine Arme auf den Rücken und ließen die Handschellen zuschnappen.

»Danke für deine Hilfe«, sagte Pasi Jaakola, einer der beiden Polizisten, und grinste.

»Die Freude war ganz auf meiner Seite«, erwiderte Oksman lächelnd und zog seine Kleidung zurecht.

Oksman ging zurück zu Kivis Haus und traf auf die schwer atmende Linda, die allmählich herantrottete.

»Gute Arbeit«, lobte sie ihn und wischte sich mit dem Ärmel über die Stirn. »Hoffentlich können wir den Fall bald abschließen.«

FÜNFTER TEIL

Iltalehti vom 09. 09. 2011

SCHOCKIERENDE WENDE IM FALL HANNA-RIIKKA SAMMALSUO – MORD BALD AUFGEKLÄRT?

Freund wegen Mordes verhaftet

Im Fall der im Mai 2009 auf dem Schulweg verschwundenen und zwei Monate später tot aufgefundenen Hanna-Riikka Sammalsuo gibt es eine Wende. Die Polizeidirektion Lappland bestätigt, dass der aus Kemi stammende achtzehnjährige Onni Akseli Hietanen am Sonnabend unter dem dringenden Tatverdacht festgenommen wurde, Hanna-Riikka Sammalsuo ermordet zu haben. Die Gerichtsverhandlung vor dem Strafgericht Lappland ist für kommenden Montag angesetzt.

Der zwei Jahre zurückliegende Mord an Hanna-Riikka Sammalsuo ist eines der in der Presse am meisten diskutierten Verbrechen in der finnischen Kriminalgeschichte. Das Verschwinden des Mädchens blieb lange ein Mysterium, bis ihre Leiche aus dem Kemijoki geborgen wurde.

Wie die Polizei bekanntgab, wurde jetzt, nach zwei Jahren Ermittlungen, Onni Akseli Hietanen wegen des dringenden Tatverdachts in dem Fall festgenommen. Hietanen sei bereits eine Woche nach dem Verschwinden des Mädchens befragt worden, damals habe sich aber kein hinreichender Verdacht für eine Verhaftung ergeben. Dass er nun festgenommen wurde, deutet darauf hin, dass der Polizei triftige Gründe vorliegen mussten, um von einer Schuld des Verdächtigen ausgehen zu können.

Iltalehti vom 29. 07. 2021

POLIZISTIN WEGEN MORDES ANGEKLAGT

Der Waffeneinsatz einer Polizistin, der im letzten Frühjahr in Imatra zum Tod eines Mannes geführt hat, wird im kommenden Herbst in einem Strafgerichtsverfahren gründlich untersucht. Die Staatsanwaltschaft hat gegen die im Dienst der Polizei Imatra stehende Polizeiobermeisterin Siiri Helena Bohm Anklage erhoben. Die Anklage lautet auf Mord mit besonderer Schwere der Schuld und auf grobe Amtspflichtverletzung. Die Ermittlungsakte unterliegt bis zum Abschluss des Gerichtsverfahrens der Geheimhaltung.

Laut einem Artikel der Zeitschrift *Alibi* vom Juni waren Opfer und Täter einander bekannt. Das Opfer hatte einen umfangreichen kriminellen Hintergrund, darunter eine Haftstrafe wegen sexuellen Missbrauchs an drei Kindern, Vergewaltigung einer Minderjährigen und schwerer Körperverletzung. Wie *Alibi* berichtete, habe das Opfer drei unter fünfzehnjährige Mädchen wochenlang im Keller seiner Wohnung gefangen gehalten und mehrere Male vergewaltigt. Laut der Zeitschrift handele es sich bei der Angeklagten Siiri Helena Bohm um eines der sexuell missbrauchten Opfer, die Tötung könnte aus Rache erfolgt sein.

24

Es klingelte. Stühle wurden über den Boden geschoben. Linnea packte ihre Sachen. Die Stille der Unterrichtsstunde wich Lachen und Kleiderrascheln.

Linnea erhob sich, warf den Rucksack über die Schulter und wartete das ärgste Gedränge ab, bevor sie zur Tür ging. Annukka und Essi warteten im Flur auf sie. Zusammen trotteten sie zur Garderobe.

»Was machst du am Wochenende?«

»Mein Vater holt mich ab. Er ist dran«, antwortete Linnea.

»Oh, Kacke. Bist du dann wieder eine Woche da? Wohnt der nicht in der Pampa?«

»Kalaholma ist nicht die Pampa. Da fährt alle Viertelstunde ein Bus in die Stadt.«

Ein Gruppe Jungs stand an der Garderobe herum und beobachtete sie. Die Mädchen lächelten. Einer der Jungs, Make, pfiff ihnen zu. Annukka streckte ihnen die Zunge heraus. Die Jungs lachten und zogen Grimassen, um die Aufmerksamkeit der Mädchen auf sich zu lenken.

Linnea sagte, sie müsse aufs Klo, und schlängelte sich durch die übervolle Halle. Alle Kabinen waren besetzt. Einige aus der Neunten standen vor den Spiegeln, korrigierten ihr Make-up und glotzten sie an. Linnea spürte die Verachtung in ihren Blicken. Erst in letzter Zeit hatte sie kapiert, dass das mit ihrem Aussehen zusammenhing.

Als sie zur Garderobe zurückkam, waren Annukka und Essi schon rausgegangen. Sie sah die beiden durch die Glastür in einer größeren Mädchengruppe unter dem Regendach stehen. Linnea schlüpfte in die Jacke und hatte plötzlich das Gefühl, dass sie beobachtet wurde. Sie fuhr herum und sah den Hausmeister an der Treppe stehen, er starrte sie an. Als sich ihre Blicke trafen, wendete sich Markku Rantanen ab und stieg die Treppe in den ersten Stock hinauf.

Kalte Schauer liefen ihr den Rücken hinunter. Der baumlange Hausmeister hatte ihr schon immer Angst eingejagt.

Sie nahm ihren Rucksack vom Boden und wollte ihn gerade überwerfen, als sie bemerkte, dass die Seitentasche offen war. Sie war sich sicher, dass sie den Reißverschluss zugezogen hatte, bevor sie die Klasse verließ. Sie fluchte, denn es war schon ein paarmal zu Diebstählen in der Schule gekommen. Aus Taschen und Rucksäcken waren Portemonnaies, Geld, Make-up und auch einige teure Jacken entwendet worden.

Sie stellte den Rucksack ab, hockte sich hin und sah nach. Nichts war verschwunden. Handy, Portemonnaie und Schlüssel waren noch da. Dann berührten ihre Finger etwas, das nicht in dieser Tasche sein sollte. Entgeistert starrte sie auf ein kleines kariertes Heft, auf dessen Umschlag ein Bild von Peter Pan prangte. Ihr Herz schlug schneller. Sie sah sich um, die Schule hatte sich schon fast geleert. Nur noch ein paar ältere Jungs standen an der Garderobe, doch keiner von ihnen schenkte ihr Beachtung. Linnea schlug das Heft auf und las die mit einem roten Kugelschreiber in Druckschrift geschriebenen Worte:

Wendy,

Du bist das schönste Mädchen der Welt.

Lass uns zusammen ins Nimmerland fliegen.

-P-

Linda las den Text immer wieder, stopfte das Heft zurück in ihren Rucksack und ging hinaus zu den anderen. Sie hoffte, dass keine ihrer Freundinnen die Röte auf ihren Wangen bemerkte.

Ihr Klassenlehrer Onni Sandberg kam gleichzeitig hinaus auf

den Schulhof und bemerkte die Mädchengruppe. Er breitete die Arme aus und lenkte sie Richtung Tor.

»Schönes Wochenende. Sollten wir nicht alle nach Hause gehen, bevor es dunkel wird? Und denkt dran, immer schön zusammenbleiben.«

25

»Wo ist meine neue weiße Bluse?«, fragte Linnea und rannte zwischen dem Bad und ihrem Zimmer hin und her. Linda hörte, wie sie die Kleiderschränke im Flur durchwühlte. »Hast du gehört, was ich gesagt habe? Wo hast du sie hingetan?«

Linda saß mit angezogenen Knien auf dem Sofa. Sie wusste, dass sie auf einem Bügel in Linneas Kleiderschrank hing, machte aber keine Anstalten, sie zu holen. Soll sie doch allein klarkommen, wenn sie es plötzlich so eilig hatte zu packen.

Linnea stand mit den Händen in den Hüften vor ihr. »Mama! Hörst du mich? Ich such die Bluse schon eine Viertelstunde! Papa kommt gleich!«

Linda sah ihre Tochter an, die in ihrer Stretch-Jeans und dem rosa Kapuzenpulli schon fast erwachsen aussah. Wohin war nur ihr kleines Mädchen im roten Winteroverall verschwunden? War das etwa Kajal?

Sie hat dich schon einmal belogen.

»Ich wünschte, du hättest es mal so eilig, wenn ich komme, um dich abzuholen.«

Linda wusste, dass sie gemein war. Aber sie konnte ihre Verärgerung nicht verbergen. Manchmal hatte sie das Gefühl, Linnea redete von nichts anderem mehr als von ihrem Vater.

Sie wird wieder lügen.

»Wofür brauchst du die Bluse überhaupt? Die ist doch nur was für festliche Anlässe.«

Linnea machte auf dem Absatz kehrt und marschierte in ihr Zimmer. Sie schlug die Tür zu. Ein schadenfrohes Lächeln kroch in Lindas Mundwinkel. Sie konnte dieses Spiel auch spielen.

Nach fünf Minuten kam Linnea zurück mit gepackter Tasche und einem Rucksack. Der Reißverschluss an der Seite war nicht ganz geschlossen, ihr Schlafteddy schaute heraus. Sein Fell war schon ganz verfilzt, ein Auge fehlte, der ganze Teddy war so abgenutzt, dass er wie ein geprügelter Hund aussah. Als sie den Teddy sah, schmolz Lindas Herz. Sie stand auf, holte die Bluse vom Bügel und reichte sie Linnea.

Sie umarmte ihre Tochter.

»Schickst du mir heute Abend eine Nachricht, dass alles in Ordnung ist?«

»Ja, na klar.«

Linda versuchte ihr über die Haare zu streichen, doch sie wich ihr aus und sagte lachend: »Du bringst meine Frisur durcheinander.«

Vor dem Haus hielt ein Auto. Linda sah aus dem Fenster. Sie runzelte die Stirn. Ville trat mit Sune vor die Tür. Der gerade verflogene Ärger kochte erneut in ihr hoch.

Es klingelte, Linnea eilte zur Tür.

Linda verfolgte an den Türrahmen gelehnt, wie Linnea ihrem Vater um den Hals fiel und dieser ihr einfach durch die Haare wuschelte. Ville drückte sie fest und hob sie ein paarmal in die Luft. Der Anblick war herzerweichend, und obwohl Linda nicht vergessen konnte, was alles während der Trennung zwischen Ville und ihr vorgefallen war, so war er doch immer noch Linneas Vater. Und wie Linda zugeben musste, war er ein guter Vater.

Linnea gab Sune, die kleiner war als sie und mit unnatürlich weißen und zu großen Zähnen lachte, einen Kuss auf die Wange. Linda fand, dass Sune einen immer gleichen, leicht dämlichen Gesichtsausdruck hatte. Zumindest hatte sie nie einen anderen bei ihr gesehen.

Linda versuchte, gelassen zu wirken, wusste aber, dass es ihr nicht sonderlich gut gelang.

»Wir haben vor, am Sonnabend nach Rauma zu fahren«, sagte Ville. »Wir wollten in der Altstadt essen und den Kylmäpihlaja-Leuchtturm besuchen. Der Wasserbus fährt diesen Monat noch viermal am Tag. Es ist schönes Wetter angesagt, aber eine dickere Jacke wäre trotzdem gut.«

»Linnea hat selbst gepackt.«

»Ich habe einen Pullover dabei«, sagte Linnea, zog die Schuhe an und ging mit ihrem Gepäck an Ville und Sune vorbei hinaus.

Ville nahm ihr die Sporttasche ab und warf sie sich über die Schulter.

»Linnea muss morgen zum Zahnarzt«, erinnerte Linda ihn.

»Yes, kein Problem.«

»Na prima, dann kannst du nächstes Mal ja auch den Termin vereinbaren.«

Ville schaute plötzlich gequält drein. »Ich müsste Linnea schon am Sonnabend zurückbringen, ich muss nach Helsinki. Oder kannst du sie abholen? Mir ist beides recht, oder wollen wir nochmal telefonieren?«

»Zurückbringen? Das klingt, als wäre Linnea wie etwas, das man sich in der Bibliothek ausleiht. Davon abgesehen, ich muss Samstag arbeiten.«

»Na, dann lass uns Freitag noch mal telefonieren und es besprechen. Linnea kann ja auch mit dem Bus nach Hause fahren.«

»Mal sehen«, knurrte Linda. »Sieh zu, dass Linnea für die Mathearbeit nächste Woche lernt.«

Linnea drängte zum Aufbruch und machte sich auf den Weg zum Auto.

»Okay«, sagte Ville versöhnlich. »Apropos, Sune hat jetzt einen Führerschein, also zur Not könnte auch sie Linnea nach Hause fahren.«

Am liebsten wäre Linda explodiert, Linnea würde sich nur über ihre Leiche neben Sune ins Auto setzen. Sie konnte gerade noch an sich halten.

Linnea winkte ihrer Mutter zu und setzte sich auf den Rücksitz.

Linda stand so lange in der Tür, bis Ville aus der Ausfahrt zurückgesetzt hatte. Dann ging sie hinein. Die Stille schmerzte in den Ohren.

Sie ging von Zimmer zu Zimmer, ohne Ziel, und versuchte, den Ärger in sich zu bekämpfen. Schließlich führten sie ihre Schritte in die Küche und zum Eckschrank, aus dessen Tiefen sie eine ungeöffnete Wodkaflasche holte.

Heute würde sie noch einen trinken – vielleicht auch zwei. Dann würde sie eine längere Pause einlegen, wie versprochen.

Der Saft war alle, also verdünnte sie den Wodka mit Sprudelwasser. Die Mischung schmeckte furchtbar. Mit dem Glas in der Hand ging sie zum Sofa und wollte fernsehen, aber es kam nichts. Die Wände erdrückten sie. Wieso war sie eigentlich immer noch eifersüchtig auf Ville?

Sie stand auf, holte ihr Telefon und rief Ari Kekäläinen an.

»Computerprobleme?«, fragte Kekäläinen.

»Falls Einsamkeit auch dazugehört.«

»Ist etwas passiert?«

»Linnea ist zu ihrem Vater. Ich dachte … hättest du vielleicht Lust vorbeizukommen? Einen Film auf Netflix anschauen oder einfach nur reden?«

»Ich weiß nicht, ob das klug ist.«

»Verstehe. Natürlich hast du schon etwas anderes vor.«

»Das meine ich nicht. Ich hocke hier auch alleine rum, aber ich dachte an Linnea. Was würde sie dazu sagen, wenn ich schon wieder vorbeikomme?«

»Dazu, dass ich Freunde habe?!«

Kekäläinen lachte. »In dem Alter sind Jugendliche sehr empfindlich. Ich möchte keine Probleme machen. Dir nicht und auch Linnea nicht.«

»Du denkst zu weit. Mit einem Freund einen Film zu gucken, kann ja nun wirklich für niemanden ein Problem sein. Sagen wir mal so, du verursachst wesentlich mehr Probleme, wenn du die Einladung nicht annimmst«, sagte Linda.

»Als Polizistin kannst du jederzeit anordnen, dass ich kommen soll.«

»Dann ordne ich es hiermit an.«

»Passt es in einer halben Stunde? Wie wäre es diesmal mit einem wirklich guten Rotwein? Ich kann kurz bei Alko vorbeischauen.«

»Es war also eine Lüge, als du sagtest, dir haben meine Tonics geschmeckt.«

»Ist das jetzt ein Verhör?«

»Wenn du Wein mitbringst, bestelle ich uns Pizza.«

Linda legte das Telefon zurück auf den Tisch. Sie fühlte sich sofort besser. Sie ging in die Küche, mixte sich noch einen Drink und räumte auf. Während sie Dinge hin- und herbewegte, summte sie vor sich hin. Sie konnte sich nicht erinnern, wann sie das das letzte Mal getan hatte.

Der Abend mit Kekäläinen war genauso angenehm, wie Linda es sich vorgestellt hatte. Sie hatten den kräftigen Rotwein getrunken, den er mitgebracht hatte, und Pizza gegessen, bis sie platzten. Dann hatten sie es sich auf dem Sofa bequem gemacht und geredet. Statt einen Film zu gucken, hatten sie sich entschlossen, eine Quizsendung anzuschauen, und gemeinsam über die falschen Antworten der Studiogäste gelacht. Alles fühlte sich ganz natürlich an. Ganz anders als mit Ville.

Beide waren leicht beschwipst, als Kekäläinen sich für den Abend bedankte und zum Aufbruch rüstete. Es war fast Mitternacht. Beide äußerten ihre Verwunderung darüber, dass die Zeit so schnell vergangen war.

Linda sah aus dem Fenster. Es nieselte.

»Es ist schon spät«, sagte Linda. »Du kannst auch hier schlafen.«

»Ist das eine gute Idee?«

»Ich hätte nichts dagegen.«

Kekäläinen gähnte, strich über seinen juckenden Gips und erwiderte: »Wenn du nur nichts versuchst.«

Linda lachte und kreuzte Zeige- und Mittelfinger. »Pfadfinderehrenwort. Ich beziehe dir das Bett in Linneas Zimmer. Ich habe irgendwo auch noch eine Zahnbürste.«

Als sie fertig war, schwatzten sie noch kurz in der Küche, wünschten sich eine gute Nacht und legten sich in ihre Betten. Linda versuchte, noch wach zu bleiben, aber der Alkohol und die Müdigkeit drückten ihre Augenlider mit Macht nieder. Sie schlief traumlos bis zum Morgen.

26

Vor der Bank hatte sich eine lange Schlange mit älteren Leuten gebildet. Jeder mit einem Stapel Rechnungen in der Hand. Manner stellte sich ans Ende der Schlange und sah auf die Uhr. Fünf vor neun. Sie hoffte inständig, keinem Bekannten zu begegnen.

Es war halb elf, als sie endlich an der Reihe war. Sie ging zum Schalter, reichte ihren Personalausweis hinüber und schilderte ihr Anliegen. Offenbar war eine Barabhebung von zehntausend Euro nicht alltäglich, denn die Bankmitarbeiterin entfernte sich, um mit dem Filialleiter zu reden, bevor sie dem Wunsch nachkam.

Die Mitarbeiterin zählte zwanzig Fünfhunderteuroscheine auf die Theke. Manner schob sie in einen Umschlag und diesen in ihre Handtasche. Dann knöpfte sie ihren Mantel zu und ging hinaus in den Nieselregen. Sie hatte ein flaues Gefühl im Magen. In dem Umschlag steckten ihre kompletten Ersparnisse. Eigentlich hatte sie vorgehabt, sie als Anzahlung für ein neues Auto zu verwenden.

Nun, das Auto musste warten. Man musste die Dinge nach Prioritäten ordnen.

Auf dem Parkplatz rief sie Aleksi an und vereinbarte ein Treffen mit ihm an der Shell-Tankstelle unten am Südufer Karjaranta. Als Manner auf das Gelände der Tankstelle fuhr, wartete Aleksi rauchend vor der Tür, die Kapuze hatte er über den Kopf gezogen.

Manner erschauerte noch immer bei seinem Anblick, jetzt wo sich die blauen Flecke auf Kinn und Hals ausgebreitet hatten.

Sie gingen in die Raststätte und setzten sich in das hinterste Abteil. Am Nachbartisch saß eine Gruppe Bauarbeiter, die Aleksi ungeniert musterten. Manner holte Kaffee und Brötchen. Als sie sicher war, dass sie nicht mehr beobachtet wurden, schob sie Aleksi den Umschlag über den Tisch, den er sofort unter seinem Kapuzenshirt verschwinden ließ.

»Ich zahl's zurück.«

Manner sagte nichts. Sie wusste, dass sie sich eines schweren Dienstvergehens schuldig machte, wenn sie jemandem Geld gab, das direkt an einen Drogendealer weitergereicht wurde. Doch das war der einzige Weg, Aleksis Leben zu retten.

»Du musst aufhören.«

»Ich habe schon aufgehört. Ich spritze mir nie wieder dieses Zeug in die Adern. Es ist jetzt vorbei.«

Aleksi senkte die Augen und schaute auf seine Hände, um dem Blick seiner Mutter nicht zu begegnen.

Schweigend tranken sie ihren Kaffee. Aleksi biss ein kleines Stück vom Brötchen ab und ließ den Rest liegen. Dann stand er auf, gab seiner Mutter einen Kuss auf die Wange und verschwand in den feuchtgrauen Vormittag.

Manner sah ihm durch das Fenster nach und dachte, wie immer in letzter Zeit, wenn sie sich trafen, dass dies vielleicht das letzte Mal war, dass sie sich sahen.

27

Linda stellte sich auf die überdachte Raucherinsel. Sie bibberte. Der Asphalt hinter dem Polizeigebäude glänzte nach der Regennacht. Als sie sicher sein konnte, dass niemand in der Nähe war, zog sie eine Miniflasche Wodka aus ihrer Handtasche und leerte sie.

Schon der erste Schluck durchflutete ihr Gehirn und vertrieb die letzten Katersymptome.

Die Erinnerung an den heutigen Morgen zauberte ihr ein Lächeln um den Mund. Sie war von Kaffeeduft geweckt worden und hatte Kekäläinen in der Küche angetroffen, wie er Eier briet, sowie Gurke und Tomate kleinschnitt. Dann hatten sie lange und gemütlich gefrühstückt, sich unterhalten und die Zeitung geteilt.

Linda ließ das Fläschchen im Müllbehälter verschwinden und dachte, dass dieser Schnaps ihr letzter war. Sie musste einen klaren Kopf bekommen, bevor das Trinken außer Kontrolle geriet. Sie wollte nicht, dass es ihr so erging wie ihrer Mutter. Aber diesen Drink hatte sie sich verdient. Es gab etwas zu feiern. Es war ihnen gelungen, den Mörder von Laura Törmänen zu schnappen.

Sie rauchte ihre Zigarette langsam und genussvoll, steckte sich eine Halspastille in den Mund und ging wieder hinein.

Oksman wartete in der Eingangshalle auf sie.

Er trug ein helles Hemd ohne eine einzige Falte. Er war frisch rasiert und nicht ein einziges Haar lag falsch. Er lächelte, doch es war kein warmes Lächeln, es wirkte aufgesetzt. Immer noch, nach so vielen Jahren, empfand Linda ihm gegenüber Antipathie. Sein Blick schien sich in sie hineinzubohren. Ohne diese kleinen, tief im Kopf sitzenden schwarzen Augen hätte seine Erscheinung sogar angenehm sein können, doch sein Blick ließ ihn einfach nur emotionslos erscheinen. Linda hatte Oksman nur ein paarmal ehrlich lächeln sehen, aber selbst da hatte etwas Eisiges darin gelegen.

»Bist du fertig?«

Sie begaben sich in das Vernehmungszimmer. Sami Vanhatalo saß am Tisch zwischen der Rechtsanwältin und seiner Mutter. Der grauhaarige Schnauzbart neben der Wand war der Sozialarbeiter.

Oksman schaltete die Videokamera ein und las die Angaben zur Person vor.

Dann führte Linda aus:

»Weil der Verdächtige minderjährig ist, wird gegen Sami Vanhatalo nach Jugendstrafrecht ermittelt. Gemäß dem uns vorliegenden ärztlichen Gutachten können gegen den Verdächtigen Ermittlungsmaßnahmen eingeleitet werden. Gibt es Einwände?«

Linda reichte das medizinische Gutachten an die Rechtsanwältin, die ihrer Meinung nach viel zu grell geschminkt war und auffällig viel Schmuck trug.

Die Rechtsanwältin sah nach, ob die Papiere die erforderlichen Unterschriften trugen. »Keine Einwände«, sagte sie und reichte das Gutachten weiter an den Sozialarbeiter.

Sami Vanhatalo saß dort mit geradem Rücken und erhobenem Kinn und sah sie über seine Nase hinweg an. Seine Wangenmuskeln arbeiteten unter der gespannten Haut. Linda konnte die Wut, die er ausströmte und mit der er seine Panik zu überspielen suchte, förmlich spüren. Für die Vernehmung eine gute Kombination. Sie mussten nur dafür sorgen, dass die Panik die Oberhand gewann. Dann wäre der Rest einfach. Sie rief sich die Fakten in Erinnerung: Vor ihrem Tod hatte Laura Törmänen schreckliche Angst und Schmerzen durchlitten.

»Waren Laura Törmänen und du ein Paar?«, fragte Oksman.

Sami antwortete nicht.

»Wir haben ein halbes Dutzend Aussagen, nach denen du und Laura zusammen waren«, fuhr Linda fort.

»Wir waren kein Paar«, antwortete Sami.

Linda maß ihn mit Blicken, er gab sein Bestes, ihr direkt in die Augen zu schauen und dabei völlig unbeeindruckt zu wirken. Sie musste innerlich lächeln, zeigte aber keine Regung. Sie war froh, dass sie vor der Vernehmung einen zur Beruhigung genommen hatte. Im Moment fühlte sie sich gut.

»Wie würdest du eure Beziehung dann beschreiben?«

Sami sah zu seiner Anwältin, die ihm etwas ins Ohr flüsterte. Danach antwortete er:

»Wir waren Freunde.«

»War Geschlechtsverkehr Bestandteil eurer Freundschaft?«, fragte Oksman.

»Nein.«

»Das folgende Zitat stammt aus dem Tagebuch von Laura Törmänen vom 21. August«, sagte Linda und las. »*Ich war bei Sami. Er versuchte, mir die Jeans auszuziehen, aber ich ließ ihn nicht. Er wurde wütend und richtig gemein. Er hat gesagt, ich sei noch zu kindisch und dass er sich eine Ältere nehmen würde, eine, die sich nicht so ziert. Ich musste weinen und wollte schon gehen, da hat er mich zurückgezogen und sich entschuldigt. Wenn er will, kann er richtig nett sein. Wir haben ein paar Bier getrunken und dann habe ich ihm erlaubt, seine Hand da hinzulegen, obwohl ich total Schiss hatte. Sami war recht grob, aber ich habe nichts gesagt, damit er nicht wieder wütend wird. Es hat ein bisschen weh getan, aber es war auch sehr aufregend.*«

Linda ließ Sami nicht aus den Augen, er war jetzt weniger selbstsicher als noch vor einem Augenblick. Auch die Mienen von Mutter und Rechtsanwältin hatten sich verdunkelt.

Linda las weiter:

»Zwei Wochen später, am vierten September, schreibt Laura:

Ich habe es ihn tun lassen. Das ist der letzte Eintrag von Laura in ihrem Tagebuch.«

Für einen Moment sagte niemand etwas. Die Worte schwebten im Raum.

Oksman durchbrach die Stille und wiederholte seine Frage:

»Hatten du und Laura Törmänen Geschlechtsverkehr?«

»Darauf musst du nicht antworten«, sagte die Rechtsanwältin.

»Ich gebe zu bedenken, dass Sami Vanhatalo dringend tatverdächtig ist, Laura Törmänen ermordet zu haben«, sagte Linda.

»Wir haben so was nicht getan«, sagte Sami und gewann kurz seine Sicherheit zurück.

»Bei diesem ›seine Hand dahinzulegen‹ und ›es zu tun‹ ging es also nicht um Sex? Was bedeutet es dann deiner Meinung nach?«

»Keine Ahnung. Interessiert mich auch nicht.«

»Aber du bestreitest nicht, dass mit Sami du gemeint bist?«

Sami Vanhatalo presste die Lippen zu einem schmalen Strich zusammen, in seine Augen trat ein kalter Glanz.

Linda las Auszüge aus dem Obduktionsbericht vor und verfolgte Samis Mimik. Als sie an die Stelle mit der Spraydose kam, die Laura in den Schlund geschoben worden war, wurde sie von der Rechtsanwältin unterbrochen.

»Ich erinnere daran, dass der Tatverdächtige minderjährig ist.«

Alles Blut war aus Samis Gesicht gewichen.

»Der Beschuldigte ist über fünfzehn. Wir ermitteln in einem Verbrechen, auf das als Höchststrafe lebenslänglich steht«, merkte Oksman an.

»Warum bist du von zu Hause geflohen, als du gehört hast, dass Lauras Leiche gefunden wurde?«

Sami sah seine Mutter an und sagte: »Ich bin nicht blöd, auch wenn ihr das glaubt! Ich wusste doch, dass ihr mich holen kommt. Zu viele haben mich mit der gesehen.«

»Was meinst du mit zu viele?«

»Na, weil die so … jung war.«

»Nun sind wir mal ehrlich«, sagte Oksman und lehnte sich vor. »Laura Törmänen war dreizehn, du bist in wenigen Monaten volljährig. Bin ich der Einzige, der findet, dass an dieser Konstellation irgendetwas nicht stimmt?«

Oksman richtete seinen Blick auf die Rechtsanwältin und fuhr fort: »Ich muss wohl nicht extra daran erinnern, dass das Schutzalter für sexuelle Handlungen in Finnland bei sechzehn liegt.«

»Bei einem geringen Altersunterschied kann das Schutzalter auch anders ausgelegt werden«, warf die Anwältin ein.

»Ach, hören Sie doch auf«, ereiferte sich Linda.

Oksman hielt den Blick auf Sami gerichtet und fuhr fort: »Wir haben Beweise für eure Beziehung – und wenn du deinerseits glaubst, dass die Polizei doof ist, dann nur zu, aber ich garantiere dir, dass Staatsanwalt und Richter nicht eine Sekunde davon ausgehen werden, dass Lauras Tagebuch kein Beweis für einen intimen Kontakt zwischen euch ist.«

Sami sagte nichts.

Linda erhöhte den Druck. »Ich rate dir, endlich den Mund aufzumachen. Jetzt ist der perfekte Zeitpunkt, um ehrlich zu sein. Deine Anwältin hat dir sicher erklärt, was es bedeutet, Sex mit einem Mädchen dieses Alters zu haben: das ist sexueller Missbrauch von Minderjährigen! Euer Altersunterschied ist groß genug, dass das Urteil sogar auf Kindesvergewaltigung lauten kann. Aus Lauras Tagebuch gewinnt man den Eindruck, dass zumindest ein gewisser Druck ausgeübt wurde.«

Linda machte eine kurze Pause und fuhr versöhnlicher fort: »Nun denk doch mal nach, das verglichen mit Mord. Leg beides in eine Waagschale und schau, was dabei rauskommt.«

Die Polizisten ließen die Worte in Ruhe wirken. Sami Vanhatalo tuschelte mit seiner Anwältin, dann sagte er:

»Okay, wir haben es gemacht.«

»Was gemacht?«

»Na, gefickt, verdammt.«

Linda und Oksman sahen sich an. Die erste Partie war zu ihren Gunsten entschieden. Sami hat eine sexuelle Beziehung mit dem Opfer zugegeben, jetzt mussten sie sich auf das Kapitalverbrechen und ein mögliches Motiv konzentrieren.

»Wo habt ihr euch kennengelernt?«

»Durch Bekannte.«

»Welche Bekannte?«

»Was spielt das für eine Rolle?«

»Wir kommen später darauf zurück. Erzähl uns von Laura.«

»Ich hab sie nicht besonders gemocht, also wir waren nicht so zusammen.«

»Was war es dann?«

»Laura war noch voll das Küken. Die hat geglaubt, wir gehen miteinander, hat mir sogar Liebesgedichte geschrieben. Die hat alles gemacht, was ich ihr befohlen habe, wenn ich sie nur ein bisschen gelobt habe.«

»Und was hast du ihr befohlen?«

»Sie hat mich rangelassen, für mich Ziggis und Bier im Laden geklaut und so. Ich fand das witzig, weil die so bescheuert war. Die wäre wahrscheinlich auch von der Brücke gesprungen, wenn ich es gewollt hätte.«

Jäh verstummte er, als ihm wieder einfiel, dass man Laura ja im Fluss gefunden hatte.

»Ich habe sie nicht umgebracht.« Er sah auf seine Hände.

Linda und Oksman studierten ihn aufmerksam.

»Beweis es!«

»Warum hätte ich sie umbringen sollen?«

»Warum fragst du uns das?«

Sami antwortete nicht.

»Vielleicht hat Laura damit gedroht zu erzählen, dass ihr Geschlechtsverkehr hattet, und du wolltest sie zum Schweigen bringen?«, schlug Oksman vor. »Schließlich bist du kein Idiot, auch wenn du wie einer wirkst.«

»Niemand nennt mich Idiot! Laura war keine, die plappert. Wir haben ausgemacht, dass wir den Mund halten. Außerdem hat es ihr gefallen.«

Linda spürte, dass sie tiefer vordrangen. »Was meinst du damit, dass *es ihr gefallen hat*?«

»Das Aufsehen. Dass ältere Jungs ihr schmachtend nachgeschaut haben.« Sami überlegte kurz, ob er fortfahren sollte. »Die hat Fotos von ihrem Arsch im Netz veröffentlicht und Geld von diesen Wichsern eingestrichen.«

Das Ganze widerte Linda an. Immerhin sprachen sie über ein Mädchen in Linneas Alter. Fast noch ein Kind. Von einem Mädchen, das vergewaltigt, misshandelt und ermordet worden war.

»Hat sie dich eifersüchtig gemacht?«

Sami starrte Linda überrascht an. »Wieso sollte sie? Die Fotos waren meine Idee. Ich habe sie ja auch gemacht. Leicht verdientes Geld! Diese Perversen haben Unsummen bezahlt, damit sie sich ein bisschen auszieht.«

Samis Mutter senkte den Kopf und konnte ihre Enttäuschung nur schwer verbergen.

»Was für Summen habt ihr damit verdient?«

»So ungefähr zweitausend, habe nicht Buch geführt.«

»Wie wurde bezahlt?«

»Auf mein Konto. Laura hatte ja kein eigenes.«

»Wo ist das Geld jetzt?«

»Wir haben mit Freunden ein bisschen Spaß gehabt.«

»Gab es zwischen dir und Laura mal Streit wegen des Geldes?«

»Ein paarmal. Sie wollte, dass ich ihr mehr gebe, aber, Mann, schließlich hab ich die Fotos gemacht. Das war nicht ihr Geld, und es war mein Konto!«

»Hast du sie deswegen getötet?«, fragte Oksman wieder.

Sami schlug mit der Faust auf den Tisch und sagte mit funkelnden Augen: »Ich habe sie nicht getötet!«

»Wer hat sie dann getötet?«

»Vielleicht war es dieser Peter, von dem sie die ganze Zeit gefaselt hat.«

Lindas Sinne schärften sich. »Wer ist Peter?«

»Woher zum Teufel soll ich das wissen? Irgendeine Internetbekanntschaft. Wahrscheinlich hat sie geglaubt, sie kann mich eifersüchtig machen, wenn sie dauernd von ihm faselt. Peter dies und Peter das, als ob mich das interessiert hätte.«

»Und, warst du eifersüchtig?«, fragte Oksman und bekam ein verächtliches Grinsen zur Antwort.

»Ich war sicher, dass es diesen Peter gar nicht gibt. Für mich war die einfach nur durchgeknallt. Hat gemacht, was ich ihr befohlen habe. Und sich die ganze Sache ausgedacht, um mich eifersüchtig zu machen.«

Schon wieder tauchte der Name Peter auf, dachte Linda. Diesmal erwähnte ihn Sami, der glaubte, es handelte sich um eine Internetbekanntschaft von Laura. Es entstand eine kurze Pause, als sie und Oksman überlegten, wie sie weiter vorgehen sollten.

»Wo warst du am dreizehnten Oktober mittags gegen zwölf Uhr?«

»In der Schule.«

Linda schüttelte den Kopf. »In der Schule hat man dich seit drei Wochen nicht gesehen.«

»Die lügen. Alle lügen!«

»Der Einzige, der hier lügt, bist du«, sagte Linda. »Du scheinst immer noch nicht begriffen zu haben, in welcher Situation du dich befindest. Das hier ist kein Spiel mehr. Hier kommst du nicht mehr nur mit einer Rüge und einem zweiwöchigen Schulverweis raus. Wenn du nicht die nächsten fünfzehn Jahre hinter Gittern verbringen willst, würde ich dir raten, endlich mit der Wahrheit rauszurücken!«

Zum ersten Mal schienen Lindas Worte Eindruck auf ihn zu machen.

»Ich frage noch einmal: Wo warst du am dreizehnten Oktober um zwölf Uhr?«

Sami schaute kurz zu seiner Anwältin und sagte dann leise: »Mäntyluoto, am Hafen.«

»Was wolltest du dort?«

Es war augenscheinlich, dass sich die Gedanken in seinem Kopf überschlugen, als er Lindas Rat folgend die verschiedenen Varianten abwog.

»Zur Speditionshalle von Hacklin.«

Linda und Paloviita sahen sich an. Die Atmosphäre elektrisierte sich.

»Genauer.«

»Wir sind durch die Hintertüre rein. Jori hatte den Schlüssel von einem Bekannten.«

»Jori?«

»Jori Kemppainen.«

»Wie viele wart ihr?«

»Jori, ich und Niilo Helminen. Ein Kumpel von Jori. Die sind älter als ich. Haben beiden schon einen Führerschein. Aber wir haben nichts rausholen können. Die Alarmanlage ging an. Joris Kumpel hat uns verarscht. Wir sind gerannt wie bekloppt und mit dem Auto abgehauen.«

Sami Vanhatalo sah sie flehend an, und zum ersten Mal hatte Linda das Gefühl, noch einem Kind gegenüberzusitzen. »Bitte sagen Sie Jori und Niilo nicht, dass ich sie verpfiffen habe. Dann sind sie nicht mehr meine Kumpels.«

Stille senkte sich über den Raum. Oksman diktierte in die Kamera, dass die Vernehmung um 9.15 Uhr unterbrochen wurde, dann verließen Linda und er für eine Weile den Raum.

»Wenn das stimmt, kann Sami nicht zum Zeitpunkt des Verschwindens auf dem Spielplatz gewesen sein«, sagte Linda.

»Das heißt noch nichts. Sie können sich später getroffen haben.«

»Ich weiß nicht. Wir sind die ganze Zeit davon ausgegangen, dass Laura auf dem Spielplatz jemanden getroffen hat und dort verschwunden ist, denn bisher enden alle Spuren dort.«

»Ein Mistkerl ist er allemal. Und sitzen wird er auch: wegen sexueller Nötigung, Einbruchdiebstahls und Widerstands gegen die Staatsgewalt.«

»Es gibt nur einen Weg, Klarheit zu gewinnen. Wir müssen Samis Kumpel herholen und hören, was sie dazu zu sagen haben.«

28

Die Straßenbeleuchtung hatte sich eingeschaltet, und orangefarbenes Licht schimmerte von den Gleisanlagen herüber. Linda schaltete die Schreibtischlampe an und betrachtete die Gebrauchsspuren in der Schreibtischplatte. Sie fuhr mit dem Finger einen Kratzer entlang und sann darüber nach, wie er wohl entstanden war. Ihre Gedanken schweiften ab.

Eine erste Bresche war geschlagen.

Sami Vanhatalo hatte die Wahrheit gesagt.

Obwohl er innerlich verdorben war wie ein fauler Apfel, stand inzwischen fest, dass er mit dem Tod von Laura Törmänen nichts zu tun hatte. Sie hatten Jori Kemppainen und Niilo Helminen vorgeladen, und alle drei hatten mit etwas Druck die gleiche Geschichte erzählt: Das Trio hatte Mobiltelefone aus der Lagerhalle einer Spedition im Hafen stehlen wollen, der Coup war aber in die Hose gegangen. Danach waren sie zu Kemppainen gegangen und hatten bis zum Abend PlayStation gespielt. Kemppainens Mutter hatte ihr Alibi bestätigt. Doch auch ohne dieses Alibi konnte Sami nicht der Mörder sein. Betrachtete man die Bewegungsdaten seines Handys vor und nach der vermuteten Tatzeit, stimmten die Zeitfenster nicht überein.

Und das war gut. Gut, dass der Schuldige kein Siebzehnjähriger war, der sein ganzes Leben noch vor sich hatte. Gleichzeitig bedeutete es aber auch, dass der Mörder noch frei herumlief und sie nichts hatten als einen vagen Namen: Peter. In Pori gab es vier Einwohner dieses Namens, aber keiner passte ins Täterprofil. Raunela und Salminen waren in einer Mammutschicht alle Internetbekanntschaften von Laura durchgegangen, aber auch da auf keinen Peter gestoßen. Ärgerlich war, dass sie Lauras Handy nicht hatten. Natürlich konnte es sein, dass der Name ein Alias oder Benutzername war.

Peter.

Linda blätterte zum wer weiß wievielten Mal die Unterlagen des Falls durch. Paloviita ging im Flur vorbei, blieb an ihrer Tür stehen und rief:

»Hast du vor, hier zu übernachten?«

»Ich gehe noch ein paar Dinge durch. Linnea ist bei ihrem Vater, ich habe es nicht eilig, nach Hause zu gehen.«

»Na dann, bis morgen«, sagte Paloviita und gähnte.

Linda wartete, bis die Feuertür ins Schloss fiel, und las dann weiter. Sie war allein auf der Etage. Das war ihr nur recht. Sie arbeitete am effektivsten, wenn es still um sie herum war.

Sie ging Laura Törmänens Verschwinden noch einmal Detail für Detail durch. Verschwunden war sie am dreizehnten Oktober. An diesem Morgen war Laura wie immer in der Schule, an der Finnisch- und Biologie-Stunde hatte sie teilgenommen, nach dem Mittagessen dann aber über Menstruationsbeschwerden geklagt. Sie war zur Schulgesundheitsschwester der Schule gegangen und hatte die Erlaubnis bekommen, nach Hause zu gehen. Die Regelschmerzen waren natürlich nur ein Vorwand gewesen. Das ging aus dem Obduktionsbericht hervor, laut dem Laura in der Zyklusmitte war.

Linda tippte sich mit dem Stift gegen die Lippen.

Regelschmerzen als Vorwand, um die Schule früher verlassen zu dürfen.

Wohin? Warum? Und mit wem?

Die naheliegendste Erklärung war, dass Laura auf dem Spielplatz am Suulotinpuisto jemanden treffen wollte. Wen? Diesen Peter?

Sie mussten das Treffen vorher ausgemacht haben. Wie und wo?

Es war ein Fehler gewesen, sich nur auf Sami Vanhatalo zu konzentrieren. Sie hatten wertvolle Zeit verloren.

Ein alter Lehrsatz der Polizeischule lautete: Verlorene Zeit war verlorene Wahrheit. Das hieß, je mehr Zeit verging, desto kälter wurden die Spuren – und umso weiter entkam der Täter.

Andererseits hatten sie gute Gründe gehabt, ihre Ressourcen auf die Suche nach Sami zu konzentrieren. Es war äußerst selten, dass der Täter eines Gewaltverbrechens nicht aus dem näheren Umfeld des Opfers stammte.

Eine weitere Lehre der Polizeischule lautete: Kenne dein Opfer.

Wusste man, wie das Opfer ermordet worden war, wie es lebte, womit und mit wem es seine Zeit verbrachte, fand sich fast immer ein Motiv und das führte oft zum Täter. Allzu häufig konzentrierten sie sich jedoch auf die Suche nach dem Schuldigen. Aber das Opfer war mindestens ebenso wichtig.

Also wer war Laura Törmänen?

Mit dieser Frage mussten sie anfangen. Linda hatte das Gefühl, dass sie immer noch nicht alles über Laura wussten, und sie fragte sich, ob es irgendjemanden gab, dem es da anders ging. Kannte sich Laura überhaupt selbst?

Dass sie die Leiche in der Reuse entdeckt hatten, war pures Glück gewesen. Hätte sie sich nicht dort verfangen, wäre sie ins Meer getrieben und auf den Grund gesunken. Im schlimmsten Fall hätten Lauras Eltern zeitlebens mit der Ungewissheit über das Schicksal ihres Kindes leben müssen.

Eigentlich war es nicht sehr viel, was sie hatten.

So gesehen jedoch hatten sie sogar eine ganze Menge.

Ebenso wichtig wie die gefundenen Beweise waren die, die sie noch nicht entdeckt hatten. Ein Mörder war nicht dumm. Auch das eine Lehre aus der Polizeischule.

Das hier war kein zufälliger Mord und auch kein Mord im Affekt, sondern eine akribisch geplante und in die Tat umgesetzte Entführung.

Daraus ergaben sich weitere Fragen: Hatte der Täter es zum ersten Mal getan?

Sie erinnerte sich an Oksmans Bemerkung, dass die Ausführung der Tat an Ted Bundy erinnerte. Bundy war ein archetypischer Serienmörder gewesen, dessen Mordhunger nicht gestillt werden konnte, sondern sich nach jeder Tat noch steigerte.

Oksmans Worte hatten sich in Lindas Gehirn eingebrannt, und jetzt kam ihr der unangenehme Gedanke, dass hinter dem Mord an Laura kein Missbrauchstäter aus dem engeren Umfeld und auch kein zufälliger Passant stecken könnte, sondern eine Bestie, die sich an junge Mädchen heranschlich.

Stimmte das, konnte Laura das erste Opfer gewesen sein.

Dann würde noch mehr Blut fließen. Und noch mehr Mädchen würden verschwinden.

Oder es gab schon frühere Opfer, von denen sie nur nichts wussten.

Linda schüttelte den Kopf. Sie war müde, und das erzeugte Hirngespinste. Auch das eine Lehre aus der Polizeischule: man musste vernünftig vorgehen und die Beweise zu einer Kette zusammenfügen, anstatt verschlungene Theorien um einzelne Beweise herum zu stricken. Und gerade hatte sie sich weit vom logischen Denken entfernt.

Trotzdem gingen ihr Oksmans Worte nicht aus dem Kopf.

Linda rief sich in Erinnerung, was sie über Serienmörder wusste. Aus der Forschung war bekannt, dass sie schon sehr jung anfingen zu »üben«, meistens indem sie Tiere quälten und verstümmelten. Sie verfolgten ihre Opfer und planten ihre Tat lange, bevor sie es wagten, ihre Vision in die Tat umzusetzen. Und hatten sie die Grenze einmal überschritten, nahm das Morden kein Ende.

Fanden sie den Täter nicht im Umfeld des Opfers, mussten sie die Richtung ihrer Ermittlungen radikal ändern. Sie mussten alle ungeklärten Fälle von Gewalt gegen junge Mädchen der letzten

Zeit durchgehen und nach übereinstimmenden Mustern suchen. Es könnten die ersten Schritte in der Gewaltentwicklung des Mörders gewesen sein.

Grenzüberschreitungen.

Linda sah auf die Uhr und stellte fest, dass sie längst zu Hause sein und schlafen sollte. Sie dachte über Peter nach. War er eine real existierende Person oder nur eine Fantasiegestalt?

An Lauras Schranktür hatte ein Peter-Pan-Poster geklebt – und auf dem Laptop ein Peter-Pan-Aufkleber.

Linda schüttelte den Kopf. Der Gedanke, eine Zeichentrickfigur von Disney hätte etwas mit ihrem Verschwinden zu tun, war natürlich absurd. Geradezu lächerlich. Sie fing an, überall Gespenster zu sehen. Wie es leicht passieren konnte, wenn man übermüdet war.

Linda gähnte und erwog, nach Hause zu gehen. Doch was sollte sie dort. Zu Hause erwartete sie nichts außer einer leeren, dunklen Wohnung.

Und eine volle Flasche Stolichnaya im Küchenschrank.

Sie rief die Polizeidatenbank auf und ging die Fälle von Körperverletzungen und Vergewaltigungen der letzten fünf Jahre durch. Sie war entsetzt, wie viel Gewalt es in der Welt gab. Es machte einen Unterschied, ob man einen einzelnen Fall untersuchte oder eine seitenlange Liste mit Namen sah, wohl wissend, dass sich hinter jedem einzelnen Namen eine persönliche Tragödie verbarg.

Linda ging alle Fälle durch, deren Opfer junge Frauen waren, aber keine passte zu dem Profil, das sie in ihrem Kopf erstellt hatte. Fast ausnahmslos hingen die Misshandlungen mit Drogen und Gewalt in der Partnerschaft zusammen. In ihrem Fall ging es um keines von beiden.

In vielerlei Hinsicht entwickelte sich die Welt weiter, dachte sie, aber in einer Sache trat sie auf der Stelle: noch immer unterwarfen Männer ihre Frauen und schlugen sie im Rausch. Die

Gesellschaft sollte sich viel energischer mit diesem Problem befassen.

Linda ging die Tatschilderungen einiger Vergewaltigungen von jungen Mädchen durch, aber der Täter war in allen Fällen der Freund gewesen. Sogenannte Gebüschvergewaltigungen hatte es in der ganzen Region Satakunta seit Jahren nicht gegeben, und alle alten Fälle waren aufgeklärt worden. Die Vergewaltigungen hatten sich in die eigenen vier Wände verlagert, und die Opfer wurden über Tinder oder ähnliche Dating-Apps angelockt – oder bei Partys zu Hause mit Drogen oder Alkohol abgefüllt.

Als Nächstes nahm sich Linda die Liste der in Finnland vermissten Personen der letzten zehn Jahre vor. Auch das eine ernüchternde Lektüre. Jährlich wurden durchschnittlich 350 Personen als vermisst gemeldet, von denen ein Großteil innerhalb weniger Stunden oder Tage gefunden wurde. Etwa vierzig Personen pro Jahr blieben unauffindbar. Auf dem Bildschirm erschien eine Liste mit 446 Personen, die nie gefunden worden waren. Linda wusste, dass die Wahrscheinlichkeit, auch nur eine von ihnen könnte noch am Leben sein, äußerst gering war.

Vermisst wurden Personen aller Altersgruppen. Die größte Gruppe bildeten junge Erwachsene, doch fast genauso oft verschwanden ältere Menschen mit Demenz. Die unter Zehnjährigen konnte sie an einer Hand abzählen. Dahinter standen häufig ein Sorgerechtsstreit oder eine Kindesentführung, bei der beispielsweise der Vater das Kind in sein Heimatland mitgenommen hatte. Dagegen gab es in der Altersgruppe zwischen zehn und siebzehn schon mehrere Dutzend Vermisste.

Sie schränkte die Suche auf weibliche Personen ein. Das verkürzte die Liste etwa auf die Hälfte. Dann weitete sie das Alter auf zehn bis achtzehn Jahre aus. Übrig blieben sechzehn Personen.

Linda las die Namen. Hinter jedem einzelnen verbarg sich eine Geschichte.

Jugendliche verschwanden oft im Zusammenhang mit familiären Streitigkeiten. Mitunter hatten sie psychische oder soziale Probleme, waren in kriminelle Machenschaften verstrickt, hatten mit Drogen zu tun oder Schulden. In jedem Fall, in dem ein Mensch verschwand, strahlte das auf viele Menschen in seinem Umfeld aus.

Linda begann mit dem jüngsten Fall, der sich vor zwei Wochen in Ost-Finnland zugetragen hatte. Zwei sechzehnjährige Mädchen waren in Ilomantsi von zu Hause weggelaufen. Die Polizei ging nicht davon aus, dass ein Verbrechen vorlag. Die Mädchen waren mehrere Male im Umkreis von Joensuu, der nächstgrößeren Stadt, gesehen worden. Viel zu oft kehrten weggelaufene Jugendliche vergewaltigt und sexuell missbraucht nach Hause zurück.

Linda legte diesen Fall zur Seite und ließ sich die verbliebenen Vermisstenfälle auf einer Karte anzeigen. Es überraschte sie nicht, dass sechs Vierzehnjährige in der Hauptstadtregion Uusimaa vermisst wurden. Sie ging jeden Fall einzeln durch, denn sie wollte nichts übersehen.

Im Jahr 2011 war es zu einem sprunghaften Anstieg der Vermisstenfälle gekommen. Allein in Helsinki selbst waren in diesem Jahr zwei Mädchen verschwunden.

Die dreizehnjährige Nadia Johansson und die gleichaltrige Johanna Viertola, und im Jahr darauf auch die vierzehnjährige Karoliina Paavilainen. Linda schrieb die Namen auf ein Blatt Papier, auf dem neben dem Namen Laura Törmänen jetzt auch die Namen dreier weiterer Mädchen standen, die sie näher untersuchen wollte.

Weitere Vermisstenfälle waren aus der Hauptstadtregion 2013, 2015 und 2016 in Helsinki, Espoo und Kerava zu verzeichnen. Die vermissten Mädchen waren zwischen siebzehn und achtzehn Jahre alt, und in zwei Fällen ging man von einem Tötungsdelikt aus. Linda las die Tatberichte durch und stellte fest, dass in zwei Fällen Drogen im Spiel gewesen waren und im dritten Fall von einem Selbstmord ausgegangen wurde. Sie legte auch diese beiseite und nahm sich die nächsten Namen vor.

Der fünfte Name auf der Liste war Salla Ruusunen, die auf dem Schulweg in Rovaniemi verschwunden war, und der sechste war die zwölfjährige Hilla Kataja, der ein Jahr später das Gleiche in Tornio zugestoßen war. Keines der Mädchen wurde gefunden, und beide wurden später für tot erklärt.

2014 war die siebzehnjährige Roosa Nieminen auf der Überfahrt von Turku nach Stockholm verschwunden. Obwohl die Ermittlungsakte noch nicht geschlossen war, ging man davon aus, dass sie Selbstmord begangen hatte und ins Meer gesprungen war. Linda legte auch diese Akte zur Seite.

Sie gähnte. Ihre Augen füllten sich mit Tränen.

Wieder brachen Müdigkeit und Durst wie eine Welle über sie herein.

Wonach suchte sie eigentlich? Nach den Opfern eines finnischen Ted Bundy? Es gelang ihr nicht mehr, ihre Gedanken zu ordnen. Serienmörder waren etwas für das Fernsehprogramm am Samstagabend.

Plötzlich aber bewegte sie die Maus nicht mehr.

Im Jahr 2016 war die fünfzehnjährige Katariina Virtanen in Kankaanpää auf dem Schulweg verschwunden und ein Jahr später die vierzehnjährige Netta Turunen in Karvia. Beide in ihrer Region, in Satakunta. Linda rief beide Fälle auf und befasst sich näher damit. Ihre Nackenhaare stellten sich auf, als stünde jemand hinter ihr und bliese ihr kalte Luft in den Kragen. Sofort entdeckte sie die Übereinstimmungen. Anfangs glaubte sie, ihr Gehirn spiele ihr einen Streich und bringe Dinge miteinander in Verbindung, die tatsächlich nichts miteinander zu tun hatten, doch dann entdeckte sie immer mehr Details, die kein Zufall mehr sein konnten.

Auch Katariina Virtanen und Netta Turunen waren auf dem Weg von der Schule nach Hause verschwunden. Fünf Fälle von acht.

Sie starrte abwechselnd auf den Bildschirm und ihre Liste, auf der jetzt acht Namen von Mädchen im Alter zwischen zwölf und vierzehn Jahren standen. Sie öffnete ein zweites Programm und ging die ungeklärten Tötungsdelikte in Finnland durch.

Es waren Dutzende, von dem bekannten Fall der Kyllikki Saari bis hin zu den ungeklärten Morden am Ufer des Bodomjärvi-Sees.

In der Mehrheit der Fälle waren die Opfer Männer.

Anders als in den Kriminalromanen, in denen das Opfer häufig eine junge, hübsche Frau war, ereilte im wahren Leben meist junge, alkoholisierte Männer ein gewaltsamer Tod. Auch bei den meisten Vermissten handelte es sich um junge Männer, allerdings kamen diese Fälle weit weniger häufig in die Schlagzeilen als solche, bei denen es um junge Mädchen ging. Linda fand, in diesem Fall richtete sich die Geschlechterrolle gegen die Männer. Egal wie sehr sie sich auch anstrengte, ihr kam kein einziges Gesicht eines verschwundenen, ermordeten jungen Mannes in den Sinn, wohingegen ihr gleich mehrere junge Frauen einfielen. In den Vereinigten Staaten hatte man sogar einen Begriff dafür: *missing white woman syndrome* – das Phänomen vermisste weiße Frau: eine überproportional intensive Berichterstattung der Medien über Vermisstenfälle von hübschen, jungen weißen Frauen oder Mädchen verglichen mit denen von Frauen anderer ethnischer Herkunft oder von Männern.

Selbst Linda erging es so. Männer wurden eher als stark, als aktiv handelnd angesehen, während Frauen häufig zu passiven Opfern stilisiert wurden. Verschwand ein Junge auf dem Schulweg, rief das nicht so starke Gefühle hervor wie das Verschwinden eines jungen Mädchens.

Linda begrenzte ihre Suche auf die letzten zehn Jahre und filterte, wie schon bei den Vermisstenfällen, diejenigen heraus, in denen Alter und Geschlecht passte.

Auf einen Schlag war sie hellwach.

Die Suche lieferte acht Todesfälle, von denen sie sofort fünf ausschloss, bei denen die Ermittlungen zwar noch nicht abgeschlossen waren, in denen der Täter aber im Prinzip feststand. Einen Augenblick verharrte sie beim Mord an der sechzehnjährigen Jaana Kalliokoski, verwarf ihn dann aber, weil es in dem Fall starke Verbindungen zu einer Motorradgang gab.

Blieben noch zwei ungeklärte Mordfälle übrig.

Im Juli 2009 war aus dem Kemijoki eine nackte Leiche geborgen worden, bei der es sich um die fünfzehnjährige Sammalsuo gehandelt hatte, die Ende Mai auf dem Schulweg verschwunden war. Die Leiche war in eine Plane eingewickelt und mit Steinen beschwert worden, doch eine der Schnüre war gerissen und die Leiche so an die Oberfläche gestiegen. Obwohl der Verwesungsprozess im warmen Flusswasser schon weit fortgeschritten war, konnte als Todesursache Strangulation festgestellt werden. Außerdem war Hanna-Riikka Sammalsuo schwer misshandelt und sexuell missbraucht worden.

Linda erinnerte sich schwach an den Fall. Obwohl er schon zehn Jahre zurücklag, hatte er damals für viel mediale Aufmerksamkeit gesorgt, denn es handelte sich um einen jener Vermisste-hübsche-weiße-Mädchen-Fälle. Als Hauptverdächtiger galt lange der Freund des Mädchens, doch schließlich hatte man ihn von allen Verdachtsmomenten freigesprochen.

Der zweite Fall hatte sich in Sastamala zugetragen.

Am Abend des 18. September 2018 hatte ein Gassigänger den leblosen, nackten Körper eines Mädchens im Uferwasser des Rautavesi-Sees treiben sehen und sofort erkannt, dass es sich um die vierzehnjährige Milja Vuorinen handeln musste, deren Verschwinden Thema in den Medien war. Sie war mit einer Schnur erwürgt worden, und ihr Körper wies ebenfalls Spuren von Misshandlungen auf.

Auch dieser Fall war ihr dunkel in Erinnerung. Sie las sich den kurzen Bericht durch und musste feststellen, dass es trotz umfangreicher Ermittlungen und einiger Festnahmen nicht möglich gewesen war, einen Durchbruch zu erzielen. Der Mörder war immer noch nicht gefunden worden. Als sie las, dass das Mädchen im Laufe des Schultages über Regelschmerzen geklagt und vorzeitig die Schule verlassen hatte, musste sie kurz innehalten und tief Luft holen. Als hätte sie eine Kopie der Akte von Laura Törmänen vor sich. Vuorinens Handysignal konnte noch zwei Kilometer bis zu einem Sportplatz verfolgt werden, wo es verschwand. Ihr entblößter Körper war zwei Tage später im See gefunden worden.

Linda las den Bericht des Gerichtsmediziners.

Zahlreiche Bissspuren am ganzen Körper.

Sie sah vom Bildschirm auf. Ihr Puls ging schneller.

Die Fälle Milja und Laura waren nahezu identisch.

Das konnte kein Zufall sein.

Oder hatten sich ihre Gedanken verselbständigt und liefen Galopp?

Ein Ermittler sieht, was er sehen will.

Das Schlimmste, was einem Kriminalermittler passieren konnte, war, sich an einer Theorie festzukrallen und blind gegenüber Alternativen zu werden. Dennoch … diese Fälle von verschwundenen und ermordeten Mädchen in verschiedenen Teilen Finnlands … hatte niemand bisher die Möglichkeit in Betracht gezogen, dass …

Dass was?

Dass es sich um den gleichen Täter handeln könnte?

Linda machte eine kurze Pause und loggte sich in eine weitere Datenbank ein. Finnland hatte ein Kooperationsabkommen mit Schweden, Norwegen und Estland bei der Suche nach vermissten Personen. Es war nichts Ungewöhnliches, dass ein junger Mensch über eines der Nachbarländer im Ausland verschwinden wollte.

Linda startete eine identische Suche mit denselben Vorgaben wie in der finnischen Datenbank und beschränkte die Altersspanne auf zwölf- bis fünfzehnjährige Mädchen.

Es dauerte weitere drei Stunden, bis ihre Liste vollständig war. Der Zeiger der Uhr wanderte auf Mitternacht zu. Sie warf einen letzten Blick auf das, was sie herausgefunden hatte, schaltete den Computer und das Licht in ihrem Büro aus und trat aus dem Polizeigebäude in die dunkle Oktobernacht hinaus.

29

Paloviita eilte über den Flur und rief seine Kollegen zusammen.

»Alle sofort in den Besprechungsraum!«

Nur wenige Minuten später saßen sie um den Tisch versammelt: Susanna Manner, Linda Toivonen, Henrik Oksman und zwei weitere Kollegen von der Kripo, die nicht den blassesten Schimmer hatten, warum man sie zu einem ad hoc einberufenen Meeting von ihren Schreibtischen aufgescheucht hatte. Sie wirkten genervt.

Paloviita stützte sich mit den Fäusten auf dem Tisch ab und genoss augenscheinlich die Aufmerksamkeit, die ihm zuteilwurde. Als er fand, die Stimmung sei ausreichend gespannt, schob er mit übertriebenen Bewegungen ein Foto des Hausmeisters der Oberschule West-Pori über den Tisch. Das Foto stammte von einer früheren Festnahme, trotzdem erkannte ihn Linda auf den ersten Blick.

»Markku Rantanen«, hob Paloviita an. »Linda und ich sind ihm kurz begegnet, als wir der Schule einen Besuch abgestattet haben. Ein wahrhaft dicker Fisch.«

Er machte eine theatralische Pause, bevor er die anschließende Information auf den Tisch knallte, wie ein Pokerspieler die Siegerhand: »Er ist ein verurteilter Pädophiler!«

Im Raum wurde es still. Paloviita sah alle der Reihe nach an. Ein angedeutetes Siegerlächeln umspielte seinen Mund. Aus seinem großtuerischen Gehabe schrie der Stolz auf die eigene Genialität: »Er wurde 1989 wegen sexuellen Missbrauchs einer Dreizehnjährigen zu zwei Jahren ohne Bewährung verurteilt. Zum Tatzeitpunkt war Rantanen siebenundzwanzig Jahre alt.«

»Wie ist das möglich? Wir haben doch alle an der Schule sofort nach dem Auffinden der Leiche von Laura überprüft!«

»Irgendwo ist ein Fehler passiert. Aber nicht bei uns. Rantanens Geburtsname lautet Timo Saarman. Nach seiner Entlassung aus dem Gefängnis hat er sich Markku Siltanen genannt und später dann Rantanen. Rantanen ist eigentlich gelernter Kfz-Mechaniker, doch nach seiner Haft arbeitete er als Facility Manager. Er hat häufig den Arbeitsplatz gewechselt und ist von Stadt zu Stadt gezogen, war Hausverwalter bei Privatfirmen und hat auch gelegentlich als Türsteher gearbeitet. Laut Einwohnerregister hat Rantanen in verschiedenen Teilen von Finnland gelebt, unter anderem in Kouvola, Tornio und Helsinki, und jetzt seit einigen Jahren in Pori. Seit 2006 unter dem Namen Rantanen.«

»Klingt, als ob er seit vielen Jahren seiner Vergangenheit zu entfliehen versucht«, bemerkte Oksman.

Paloviita nickte. »Das letzte Mal hat er seinen Namen geändert, kurz bevor er die Anstellung als Hausmeister an der Schule bekam. Das hätte auch ich fast übersehen, aber bei der Durchsicht der Personalakten der Schule stieß ich zufällig auf den Namen Markku Siltanen. Sein alter Name stand noch auf einem der Arbeitszeugnisse. Das ist mir sofort aufgefallen, und dann habe ich beim Magistrat der Stadt nachgefragt.«

»Überprüfen die Schulen denn nicht den Hintergrund einer Person bevor sie jemanden einstellen?«, wunderte sich Manner.

»Als Vater zweier kleiner Töchter hoffe ich das inständig«, warf Paloviita ein.

»Allem Anschein nach haben wir einen neuen Verdächtigen«, sagte Manner.

»Dass an Lauras Schule ein verurteilter Sexualstraftäter arbeitet, ist allein schon ein so großer Zufall, dass es kein Zufall mehr sein kann«, merkte Paloviita an. Sein Gesicht leuchtete vor lauter Begeisterung darüber, dass sie einen Durchbruch erzielt hatten – dank ihm.

»Von Pädophilen weiß man, dass sie gern in Berufen arbeiten, die ihnen eine Nähe zu Kindern ermöglichen«, fuhr Paloviita fort. »In Kindertagesstätten, Schulen, als Jugendsozialarbeiter, Sporttrainer …«

»Wir müssen schnell handeln. Hast du die Gerichtsakte von 1989?«

»Ja. Ich habe sie vom Amtsgericht Kymenlaakso kommen lassen. Ein schwerer Fall von Kindesmissbrauch. Das Opfer wohnte im gleichen Haus wie er. Rantanen war Monteur in einer nahegelegenen Werkstatt. Rantanen und das Mädchen wurden oft gesehen, wie sie im Treppenhaus oder vor dem Haus miteinander geredet haben.«

Linda nickte. Sie war erleichtert, dass sie ihre in der Nacht entwickelte Theorie nicht vortragen musste. Rantanen war als Verdächtiger viel glaubwürdiger. Genau so musste ein Mord aufgeklärt werden.

»Der Missbrauch dauerte viele Monate«, sagte Paloviita. »Hauptsächlich in Rantanens Wohnung, aber auch in seinem Auto und in seinem Sommerhaus.«

»Hat er ihr neben dem sexuellen Missbrauch noch mehr angetan?«, fragte Manner.

»Dazu gibt es keinen Vermerk.«

»Er hat sie also nicht entführt oder sonst wie eingesperrt?«

»Nicht in diesem Sinne.«

Manner verzog den Mund. »Nun, er hatte genügend Zeit, seine Taten zu planen. Er hat zwei Jahre gesessen, Ruf und Job verloren. Vielleicht wollte er seine alten Fehler nicht wiederholen und hat diesmal das Mädchen entführt und dann getötet, um seine einzige Zeugin zu beseitigen.«

»Wir sind ihm kurz in der Schule begegnet«, bemerkte Linda.

»Wie würdet ihr ihn beschreiben?«

Linda sah Paloviita an: »Außer dass er die Körpergröße eines Schranks hat, wirkte er nervös.«

Paloviita bestätigte das.

»Wie passt Rantanen zu dem Umstand, dass Laura im Internet ein Doppelleben geführt hat? Und warum entführt er mit seiner Geschichte eine Schülerin aus der eigenen Schule? Warum hat er sich sein Opfer nicht beispielsweise an der Nachbarschule gesucht?«, fragte Oksman.

»Gute Fragen, auf die wir hoffentlich bald eine Antwort finden«, gab Paloviita zu. »Ich denke mal, als jemand, den das Opfer kennt, hatte er es leichter, ein Mädchen irgendwohin zu locken. Auch Rantanens voriges Opfer war aus dem gleichen Haus. Vielleicht ist die Versuchung unerträglich geworden. Er hat Laura auf dem Schulhof gesehen und dann haben seine zwanghaften Gewaltfantasien die Oberhand gewonnen.«

Linda nickte. Paloviitas Theorie klang plausibel. »Wir müssen Rantanen herholen und ihn in die Ecke drängen. Die Beweise müssen wasserdicht sein. Wir müssen seine Wohnung und sein Büro durchsuchen, den Computer und seine Handys beschlagnahmen.«

Manner ergänzte: »Leitet alles in die Wege und macht euren Job! Und Jari – hervorragende Arbeit!«

Paloviitas Brust schwoll so an, dass Linda schon befürchtete, er könnte vor Stolz platzen.

30

Nach Lindas Geschmack war die Festnahme von Markku Rantanen deutlich überdimensioniert und glich eher einer Szene aus einer amerikanischen Krimiserie. Ihr Vorschlag gegenüber dem Leiter der Schutzpolizei, Rantanen durch zwei Kollegen in Zivil und ohne großes Aufsehen aus der Schule holen zu lassen, hatte kein Gehör gefunden. Die Polizisten hatten beschlossen, die Sache auf ihre Weise zu regeln.

Und, wie sie nun eingestehen musste, auf die richtige Weise.

Die Festnahme sollte noch während des Unterrichts durchgeführt werden, wogegen Linda zunächst heftig protestierte. Auch wenn Rantanen eine beachtliche Statur hatte, so war er doch kein mit einem Torpedo bewaffneter Motorradrocker, sondern ein fast sechzigjähriger Hausmeister einer Schule.

Paloviita und Linda verfolgten die Operation aus sicherer Entfernung vom Rand des Sportplatzes aus.

Die Razzia begann auf die Sekunde pünktlich. Zwei Polizeitransporter fuhren auf dem Schulhof vor, zeitgleich riegelten drei Streifenwagen die Schule von hinten ab. Das Kollegium war nicht informiert worden und wurde von der Aktion überrascht. Es entstand ein völliges Chaos. Die Schüler drängten sich um die behelmten, mit schusssicheren Westen ausgerüsteten Polizisten, und die Lehrer versuchten vergeblich, sie zurückzuhalten.

Die Verhaftung schien vollkommen aus dem Ruder zu laufen.

»Davon können wir sicher bald in der Zeitung lesen«, bemerkte Linda.

»Nun, dieses Mal aber nicht auf unsere Kosten.«

»Ist das wichtig?«

Sie verfolgten, wie die Polizisten in das Schulgebäude eindrangen.

»Sollte Rantanen unschuldig sein, ist sein Ruf für den Rest seines Lebens ruiniert«, meinte Linda.

»Ist er das nicht schon seit dem Moment, in dem er ein dreizehnjähriges Mädchen vergewaltigt hat?«, fragte Paloviita.

Erst in diesem Augenblick kam ihr der Gedanke, dass Rantanen möglicherweise bewaffnet war. Ein in die Enge getriebener Mann war zu allem fähig, er konnte etwa auf dem vollen Schulhof das Feuer eröffnen – oder sich mit einem Haufen Schüler als Geiseln in der Schule verschanzen. Immerhin war er ein erfahrener Knacki.

Sie verfluchte die ganze Aktion. Amateurhaftes Machogehabe!

Sie sahen auf die Uhr. Jede Sekunde kam ihnen wie eine volle Minute vor. Ein kalter Wind fegte über den Hof und wirbelte die Asche auf dem Sportplatz auf.

»Was kostet die Chose?«, sprach Paloviita die Frage aus, die beide beschäftigte.

Linda erwiderte nichts. Ihnen schwante nichts Gutes. Entweder hatte man Rantanen nicht angetroffen, oder es war etwas aus dem Ruder gelaufen.

Der Wind drang ihnen unter die Kleidung, Paloviita lief die Nase. Plötzlich stieß Linda ihren Kollegen in die Seite und deutete zur Schule hinüber.

Paloviita sah zu der Ecke des Gebäudes hinüber, auf die Linda zeigte, und erspähte einen großgewachsenen, kahlköpfigen Mann, der Richtung Sportplatz hastete. Offensichtlich war er durch irgendeine Seitentür oder ein Fenster aus dem Schulgebäude entwischt. Auf dieser Seite war nirgends ein uniformierter Kollege zu sehen.

»Nicht wahr, verflucht«, stöhnte Paloviita. »Ist das …?«

Sofort machten sie sich an die Verfolgung. Der Fliehende war wirklich Markku Rantanen.

Wo zur Hölle sind die alle?, keuchte Linda und sah zum Schulhof hinüber, um die Aufmerksamkeit der Uniformierten auf sich zu lenken. Sie fluchte, dass sie kein Funkgerät mitgenommen hatte.

Sie folgten dem Mann unauffällig im Schatten der Bäume. Ihnen war klar, dass es, sollte Rantanen sie entdecken, zu einer wilden Verfolgungsjagd kommen würde, deren Ausgang ungewiss war. Sie wollten auf möglichst geringe Distanz an den Mann herankommen und ihn dann mit einer schnellen Aktion überraschen.

Jetzt näherten sie sich einer belebten Straße. Der Abstand betrug noch etwa fünfzig Meter. Paloviita wollte auf etwa dreißig Meter herankommen und dann einen Vorstoß wagen, bei dem er Rantanen zu Boden werfen konnte. So zumindest plante er es. Die Größe seines Gegenübers weckte allerdings Zweifel in ihm.

Rantanen erreichte den Radweg und sah sich um. Erst jetzt entdeckte er Paloviita und Linda und setzte zur Flucht an.

»Mist!«, rief Paloviita und sprintete hinterher.

Rantanen gelangte über die Straße, bevor mehrere Fahrzeuge Paloviitas Lauf abschnitten. Wohl oder übel musste er warten, bis die Autos vorbeigefahren waren, und als er die Verfolgung endlich wiederaufnehmen konnte, war der Abstand bereits wieder auf fünfzig Meter angewachsen. Paloviitas Lederschuhe patschen über den nassen Rasen, sein Bauch schwabbelte im Rhythmus seiner Schritte. Nur allzu ungern erinnerte er sich daran, wie er vor einem Jahr einen Agenten des Mossad über die Flure des Kreiskrankenhauses von Pori gejagt und nichts als den Kittel des Mannes erbeutet hatte. Er wollte nicht den gleichen Fehler noch einmal machen.

Rantanen lief den Radweg auf der anderen Straßenseite entlang und verschwand hinter einem hohen Trafohäuschen. Linda näherte sich ihm von der anderen Seite.

Paloviita fühlte, wie ihm die Milchsäure in die Beine schoss.

Sein Atem pfiff. Als er um das Gebäude herumkam, bemerkte er, dass Rantanen langsamer geworden war und er ihn fast erreicht hatte. Linda kam jetzt auch auf Rantanen zu und zwang ihn, unvermittelt eine andere Richtung einzuschlagen. In diesem Moment startete Paloviita seinen Angriff, machte ein paar schnelle Schritte und warf sich Rantanen in den Nacken.

Er hatte das Gefühl, als wäre er einem rasenden Stier auf den Rücken gesprungen.

Rantanen war zwanzig Zentimeter größer als Paloviita und bestand, wie dieser feststellen musste, aus reiner Muskelmasse. Er schlang seinen Arm um Rantanens Hals und versuchte, ihn zu Fall zu bringen. Doch Rantanen warf ihn ab wie ein Bündel Reisig und setzte seine Flucht fort. Schnell wollte Paloviita wieder auf die Füße springen, knickte aber um und stürzte erneut zu Boden.

Paloviita fluchte, stand schwerfällig auf und wollte wieder zum Sprint ansetzen, doch der stechende Schmerz in seinem Knöchel hielt ihn davon ab, er konnte nur noch humpeln. Doch jetzt schnitt Linda Rantanen den Weg ab und zwang ihn stehenzubleiben.

Rantanen sah sich umzingelt, hatte aber nicht die Absicht sich zu ergeben. Er machte kehrt und kam wie eine Dampflok auf Paloviita zugerannt. Also stürmte der ihm entgegen, etwas anderes blieb ihm kaum übrig. Verzweifelt warf Paloviita sich dem Mann wie beim American Football vor die Füße, doch Rantanen wich ihm mit Leichtigkeit aus. Paloviita schlitterte zwei Meter über den Asphalt und blieb dann keuchend liegen.

Auch Linda hatte nicht den blassesten Schimmer, wie sie Rantanen stoppen sollte. Trotzdem setzte sie ihm unvermindert nach. Aber Rantanens Kräfte ließen ebenfalls allmählich nach, und er wurde langsamer. An der Kreuzung sah Rantanen sich um, bemerkte, dass nur Linda ihm noch folgte, traf eine Entscheidung und wandte sich zu der halb so großen Polizistin um.

»Polizei! Auf den Boden!«, stieß Linda keuchend hervor.

Rantanen richtete sich zu seiner vollen Größe auf. Linda blieb stehen. Aus fünf Metern Entfernung starrten sie sich an. Rantanen verzog einen Mundwinkel zu einem schiefen Lächeln.

»Auf den Boden!«, schrie Linda schrill, doch ohne jede Wirkung.

Rantanen machte einfach kehrt und setzte sich erneut in Bewegung, da er sich sicher sein konnte, dass Linda weder die Fähigkeit noch den Mut besitzen würde, ihn zu stoppen.

Rantanens Grinsen und seine Überheblichkeit brachten Linda zum Kochen. In ihrem Inneren hallten die Worte von Michael Cosco wider: *Ich mache einen Star aus dir!*

Linda stürzte ihm nach. Mit ein paar katzenhaften Sprüngen hatte sie ihn eingeholt und sprang ihm, so wie Paloviita kurz zuvor, auf den Rücken.

Rantanen, gleichermaßen überrascht wie erschrocken, versuchte sie abzuschütteln, doch Linda hatte ihren rechten Arm schon um seinen Hals gelegt und drückte zu. Gleichzeitig schlang sie so fest sie konnte ihre Beine um seinen Rumpf. Mit Linda im Huckepack setzte Rantanen seinen Lauf fort, ruckelte und schüttelte sich, doch Linda klammerte sich immer fester an ihn. Dann blieb er stehen, griff nach Lindas Arm und versuchte ihn von seinem Hals zu lösen. Trotz des brennenden Schmerzes ließ Linda nicht locker. Sie spürte, wie Rantanen sich wand und nach Luft schnappte. Sein Brustkorb und Zwerchfell hoben sich, und aus seiner Kehle drang heiseres Röcheln.

Auf einmal sackte Rantanen zusammen und fiel auf die Knie. Linda lockerte ihren Griff und bekam ihn gerade noch zu fassen, bevor er das Bewusstsein verlor. Linda handelte schnell, drehte ihn auf die Seite und überprüfte Puls und Atmung. In diesem Moment kam auch Paloviita herbeigehinkt.

Als Rantanen wieder soweit bei Bewusstsein war, dass er sich aufsetzen konnte, lehnten Linda und Paloviita ihn gegen eine Straßenlaterne, jederzeit bereit, ihn notfalls zu packen.

Ein Polizeitransporter hielt hinter ihnen. Zwei Polizisten sprangen heraus. Man legte Rantanen Handschellen an und führte ihn zum Auto. In dem Moment, als die Tür des Transporters zugeschlagen wurde, sahen Linda und Paloviita sich an und prusteten los.

»Du hast den falschen Beruf gewählt. Hast du gesehen, was für einen Bären du da zur Strecke gebracht hast?«, sagte Paloviita.

Plötzlicher Stolz erfüllte Linda. Sie hatte immer noch etwas Mühe zu begreifen, was gerade passiert war und woher sie den Mut und die Kraft zu dieser Aktion genommen hatte.

Schaulustige gruppierten sich um sie und filmten das Geschehen mit ihren Handys. Ein Polizist schlug Paloviita auf den Rücken.

»Gute Arbeit! Der Verdächtige konnte durch den Versorgungskeller fliehen. Zum Glück warst du zur Stelle.«

»Nicht ich … genaugenommen war es Linda …«, stammelte Paloviita.

Doch der Polizist fuhr fort: »Das ist unser Jari. Ich werde dafür sorgen, dass jeder im Präsidium von deiner Heldentat erfährt.«

Paloviita sagte nichts mehr, sah Linda nur beschämt an.

Der Polizeitransporter fuhr los und brachte Rantanen aufs Revier, Linda und Paloviita gingen zurück zur Schule, an der die Kriminaltechniker sie bereits erwarteten. Die Direktorin stand in der Eingangshalle. Sobald sie sie erblickte, kam sie den Polizisten entgegen. Lauras Klassenlehrer Onni Sandberg folgte der Direktorin auf dem Fuß. Sein Gesicht glühte, die Lippen ein schmaler Strich.

»Wessen Idee war das?«, fragte die Direktorin streng.

»Wir fordern eine Erklärung!«, ereiferte sich auch Sandberg.

Paloviita blickte sich um, außer ihnen befand sich niemand im Eingangsbereich.

»Es tut mir leid«, sagte Paloviita. »Wir konnten Sie nicht vorwarnen.«

»Verdächtigen Sie Markku, Laura umgebracht zu haben?«, fragte Sandberg. »Er hat es mit Sicherheit nicht getan.«

»Fürs Erste wollen wir nur mit ihm reden.«

»Mit ihm reden! Das hier wirkte eher, als verhafteten Sie Jack the Ripper! Markku ist nicht gewalttätig. Zehn Polizisten wegen eines einzigen Mannes, das ist doch total verrückt!«, meinte die Direktorin.

Linda senkte die Stimme. »Sie sollten wissen, dass Rantanen ein verurteilter Sexualstraftäter ist und ein Kind missbraucht hat. Ich sage Ihnen das, weil Sie sich deswegen sicher in Kürze gegenüber der Presse rechtfertigen müssen.«

Die Direktorin starrte erst sie und dann Sandberg an. »Wie ist das möglich? Wir haben bei der Einstellung genau …«

»Nicht genau genug«, sagte Paloviita schroff. »Aber es wird sich alles klären.«

Ihre Gesichtszüge erstarrten, als sie begriff, was die Nachricht bedeutete. Nicht nur für das Bildungswesen, sondern für ihre Schule und vor allem für sie selbst. Wenn sich die Nachricht verbreitete, dass ihr Hausmeister ein verurteilter Pädophiler war, würden die Eltern der Schüler über sie herfallen und ihren Kopf fordern. Sie konnte förmlich hören, wie die Guillotine herabsauste. Linda bemerkte, dass Sandberg still und heimlich verschwunden war.

Die Brandschutztüren wurden geschlossen und der Flur abgesperrt.

Linda und Paloviita schlüpften in weiße Anzüge und begaben sich zu ihren Kollegen von der Kriminaltechnik.

Das Büro des Hausmeisters war ein kleiner Raum mit angeschlossener Werkstatt. Große Fenster gingen auf den Parkplatz hinaus. Die Techniker öffneten Schränke und Schubladen, packten Papiere und Ordner ein. Raunela kroch unter den Schreibtisch, ächzte und fluchte und zog die Kabel des Computers heraus.

»Bingo«, jubelte einer von ihnen.

Alle im Raum waren wie elektrisiert. Dicht drängten sie sich um die Werkbank. Ein Techniker nahm vorsichtig Fotos aus dem Werkzeugkoffer und legte sie in eine Reihe.

»Scheiße! Abartig!«

Paloviita rückte zur Seite, damit Linda auch etwas sehen konnte. Sie beugten sich über die Fotos. Auf dem Tisch lagen acht Nacktfotos von Mädchen im Schulalter, auf dreien davon ein Erwachsener beim Geschlechtsverkehr mit einer Minderjährigen. Auf zwei Fotos war den Mädchen der Mund mit Gewebeband zugeklebt und Arme und Beine in einer unnatürlichen Stellung gefesselt. Paloviita verzog den Mund. Niemand sagte ein Wort. Der Techniker nahm jedes Foto auf und steckte sie dann einzeln in durchsichtige Beutel.

Die weitere kriminaltechnische Untersuchung verlief schweigend.

31

Markku Rantanen wurde in den Vernehmungsraum geführt. Käme ihr ein Mann seiner Größe nachts auf dunkler Straße entgegen, würde sie instinktiv die Straßenseite wechseln, dachte Linda bei sich. Sein Hals war kräftig, und obwohl er gut zehn Kilo zu viel auf den Hüften hatte, waren seine Beine schlank und muskulös. Ungeachtet seiner Körpergröße war sein Gesicht rundlich, und die kleinen Augen blickten freundlich.

Zu Beginn einer Unterrichtsstunde an der Polizeischule hatte es geheißen: Bosheit lässt sich nicht am Gesicht eines Menschen ablesen. Einfach gesagt bedeutete es, dass Polizisten hinter die äußere Erscheinung eines Menschen, hinter Titel und Rang schauen mussten. Sie mussten alle Masken, Vorurteile und Ehrenabzeichen ignorieren und versuchen, in das Innere dieses Menschen zu schauen.

Linda und Paloviita warteten bereits im Vernehmungszimmer. Bei ihnen saß Harri Laitila, ein Anwalt mit einem recht passablen Ruf. Linda hielt ihn allerdings für einen geldgeilen Besserwisser, der seine Fälle nach deren Publicity-Wert auswählte. Andererseits … Rantanen hätte auch eine schlechtere Wahl treffen können.

Rantanen ließ sich auf den Stuhl fallen, der unter seinem Gewicht knackte. Falls er tatsächlich schuld am Tod von Laura Törmänen war, hatte das Mädchen nicht den Hauch einer Chance gehabt, überlegte Linda. Vor ihrem geistigen Auge blitzte ein Bild auf, auf dem Rantanen rittlings auf Laura saß und dieser eine Haarspraydose in die Kehle stopfte. Angewidert erschauderte sie.

Sie hatten Rantanens Wohnung, Computer und Büro durchsucht. Es hatte sich herausgestellt, dass die Fotos aus dem Werkzeugkoffer nur die Spitze des Eisbergs waren. In Rantanens Wohnung, einer stickigen, schmutzstarrenden Ein-Zimmer-Wohnung in einem ganz normalen Wohnblock am Eteläpuisto, hatten sie mehr als zweitausend in Ordner sortierte Fotos von jungen Mädchen gefunden. Schnell gelang es der Polizei, diese mit einem europaweiten Pädophilenring in Verbindung zu bringen, über den Kinderporno-Material vermittelt, verkauft und weitergegeben wurde. Die Zuständigkeit für die Ermittlungen würde dem Zentralen Kriminalamt in Helsinki übergeben werden, das über das nötige Fachwissen für diese Art von Verbrechen verfügte. Kein Polizist wurde gezwungen, sich Foto- und Videomaterial mit Kinderpornografie anzuschauen, das übernahmen speziell für die Bekämpfung von pädophilen Straftaten geschulte Profis.

Zum wiederholten Mal erinnerte sich Linda daran, dass es nicht ihre Aufgabe war, Rantanen zu den Fotos zu befragen, sondern allein zu der Mordsache Laura Törmänen. Sie durften sich unter keinen Umständen provozieren lassen. Im Fitnessstudio des Polizeigebäudes gab es einen Boxsack, an dem man seine Aggressionen abreagieren konnte.

»Sie haben häufig den Namen gewechselt«, fing Paloviita an.

Rantanen legte seine Pranken auf den Tisch. »Leute wie ich haben nie Ruhe.«

»Leute wie Sie?«

Rantanen sah Linda mit schräg gelegtem Kopf an, als wollte er sichergehen, dass sie die Frage ernst meinte. »Sie wissen, was ich meine.«

Paloviita schlug die Akte auf. »Sie haben ein beeindruckendes Strafregister.«

»Das ist verjährt.«

»Die Einträge verjähren nicht einfach so.«

»Vor dem Gesetz schon.«

»Das macht die Vorfälle trotzdem nicht ungeschehen.«

Paloviita und Rantanen fixierten sich, und in diesem Moment konnte Linda in sein Inneres sehen. Im Inneren dieses teddyhaften Riesen wohnte ein Untier – und genau dieses Untier mussten sie hervorlocken, wollten sie ein Geständnis bekommen.

»In jungen Jahren sind Sie oft in Schwierigkeiten geraten.«

»Ich lebe seit Jahren ein unbescholtenes Leben.«

»Finden Sie? Darüber kann man geteilter Meinung sein. Wir kommen darauf später zurück. Geraten Sie oft in Schwierigkeiten?«

»Nein.«

»Und trotzdem sitzen Sie wieder hier. Unschuldig natürlich.«

»Mit sechzehn haben Sie einen Gleichaltrigen misshandelt«, stellte Linda fest.

Rantanen erwiderte nichts.

»Der Junge musste ins Krankenhaus, und Sie haben eine stattliche Summe Schmerzensgeld bezahlt.«

»Den Wehrdienst haben Sie abgebrochen, weil es auch dort zu einem Vorfall kam«, fuhr Paloviita fort. »Wollen Sie dazu etwas sagen?«

»Ich habe den Wehrdienst nicht abgebrochen. Die haben mich rausgeschmissen.«

»Und natürlich waren Sie vollkommen unschuldig«, sagte Paloviita.

»Ich habe mit einem Stubenkameraden gestritten. Daran war nichts Ungewöhnliches.«

»Er hat zwei Vorderzähne verloren«, ergänzte Linda.

»Was hat das alles mit Laura Törmänen zu tun?«

»Ziemlich viele Entschädigungszahlungen für einen Achtzehnjährigen. Sind Sie von Natur aus gewalttätig?«

»Unerheblich«, kommentierte der Rechtsanwalt.

»Worüber haben Sie gestritten?«, fragte Linda.

»Das ist vierzig Jahre her! Daran kann ich mich beim besten Willen nicht mehr erinnern.«

»Ich kann Ihrer Erinnerung auf die Sprünge helfen«, sagte Paloviita und blätterte in der Akte, bis er die Stelle gefunden hatte: »Ihr Stubenkamerad nannte Sie Kinderficker, woraufhin Sie ihn zusammengeschlagen haben.«

»Sind Sie das?«, fragte Linda. »Ein Kinderschänder?«

»Unangemessen«, sagte der Anwalt.

»Laut Bericht haben Sie Ihren Kameraden in die Schulter gebissen. Warum?«

»Was spielt das für eine Rolle?«, zischte Rantanen.

»Sind Sie beißwütig?«

»Kommen Sie zur Sache!«, forderte sie der Anwalt auf.

Linda entnahm der Akte zwei Fotos von Laura. Zwei Nahaufnahmen der Bissstellen an Schulter und Innenseite der Oberschenkel.

»Wir haben die richterliche Genehmigung für einen Zahnabdruck. Der Gerichtszahnarzt kommt heute Nachmittag. Was glauben Sie, werden die an Laura sichergestellten Bissabdrücke mit Ihren übereinstimmen?«

Rantanen warf einen Blick auf die Fotos und schob sie dann den Polizisten zurück. Falls sein Gehirn arbeitete, konnte man es ihm nicht ansehen.

»Erzählen Sie uns von Johanna Hedman.«

»Darauf müssen Sie nicht antworten«, sagte der Anwalt.

»Also gut. Dann werde ich es Ihnen erzählen«, sagte Paloviita. »Sie war dreizehn, als Sie sie mehrfach vergewaltigten. Sie waren damals 27 Jahre alt. Sie sind mit zwei Jahren Haft bestraft worden, von denen Sie die Hälfte abgesessen haben. Johanna wäre diesen Herbst vierundvierzig geworden.«

Rantanen sah sie an. Dieses Mal beobachtete sie eine Regung in seinen Augen. Linda wurde plötzlich klar, dass er nichts wusste.

»Sie haben richtig gehört. Sie hat sich am Mittsommerabend neunundneunzig das Leben genommen. Sie sprang vom Balkon aus dem sechsten Stock und knallte auf den Asphalt, nachdem sie zuvor eine Handvoll Antidepressiva geschluckt und eine halbe Flasche Schimmelentferner getrunken hatte. Sie können sich vielleicht vorstellen, was das mit einem Menschen macht. Da gibt es keine Faser im Körper, die nicht zu bersten droht. Im Alter von dreiundzwanzig Jahren hatte Johanna schon eine schwere Depression und Drogenprobleme.

Sein Blick bekam Risse.

Paloviita schob nach: »Offiziell war das Selbstmord, aber wissen Sie was? Ich halte es für einen geplanten Mord. Ich bin mir nämlich sicher, dass sie schon viel früher gestorben ist. Mit dreizehn, als Sie sie vergewaltigten, mal bei Ihnen zu Hause, mal in Ihrem Auto und mal im Sommerhaus Ihrer Eltern. Das Ich dieser jungen Frau ist schon lange vor ihrem Körper gestorben.«

»Ich warne Sie«, sagte der Anwalt, doch seiner Stimme fehlte jegliche Schärfe.

»Sie haben Johanna von Ihrem Fenster aus beobachtet und mit ihr auf dem Hof oder im Treppenhaus geschwatzt. Bis Sie sich nicht mehr beherrschen konnten. War es nicht so? Sie müssen nichts sagen, es reicht, wenn Sie nicken.«

Rantanens Kinn zuckte.

Paloviita schlug eine neue Seite in der Akte auf.

»Bei der Vernehmung sprachen Sie von einem zwanghaften Drang. Haben Sie diesmal die gleiche Begierde verspürt, wenn Sie Laura Törmänen auf dem Schulhof sahen? Ein unwiderstehliches Verlangen?«

»Nein.«

Linda legte die Fotos aus seinem Büro sorgfältig wie die Karten bei der Patience vor Rantanen auf den Tisch.

»Kennen Sie die?«

Rantanen antwortete nicht.

»Nun, das spielt keine Rolle. Sie werden noch viele Male auf die gleichen Fragen antworten müssen. Auf jedem dieser Fotos sind Ihre Fingerabdrücke, auf einigen noch ganz was anderes. Sie haben die Fotos getauscht und verkauft, als wären es Sammelkarten. Ich frage Sie noch einmal: Was haben Sie empfunden, wenn Sie Laura Törmänen auf dem Schulhof sahen?«

Rantanen antwortete noch immer nicht.

»Sie haben schon einmal gesessen. Sie wissen, was man mit Kinderschändern im Knast macht. Viele der Insassen sind selbst Familienväter. Die werden Hackfleisch aus Ihnen machen.«

»Ein zwanghafter Drang«, wiederholte Linda.

»Ich habe Laura nicht umgebracht.«

»Aber Sie wissen, wer es war?«

Rantanen nickte.

Linda griff das auf. »Haben Sie die Tat mit jemandem gemeinsam begangen? Mit Bekannten? Sie haben das Opfer ausgewählt und Ihre Freunde erledigten den Rest. War es so?«

»Nichts als Mutmaßungen und Behauptungen«, sagte der Anwalt, doch Rantanen reagierte nicht darauf und sagte stattdessen: »Natürlich habe ich sie beobachtet. Neue Mädchen habe ich mir immer angeschaut.«

»Markku … ich rate Ihnen …«, versuchte der Anwalt einzugreifen.

»Diese jungen Dinger sind hübsch, nicht wahr? So rein und unschuldig«, fachte Paloviita ihn an.

Eine kalte Hand umklammerte Lindas Herz. Sie konnte nicht umhin, sich vorzustellen, dass Rantanen auch Linnea angeschaut hatte.

Rantanen fuhr sich mit der Zunge über die Oberlippe. Einige Sekunden vergingen schweigend, während Rantanen sich seine Worte zurechtlegte. Schlagartig veränderte sich dieses runde, gutmütige Gesicht. Die Mundwinkel verzogen sich zu einem Lächeln, die Haut wurde wächsern, und ein schwarzes Glühen trat in seine Augen. Die Veränderung war so vollkommen, dass alle im Raum zusammenschreckten, selbst der mit allen Wassern gewaschene Anwalt.

»Kinder sind sexuelle Wesen«, sagte Rantanen. »Und sie wissen das. Vor allem die Mädchen. Sie verstehen schon sehr früh, welche Macht sie mit ihren knospenhaften Körpern ausüben können.«

Rantanen beäugte die Polizisten ihm gegenüber, um zu sehen, wie sie reagierten.

Linda und Paloviita sagten nichts. Paloviita vergewisserte sich aus dem Augenwinkel, dass die rote Aufnahmelampe der Videokamera leuchtete.

»So wie das Obst am saftigsten ist, kurz bevor es abfällt, sind auch die Mädchen am süßesten, kurz bevor sie sich zu voller Blüte entfalten. Sie triefen geradezu vor Nektar.«

Wieder versuchte der Anwalt seinen Mandanten zu unterbrechen, aber dieser hielt ihn mit einer rüden Handbewegung zurück.

»Sie halten mich für krank, aber ich bin alles andere als das. All diese Mädchen haben es geliebt, mit mir zusammen zu sein. Das erste Mal muss für ein Mädchen unvergesslich sein, denn damit werden sie alle weiteren Male vergleichen. Meine Größe nebst dem, was ich ihnen bieten kann, indem ich zärtlich und hart zugleich bin, wird ihnen ewig in Erinnerung bleiben. Viele haben danach vor Glück geweint.«

»Was zur Hölle?«

Rantanens Lächeln vertiefte sich. »In Finnland ist das selbstverständlich verboten. Das habe ich früh gelernt, und ich mache den gleichen Fehler nicht zweimal. Aber es gibt Länder, in denen man das besser versteht. Kinder genießen Sex genauso sehr wie Erwachsene – vielleicht sogar noch mehr, weil sie noch nicht selbstsüchtig sind. Sie sind noch nicht durch scheinheilige Regeln und Moralvorstellungen in Fesseln gelegt.«

Rantanen lächelte immer noch. »Sehen Sie mich nicht so an. Die Menschen haben in ihrer moralischen Entrüstung vergessen, was natürlich ist: Früher wurden die Jungfernhäutchen in jungen

Jahren durchstochen. Heute wird man mit knapp vierzig Mutter, obwohl die Evolution das so nie vorgesehen hatte.«

Lindas Finger ballten sich unter dem Tisch zur Faust.

Rantanens Augen glänzten. »Aber das Anschauen ist auch nach finnischem Recht nicht verboten. Haben Sie jemals wirklich zugeschaut, wirklich gesehen, wie sie sich jungen Rehen gleich fortbewegen? Sie springen und lachen, diese knospenden Wesen.«

»Und dann konnten Sie sich nicht mehr beherrschen und haben Laura vergewaltigt. War es so?«, fragte Paloviita mit heiserer Stimme.

Rantanen schüttelte langsam den Kopf. »Ich habe doch gerade gesagt, dass ich meinen Fehler nicht wiederhole. Ich schaue, und wenn ich mehr will, dann brauche ich mir nur ein Flugticket an einen warmen Ort zu kaufen.«

»Wo waren Sie am dreizehnten Oktober um zwölf?«

»Im Heizungskeller der Schule. Alle Pumpen wurden ausgetauscht, und das hat den ganzen Tag in Anspruch genommen.«

»Und natürlich haben Sie das allein gemacht und niemand kann es bezeugen.«

Jetzt gab sein Lächeln kleine, meißelartige Zähne frei. »Ich war keine einzige Minute allein. Die Heizungsfirma war den ganzen Tag anwesend. Genau um diese Zeit sind wir alle zusammen essen gegangen.«

»Wie heißt die Firma?«

Rantanen nannte den Namen, und Paloviita stürmte aus dem Raum, um es zu überprüfen. Nach zwei Minuten kehrte er zurück.

»Er sagt die Wahrheit. Die Installateure sind bereit, das auch vor Gericht zu bezeugen. Rantanen war den ganzen Tag mit ihnen im Keller und hat die Pumpen ausgetauscht.«

Linda schaute unverwandt auf Rantanen. »Ich habe es Ihnen doch gesagt. Ich habe dieses Mädchen nicht angefasst, und auch kein anderes Mädchen.«

»Haben Sie einen Helfershelfer, der für Sie das Mädchen entführt hat?«

»Pure Spekulation«, sagte der Anwalt.

»Sie sagten, Sie wüssten, wer der Mörder von Laura ist«, erinnerte ihn Linda.

Rantanen nickte. »An Ihrer Stelle würde ich ihn unter jenen Männern suchen, die Lauras Fotos ins Internet gestellt haben.«

»Woher wissen Sie von den Fotos?«, fragte Paloviita.

»Na, ich habe sie doch sofort auf den Bildern erkannt, auch wenn sie sich stark geschminkt hat. Auf diesen Seiten gibt es viel … verbotenes Fleisch. In diesen Foren tummeln sich viele von Meinesgleichen. Das ist völlig legal. Und es ist müßig zu glauben, dass auch nur einer, der sich zu Lauras Fotos einen runtergeholt hat, glaubte, das Mädchen wäre volljährig.« Rantanen brach in Lachen aus. »Sie sollten mal Ihre Gesichter sehen. Heuchlerische Moralapostel, die vom wahren Leben nur Bullshit verstehen.«

»Also gut«, sagte Paloviita. »Die Unterredung ist beendet. Aber glauben Sie nicht, dass die Sache damit abgeschlossen ist. Das wird noch lange weitergehen, Sie ahnen gar nicht, wie lange. Ich werde persönlich dafür Sorge tragen, dass Sie und Ihre Freunde für die Verbreitung der Fotos die Maximalstrafe bekommen. Wenn Sie das nächste Mal wieder freie Luft atmen, werden Sie ein sabbernder, seniler Greis sein.«

»Wollen Sie mir drohen?«, fragte Rantanen und wandte sich an seinen Anwalt. »Hat er mir gedroht?«

Laitila krächzte. »Es ist das Beste, wir gehen jetzt. Mein Mandant bestreitet selbstverständlich alle Mordvorwürfe.«

Linda holte die Polizisten herein, die Rantanen zurück in die Zelle brachten.

Sie waren schon fast mit ihm aus der Tür, als Rantanen sich plötzlich zu Linda umdrehte.

»Dein Mädel ist ein echt saftiges Püppchen. Sie weiß das nur zu gut und versucht nicht, es zu verbergen. Die Brüste wie junge

Knospen, der Hintern wie zwei Pfirsiche. Ah, könnte man dort mal hineinbeißen.«

»Himmelarsch!«, schrie Linda und stürzte sich auf Rantanen, der lachend zwei Schritte zurückwich. Paloviita hielt sie zurück und legte seinen Arm um sie.

»Nicht, genau das will er doch.«

Linda versuchte noch kurz, sich loszureißen, gab dann aber schwer atmend auf.

Am Ende des Korridors drehte Rantanen sich noch einmal um und warf ihr einen Luftkuss zu.

Paloviita hielt Linda umklammert, bis Rantanen aus ihrem Sichtfeld verschwunden war. Erst dann gab er sie frei. Linda strich sich durch die Haare und ordnete ihre Kleidung.

»Wenn es dich tröstet, kann ich dir sagen, dass dieser Kerl sehr lange nicht auf freiem Fuß sein wird«, sagte Paloviita.

SECHSTER TEIL

Iltalehti vom 15. 11. 2013

VERMISSTENFÄLLE IN DER HAUPTSTADTREGION – VERDACHT AUF GEWALTVERBRECHEN

Die Polizei Helsinki hat die Ermittlungen im Fall der beiden 2011 verschwundenen dreizehnjährigen Mädchen Nadia Johansson und Johanna Viertola sowie im Fall der 2012 verschwundenen vierzehnjährigen Karoliina Paavilainen wieder aufgenommen. Inzwischen wird in Betracht gezogen, dass es sich um ein Tötungsdelikt handeln könnte.

Kommissar Harri Lindberg von der Polizei Helsinki erklärte, dass es keine dramatischen Wendungen in den Ermittlungen gebe und alle drei Vermisstenfälle bis heute immer aktiv verfolgt worden seien.

»Wir wollen einfach nur die Möglichkeit ausschließen, dass die Fälle miteinander zusammenhängen«, sagte er.

Laut Lindberg handele es sich um eine ermittlungstechnische Routinemaßnahme. Bisher gebe es keine Verbindung zwischen den Fällen. Er erklärte: »Sorgfältige Polizeiarbeit bedeutet, dass wir wirklich jeden Stein umdrehen.«

Ungewöhnlich an den Vermisstenfällen sei, dass die Mädchen das gleiche Alter hätten und in geringem zeitlichem Abstand auf einem geografisch recht kleinen Gebiet verschwunden seien.

»Statistisch betrachtet war das Jahr eine absolute Ausnahme. Und das ist der ausschlaggebende Grund dafür, dass die Ermittlungen noch einmal ausgeweitet werden«, erläuterte er.

Lindberg bestätigte, dass die drei Vermisstenfälle viele Gemeinsamkeiten aufweisen.

»Es sollten jedoch keine voreiligen Schlüsse gezogen werden. In der Hauptstadtregion gibt es keinen Kinderfänger, der es auf junge Mädchen abgesehen hat. Eltern und Kinder können nachts auch weiterhin ruhig schlafen.«

32

Aisha reißt Linda den Zettel aus der Hand. »Michael Cosco! Begreifst du, was das heißt?«

Linda schüttelt den Kopf. Sie hat tatsächlich keine Ahnung. Sie versteht nur, dass sie für eine Modenschau gebucht worden ist. Das ist alles. Der Name Michael Cosco sagt ihr rein gar nichts.

Aisha legt den Kopf schief und kreischt: »Du bist einfach zum Mäusemelken!«

Dann breitet sich das vertraute Lächeln auf ihrem Gesicht aus. »Noch nie hat eine Neue jemals eine derartige Chance bekommen. Du kannst nicht so doof sein, dass du nicht weißt, wer Cosco ist!«

Als Aisha sicher ist, dass Linda ihr nichts vormacht, erklärt sie:

»Michael Cosco ist wahrscheinlich der talentierteste junge Modedesigner, den die Erde trägt. Er ist absolut der letzte Schrei und der hellste Stern. Auf der Modenschau wird seine neueste Kollektion vorgestellt, auf die die Modewelt schon seit Jahren gespannt wartet. Fotos von seinen Kreationen und den Models werden in allen Modemagazinen auf der ganzen Welt abgedruckt. Ich weiß nicht, was du beim Casting gesagt oder gemacht hast, aber ich habe noch nienienie gehört, dass eine, die zum ersten Mal dabei ist, für etwas Vergleichbares gecastet worden ist. Ich wäre bereit zu morden, um den Platz mit dir zu tauschen!«

»Ich glaube, ich habe den Platz allein wegen des Mannes bekommen«, sagte Linda. »Die Frauen haben mich angesehen, als wäre ich ein verdorbener Joghurt.«

»Welcher Mann?«

»Irgendein Antonio.«

»Antonio Barbieri? Das darf nicht wahr sein!« Aisha bricht in

Lachen aus. »Ich könnte dich wirklich erwürgen. Dein Antonio ist einer der Eigentümer der Milano Model Agency.«

»Er war ziemlich hot … und nett.«

»Er ist verheiratet und hat Kinder«, sagte Aisha. »Aber auf jeden Fall musst du ihn schwer beeindruckt haben, denn um ihn herum wimmelt es nur so von Models.«

In diesem Augenblick kommt Nadia nur in ein Laken gehüllt in die Küche geschneit. Ihre Haare stehen wirr in alle Richtungen. Dabei ist es schon vier Uhr nachmittags.

Nadia schlurft zum Kühlschrank und scheint nicht zu finden, was sie sucht. »War denn niemand einkaufen?«

Aisha wedelt mit dem Castingzettel vor Nadias Nase herum: »Unser Finnland-Girl ist für Coscos Modenschau am Samstag gebucht.«

Nadia wirft einen Blick auf das Papier und misst dann Linda von Kopf bis zu den Zehen mit ihrem Blick. Dann lächelt sie vielleicht zum ersten Mal während der ganzen Woche. Linda empfindet eine sonderbare Genugtuung, als sie den Neid der anderen spürt. In ihr regt sich zaghaft der Stolz. Aisha und Nadia haben auch schon Modeljobs bekommen, aber meist waren es Fotoshootings für Kataloge oder irgendwelche Werbesessions. Zum ersten Mal fühlte sie sich neben den beiden erfahreneren Frauen gleichberechtigt.

»Dass du nur nicht stolperst«, sagt Nadia und widmet sich wieder dem Kühlschrank.

An jenem Abend sind sie lange auf. Keine von ihnen hat ein Fotoshooting oder ein Casting oder ein aufreibendes Treffen mit dem Agenten einer Modelagentur. Sie fahren mit der Straßenbahn zur Piazza Sempione, bummeln den lieben langen Tag lang durch Mailands Zentrum und fotografieren sich gegenseitig, stets eine Sehenswürdigkeit oder ein berühmtes Gebäude von Mailand im Hintergrund. Sie genießen die Sonne und die Blicke und Pfiffe der jungen Männer. Linda kauft sich in einer Modeboutique im Zentrum eine viel zu teure Handtasche und Aisha ein knöchellanges Seidenkleid, das mit ihrem Körper zu verschmelzen scheint.

Auch Nadia kostet den freien Tag voll aus. Sie lachen viel, essen fettige Pommes und Eis und trinken billigen Weißwein, bis sie beschwipst sind. Sie flirten mit dem Kellner und rauchen Zigaretten, als wären sie Damen von Welt.

Auf dem Weg nach Hause kaufen sie im nahen Supermarkt noch mehr Wein, dazu Käse, Brot und Sekt, und veranstalten auf dem Fußboden ihres beengten Appartements ein Picknick. Sie essen, trinken, kichern und schwören sich ewige Freundschaft. Auch wenn sie nicht mal zwanzig sind und aus völlig verschiedenen Ecken der Welt stammen, so teilen sie doch eines miteinander: ihre Jugend.

Die Zukunft, das Leben mit seinen endlosen Reichtümern wartet auf sie, in der Ferne, aber doch schon greifbar. Heute durften sie von dieser saftigen Frucht bereits den ersten Bissen kosten.

33

Als Linda fertig war, herrschte Stille im Raum. Die Liste, die sie vergangene Nacht auf ein kariertes Blatt geschrieben hatte, ging von Hand zu Hand.

Vermisst:

2010: Vilja Kuusik, 14, Tallinn, Estland

2011: Nadia Johansson, 13, Helsinki, Finnland

2011: Johanna Viertola, 13, Helsinki, Finnland

2012: Karoliina Paavilainen, 14, Helsinki, Finnland

2012: Salla Ruusunen, 13, Rovaniemi, Finnland

2013: Hilla Kataja, 12, Tornio, Finnland

2014: Klara Strömberg, 13, Karlsborg, Schweden

2015: Frida Karlsson, 14, Töre, Schweden

2016: Katariina Virtanen, 15, Kankaanpää, Finnland

2017: Netta Turunen, 14, Karvia, Finnland

Tot aufgefunden:

2009: Hanna-Riikka Sammalsuo, 15, Kemi, Finnland

2018: Milja Vuorinen, 14, Sastamala, Finnland

2021: Laura Törmänen, 13, Pori, Finnland

Susanna Manner durchbrach die Stille.

»Willst du damit sagen, dass die Fälle all dieser …«, sie zählte die Namen, »dreizehn Mädchen, die verschwundenen sind und von denen manche sogar ermordet wurden, in irgendeiner Weise miteinander zusammenhängen?«

»Ich will gar nichts sagen. Ich bitte euch um eure ehrliche Meinung. Auch für mich klingt das abenteuerlich, doch je mehr ich darüber nachdenke, umso weniger komme ich davon los.«

Es wurde wieder still. Diesmal ergriff Paloviita das Wort: »Warum hat hier noch niemand einen Zusammenhang gesehen?«

»Vielleicht aus dem gleichen Grund, aus dem wir angenommen haben, Laura Törmänen sei von zu Hause weggelaufen – und weil zwischen den einzelnen Fällen Jahre liegen. Die Vermisstenfälle wurden von unterschiedlichen Polizeidirektionen bearbeitet, und zunächst scheint sie nichts weiter zu verbinden als das Alter der verschwundenen Mädchen.«

Sie dachten über das Gehörte nach. Lindas Argument war nicht von der Hand zu weisen. Berichtete die Polizeidirektion Ostfinnland in Mikkeli beispielsweise über den Vermisstenfall eines Teenagers, käme kein Polizist in Südwestfinnland auf die Idee, die Vermisstenstatistik verschiedener Orte zu checken und miteinander zu vergleichen. Dass Linda es getan hatte, war Zeugnis beispielhafter und exzellenter Polizeiarbeit.

»Ich habe die Vermisstenstatistik vor 2010 als Vergleich herangezogen. In den zehn Jahren davor verschwanden nur zwei Mädchen im Alter zwischen 12 und 15 Jahren. Die menschlichen Überreste eines der Mädchen wurden acht Jahre später in einem Wald gefunden. Wie sich herausstellte, handelte es sich um einen Unfall. Vom dem anderen Mädchen nahm man an, dass es im nahegelegenen See ertrunken wäre, da das Ruderboot der Familie am darauffolgenden Tag auf dem See treibend entdeckt worden war. Entweder sind die Vermisstenfälle nach 2010 aus unerklärlichen Gründen in die Höhe geschossen oder …«

»Du willst aber nicht sagen, dass ein Serienmörder …«, setzte Paloviita an, ließ den Satz dann aber unvollendet.

Linda projizierte eine Finnland-Karte an die hintere Wand, auf der sie die Orte markiert hatte, an denen die zehn Mädchen verschwunden waren sowie die Fundorte der drei im Wasser geborgenen Leichen. Die roten Punkte konzentrierten sich auf drei Regionen. Linda zeigte auf eine Gruppe aus fünf Markierungen am Bottnischen Meer:

»Rovaniemi, Tornio, Töre und Karlsborg. Fünf verschwundene Mädchen innerhalb von sieben Jahren in einem Umkreis von nur 150 Kilometern, zählt man Rovaniemi nicht mit, sogar nur von 50 Kilometern. Eines von ihnen, Hanna-Riikka Sammalsuo, wurde mit Sicherheit ermordet.«

»Und das ist tatsächlich niemandem zuvor aufgefallen?«

»Nicht, soweit ich weiß. Doch dafür kann es mehrere Gründe geben. Zwischen dem ersten und dem zweiten Verschwinden liegen vier Jahre, zwei Fälle haben sich überdies in Schweden zugetragen. Auch wenn die finnische und die schwedische Polizei eng zusammenarbeiten gerade auch im Fall vermisster Jugendlicher, hat doch niemand angenommen, dass die einzelnen Fälle miteinander in Verbindung stehen könnten. Zwischen den Fällen lag immer mindestens ein Jahr und soweit bekannt kannten sich die Opfer untereinander nicht.«

»Und was ist mit den Vorkommnissen in Helsinki? Zumindest hier ist man möglichen Gemeinsamkeiten doch bestimmt nachgegangen, oder? Wenn drei Mädchen zwischen dreizehn und vierzehn innerhalb von zwei Jahren verschwinden, dann müssen doch alle Alarmglocken schrillen.«

Linda zuckte die Schultern. »Dazu kommt noch ein Fall in Estland ein halbes Jahr zuvor. Wir müssen uns mit der Polizei der Region Uusimaa in Verbindung setzen und mit den zuständigen Ermittlern sprechen.«

Sie hatte jetzt die ungeteilte Aufmerksamkeit der Anwesenden. Offensichtlich hielten sie Lindas Vermutungen nicht für aus der Luft gegriffen. Eine Theorie, die anfangs völlig absurd erschienen war, nahm langsam Gestalt an.

»Jetzt zur Region Pirkanmaa-Satakunta, in der ja auch Pori liegt. Auch hier gab es in einem Umkreis von weniger als einhundert Kilometern vier Vermisstenfälle innerhalb von vier Jahren, von denen bewiesenermaßen zwei ermordet wurden.«

Paloviita wollte etwas sagen, aber Linda unterbrach ihn:

»Die Gemeinsamkeiten hören hier noch nicht auf. Alle Opfer wurden im Wasser gefunden. Alle Opfer weisen Würgemale und Spuren von Misshandlungen auf. Auch wenn Sammalsuos Leiche schon lange im Wasser gelegen hatte und stark verwest war, konnten Hinweise gefunden werden, dass auch sie genau wie Törmänen und Vuorinen vergewaltigt worden war. Ganz zu schweigen davon, dass jede von ihnen während eines Schultags verschwunden ist, ohne dass es Anzeichen dafür gab, dass sie weglaufen wollten oder selbstmordgefährdet waren. Das Verschwinden geschah für Freunde und Familie vollkommen überraschend.«

Noch waren nicht alle im Raum überzeugt, und so zog Linda ihren letzten Trumpf aus dem Ärmel. Sie gab den Obduktionsbericht der aus dem Rautavesi-See in Sastamala geborgenen Leiche von Milja Vuorinen herum.

»Auch Vuorinen wurde gebissen. An der Schulter und in der Leistengegend.«

»Das kann kein Zufall mehr sein«, stellte Oksman fest.

Manner sagte: »Gut. Ich gebe zu, ich bin immer noch skeptisch. Das ist einfach zu … Und selbst wenn es stimmt, was haben wir in der Hand?«

»Die Frage lautet doch vielmehr: Mit was für einem Dämonen haben wir es hier zu tun?«, gab Oksman zu bedenken.

Manner sammelte sich, und als sie ihre Gedanken geordnet hatte, wandte sie sich an Linda:

»Du bekommst zwei Tage, um eine Bestätigung für deine Theorie zu finden. Wenn sich bis dahin nichts Neues ergibt, das deine Mutmaßung untermauert, kehren wir zu unserem ursprünglichen Ansatz zurück und suchen den Mörder in Lauras Umfeld.«

Linda nickte und sagte: »Seit dem Auffinden von Milja Vuorinens Leiche sind drei Jahre vergangen. Ich nehme Kontakt zum Polizeirevier Pirkanmaa auf. Ich möchte mich mit dem damaligen Ermittlungsleiter unterhalten.«

34

Oksman schlüpfte in seine Joggingsachen, zog die Wohnungstür hinter sich zu und lief die Treppe hinunter. Vor dem Haus war es menschenleer und dunkel. Es regnete Bindfäden.

Doch das störte ihn nicht.

Oksman hatte sein Training noch kein einziges Mal wegen des Wetters ausfallen lassen. Denn er war überzeugt, würde er dem auch nur einmal nachgeben, folgte bald die nächste Gelegenheit, einer Schwäche zu erliegen – ganz gleich wobei, und bald wäre nichts mehr von Belang.

Doch dieses Mal wich er bewusst von einer seiner Routinen ab.

Noch niemals zuvor war er in Begleitung joggen gewesen. Trainierte man allein, musste man auf niemanden Rücksicht nehmen und sich um nichts anderes kümmern als um die Einteilung seiner Kräfte. Trotzdem war es Pasi Jaakola auf wundersame Weise gelungen, ihn zum gemeinsamen Laufen zu überreden. Allerdings bereute es Oksman schon jetzt.

Oksman dehnte Vorder- und Rückseite der Oberschenkel und spürte, wie die Spannung nachließ. Die Faszien lösten sich und das Blut konnte wieder in die Muskeln strömen. Er sah zur Uhr und runzelte die Brauen. Pasi war eine Minute über der Zeit. Dann hörte er Schritte und sah ihn mit einem breiten Lächeln um die Ecke traben. Für einen Moment überfiel Oksman Panik, und er wäre fast wieder ins Haus gehuscht, um sich zu verstecken.

Pasis krauses Haar glänzte im Schein der Straßenlaternen, Tropfen rannen über seine Wange und das stoppelige Kinn.

»Hundewetter«, stellte Oksman fest.

»Was soll's. Bist du bereit?«

Sie liefen über den unebenen Untergrund des Parkplatzes, wichen den Pfützen aus, überquerten die Straße und bogen auf den Uferweg ein. Sie hielten ein gleichmäßiges Tempo und passten ihre Schritte einander an. Ihre Laufschuhe platschten, die Socken wurden nass.

»Ist viel angenehmer in Gesellschaft«, bemerkte Pasi. Sie nahmen die Bogenbrücke über den schwarz dahinfließenden Kokemäenjoki und bogen auf der Insel Kirjurinluoto in den beleuchteten Schotterweg ein. Sie begegneten nur wenigen anderen Sportlern, die dem Regenwetter trotzten, und Hundebesitzern, die in Regenmäntel gehüllt ihre Vierbeiner spazieren führten. Allmählich steigerten sie das Tempo. Oksman spürte, wie seine Muskeln warm wurden und sein Puls beschleunigte. Pasis Zunge stand keinen Moment still. Oksman begnügte sich mit knappen Antworten. Überrascht stellte er fest, dass er das gemeinschaftliche Joggen eigentlich ganz angenehm fand. Es war unterhaltsam, Pasis Geplauder zu lauschen. Die Zeit verging viel schneller.

Sie liefen über die Raumansilta ans südliche Ufer, bogen Richtung Stadt ab und drehten eine Runde durchs Zentrum. Vorbei an der Hauptkirche, dem Gericht und dem ehemaligen Busbahnhof. In den Pfützen spiegelten sich die Leuchtreklamen. Zeitweilig nieselte es nur noch, doch dann goss es wieder wie aus Gießkannen. Sie waren durchnässt bis auf die Unterwäsche.

Als sie fünf Kilometer zurückgelegt hatten, erhöhten sie erneut die Geschwindigkeit. Pfützen wichen sie nicht länger aus, sondern tapsten mitten hindurch. Ihr Atem wurde schwer, der Puls erhöhte sich.

Nach geschätzten zwölf Kilometern näherten sie sich dem Ende ihrer Strecke und wandten sich Richtung Einkaufszentrum Länsikeskus und zu Pasis Wohnung im Stadtteil Käppärä. Dort stellten sie sich unter das Regenvordach eines modernen Wohnblocks und rangen nach Luft. Pasi stützte sich auf den Knien ab, er holte tief Luft, seine Kleidung dampfte. Sie grinsten sich an, denn obwohl keiner es aussprach, die letzte Strecke waren sie ebenbürtig um die Wette gelaufen.

»Freitag wieder?«

Oksman nickte. »Warum nicht.«

»Möchtest du mit reinkommen?«

Oksman warf einen Blick in den Hausdurchgang, dann in die Richtung, aus der sie gekommen waren. »Ich denke nicht, ich habe noch ein paar Kilometer nach Hause.«

Pasi hob die Schultern.

Plötzlich erstarrte Oksman. Am R-Kiosk im Block nebenan hatte er etwas entdeckt. Ein bekannt aussehendes Hollandrad lehnte gegen den Briefkasten. Er stieß Pasi gegen die Schulter.

»Komm!«

Pasi folgte Oksman verdattert über den Gehsteig. Oksman sprintete zu dem Kiosk und riss die Tür auf. Die Türglocke ging. Im Inneren war es hell und warm, es roch nach Kaffee und Lottoscheinen. Außer dem Verkäufer befanden sich zwei Kunden in dem Ladenkiosk. Einer der beiden, ein schätzungsweise siebzigjähriger Mann, stand in der Ecke und starrte sie an. Der andere, ein junger Mann mit grauem Kapuzenpulli und Jeans, stand mit dem Rücken zu ihnen an der Verkaufstheke. Der Verkäufer sah mit schreckgeweiteten Augen zu ihnen.

Sofort bemerkten Oksman und Pasi das Küchenmesser mit der langen Klinge, das der junge Mann in der Hand hielt. Er schaufelte gerade Geldscheine in seine Taschen, fuhr herum und sah sich Oksman und Pasi gegenüber. Er hatte die Kapuze tief in die Stirn gezogen und den unteren Teil seines Gesichts mit einem Tuch bedeckt.

Das Messer blitzte auf. »Aus dem Weg!«

Oksman und Pasi warfen sich einen schnellen Blick zu. Beide zogen einen Mundwinkel in die Höhe und wichen keinen Millimeter. Der Junge sah ihr Grinsen und brüllte wieder:

»Weg da oder ich jage euch mein Messer in den Bauch.«

»Steck das Messer weg, bevor sich noch jemand verletzt«, sagte Pasi.

Oksman nahm die Panik des jungen Mannes wahr. Er wusste, dass Menschen in einer ausweglosen Situation und wenn sie glaubten, nichts mehr zu verlieren zu haben, am gefährlichsten waren. Die Augen des Kioskräubers verrieten aber, dass sie es dieses Mal nicht mit einem solchen Menschen zu tun hatten. Außerdem stand er unter Drogen.

»Lass das Messer fallen!«, befahl Oksman.

Der Dieb zögerte, sah hinter sich, wo der Verkäufer bereits ins Telefon sprach, und fasste einen Entschluss. Mit einem lauten Brüllen stürzte er vor. Die Hand mit dem Messer fuchtelte wild hin und her, um Oksman und Pasi dazu zu bringen, den Weg freizugeben. Oksman trat auch zur Seite, ebenso Pasi, doch als sich der Dieb zwischen ihnen hindurchdrängen wollte, griff Oksman blitzschnell nach dessen Handgelenk und verdrehte es. Der junge Mann schrie auf vor Schmerzen, das Messer fiel klirrend zu Boden. Gleichzeitig hatte Pasi ihm den anderen Arm auf den Rücken gedreht, drückte ihn zu Boden und presste ihm sein Knie ins Kreuz. Oksman schob das Messer mit dem Fuß in sichere Entfernung und riss dem Täter das Tuch herunter. Darunter kam ein geschwollenes und blau verfärbtes, noch kindliches Gesicht zum Vorschein. Die Pupillen des etwa zwanzigjährigen Heranwachsenden waren vom Amphetamin geweitet. Entweder war er massiv misshandelt worden oder unter einen Güterzug geraten.

Der Junge fluchte, spuckte und schleuderte Beleidigungen zwischen aufgeplatzten Lippen hervor. Pasi verstärkte seinen Griff, das Fluchen verstummte.

»Lass mich!«

Zwei Minuten später kurvte ein Streifenwagen vor den Kiosk, aus dem eine Streifenpolizistin und ihr Kollege sprangen. Die beiden grüßten Oksman und Pasi, legten dem jungen Mann Handschellen an und führten ihn zum Wagen.

»Damit verbringt ihr eure freien Abende?«, rief ihnen der Polizist lachend zu.

»Ihr wisst doch, einmal Polizist, immer Polizist.«

»So wörtlich muss man das ja nun auch wieder nicht nehmen«, sagte die Kollegin.

Oksman und Pasi schilderten die Ereignisse, ebenso der Verkäufer sowie der alte Mann, der immer noch unter Schock stand. Dann kopierten die Polizisten noch die Aufzeichnungen der Überwachungskamera auf einen USB-Stick. Als die Formalitäten erledigt waren, merkte Oksman, dass er fror. Sie verließen den Kiosk. Draußen regnete es immer noch. Sie gingen zurück zu Pasis Haustür und stellten sich unter.

»Du hast das Rad des Räubers erkannt?«, amüsierte sich Pasi.

Oksman lächelte. »Und da soll man nicht an Zufälle glauben?«

»Davon werden wir auf dem Revier noch lange hören.«

Unvermittelt zog Pasi Oksman zu sich heran und presste seine Lippen auf dessen Mund. Zuerst wollte Oksman sich wehren, doch dann gab er sich dem Kuss hin. Pasis Bartstoppeln waren kratzig. Als sie sich voneinander lösten, sah Pasi ihm direkt in die Augen.

»Bist du sicher, dass du nicht mit hochkommen willst?«

Oksman sah zum Treppenhaus und dann wieder in Richtung seines Zuhauses. Genau in diesem Moment peitschte ein heftiger Regen über den Asphalt.

Pasi zog die Brauen hoch, gab den Türcode ein und trat gefolgt von Oksman in den Hausflur.

35

Linda hatte gedacht, die Fahrt nach Sastamala wäre kürzer. Sie waren bereits vor Sonnenaufgang losgefahren. Der Regen stand wie eine Wand, entgegenkommende Lastwagen schleuderten Dreck auf. Stünde hier ein Elch auf der Straße, würde Linda ihn erst sehen, wenn er gegen den Kühler prallte.

Kurz vor Sastamala wurde es hell. Oksman bog ins Zentrum ab. Graue Wolken hingen über dem ebenso grauen Rautavesi-See. Die Scheibenwischer quietschen. Oksman parkte hinter dem Gebäude der Polizeistation. Linda zog die Kapuze hoch, doch Oksman schien der Wind nichts auszumachen, auch wenn er ungehindert in sein Gesicht peitschte.

Polizeiobermeister Risto Heikkilä empfing sie im Eingangsbereich und führte sie in die Kantine. Heikkilä war um die fünfzig und fast schmächtig. Sein Haar lichtete sich an den Schläfen und zeigte erste graue Strähnen. Das kantige Kinn verlieh ihm ein verwegenes, beinahe Furcht einflößendes Aussehen.

Nachdem sie ihren Kaffee getrunken hatten, kam Heikkilä zur Sache: »Milja Vuorinen.«

»Wir haben in Pori einen vergleichbaren Fall«, sagte Linda und wischte sich den Mund ab.

Heikkilä nickte. »Laura Törmänen. Ich habe davon gelesen. Schlimme Sache. Sie ist also ertrunken?«

»Sie wurde erstickt, die Leiche war komplett entkleidet«, sagte Oksman.

Die Furchen auf Heikkiläs Stirn vertieften sich. »Verstehe.«

Sie brachten ihre Tabletts zurück und folgten Heikkilä in dessen Büro. Heikkilä setzte sich hinter seinen Schreibtisch und lehnte sich lässig zurück. Linda und Oksman ließen sich auf zwei Stühlen neben der Tür nieder.

»Ich bin ganz Ohr«, verkündete Heikkilä.

Linda fing damit an, wie Laura mitten am Tag die Schule verlassen hatte und kurz darauf ihr Handysignal erloschen war. Dann berichtete sie davon, wie die Leiche aufgefunden worden war, und von den Befunden der Rechtsmedizin. Heikkilä hörte schweigend zu. Nur ein paarmal fragte er nach. Als Linda geendet hatte, wurde es still. Heikkilä runzelte die Stirn noch mehr.

»Sie ist also gebissen worden?«

Linda wies auf ihren Schultergürtel und die Innenseite ihres Oberschenkels. »Zwei eindeutige Bissspuren. Hier und hier.«

Heikkilä hob drei imposante Ordner auf den Tisch.

»Die Mordermittlungen im Fall Milja Vuorinen sind mit Abstand die umfangreichsten im Laufe meiner zwanzig Jahre bei der Polizei. Noch immer verwenden wir dutzende Stunden jeden Monat darauf. Auch das Zentrale Kriminalamt in Helsinki hat uns unterstützt, vor allem am Anfang. Ich gehe davon aus, dass wir den Fall über kurz oder lang lösen werden.«

Heikkilä machte eine kurze Pause und sagte dann: »Die Ermittlungen haben sich auch deswegen schwierig gestaltet, weil Sastamala so eine kleine Stadt ist und sich Gerüchte schnell verbreiten. Ich bin der Mutter von Milja Vuorinen wiederholt beim Einkaufen begegnet. Manchmal wechseln wir ein paar Worte. Allerdings nie über die Ermittlungen.«

»Was für Gerüchte?«

Heikkilä sah Linda und Oksman an: »Dass ihre Eltern sie umgebracht haben.«

Bevor Oksman und Linda etwas sagen konnten, fuhr Heikkilä fort: »Was natürlich nicht stimmt. Beide haben ein wasserfestes Alibi und wir konnten kein Motiv finden, warum sie das getan haben sollten. Aber Gerüchte halten sich beharrlich. Nicht nur, dass die Vuorinens ihre Tochter verloren haben, auch ihr Ruf hat durch das Gerede Schaden genommen. Knapp ein Jahr vor dem Verschwinden des Mädchens haben sie sich getrennt. Er hat eine neue Frau kennengelernt und ist nach Tampere gezogen.«

Heikkilä zog einen Stapel Ausdrucke aus einem Ordner. Fotos, die der Rechtsmediziner gemacht hatte. Sie wiesen ziemliche Ähnlichkeiten mit denen von Laura Törmänen auf, bis hin zum Körperbau und der Haarfarbe.

»Auch damals war Herbst, aber noch nicht so spät im Jahr. Es regnete viel, und der Fluss drohte über die Ufer zu treten. Am Staudamm wurde Tag und Nacht Wasser abgelassen. Der Tag, an dem sie verschwand, war allerdings niederschlagsfrei. Der Wasserspiegel sank. Es war ein Freitag, der sechzehnte September. Milja Vuorinen ging zu Fuß in die Schule, die nur wenige hundert Meter entfernt lag. Nach der Schule wollte Milja direkt weiter zum Stall gehen, um das Pferd zu füttern. Die Reithose hatte sie im Rucksack dabei. Laut der Mutter ist am Morgen nichts Ungewöhnliches vorgefallen, kein Streit oder Ähnliches. Zuletzt wurde Milja auf dem Parkplatz neben der Schule gesehen, wie sie mit zwei Klassenkameraden sprach und danach zum Ufer ging. Der Stall ist etwa einen Kilometer von der Schule entfernt und über einen Waldweg zu erreichen. Auf dem Weg dorthin muss etwas vorgefallen sein, denn Milja kam nie dort an.«

»Wann ist das Verschwinden bemerkt worden?«

»Erst gegen acht Uhr abends. Zu Hause hatte sie sich nicht gemeldet, und ihr Handy war nicht zu erreichen. Gegen halb neun machte sich Miljas Mutter auf den Weg zum Reitstall. Als dort niemand war, rief sie den Besitzer an. Da bekam sie zu hören, dass Milja an diesem Tag gar nicht im Stall erschienen war und der Besitzer Miljas Pferd versorgt hatte. Die Mutter bekam natürlich sofort Panik und rief alle ihre Freundinnen an, doch keine von ihnen wusste etwas. Daraufhin gab sie eine Vermisstenanzeige auf. Da war es fünf vor neun.«

»Wurde sofort mit der Suche begonnen?«

»Wir haben mit zwei Streifen das Ufer abgesucht, weil wir fürchteten, sie könnte ins Wasser gefallen sein. Die eigentliche Suchaktion wurde erst am nächsten Morgen eingeleitet, nachdem Milja immer noch nicht nach Hause gekommen war. Wir vermuteten, dass …«

»Dass sie weggelaufen war und zurückkommen würde, sobald sie sich beruhigt hätte«, vollendete Linda den Satz. Genau das hatten sie auch bei Laura Törmänen angenommen. Im Nachhinein hatte sich das als ein großer Fehler herausgestellt.

»Genau. Statistisch betrachtet verlaufen Vermisstenfälle selten dramatisch. Aber Miljas Eltern haben die ganze Nacht über die Stadt und die Waldwege nach ihrer Tochter abgesucht.«

»Wann wurde die Leiche gefunden?«, fragte Oksman.

»Zwei Tage nach ihrem Verschwinden. Ein Gassigänger entdeckte die Leiche auf seiner Morgenrunde. An jenem Tag war der Durchfluss des Staudamms reduziert worden, sodass die Leiche ans Ufer getrieben worden war. Zuerst dachten wir an einen Unfall, doch nicht lange. Die Leiche war nackt.«

»Ist sie gewürgt worden?«

»Und vergewaltigt. Außerdem war sie schwer misshandelt worden. Ihr linkes Handgelenk war gebrochen, am Hinterkopf hatte sie eine Wunde und am ganzen Körper blaue Flecken. Es wirkte, als hätte sie jemand als Boxsack benutzt. Der Täter muss sehr in Rage gewesen sein.«

»Und Bissspuren«, stellte Oksman fest und hielt Linda ein Foto der Rechtsmedizin hin.

»Wurden von den Bissen Abdrücke genommen?«, fragte Linda.

»Ja. Sie sind auch fotografiert und nachgebildet worden und wurden mit dem Nationalregister für Zahngesundheit abgeglichen, allerdings ohne Ergebnis. Nur aus einem Bissabdruck lässt sich keine vollständige Zahnkarte erstellen.«

»Wir würden sie gern mit den Spuren von Laura Törmänen vergleichen.«

»Selbstverständlich. Ich lasse Ihnen alle Dateien raussuchen.«

»Haben Sie eine Theorie?«

Heikkilä schürzte die Lippen. »Nach gängiger Auffassung wurde Milja auf dem Weg, der am Ufer verläuft, überfallen. Der Platz ist geeignet, abgelegen und ruhig. Es hieß, ein Landstreicher sei im Laufe des Herbsts mehrfach in der Gegend gesehen worden, aber wir haben ihn nie ausfindig machen können.«

Heikkilä sah Linda an. »Die offizielle Theorie ist durchaus schlüssig, und nichts ist daran auszusetzen …«

»Aber …«

»Nun, die Landstreichertheorie ist ziemlich aus der Luft gegriffen. Ich bin überzeugt, dass Milja nie vorhatte, zum Stall zu gehen, zumindest nicht sofort, und sich erst mit jemandem am Ufer getroffen hat. Sie hatte weder ihre Reitstiefel noch ihren Helm dabei, beide waren zu Hause. Warum hat sie sie nicht mitgenommen, wenn sie doch reiten gehen wollte? Warum nur die Reithose?«

»Vielleicht hat sie sie vergessen.«

»Das ist natürlich möglich. Normalerweise bewahrte Milja Stiefel und Helm im Stall in ihrem Spind auf, doch als sie das letzte Mal im Stall war, nahm sie sie mit nach Hause.«

»Warum?«

»Das wusste ihre Mutter nicht zu sagen. Vielleicht um sie zu reinigen, aber am Morgen ihres Verschwindens waren sie immer noch schmutzig.«

»Wurde ihr Computer untersucht?«

»Selbstverständlich. Aber darauf haben wir nichts gefunden.«

»Milja hatte also keine Geheimnisse?«

»Hat nicht jeder Geheimnisse?«

»Ich meine, hat sie kein Doppelleben im Netz geführt, Fotos von sich in Foren hochgeladen …?«

»Nein. Nach meinem Verständnis war Milja noch recht kindlich. Laut Browserverlauf war sie überwiegend auf Pferdeseiten unterwegs.«

»Wie würden Sie Milja beschreiben?«

»Nach allem, was wir wissen, war sie ein normales vierzehnjähriges Mädchen.«

Zu gern hätte Linda gesagt, dass es so etwas wie ein normales vierzehnjähriges Mädchen nicht gab, behielt es aber für sich.

»Ich möchte es mir ansehen«, sagte Oksman.

»Das Ufer?«

»Und den Stall und die Wohnung der Vuorinens. Ist das möglich?«

»Ich werde Miljas Mutter anrufen und ihr ankündigen, dass wir vorbeikommen«, sagte Heikkilä und sah nach draußen. »Sie können sich Regenmäntel von uns leihen.«

Sie fuhren zuerst zur Schule und dann die Route ab, die Milja vermutlich genommen hatte. Heikkilä fuhr langsam und erklärte dabei die Gegend, die Richtungen und die Entfernungen. Die Scheibenwischer brummten, die Gräben liefen über. Auf dem Gelände des Stalls versanken die Reifen im Matsch. Linda bemerkte jemanden, der sie von den Pferdeboxen aus beobachtete. Sie drehten eine Runde und rollten langsam durch den Wald zum Anfang des Weges zurück. Hier stiegen sie aus dem Auto und liefen zum Ufer hinunter. Es regnete sehr stark, und sie rutschten immer wieder aus. Bei schönem Wetter musste die Gegend hier märchenhaft sein, dachte Linda, doch jetzt war sie eher unwirtlich und abstoßend.

»Wir hatten Hunde im Einsatz und haben das ganze Waldstück durchkämmt. Dass die Leiche gefunden wurde, war pures Glück. Wäre nicht der Wasserspiegel im See gesunken, wäre die Leiche in den Fluss getrieben worden, wie es wahrscheinlich auch beabsichtigt war. Manchmal denke ich, im Fall eines Verschwindens ist nicht der Tod das Schlimmste, sondern die Ungewissheit. Der Verstand klammert sich auch an kleinste Hoffnungsschimmer.«

Sie erreichten das Ufer.

Der See war an dieser Stelle recht breit. An der Stelle, wo in Höhe der Kirche eine Brücke ans andere Ufer führte, war er sehr viel schmaler, dahinter weitete er sich erneut zu einem Becken, bevor er in den Fluss überging. Der Weg war überflutet, sie mussten daneben auf festerem Untergrund laufen. Heikkilä wies auf eine Bucht.

»Dort trieb sie im Schilf. Aber sie ist nicht hier ins Wasser geworfen worden.«

»Wo dann?«

»Weiter oben. Vielleicht an der Landzunge Niemenpää. Die Hunde haben dort angeschlagen, aber mit Sicherheit weiß das niemand.«

Eine Weile sahen sie auf das Wasser, auf dem die Regentropfen Blasen schlugen. Vom gegenüberliegenden Ufer war nur eine graue Silhouette zu sehen. Dann kehrten sie zum Wagen zurück. Heikkilä startete den Motor und stellte das Gebläse auf volle Stärke. Trotzdem beschlugen die Scheiben.

Hanna Vuorinen erwartete sie an der Tür. Die Polizisten zogen ihre Mäntel aus und schüttelten sie, bevor sie eintraten. Das Haus war recht neu, doch im Inneren roch es alt. Im Wohnzimmer lief der Fernseher. Eine Wiederholung der Sendung »Wer wird Millionär?« vom Sonnabend.

Hanna hatte den Tisch gedeckt. Sie sprachen über das Wetter und belanglose Dinge. Futter für die Vögel war bereits in den Garten gebracht worden. Meist sprach Heikkilä und brach das Eis für sie.

»Was ist Ihrer Meinung nach passiert?«, fragte Linda.

»Das habe ich der Polizei schon dutzende Male erzählt.«

»In Pori hat sich vor ein paar Tagen ein ähnlicher Fall ereignet.«

»Im Sommer hat sich am Ufer ein Mann herumgetrieben«, sagte Hanna und sah Heikkilä an. »Er hat ein paar Mädchen angemacht.«

Dann brach Hanna in Tränen aus. Heikkilä reichte ihr eine Serviette. Hanna trocknete ihre Tränen damit ab.

»Wissen Sie, was die Menschen tuscheln? Sie sagen, wir haben unsere Tochter getötet, dass Mikko und ich sie gequält … und gewürgt …«

Sie fing wieder an zu weinen, doch diesmal nicht so heftig.

»Könnten Sie uns zeigen, wo Miljas Zimmer war?«, bat Oksman.

»Natürlich.«

Sie erhoben sich. Hanna führte sie ans andere Ende des Hauses. Der Moderator der Quizsendung Jaajo Linnonmaa stellte die nächste Frage. Noch ein Joker war ungenutzt.

Der unangenehme Geruch wurde stärker. Hanna machte die Tür auf und trat zur Seite.

»Ich habe nichts angerührt.«

Das Zimmer war wie ein Museum, in dem die Zeit vor zwei Jahren stehen geblieben war. Die Ursache des Geruchs war die abgestandene Luft in dem Zimmer. Nach dem Staub zu urteilen, hatte seit längerer Zeit niemand den Raum betreten.

»Schauen Sie sich in Ruhe rum. Ich räume den Tisch ab«, sagte Hanna und ließ sie zu dritt zurück.

Eine Weile standen sie einfach nur dort.

Der Ersteindruck war wichtig. Heikkilä ließ Linda und Oksman Zeit, sich ein Bild zu machen. Lindas Blick glitt zuerst über Wände, Tapeten und Oberflächen. Jäh wurde sie von einer ungeheuren Trauer erfasst. Wieder stand sie im Zimmer einer ermordeten Teenagerin und das schon zum zweiten Mal in dieser Woche. So etwas sollte es nicht geben.

Zumal sie das Zimmer viel zu sehr an das Zimmer ihrer Tochter erinnerte. Das Fenster ging nach hinten hinaus, davor stand ein Schreibtisch. Er war wahrscheinlich aus den Sechzigern und erinnerte Linda an ihren eigenen Tisch im Präsidium. Sie sann darüber nach, was dieser Tisch wohl für eine Geschichte haben mochte, so deutlich hob er sich von allen anderen Möbeln im Zimmer ab. Die Tapete war eine typische Mädchentapete, auf der weiße Pferde galoppierten. Das Bett war bezogen. Auch auf der Tagesdecke und dem Kuschelkissen waren Pferde, ebenso auf dem Poster an der Innenseite der Zimmertür.

Oksman untersuchte den Inhalt des Kleiderschranks, Linda hockte sich vor das Bücherregal. Sie arbeiteten systematisch etwa eine halbe Stunde lang. Alles geschah schweigend.

Als Hanna in der Tür erschien und fragte, ob sie etwas gefunden hätten, schüttelte Linda den Kopf. Im Zimmer gab es nichts, was ihnen weitergeholfen oder die Fälle miteinander in Verbindung gebracht hätte. Wenn auch die Bissspuren nicht übereinstimmten, konnten sie vor Erleichterung aufatmen und weiter nach Lauras Mörder in deren Umfeld suchen.

Sie wollten gerade gehen, als Linda sich noch einmal umdrehte und zurück zum Schreibtisch ging. Sie öffnete die obere Schublade und nahm einen glänzenden Spiralblock heraus. Sie hatte ihn durchgeblättert, erinnerte sich aber erst jetzt an ein Detail. Sie hatten nach Hinweisen gesucht, nach Personen oder Treffen, Dingen, die ihnen weiterhalfen, doch das Heft war nahezu leer und unbenutzt. Auf den ersten Seiten waren Skizzen von Pferden, Vögeln und Bäumen. Linda dachte, dass Milja eine sehr talentierte Zeichnerin war. Die letzte Zeichnung war ein großes Herz.

Linda schlug das Heft zu und zeigte es Hanna. Auf dem Deckblatt war ein Bild von Peter Pan.

»Seit wann hatte Milja das Heft?«

»Das weiß ich nicht. Ist das wichtig?«

»Hat sie mal von einem Peter gesprochen?«

Hanna sah zu Heikkilä, als suche sie bei ihm Unterstützung.

»Von Peter Pan? Nein …«

Plötzlich veränderte sich ihr Gesichtsausdruck. Sie ging und kam mit einer alten VHS-Kassette in der Hand zurück. Disneys Peter Pan.

»Ich hatte es fast vergessen, bis Sie gefragt haben. Die hat sich Milja vor ihrem Verschwinden angesehen. Sie hat sie sich sehr oft angesehen.«

»Kam Ihnen das seltsam vor?«, fragte Linda, bereute ihre Frage aber sofort. Wer, wenn nicht sie, wusste, wie schnell Kinder groß wurden. Mit zehn Jahren waren sie noch Kinder, aber mit dreizehn längst nicht mehr.

»Milja hat auch manchmal noch das Kinderprogramm ›Das kleine Zweite‹ geguckt.«

»Kann ich mir die borgen?«, fragte Linda und hielt Heft und Videokassette hoch.

»Klar. Kann Ihnen das helfen?«

»Das weiß ich nicht.«

Sie gingen aus dem Zimmer und zogen die Tür hinter sich zu. Im Flur wechselten sie noch ein paar Worte.

»Könnten Sie mir Ihre Telefonnummer geben für eventuelle weitere Fragen?«, bat Oksman.

»Natürlich. Hoffentlich konnte ich Ihnen helfen.«

»Ja, sehr sogar.«

Oksman zog einen Notizblock hervor. Das amüsierte Linda, wusste sie doch, dass Oksman sich die Nummer auch so merken würde. Oksman kramte nach einem Stift, fand aber keinen. Hanna kam mit einem Kugelschreiber aus der Küche. Oksman schrieb die Nummer auf.

»Sie können ihn behalten«, sagte Hanna.

Sie hüllten sich wieder in ihre Regenmäntel, gingen hinaus und schreckten ein paar Vögel am Vogelhäuschen auf.

Es regnete und war kalt.

36

Linneas Handy piepte. Mit klopfendem Herzen zog sie es aus der Tasche. Sie hoffte inständig, die Nachricht möge von Peter sein. Nach seiner ersten Nachricht hatte sie an nichts anderes mehr denken können. All ihre Gedanken drehten sich nur noch um Peter. Sie wollte unbedingt wissen, wer sie so toll fand. Seine erste Nachricht konnte sie schon auswendig.

Wendy, du bist das schönste Mädchen der Welt.

Lass uns zusammen ins Nimmerland fliegen.

Abends lag sie auf ihrem Bett, starrte an die Decke und träumte von Peter. Sie stellte sich vor, was sie sagen würde, wenn sie sich das erste Mal begegneten. Sie wusste, dass sie kindisch war. Noch wusste sie ja nicht einmal, wer der Junge war. Es konnte natürlich auch irgendein Nobody sein, aber tief in ihrem Inneren glaubte sie das nicht. Obwohl die Nachrichten etwas Geheimnisvolles und Schüchternes an sich hatten, waren sie gleichzeitig auch frech und ein bisschen unanständig. Hinter der Schüchternheit lag ein starkes Selbstvertrauen, das ihr zusagte.

Ein kleiner Teil in ihr hoffte immer noch, dass Peter Jere sein möge, allerdings glaubte sie das nicht mehr. Nichts in diesen Nachrichten klang nach Jere. Und außerdem: Es war doch viel spannender, wenn Peter jemand anderes war. Jere war lustig und sah gut aus, aber er war auch noch sehr kindlich, wie alle Jungs in ihrer Klasse. Sie sprachen immer nur über Mopeds und Eishockey.

Linnea hatte registriert, dass auch die Neuntklässler ihr schon nachschauten. Es wäre geradezu peinlich, mit Jere etwas anzufangen, oder irgendeinem anderen ihres Alters.

Die Nachricht kam wieder über Wickr Me. Auf dem Profilbild lächelte Peter Pan mit seinem grünen Hut. Linneas Herz schlug wie wild vor Freude.

P: Hi Wendy! Hast du mein Geschenk gefunden?

L: Ja, hab ich.

P: Du bist wirklich das schönste Mädchen der Schule.

L: Dankee! Aber jetzt musst du mir sagen, wer du bist.

P: Das werde ich, aber jetzt noch nicht.

L: Wann?

P: Bald. Ich versprech's.

L: Du lügst. Außerdem wolltest du mir ein Geheimnis verraten.

P: Nein, im Ernst! Ich verspreche es! Und dann bringe ich dich nach Nimmerland.

L: Haha! So einen Ort gibt es gar nicht.

P: Sicher gibt es den! Ich werde ihn dir zeigen. Es ist ein Zauberort.

L: Das glaube ich nicht, bevor ich es sehe ;)

P: Du wirst es sehen, Wendy, schon bald. Ich verspreche es.

Pause. An den blinkenden Punkten sah Linnea, dass Peter die nächste Nachricht schrieb. Eigentlich kamen sie immer sofort, aber jetzt schien es länger zu dauern, als zögere der Schreiber, wie er es formulieren sollte. Endlich:

P: Das Geheimnis, von dem ich gesprochen habe. Ich möchte es dir jetzt sagen. Aber hör bitte nicht auf zu schreiben. Das würde ich nicht aushalten.

L: Werde ich nicht. Kannst mir vertrauen.

P: Ich kenne deine Mom. Meine Eltern sind auch geschieden.

Linnea sah lange auf die Nachricht und wusste nicht, wie sie darauf reagieren sollte. Dann schrieb sie.

L: Woher kennst du meine Mutter?

P: Sie hat ein Alkoholproblem. Sie trinkt, wie mein Alter. Ich sehe das Menschen sofort an. Das ist eigentlich total traurig. Ich bin gerade auch allein zu Hause, mein Vater ist irgendwo saufen.

Schon seit gestern. Ich hab voll Schiss, was ist, wenn er nicht zurückkommt.

Ach du Scheiße, dachte Linnea. Alle wissen, dass Mama trinkt. Bald würde die ganze Schule über sie spotten. Sie wollte das Handy schon ausschalten, als ihr einfiel, dass sie das nicht tun konnte. Sie schrieb:

L: Ich bin auch allein. Das fühlt sich die ganze Zeit so mies an.

P: Niemand weiß, wie das ist, wenn man es nicht selbst erlebt hat. Ich war etwa elf, als mein Alter fast krepiert wäre. Er ist auf der Treppe gestürzt und hat sich den Kopf aufgeschlagen. Ich habe die Rettung gerufen. Da dachte ich, er würde aufhören, aber sobald er aus dem Krankenhaus kam, hat er die nächste Flasche aufgemacht.

L: Wir sind Freunde.

P: Ich weiß. Keine ist wie du. Brauchst auch keine Angst zu haben, dass ich jemandem von deiner Mom erzähle. Das bleibt unser Geheimnis. Wir sind uns ähnlich.

Linnea schaltete ab, legte sich aufs Bett und legte das Telefon auf ihre Brust.

Nimmerland.

Wie romantisch und wie geheimnisvoll das klang.

Nach einem Zauberort.

Obendrein hatten sie so vieles gemeinsam. Es gäbe so viel zu reden, wenn sie sich endlich trafen.

Sie musste einfach wissen, wer dieser Peter war.

Und dann würden sie nach Nimmerland fliegen.

37

Linda hielt sich das Telefon ans Ohr. Sie bemühte sich, wieder ruhiger zu atmen, nachdem sie vom anderen Ende des Flurs herübergerannt war, als das Telefon klingelte.

»Ist es gerade ungünstig?«, fragte eine männliche Stimme.

Linda ging um den Tisch herum und setzte sich auf ihren Stuhl. »Überhaupt nicht.«

Der Mann stellte sich als Harri Lindberg von der Helsinkier Polizei vor. »Ich erhielt Ihre Rückrufbitte. Sie möchten Informationen zu drei verschwundenen Mädchen in den Jahren 2011 und 2012.«

Linda notierte seinen Namen. An seiner Stimme konnte sie erkennen, dass er nicht mehr der Jüngste war, sie schätzte ihn auf Mitte Ende fünfzig.

»Waren Sie an den Ermittlungen beteiligt?«

»Bei den Vermisstenfällen Nadia Johansson und Johanna Viertola war ich der leitende Ermittler, und im Fall Karoliina Paavilainen war ich unterstützend an der Suche beteiligt.«

»Wer hat diese Ermittlungen geleitet?«

»Mein Kollege Jari-Matti Huhta. Er ist vor zwei Jahren verstorben, Kehlkopfkrebs.«

»Mein Beileid.«

»Danke«, sagte Lindberg und fuhr fort: »Darf ich neugierig sein? Hat es mit dem Mord an Laura Törmänen zu tun? An den Schlagzeilen kam man nicht vorbei.«

Plötzlich dachte sie, dass der Mann am anderen Ende der Leitung doch gar nicht so viel älter war als sie. Er hatte nur auch etwas mit dem Hals und eine ungewöhnlich heisere Stimme.

»In gewisser Weise«, sagte sie ausweichend. »Sind Sie bei den Vermisstenfällen auf Übereinstimmungen gestoßen?«

»Sie meinen, ob wir untersucht haben, ob zwischen den vermissten Personen Verbindungen bestehen? Selbstverständlich sind wir dem nachgegangen, wenn drei fast gleichaltrige Mädchen innerhalb von zwei Jahren auf Nimmerwiedersehen verschwinden. Zwei Mädchen wären vielleicht noch durchgegangen, aber die dritte war innerhalb so kurzer Zeit einfach zu viel.«

»Zu welchem Ergebnis sind Sie gekommen?«

»Dass es sich um bedauerliche Zufälle handelte.«

»Was bedeutet das?«

»Die drei Mädchen sind nur zufällig innerhalb des gleichen Zeitraums verschwunden. Statistisch gesehen ist das natürlich sehr ungewöhnlich, aber Jugendliche orientieren sich auch aneinander. Bei Selbstmorden von Jugendlichen kommt es bedauerlicherweise immer wieder zu Häufungen, weil eine solche Tat Nachahmungstaten nach sich ziehen kann. Gleiches gilt, wenn Jugendliche von zu Hause weglaufen. Die Hemmschwelle, einen Plan auch in die Tat umzusetzen, sinkt.«

»Warum sind Sie sich sicher, dass die Fälle nicht zusammenhängen?«

»Nadia Johansson hat Selbstmord begangen, und Johanna Viertola ist weggelaufen und mit großer Wahrscheinlichkeit entweder verunglückt oder hat ebenfalls Selbstmord begangen. Zumindest sind die Ermittlungen zu diesem Schluss gekommen, denn Johanssons Leiche ist nie gefunden worden. Allerdings haben wir drei Abschiedsbriefe von ihr gefunden. Johanssons Kleidung und persönlichen Gegenstände, einschließlich der Schuhe, haben wir später aus dem Vantaanjoki gefischt. Viertola wiederum hatte am Tag vor ihrem Verschwinden eine größere Summe Geld abgehoben. Ihre Reisetasche und ihr Pass waren ebenfalls verschwunden.«

»Aber auch sie ist nie gefunden worden?«

»Es gab mehrere Augenzeugen, die sie noch über einen längeren Zeitraum gesehen haben. Gegenstände, die mit ihr in Verbindung gebracht werden konnten, wurden etwa einen Monat später in Båtvik am Strand des Finnischen Meerbusens gefunden. Wir haben die Gegend durchkämmt, aber keine Leiche gefunden. Aber vieles spricht für einen Selbstmord.«

»Und Karoliina Paavilainen?«

»Bei ihr gehen wir davon aus, dass sie Opfer eines Kapitalverbrechens geworden ist. Zumindest ist das die wahrscheinlichste Erklärung. Sie war mit den falschen Leuten unterwegs.«

»Drogen.«

»Alle möglichen.«

Linda dachte kurz nach und fragte dann: »Ich weiß, das klingt jetzt seltsam, aber sind Sie bei Ihren Ermittlungen an irgendeiner Stelle mal auf Peter Pan oder einfach auf einen Peter gestoßen?«

»Lassen Sie mich nachdenken … nein, ich kann mich nicht an Peter Pan oder einen anderen Peter erinnern. Auch an keinen Captain Hook.«

»Vielleicht ein Poster an der Wand, eine DVD im Regal oder ein Notizheft?«

»Die Ermittlungen wurden vor über sieben Jahren geschlossen.«

»Ich verstehe. Vielen Dank für Ihre Mühe.«

»Ein bedauerlicher Fall dort bei Ihnen. Viel Glück weiterhin.«

Linda beendete das Telefonat, öffnete eine Schublade, nahm eine Miniwodkaflasche heraus und öffnete den Verschluss. Sie beschloss, das Fläschchen auszutrinken, nur dieses eine.

38

Linda wollte gerade nach Hause gehen und hatte schon die Jacke übergezogen, als ihr Handy klingelte. Sie fluchte, dass sie vergessen hatte, es auszuschalten, und drückte die grüne Taste.

»Hier unten fragt jemand nach dir«, sagte Margit vom Empfang.

»Wer fragt?«

»Der mit dem Schnauzbart. Er möchte unbedingt dich treffen.«

»Fischstäbchen!«, stöhnte Linda. »Sag ihm, ich bin schon weg.«

»Er sagt, er weiß, dass du noch im Haus bist, weil dein Auto noch auf dem Parkplatz steht.«

»Woher zum Teufel weiß der, welches Auto ich habe … also gut, ich komme.«

Linda ging nach unten. Durch die Glastür sah sie den Mann mit dem Schnauzbart im Wartebereich sitzen, eine verschlissene Aktenledertasche auf dem Schoß. Er trug ein verblichenes Flanellhemd und ein buntes Tuch, das er zu einem Krawattenknoten gebunden hatte. Die Haare waren über die Glatze gekämmt, und die engstehenden kohlschwarzen Augen starrten ins Leere.

Das musste ein Ende haben, dachte Linda. Die Polizei ertrank in Arbeit, und Typen wie Fischstäbchen, diese ewigen Nörgler, machten die Sache nicht einfacher.

Als er Linda kommen sah, stand er auf und kam ihr entgegen. »Wie schön, dass Sie Dienst haben. Es ist etwas absolut Schreckliches passiert.«

Linda wartete.

»Ich glaube, dass in der Wohnung unter mir ein Mensch ermordet worden ist. Ich habe einen Schuss gehört.«

»Die Wohnung unter Ihnen ist unbewohnt.«

»Ich habe es aber gehört!«

Fischstäbchen sah ihr direkt in die Augen.

»Wahrscheinlich war es ein Auspuff oder irgendeine Maschine.«

»Es war ein Schuss! Gehen Sie der Sache gar nicht nach?«

In diesem Moment klingelte ihr Telefon. Sie zeigte Richtung Schalter, der noch einige Minuten geöffnet war.

»Ich muss da rangehen. Geben Sie alle Informationen der Kollegin am Glasschalter.«

»Aber …«

Doch Linda hörte ihm nicht mehr zu, wandte sich ab und ging ans Telefon.

»Haben Sie schon Feierabend?«, fragte eine heisere Stimme, die Linda als die von Harri Lindberg wiedererkannte.

»Ehrlich gesagt, wollte ich gerade gehen, aber hier kommt man ja nie los.«

»Ja, das kenne ich. Trotzdem … haben Sie kurz Zeit?«

»Na klar«, seufzte Linda, betrat den Fahrstuhl und drückte den Knopf nach oben.

»Unser Telefonat hat mich nicht losgelassen.«

»War ich unhöflich?«

»Ganz im Gegenteil. Aber ich war wohl etwas schroff. Mit meinem Captain Hook. Sie haben gefragt, ob es irgendwo einen Hinweis auf Peter Pan gab. Und ich sagte, dass ich mich an keinen erinnern kann.«

Linda sträubten sich die Haare. Ihr schwante, was jetzt kommen würde. Sie erreichte ihr Büro und ließ sich in ihren Stuhl fallen.

»Ehrlich gesagt hielt ich Ihre Frage anfangs für ziemlich hirnverbrannt, aber sie hat mich nicht losgelassen. Das geschieht nicht häufig, also bin ich ins Archiv gegangen und habe mir die Akten geholt. Ich hatte schon vergessen, wie umfangreich die Ermittlungen gewesen sind. Wir haben alle möglichen und unmöglichen Steine umgedreht. Wenn ein junger Mensch verschwindet, ist es immer tragisch, und in jenen anderthalb Jahren waren es gleich drei Mädchen. Das war auch für die Ermittler belastend. Einen Moment, ich schicke Ihnen ein Foto per Mail.«

Linda bewegte die Maus, um den Bildschirm zum Leben zu erwecken, und meldete sich in ihrem Postfach an. Exakt zur gleichen Zeit kam Lindbergs E-Mail an. Sie öffnete das angehängte Foto.

Linda starrte den Bildschirm an.

»Sind Sie noch da?«, erkundigte sich Lindberg.

»Ja«, sagte Linda. Ihre Stimme klang jetzt ebenso heiser wie die von Lindberg.

»Das Foto wurde im Zimmer von Johanna Viertola gemacht. Ich habe es nicht weiter beachtet, obwohl es direkt vor unserer Nase war. Darf ich fragen, woher Sie wussten, dass sich so etwas in dem Zimmer befand?«

Linda starrte immer noch auf die Peter-Pan-Bettwäsche auf dem Bett der Dreizehnjährigen: Peter Pan im grünen Elfenkostüm hielt Wendy an der Hand und flog mit ihr Richtung Nimmerland.

»Ich wusste es nicht.«

»Was soll das heißen?«

»Sie müssen alle drei Fälle der verschwundenen Mädchen neu aufrollen. Und dieses Mal ist es eine Mordermittlung.«

SIEBTER TEIL

Helsingin Sanomat vom 11. 08. 2014

VERMISSTE MÄDCHEN – GEMEINSAMES ERMITTLUNGSVERFAHREN EINGESTELLT

Wie die Polizei Helsinki bekanntgab, wurde das gebündelte Ermittlungsverfahren im Fall der drei seit 2011 bzw. 2012 vermissten Mädchen Nadja Johansson, Johanna Viertola und Karoliina Paavilainen eingestellt. Kommissar Harri Lindberg zeigte sich erleichtert, dass zwischen den drei Fällen keine Verbindung gefunden werden konnte.

»Die Ermittlungen in den Einzelfällen werden fortgesetzt«, sagte Lindberg.

Laut der Polizei haben sich keine Hinweise ergeben, die auf ein Gewaltverbrechen schließen lassen.

»Enttäuschend ist natürlich, dass keines der Mädchen bislang gefunden werden konnte, doch wir sind weiterhin zuversichtlich, dass die Fälle aufgeklärt werden können«, führte Lindberg weiter aus.

Die Polizei von Helsinki und der umliegenden Region Uusimaa hatte im vergangenen November bekanntgegeben, dass sie die Ermittlungen in allen drei Fällen unter dem Verdacht auf ein Gewaltverbrechen weiterführt. Da die Ermittlungen nun eingestellt wurden, kann davon ausgegangen werden, dass in der Region rund um die Hauptstadt kein Entführer von Minderjährigen unterwegs ist.

»Nach Meinung zahlreicher Sachverständiger und an den Ermittlungen Beteiligter gibt es keine Verbindung zwischen den Fällen«, erklärte Lindberg.

Vermisstenfälle verjähren in Finnland praktisch nie.

39

Linda lehnt sich gegen die Wand und trinkt aus der Wasserflasche. Sie fühlt sich schlapp und hat Durst – sowie Hunger, denn sie hat seit sechzehn Stunden nichts gegessen und seit acht nichts getrunken. Jetzt ist die Arbeit beendet, das kalte Wasser rinnt ihr die Kehle hinunter, und ihr entfährt versehentlich ein Rülpser, sie kichert. Ihre Gehirnzellen werden mit Endorphinen überflutet.

Die gerade zu Ende gegangene Modenschau geht ihr durch den Kopf. Diese Hektik, der Catwalk, die Drehungen, das Blitzlichtgewitter, der bis auf den letzten Platz gefüllte Zuschauerraum – und das Chaos hinter der Bühne beim Wechseln der Outfits. Immer wieder muss sie an Antonio Barbieri denken, der in der ersten Reihe saß, und wie er ihr zulächelte, wenn sich ihre Blicke trafen.

Linda erinnert sich, dass sie noch einen Schokoladenriegel in ihrem Spind hat, und geht in Richtung Garderobe. Schneiderinnen mit Kostümen über dem Arm eilen an ihr vorbei – und Mädchen, die ihren Gang über den Laufsteg noch vor sich haben. Michael Cosco kommt ihr entgegen und knöpft sich die Jacke zu. Sein Gesicht glänzt vor Schweiß. Ihre Blicke bleiben aneinander hängen, und Cosco verzieht seinen Mund zu einem Lächeln. Linda lächelt zurück und fühlt, wie ihr am ganzen Körper heiß wird.

Hunger, Durst und der nachlassende Stress erzeugen ein Gefühl vollkommener Leichtigkeit. Als stehe sie neben sich.

Sie – Linda Toivonen, ein sechzehnjähriges Mädchen aus dem finnischen Pori – als Model auf der Show eines der größten Modehäuser Mailands.

Sie!

Noch vor einem Jahr war sie eine ganz normale Neuntklässlerin in Pori.

Jetzt ist sie ein internationales Catwalk-Model, dessen Bilder bald in allen großen Modezeitschriften zu sehen wären. Vielleicht würde ihr Gesicht ja bald auf Werbeplakaten in Europas Hauptstädten glänzen wie das von Cindy Crawford.

Der Himmel öffnet sich, und sie spürt, wie es kracht.

Sie denkt an Milla Eskel, die sich immer für etwas Besseres als sie gehalten hat und erstunkene und erlogene Gerüchte über sie in der Schule verbreitete.

Du kannst mich mal, Milla. Du solltest mich jetzt mal sehen!

Die Garderobe ist leer. Linda wickelt ihren Schokoladenriegel aus. Die Süße durchflutet ihren Mund, und sie schlingt den Riegel hinunter. Gedämpft ist tosender Applaus zu hören. Es klingt, als wäre Cosco in diesem Moment auf dem Laufsteg erschienen, um die Beifallsbekundungen entgegenzunehmen.

Linda lehnt sich an die Wand und leckt die letzten Schokokrümel von der Verpackung. Dann genießt sie den Augenblick einfach nur. An diesen Tag möchte sie sich ewig erinnern. Sie schließt die Augen und holt tief Luft. Weitere Mädchen kommen nach und nach in die Garderobe.

Ich bin wirklich hier. Das ist kein Traum.

Linda geht duschen, wäscht ihr Make-up ab und zieht sich an. Die Art-Direktorin erscheint und dankt allen für die gelungene Präsentation. Sie sieht entspannt aus. Also ist die Show wirklich gelungen.

Linda schlüpft in Jeans und Kapuzenshirt, wirft sich die Tasche über die Schulter und wechselt mit ein paar Mädchen, die sie schon ein wenig kennengelernt hat, einen Wangenkuss. Sie windet sich durch Stangen, Kisten und Set-Mitarbeiter hindurch zum Ausgang und sieht Cosco im Gespräch mit Antonio Barbieri. Als Barbieri sie anblickt, wird sie rot und wendet sich ab.

Als sie gerade durch die Tür tritt, hört sie Barbieri rufen.

»Linda, wait!«

Sie dreht sich um und sieht, wie Antonio ihr mit einem Lächeln im Gesicht nacheilt. Linda errötet noch tiefer.

»Linda, ich möchte dich jemandem vorstellen.«

Antonio führt sie zu Cosco. Dabei sagt er: »Du warst fantastisch. Das Risiko, dich zu buchen, hat sich ausgezahlt. Niemand kann etwas anderes behaupten.«

Linda streckt die Hand aus, um Cosco zu begrüßen, doch dieser umarmt sie.

»Du warst wundervoll!«

Er hat einen starken Akzent, der ihn nur umso anziehender macht.

Sexy.

Eben noch stand sie etwas unbeholfen vor dem Modegiganten und jetzt findet sie sich in dessen Armen wieder. Sie kann sein Rasierwasser riechen und seine rauen Bartstoppeln an ihrer Wange spüren. Sie fühlt sich, als hätte sie ein schwacher Stromstoß durchfahren. Jedes Härchen auf ihrer Haut hat sich aufgerichtet.

Cosco hält sie lange und eng umschlungen, und als er sie endlich freigibt, legt er ihr die Hand auf die Schulter und sieht ihr direkt in die Augen. Sein Blick dringt direkt in ihr Inneres. Zarte Schmetterlinge flattern in ihrem Bauch. Coscos Mund ist zu einem jungenhaften Lächeln verzogen.

»Mein Freund Antonio hat dich empfohlen. Du bist eine Neue. Ich habe deine Bewegungen auf dem Laufsteg beobachtet, Linda«, sagt er und betont dabei den Anfangsbuchstaben ihres Namens. »Auch alle anderen haben dich nicht aus den Augen gelassen. Du bist ein Star. Ich kann mich an kein zweites Model in meiner Karriere mit einer ähnlichen Natürlichkeit erinnern. Vor dir liegt eine strahlende Zukunft.«

»Danke«, stammelt Linda und kann ihren Blick nicht von seinen Augen lösen.

Cosco wird ernst, seine Hände liegen noch immer auf ihren Schultern. »Du weißt, der Wettbewerb in dieser Branche ist hart.«

Linda nickt und sieht zu Antonio, der etwas abseits steht und mit Coscos Assistentin redet.

»Natürlich weißt du das«, fährt Cosco fort. »Du bist sowohl schön als auch klug, und das gefällt mir – du gefällst mir. Du bist jung und talentiert. Das ist eine gefährliche Mischung. Du wirst viel Neid auf dich ziehen, sei vorsichtig, wem du vertraust.«

Linda nickt erneut.

Er lässt sie los, tritt einen Schritt zurück und mustert sie mit schief gelegtem Kopf. Linda streckt sich und dreht ihren Körper. Ihr übertriebenes Posieren bringt Cosco zum Lachen. Linda begreift die Komik der Situation und lacht ebenfalls.

Marjorie, Coscos etwa fünfzigjährige Assistentin, unterbricht sie. Antonio breitet in ihrem Rücken bedauernd die Arme aus. Cosco und Marjorie diskutieren kurz, aber heftig auf Italienisch, und Linda kann nicht umhin, die kühlen Blicke zu bemerken, die Marjorie ihr zuwirft. Ihre Stimme wird schärfer, und dann stapft sie mit klackernden Absätzen davon.

Cosco sieht ihr nach, breitet bedauernd die Hände aus und raunt ihr zu: »Marjorie ist großartig, aber manchmal hält sie sich für meine Mutter.«

»Stimmt etwas nicht?«

»Die Journaille«, sagt Cosco und verzieht den Mund. »Eine Horde wilder Presseleute wartet in der Lobby, um mich zu zerfleischen.«

»Vielleicht hat Marjorie recht. Vielleicht sollten Sie wirklich zu ihnen gehen und mit ihnen reden. Das ist Ihr großer Tag.«

Antonio pflichtet ihr bei: »Du solltest auf sie hören.«

Cosco schüttelt den Kopf. »Nein, nein, nein. Das ist DEIN großer Tag, Linda.«

Wieder tönt das überbetonte L ihr in den Ohren und bringt ihr Inneres zum Kribbeln.

»Marjorie und Antonio wissen ganz genau, dass ich Reporter nicht ausstehen kann, trotzdem bestehen sie immer wieder darauf, dass ich zu ihnen gehen und ihnen etwas vorspielen soll.«

»Ja, aber du hörst nie auf uns«, stöhnt Antonio.

»Gehört das nicht zu Ihrem Job?«, wundert sich Linda.

Coscos weiße Zähne blitzen auf. »Schon, aber es sind nicht die Modekreationen, die sie vergöttern, sondern die Menschen. Sie sollten über meine Kleider schreiben, nicht über mich.«

»Sie gehen also nicht?«

Cosco schüttelt den Kopf. »Ich habe Marjorie gebeten, Ihnen zu sagen, dass ich etwas Wichtiges zu tun habe.«

»Was denn?«

Cosco lächelte noch breiter. »Mich mit einem neuen Stern am Modehimmel unterhalten.«

Kurz ist sie irritiert, bis sie begreift, dass sie gemeint ist – und errötet erneut. Cosco und Antonio wechseln ein paar Worte auf Italienisch. Ein dritter Mann tritt zu ihnen. Er hat Cosco offensichtlich etwas Wichtiges mitzuteilen. Antonio lässt die beiden reden und tritt zu ihr. Mit verhaltener Stimme sagt er:

»Wenn Cosco dir einen Vertrag anbietet, versprich noch nichts. Sprich erst mit mir. Du weißt, dass du mir immer vertrauen kannst, egal was kommt.«

Endlich ist Cosco den Mann los, wendet sich zu Linda und Antonio um und sagt streng: »Ihr heckt doch nicht etwa etwas hinter meinem Rücken aus, oder?« Doch an seinen Augen und dem zuckenden Mundwinkel erkennt Linda, dass er scherzt. Cosco bedeutet ihr, ihm zu folgen, und als sie zögert, fasst er Linda an der Hand und führt sie durch den Korridor.

Antonio ruft ihr frohgelaunt nach: »Denk dran, was ich dir gesagt habe!«

Linda und Cosco schlängeln sich an Kisten und Kleiderständern vorbei. Linda bemerkt die Blicke, die ihnen folgen – und Stolz erfüllt sie.

40

Der Parkplatz vor dem Block war bis auf den letzten Platz belegt, und Linda musste an der Straße parken. Sie klemmte sich den Vorhangstoff unter den Arm und sprintete über den Rasen. Das Stoffbündel wurde trotzdem nass, Linda fluchte.

Mutters Fahrrad stand zwischen zwei altmodischen Stadträdern und war mit einem zusätzlichen Schloss gesichert.

Linda drückte den Summer. Doch im gleichen Moment wurde die Tür geöffnet, und zwei Jungs in Trainingsanzügen und mit einem Fußball unter dem Arm traten heraus. Linda fuhr mit dem Fahrstuhl in den fünften Stock und klingelte an der Wohnungstür. Als nichts geschah, klingelte sie erneut, diesmal länger.

Stille.

Dunkle Wolken kreisten um ihren Kopf. Sie sah durch den Postschlitz. Dunkel.

Linda rief Hallo, erhielt aber keine Antwort. Sie runzelte die Stirn. Mutter hatte sie wieder einmal verarscht. Warum hatte sie nicht auf ihre innere Stimme gehört? Sie hatte sich an den kindischen Glauben geklammert, Mutters Krankheit könnte alles ändern und sie endlich wirklich zu Mutter und Tochter machen – doch wieder einmal war sie enttäuscht worden.

Nichts hatte sich geändert – das würde nie geschehen.

Gerade wollte sie wieder in den Fahrstuhl steigen, als gegenüber die Wohnungstür geöffnet wurde. Ein beinahe achtzigjähriger klappriger Mann sah durch den Türspalt. Er trug ein verblichenes Flanellhemd und eine Schlabberhose, die von Hosenträgern gehalten wurde.

»Man hat sie vor einer Stunde ins Krankenhaus gebracht«, sagte er.

»Wen?«

»Die neue Frau, bei der Sie klingeln.«

Lindas Magen verhärtete sich zu einem Betonklotz. »Ins Krankenhaus?«

»Mit dem Rettungswagen.«

»Sagten Sie vor einer Stunde?«

Er warf einen Blick auf seine Armbanduhr. »Ungefähr.«

»Was ist passiert?«

»Sie lag auf einer Trage. Ich habe es durch den Türspion gesehen.«

Linda sah ein, dass sie von ihm nicht mehr erfahren würde. Sie dankte und fuhr nach unten. Im Fahrstuhl überkam sie Panik. Ihre Hände zitterten. Sie hatte das Gefühl, keine Luft mehr zu bekommen, und fürchtete, in Ohnmacht zu fallen. Von weit her überfiel sie eine Erinnerung an ihren Vater, den sie täglich im Krankenhaus besucht hatte. Er war Tag für Tag in einer schlechteren Verfassung gewesen und eines Tages nicht mehr bei Bewusstsein. Drei Tage später gab es ihn nicht mehr.

Aus dem Auto heraus rief sie im Stadtkrankenhaus an und erfuhr, dass ihre Mutter selbst den Rettungswagen gerufen hatte, weil sie Blut erbrochen hatte. Mutter lag auf der Onkologie. Linda gab Gas. Als sie am Krankenhaus ankam, hatte sie kaum mehr eine Erinnerung an die Fahrt, nur dass sie in dem Regen zeitweise kaum etwas hatte erkennen können. Noch auf dem Parkplatz klingelte ihr Telefon. Es war das Krankenhaus, das sie darüber informierte, dass ihre Mutter auf die Innere verlegt worden war.

Linda lief durch verwinkelte Gänge, stieg die Treppe hinauf und fand das angegebene Zimmer. In dem Zimmer standen drei Betten, alle waren leer. Der Fernseher brüllte. Linda sah in den Toilettenraum, aber auch der war leer. Ihre Panik wurde noch größer, obwohl der Verstand ihr sagte, dass man sie bestimmt nur zu einer Untersuchung gebracht hatte. Sie stürmte über den Flur und hielt die erste Krankenschwester an, die ihr entgegenkam, doch diese wusste von nichts, deutete aber auf eine verglaste Luke, hinter der zwei weitere Schwestern saßen.

»Toivonen wurde gerade auf die ITS verlegt.«

»Auf die ITS?«

Die Schwester sah Linda mitfühlend an, und unter diesem Blick zogen sich Lindas Eingeweide zusammen.

»Ihre Sauerstoffsättigung war instabil, deshalb wurde sie zur Beobachtung auf die Intensivstation verlegt. Dort hat immer ein Arzt Dienst, er kann Ihnen Genaueres sagen.«

Linda fühlte Tränen in sich aufsteigen. Sie versuchte zu schlucken, aber die Tränen wollten weder heraus noch herunter.

Eine korpulente Schwester, die einen halben Kopf kleiner war als sie, begleitete Linda zum Aufzug und beschrieb ihr den Weg. Linda sagte, sie wüsste, wo die ITS sei. Im vergangenen Herbst hatte sie mehrere Male einen 97-jährigen Kriegsveteranen auf der Intensivstation besucht, der auf einem Spaziergang mit dem Rollator überfallen worden war.

Auf der ITS fand sie einen Arzt, der sehr freundlich zu ihr war. Er trug eine dickrandige Brille, einen dichten Stoppelbart und hatte dunkle Brusthaare, die im Ausschnitt seines T-Shirts zu sehen waren. Gemeinsam gingen sie zu ihrer Mutter. Sie lag in einem kleinen Raum mit nur einem Bett. Die Jalousie war geschlossen. Mutter war an ein Beatmungsgerät angeschlossen. An ihrem Hals war eine Öffnung, durch die ein dicker Schlauch eingeführt war. An ihrem Brustkorb befanden sich verschiedene Sonden und weitere Schläuche in ihrer Armbeuge. Die Monitore piepten, der Balg zischte.

Mutter hatte die Augen geschlossen und sah aus, als ob sie schliefe.

»Ihre Lunge hat nicht mehr funktioniert«, erklärte der Arzt. »Alles geschah sehr schnell. Wir haben die Flüssigkeit aus der

Lunge abgesaugt. Ihr Zustand hat sich aber nicht verbessert, also mussten wir sie in ein künstliches Koma versetzen und sie an ein Beatmungsgerät anschließen. Auch in ihrer Bauchhöhle ist Blut, aber wir wissen noch nicht, wo es herrührt. Möglicherweise ist dort eine Metastase gewachsen und hat ein Blutgefäß verletzt. Auf jeden Fall müssen wir ihren Bauchraum untersuchen.«

»Wann wacht sie auf?«

Als der Arzt nicht antwortete, wusste Linda Bescheid. Ihre Knie gaben nach.

»Bedauerlicherweise ist die Prognose nicht gut. Ihre Mutter müsste dringend operiert werden. Aber bei ihrem Zustand ist das nicht ratsam. Sie ist nicht in der Lage, selbstständig zu atmen.«

»Wird sie aufwachen?«

Wieder machte der Arzt eine Pause, um nach den richtigen Worten zu suchen. Linda sah, dass die Situation für den Arzt nichts Neues war, hunderte Male hatte er Angehörigen traurige Tatsachen vermitteln müssen.

»Genaues können wir nicht sagen, doch vermutlich wird es auch unter den Medikamenten weiter zu einer Flüssigkeitsansammlung in der Lunge kommen. Wir haben einen Herz-Ultraschall gemacht, auch hier ist Flüssigkeit zu sehen, was auf eine Herzinsuffizienz hindeutet. Mehrere lebenswichtige Funktionen sind gleichzeitig schwächer geworden, und wir kennen offen gesagt den Grund hierfür nicht. Außerdem hat sie vom Sauerstoffmangel bläuliche Verfärbungen an den Beinen. Im Moment versuchen wir mit allen Mitteln die Situation zu stabilisieren. Wenn uns das gelingt, entscheiden wir über die weitere Behandlung. Die nächsten Stunden sind entscheidend. Sie sollten sich aber auch darauf vorbereiten, dass Ihre Mutter nicht mehr aufwachen wird. In dieser Situation ist es beispielsweise gut, weitere Angehörige zu informieren.«

Tränen liefen ihr übers Gesicht. Sie überlegte, ob sie Linnea anrufen sollte, sagte dann aber:

»Es gibt keine weiteren Angehörigen.«

Der Arzt reichte ihr ein Taschentuch. »Sie können hier warten oder nach Hause gehen. Wir informieren Sie auf jeden Fall über jede Veränderung – egal in welche Richtung.«

»Ich bleibe«, sagte Linda und griff nach Mutters Hand.

Innerhalb der nächsten halben Stunde kamen zwei Pfleger, um Proben zu entnehmen und den Zustand der Beine zu begutachten. Solange ging Linda aus dem Zimmer. Zwei Stunden später verschlechterte sich der Zustand ihrer Mutter rapide. Nun kamen immer mehr Ärzte und Schwestern herein, stellten Geräte ein, rissen Ausdrucke ab. Alles geschah mit Würde und in aller Stille. Kein einziges Mal wurde sie gebeten, Platz zu machen oder hinauszugehen, ganz im Gegenteil. Das Personal schenkte ihr ein Lächeln oder mitfühlende Blicke.

Fünfzehn Minuten nach vier am Nachmittag hörte das Herz ihrer Mutter auf zu schlagen.

Zuvor war der Arzt erschienen und hatte angekündigt, dass es sich nur noch um Stunden handeln konnte, er hatte sein Bedauern ausgedrückt. Sie könnten nichts mehr für ihre Mutter tun, außer die Schmerzen zu lindern.

Bis zum Schluss hielt Linda die Hand ihrer Mutter, streichelte ihr über die Wange, sprach leise auf sie ein und schaute immer wieder auf den Herzmonitor, dessen Piepsignal immer langsamer wurde, bis das Herz ganz stehen blieb. Das Pflegepersonal erschien, um Mutter von den Maschinen zu trennen, und der Arzt stellte ihren Tod fest. Dann blieb Linda allein mit dem leblosen Körper.

Als Linda endlich wieder im Auto saß, war es schon dunkel. Unter dem Scheibenwischer klebte ein durchweichter Strafzettel. Linda nahm ihn an sich und legte ihn geistesabwesend auf den Beifahrersitz, wo immer noch der Vorhangstoff lag, den sie heute bei ihrer Mutter hatte aufhängen wollen. Erst jetzt riss etwas in ihr auf. Sie legte die Stirn gegen den Lenker und weinte.

41

Noch bevor Manner ihre Jacke abgelegt hatte, wurde sie von der Einsatzleitung über die Festnahme ihres Sohnes informiert. Sie bedankte sich, legte das Handy aus der Hand und ließ sich in ihren Stuhl fallen. So blieb sie eine Weile sitzen, dann machte sie sich auf den Weg ins Erdgeschoss. Vom Diensthabenden holte sie sich den Bericht über die Festnahme, dem sie entnahm, dass Henrik Oksman und ein Pasi Jaakola von der Schutzpolizei daran beteiligt gewesen waren.

Verfluchter Mist.

Manner bemühte sich um ein gelassenes Äußeres. Ihr war heiß und kalt zugleich. Dann bat sie darum, zu ihrem Sohn gelassen zu werden. Die Zelle wurde aufgeschlossen, und sie konnte hineingehen.

Aleksi lag auf der plastikbeschichteten Matratze der Betonpritsche. Gürtel und Schnürsenkel hatte er abgeben müssen. Sein Gesicht war immer noch in einem fürchterlichen Zustand. Als Aleksi seine Mutter sah, setzte er sich auf und lächelte.

Einen Moment sahen sie sich an.

»Warum?«, fragte Manner endlich.

»Ich hab Schulden.«

»Was ist mit den Zehntausend?«

»Kale hat sich mit dem Stoff verdünnisiert. Jetzt fordert Dragan auch seine Schulden von mir ein.«

Manner sah zu der fleckigen Plexiglasscheibe an der Decke, hinter der sich eine Kamera befand. Allerdings kein Mikrofon.

»Und da hast du dir gedacht, du raubst ein paar Kioske mit dem Brotmesser aus. Wie blöd bist du eigentlich?«, schnauzte Manner.

In ihr tobte ein Aufruhr, als sie die ganze Tragweite der Situation begriff, auch wenn sie insgeheim schon geahnt hatte, dass es eines Tages so weit kommen würde. Manner holte ein paarmal tief Luft und zwang sich, ihrem Sohn in die Augen zu schauen.

»Bewaffneter Raubüberfall. Da kommst du nicht mit einer Geldbuße und ein paar Sozialstunden davon. Und weißt du was, das ist auch besser so.«

Aleksi senkte den Kopf, um seiner Mutter nicht in die Augen schauen zu müssen.

»Du kannst mir also nicht helfen? Nur noch dieses eine Mal?«

»Mit einer Entschuldigung ist es nicht mehr getan. Diesmal kann ich dir nicht helfen.«

Manner ging zur Tür, schlug ein paarmal mit der flachen Hand dagegen und wartete, dass der Wärter den Riegel öffnete und sie die Zelle verlassen konnte.

»Mutter …«, sagte Aleksi leise, doch Manner drehte sich nicht mehr um, denn aus ihren Augen liefen die Tränen.

Sie hörte, wie das Schloss der Panzertür wieder einrastete. Die Tür zwischen Aleksi und ihr hatte sich geschlossen.

42

Linda zog die Schuhe aus, hängte die Jacke an die Garderobe und sank aufs Sofa. Sie starrte an die Decke und lauschte dem Ticken der Wanduhr. Schloss sie die Augen, kehrte sie in das Krankenzimmer zurück und verfolgte immer und immer wieder die letzten, mühsamen Atemzüge ihrer Mutter.

Sie sollte sich eigentlich vor Schmerzen winden, fühlte stattdessen aber nichts als eine unerklärliche Erleichterung. Als ob ihr eine große Last von den Schultern genommen wäre.

Erst schämte sie sich für ihre Reaktion, dann wurde sie wütend, weil sie sie für unpassend hielt. Die Leere in ihr wurde noch verstärkt durch die Tatsache, dass es niemanden gab, den sie hätte anrufen können. Auch das zeigte, wie einsam sie im Grunde war.

Nachdem sie eine Stunde lang an die Decke gestarrt hatte, stand sie auf, schmierte sich ein Roggenbrot, gab Putenaufschnitt, Käse und ein paar Scheiben Gurke darauf und mischte sich einen Screw Driver mit einem doppelten Wodka. Dann sah sie die Nachrichten. Der Präsident der Vereinigten Staaten wurde wieder einiger Dienstvergehen beschuldigt. Als die Sportnachrichten begannen, schaltete sie den Fernseher aus und die Stereoanlage ein. Sie hörte dreimal hintereinander Sultons of Swing von den Dire Straits und holte sich einen Becher voll Wodka.

Als in der Flasche nur noch eine Pfütze war, wurde sie unruhig. Sie lief durch die Wohnung. Ließ Arme und Hüften kreisen, dehnte den Kiefer und fuhr sich mit der Zunge über die Vorderzähne. Linneas Bett war gemacht, ihr Schreibtisch stand vor dem Fenster. Sie hatte angefangen, immer mehr Sachen mit zu ihrem Vater zu nehmen. Der Glasengel, der immer auf der Fensterbank gestanden hatte, war verschwunden, ebenso der größte Teil ihres Schmucks.

Linda zog die Schublade am Schreibtisch ihrer Tochter heraus. Sie war viel leerer als beim letzten Mal. Linnea hatte aufgeräumt.

Sie wusste nicht, was sie zu finden fürchtete. Vielleicht ein Mäppchen oder ein Heft mit Peter Pan darauf, oder eine geheime Nachricht, doch sie fand nichts.

Weil Linnea nicht so ein Mädchen ist – nicht so eins wie du.

Linda ging in die Küche und goss sich den letzten Schluck aus der Flasche ein. In ihren Ohren rauschte es.

Ich mache einen Star aus dir, Linda!

Ihr fiel die Polizistenkollegin aus Imatra ein, die einen pädophilen Vergewaltiger verhaften sollte und diesen wie bei einer Hinrichtung erschossen hatte. Je mehr sie über den Fall nachdachte, umso richtiger fand sie diese Entscheidung. Sie hätte Michael Cosco ins Gesicht geschossen, wenn sie Gelegenheit dazu gehabt hätte. Und aus Genugtuung darüber hätte sie einmal lebenslänglich lächelnd überstanden.

Plötzlich hatte Linda den zwanghaften Drang, mit ihrer Tochter zu sprechen. Sie wählte Linneas Nummer, aber sie antwortete nicht. Sie rief dreimal nacheinander an und ließ es so lange klingeln, bis die Leitung unterbrochen wurde. Sie wurde die Vorstellung nicht los, dass Linnea auf ihr blinkendes Handy starrte, ohne ranzugehen.

Sie torkelte in den Flur und kramte in ihren Taschen, bis sie den Autoschlüssel in ihrer Handtasche fand.

Linda sackte auf den Fahrersitz und drehte den Schlüssel. Der Motor sprang an. In ihrem Kopf schrillten alle Alarmglocken, aber sie überhörte sie, legte den Gang ein und setzte zurück. Ihr war klar, dass es verantwortungslos war, sich in diesem Zustand hinters Steuer zu setzen, aber hier ging es um viel wichtigere Dinge. Außerdem hatte sie nur ein paar zur Entspannung getrunken.

Einen Toast auf Linda, den neuen Fixstern am Mailänder Modehimmel!

Sie war viel zu schnell, und sie setzte zu weit zurück. Die Hinterräder durchfurchten den Rasen vor dem Haus gegenüber. Sie trat voll auf die Bremse und der Wagen kam quer auf der Fahrbahn zum Stehen. Über die Spiegel vergewisserte sie sich, dass sie niemand gesehen hatte, legte den ersten Gang ein und fuhr los. Das rechte Vorderrad stieß gegen den Bordstein, und für einen Moment geriet sie ins Schlingern.

»Scheiße!«

Ein gutes Stück vor der Kreuzung begann sie zu bremsen und kam trotzdem erst knapp vor dem Fußgängerüberweg zum Stehen. Drei etwa vierzehnjährige Jungs radelten über die Straße. Linda bog in eine breitere Straße ein und fühlte sich mit mehr Platz um sich herum schon viel sicherer. Eine Wohngegend nach der anderen rauschte vorüber. Autos kamen ihr entgegen, Kreuzungen wechselten sich ab, und Ampeln gab es plötzlich viel mehr als sonst. Die Zahlen auf dem Tacho tanzten durcheinander, und nur wenn sie ein Auge zukniff, konnte sie sie halbwegs entziffern.

Im Radio wurde Van Halen gespielt. Sie drehte die Lautstärke auf.

An der Windschutzscheibe klebte die Dunkelheit. Ihr Blickfeld war zu einem Schlauch verengt, und sie bemühte sich, ihn nicht zu verlassen. Sie fuhr an der Kreuzung vorbei und musste einen Schlenker um das Viertel fahren. An der Straße standen neue zweistöckige Steinhäuser, deren Fassaden nur noch aus Glas bestanden.

Linda parkte am Straßenrand, stellte den Motor aus und betrachtete das Haus ihres Ex-Mannes. Es verkörperte voll und ganz Ville. Stattliche Fassade, im Inneren viele leere Hohlräume.

Mit einem Blick in den Rückspiegel kontrollierte sie ihr Aussehen, polierte ihre Zähne mit der Zunge und stieg aus.

Die untere Etage war dunkel, aber aus den Fenstern im Obergeschoss drang Licht.

Sie marschierte über die Straße und drückte auf die Klingel. Sie hörte nicht, ob sie funktionierte, also klingelte sie Sturm und wartete. Sie zog den Saum ihrer Bluse nach unten und strich sich ihre Haare hinters Ohr. Den letzten Schluck hätte sie besser nicht genommen, aber andererseits hatte sie ihn gebraucht. Mütter starben schließlich nicht jeden Tag.

Die Außenbeleuchtung wurde eingeschaltet, die Haustür öffnete sich. Ville war in einen Morgenmantel gehüllt, unter dem er eine geschmacklose Flanell-Pyjamahose im Schottenkaro trug, wie er sie in Lindas Erinnerung schon immer getragen hatte. Sein überraschter Gesichtsausdruck wich der Verärgerung.

Lindas Verstand suchte nach den richtigen Worten, aber irgendwie fand ihr Gehirn nicht die passenden Verbindungen. »Linnea«, brachte sie schließlich heraus. Die Worte kamen seltsam zerknittert und nur lallend aus dem Mund.

Hinter Ville erschien Sune, auch sie im Morgenmantel. Durch den dünnen Stoff schienen ihre spindeldürren Beine. Ville machte Platz, doch Sune blieb hinter ihm. Das machte Linda fuchsteufelswild.

»Linnea schläft.«

»Ich muss mit ihr reden.«

Ville betrachtete Linda und dann ihren Toyota, der halb auf dem Rasen geparkt war. »Sie schläft«, wiederholte Ville. »Was ist so wichtig, dass du nicht anrufen konntest?«

Linda sah zu Sune, die wieder ihr dämliches, makelloses Lächeln zeigte, das Linda abgrundtief hasste. Ohne Vorwarnung schäumte die Wut in ihr hoch.

»Ich sagte doch, ich muss meiner Tochter etwas Wichtiges sagen. Ich will jetzt sofort mit ihr sprechen, unter vier Augen. So spät ist es noch nicht.«

Villes Lippen verengten sich zu einem weißen Strich, die Furchen auf seiner Stirn wurden tiefer. Ein Ausdruck, den Linda aus zahlreichen Streits nur allzu gut kannte.

»Bist du betrunken?«

Linda warf ihm einen wütenden Blick zu. »Wie bitte?! Du siehst doch, dass ich mit dem Auto gekommen bin. Ich will mit Linnea sprechen. Das ist absolut wichtig.«

Jetzt schob sich Sune neben ihn und sagte etwas auf Thai, auf das Ville antwortete.

»Finnisch, bitte!«, schimpfte Linda.

Ville trat vor die Tür, um sich zu vergewissern, dass kein Nachbar die Situation verfolgte.

Er senkte die Stimme. »Du hast getrunken. Das kann ich doch sehen – und riechen. Ich weiß von den Wodkaflaschen im Eckschrank in der Küche. Die hast du da schon gehortet, als wir noch zusammenwohnten. Eine Flasche im Fahrradschuppen, eine zweite an der Joggingstrecke, zwei kleine unten in der Handtasche. Willst du, dass ich die Polizei rufe?«

Linda wollte etwas erwidern, doch Ville schnitt ihr das Wort ab: »Ein Wort und ich tue es: ich zeige dich an.«

Linda öffnete den Mund, besann sich aber und klappte ihn rasch wieder zu.

Mit einer eher konstatierenden als drohenden Stimme sagte er: »Schau dich doch an. Fährst im Wodkarausch durch die halbe Stadt. Du bringst noch jemanden um. Dich zuerst.«

Ville schaute Linda an, ihre rotunterlaufenen Augen und ihr Haar, das wieder in Strähnen ins Gesicht hing. Dann fuhr er fort: »Ich werde die Polizei nicht anrufen, aber denk ja nicht, dass ich es deinetwegen tue. Ich denke in erster Linie an Linnea. Trotz allem bist du ihre Mutter, aber eines verspreche ich dir: Montag werde ich einen Antrag auf das alleinige Sorgerecht stellen. Und noch etwas: Ich will nicht, dass Linnea je wieder bei dir im Auto sitzt.«

»Du Arschloch.«

»Du brauchst Hilfe.«

Lindas Augen füllten sich mit Tränen. Zu gern hätte sie Ville gesagt, dass ihre Mutter gestorben war und sich in seine Arme geschmiegt, doch selbstredend würde nichts dergleichen geschehen.

Ihr liefen die Tränen, ohne dass sie es hätte verhindern können. Erst jetzt sah sie ein, wie dumm es gewesen war, zu Ville zu fahren. Konflikte waren noch nie ihre Stärke gewesen, und auch jetzt griff sie zum einzigen Mittel, das sie beherrschte: zum Angriff überzugehen. Sie ballte ihre Hände zur Faust.

»Das wirst du noch bereuen«, zischte sie. »Wir werden sehen, wie der Sorgerechtsstreit ausgeht.«

»Gib mir das Telefon«, sagte Ville zu Sune, ohne Linda aus den Augen zu lassen. »Du hast fünf Sekunden, um zu verschwinden.«

»Bist du jetzt zufrieden? Darauf hast du doch die ganze Zeit gewartet. Dass du Linnea gegen mich aufhetzen kannst. Du hast sie belogen und bestochen. Ich weiß sehr gut, welches Spiel du hinter meinem Rücken spielst. Wir klären das hier und jetzt! Hol Linnea runter! Fragen wir sie, bei wem von uns beiden sie lieber wohnen will.«

Ville sah traurig aus, als er sagte: »Das hier ist kein Spiel. Ich intrigiere nicht hinter deinem Rücken. Warum sollte ich? Linnea hat von ganz allein gesagt, dass sie umziehen möchte. Ich war es, der sie zurückgehalten hat. Linnea hat gesagt …« Er unterbrach sich, weil Sune ihm das Handy brachte. »Linnea hat gesagt, dass sie sich nicht mehr traut, Freunde mit nach Hause zu bringen, weil sie nicht weiß, ob du …«

»Ob ich was? Spuck es aus!«

»Einmal sollst du so betrunken gewesen sein, dass du gestürzt und den Spiegel im Flur heruntergerissen hast. Dabei hast du dich an der Hand verletzt. Linnea hat dich verbunden, weil du selbst dazu nicht mehr in der Lage warst … Versuch doch mal, dir das aus meiner Perspektive vorzustellen. Es geht um meine

Tochter. Ich kann mich nicht mehr auf dich verlassen. Würdest du dir noch vertrauen?«

»Lüge!«, schrie Linda, sodass es zwischen den Häusern widerhallte.

Ville hob das Handy. »Ich rufe ein Taxi. Krieg deinen Kopf klar. Wir reden später.«

Linda trat zwei Schritte zurück. Ihr Fuß rutschte aus. Sie suchte Halt, trat einen Schritt zur Seite und schaffte es, ihr Gleichgewicht wiederherzustellen. Sie schaute zum Fenster im Obergeschoss hinauf. In Linneas Zimmer brannte kein Licht, aber sie machte die Silhouette ihrer Tochter hinter dem Vorhang aus. Sie hob die Hand und winkte, doch der Schatten winkte nicht zurück.

Linda riss die Fahrertür auf und ließ sich auf den Sitz fallen. Sie fuhr eine andere Strecke zurück, als sie gekommen war, und gab Gas, sobald sie größere Straßen erreichte. Jetzt flossen die Tränen in Strömen. Ihr Auto schlingerte von einer Seite zur anderen. Einmal geriet der rechte Vorderreifen auf den Fahrbahnrand, doch es gelang ihr, wieder auf den Asphalt zurückzulenken. Im Stadtteil Herralahti in Höhe des Autohändlers verlor sie endgültig die Kontrolle über den Wagen. In der Kurve lag Schotter, und das Auto ließ sich nicht mehr lenken. Linda steuerte zu scharf gegen. Sie schoss auf den Bürgersteig und weiter über einen kleinen Graben in den Park, wobei sie tiefe Furchen im Rasen hinterließ. Der Kotflügel donnerte gegen eine mächtige Birke.

Linda schlug heftig mit dem Kopf gegen das Lenkrad, fasste sich aber schnell und sprang aus dem Auto. Sie roch Erde, Benzin und verbrannten Gummi. Kühlflüssigkeit zischte aus dem Zylinder. Linda taumelte vom Auto weg, stolperte und fiel auf die Knie. Sie übergab sich auf den Rasen, stützte sich auf und versuchte, das Drehen in ihrem Kopf zu stoppen. Allmählich verharrte der Horizont im Gleichgewicht, und sie richtete sich auf.

Schließlich kehrte sie zum Auto zurück und nahm ihre Handtasche vom Beifahrersitz. Das Auto qualmte so, als stünde es in Brand. Sie öffnete das Handschuhfach, stopfte alle Autopapiere in ihre Tasche und machte sich auf den Weg, ging über eine Rasenfläche Richtung Helmentie. In den hochhackigen Schuhen knickte sie dauern um. Auf dem Fußweg zog sie die Schuhe aus und lief nur auf Strümpfen Richtung Aittaluoto. Als diese durchgelaufen waren, zog sie die Schuhe wieder an. Erst im Zentrum wurde ihr mit aller Wucht bewusst, wieviel Mist sie gebaut hatte. Auf einer Bank im Rathauspark ruhte sie sich kurz aus und setzte dann ihre Reise durch die dunkle Stadt fort. Sie kam nur langsam voran. Nur selten rauschte ein Auto vorüber, die Temperatur lag nahe Null.

Es war fast eins, als sie die Tür zu ihrer Wohnung aufschloss. Das Haus war genauso leer und dunkel wie bei ihrem Aufbruch. Die Wände schrien vor Einsamkeit. Kurz erwog sie, Paloviita anzurufen, sah aber ein, dass das nichts bringen würde. Dann wollte sie Kekäläinen anrufen und hatte schon das Handy in der Hand, ließ aber im letzten Moment von ihrem Vorhaben ab. Sie zog sich aus, ließ die Sachen in einem Haufen auf dem Schlafzimmerboden zurück. Nur in Unterhose legte sie sich aufs Bett und starrte an die Decke. An ihrer Stirn hatte sich eine riesige Beule gebildet. An ihren Fußsohlen spürte sie einen pochenden Schmerz. Wenn sie die Augen schloss, sah sie vor sich das Bild ihrer Mutter in ihren letzten Atemzügen und dann Linneas Silhouette am Fenster. Endlich fiel sie in den barmherzigen Abgrund des Schlafes.

43

Paloviita dankte für den Anruf und beendete das Telefonat. Er lehnte sich zurück und rieb sich das Gesicht. Die Anruferin war Polizeiobermeisterin Tuula Saarinen von der Schutzpolizei. Er war dankbar, dass Tuula wegen des am Nordostring verunglückten Wagens zuerst ihn angerufen und nicht gleich Strafanzeige erstattet hatte.

Paloviita versprach, sich persönlich um die Angelegenheit zu kümmern.

Jetzt musste er sich entscheiden, was zur Hölle er tun sollte. Vernünftig wäre es, alles seinen Gang gehen zu lassen. Doch das war ausgeschlossen. Immerhin ging es um Linda.

Er knipste auf seinem Kugelschreiber herum. Dann ging er in den Flur und zu Lindas Tür. Sie war verschlossen. Er sah auf die Uhr. Sechsundzwanzig Minuten nach acht. Er kehrte an seinen Schreibtisch zurück und versuchte, sich auf seine offenen Fälle zu konzentrieren.

Um neun fiel die Brandschutztür ins Schloss. Er sah von seinem Bildschirm auf und erkannte Lindas Schritte. Also wartete er, bis sie die Tür zu ihrem Büro aufgeschlossen hatte, und folgte ihr dann. Als Linda ihre Jacke an den Haken hing, räusperte sich Paloviita in der Tür. Linda drehte sich um, und Paloviita sah sofort, dass seine schlimmsten Befürchtungen der Wahrheit entsprachen. Er zog die Tür hinter sich zu.

»Bist du mit dem Auto gekommen?«

Linda antwortete nicht. Paloviita studierte die quer über ihre Stirn verlaufende Prellung, die sie vergeblich versucht hatte, unter Make-up zu verbergen.

»Das habe ich mir gedacht. Dein Auto hat eine Birke in der Nähe des Nordostring geküsst. Es wird im Laufe des heutigen Tages kriminaltechnisch untersucht.«

Linda sah ihm in die Augen. »Ich habe den Wagen meinem Cousin geborgt. Er ist einem Hasen ausgewichen. Ich wollte gerade die Versicherung anrufen.«

Paloviita wies auf die Stirn. »Bist du auch einem Hasen ausgewichen?«

»Wie … du glaubst doch nicht … scher dich zum Teufel, Jari!«

Paloviita hielt ihrem Blick stand. »Du hast ein Problem. Jeder von uns war mal verkatert auf der Arbeit, aber betrunken am Steuer … du weißt, was das bedeutet.«

»Verschwinde aus meinem Zimmer!«

Paloviita kam einen Schritt näher.

»Linda, ich bin's. Ich bin nicht dein Feind, erinnerst du dich?«

Ihre Augen funkelten, die Prellung unter dem Puder wurde sichtbar. Ihre Stimme klirrte vor Eis. »Raus, habe ich gesagt.«

Paloviita ging noch einen Schritt auf sie zu, doch sie wich zu ihrem Schreibtisch zurück.

»In Ordnung, ich hoffe nur, dass in dem Wagen die Fingerabdrücke deines Cousins gefunden werden.«

Linda schwieg, ihr wütender Blick erlosch. Paloviita gab ihr Zeit, sich zu sammeln, dann sprach er in ruhigerem Ton weiter:

»Es wird auf jeden Fall eine Anklage geben. Das reicht vielleicht nicht für eine Verurteilung, weil niemand nachweisen kann, wieviel du im Blut hattest, aber glaubst du wirklich, dein Cousin wird für dich vor Gericht aussagen?« Er machte eine Pause und ließ seine Worte im Raum hängen. »Weil es sich um ein Polizeifahrzeug handelt, wird man die Sache nicht auf sich beruhen lassen. Die Technik wird deine Route nachzeichnen, irgendwo ein Bild auf einer Verkehrskamera finden, auf dem ersichtlich wird, dass du und nicht dein Cousin am Steuer saßt. Dann kommt heraus, dass du lügst. Dann …«

»Hör auf«, sagte sie leise. »Bitte hör auf.«

Er schürzte die Lippen. Plötzlich sah Linda ganz klein aus. Er widerstand dem Drang, sie in seine Arme zu schließen.

»Es wird keine Untersuchung geben«, sagte er und brachte Linda dazu aufzuschauen. »Tuula hat deswegen erst mich angerufen. Ich habe zugesagt, die Sache mit dir zu klären. Strafanzeige wird nicht gestellt.«

»Warum tust du das?«

Paloviita war verwirrt, er verstand die Frage nicht. Für ihn war völlig klar, dass er Linda aus dem Schlamassel helfen würde.

»Weil du mir wichtig bist.«

»Warum hast du dann nie …« Linda beendete den Satz nicht.

Paloviitas Verwirrung nahm weiter zu. Er spürte, dass sich die Situation schlagartig verändert hatte, und war nicht in der Lage, darauf zu reagieren.

»Selbstverständlich«, sagte er. »Ich bin nicht der Richtige, um über Verfehlungen zu predigen, aber du hast ein Problem – und du musst dir Hilfe suchen. Die Sache hätte viel schlimmer ausgehen können.«

»Meine Mutter ist gestern gestorben.«

Er brauchte eine Weile, bis er begriff, was sie gesagt hatte.

»Mein Beileid.«

Linda presste ein Taschentuch gegen ihre Augen.

»Was ist passiert?«

»Krebs. Es kam auch für mich überraschend. Wir standen uns nicht sehr nah.«

Paloviita nickte. Auf einmal fehlten ihm die Worte.

»Jetzt machen wir Folgendes: Du holst dein Auto dort so schnell wie möglich ab. Am besten noch heute Vormittag. Ich stelle sicher, dass alle diesbezüglichen Anzeigen über meinen Tisch laufen. Ich werde einen offiziellen Untersuchungsbericht schreiben, dann kann später niemand sagen, dass wir der Sache nicht nachgegangen sind. Ich werde schreiben, dass dein Cousin einen Unfall hatte. Er ist einem Hasen ausgewichen und zu weiteren Untersuchungen besteht kein Anlass. Hast du das verstanden?«

Linda nickte.

Paloviita wollte schon gehen, als Linda sagte.

»Als du den Leiter der Dienststelle vertreten hast, dachte ich, du wärst zu einem Mistkerl mutiert.«

Paloviita sah sie fragend an.

»Hast du damals das Messer gestohlen, wie Oksman sagt?«

»Natürlich nicht.«

»Ich wollte nur sicher sein.«

»Ob ich immer noch ein Mistkerl bin?«

Paloviita und Linda schauten sich in die Augen. Linda sagte:

»Ich bin dir was schuldig.«

Paloviita zog die Tür auf. »Ruf den Abschleppdienst. Je schneller, desto besser. Und dann ruf irgendwo an, wo man dir helfen kann. Du weißt, was ich meine.«

»Danke«, sagte Linda.

»An deiner Stelle würde ich mich ein bisschen zurechtmachen und auf die Besprechung vorbereiten.«

»Welche Besprechung?«

»Die, die du selber einberufen hast«, sagte Paloviita und zog die Tür hinter sich zu.

44

Linda begann mit ihrem Besuch bei Eveliina Törmänen und dem Peter-Pan-Poster, das sie an der Innentür von Lauras Kleiderschrank gefunden hatte, sowie dem Aufkleber auf deren Laptop. Dann zeigte sie den Pan-Notizblock von Milja Vuorinen und zum Schluss das Foto, das Harri Lindberg von Johanna Viertolas Bett gemacht hatte, das mit ziemlich neuer Peter-Pan-Bettwäsche bezogen war.

»Ganz zu schweigen von weiteren Übereinstimmungen«, fuhr Linda fort. »Alle Mordopfer sind nahezu gleich alt. Alle sind Scheidungskinder. Alle drei Leichen wurden nackt im Wasser gefunden. Sie wurden misshandelt und vergewaltigt. Todesursache war in allen Fällen Erwürgen. Die zwei letzten sind auch gebissen worden.«

»Ziemlich wackelig, diese Morde – oder auch Vermisstenfälle – aufgrund eines Posters miteinander in Verbindung zu bringen«, sagte Manner. »Ich bin mir sicher, dass sich im Zimmer einer jeden Erstklässlerin ein Bild von Elsa, der Eiskönigin, findet. Zu meiner Zeit war es Barbie …«

Linda wollte schon widersprechen, als Manner sie unterbrach.

»Aber du hast natürlich recht. Ich bin der Meinung, dass wir genug haben, um unseren Ermittlungsansatz weiter verfolgen zu können. Auf jeden Fall haben wir einen Punkt erreicht, an dem wir alle Karten neu mischen müssen.«

Linda seufzte erleichtert. Sie war sicher gewesen, ihre Vorgesetzte würde sie auslachen und aus dem Zimmer werfen.

»Wenn das stimmt, wenn wir es wirklich mit einem Mörder zu tun haben, der drei Mädchen, und vielleicht noch mehr, auf dem Gewissen hat, übergeben wir den Fall an das Zentrale Kriminalamt, das über die nötigen Ressourcen verfügt, um in einem so breitgefächerten Fall in verschiedenen Teilen Finnlands zu ermitteln. Doch bevor wir das tun, müssen wir absolut sicher sein.«

»Peter Pan«, sagte Paloviita und ließ den Namen auf der Zunge zergehen. »War Pan nicht der Junge, der nicht erwachsen werden wollte und Kinder ins Nimmerland holte, um mit ihnen und den verlorenen Jungs Abenteuer zu erleben?«

»Das ist die Disney-Version der Geschichte«, sagte Linda. »Bei J.M. Barrie hieß es ursprünglich Nimmer Nimmer Land. Nach einer Interpretation handelt es um die tragische Geschichte der unerfüllten Liebe zwischen Wendy und Peter, bei der Wendy erwachsen werden möchte, während Peter ewig Kind bleiben will.«

»Das Peter-Pan-Syndrom«, sagte Manner. »Männer, die Schwierigkeiten haben, zu einem verantwortungsvollen Erwachsenen heranzuwachsen.«

Paloviita musste lächeln. »Gibt es für unsereins tatsächlich eine Diagnose?«

»In unserem Fall sind die verlorenen Jungs wohl eher die verlorenen Mädchen«, stellte Oksman lakonisch fest.

Paloviitas Lächeln erstarb.

Manner sprach weiter: »Stimmt Lindas Theorie, dann bedeutet das für uns, wir haben es mit einem Serienmörder zu tun, der planmäßig agiert und schon in verschiedenen Teilen Finnlands aktiv war. Mindestens seit zehn Jahren, vielleicht noch länger.«

»Und möglicherweise auch in Schweden und Estland«, ergänzte Linda.

Manner nickte. »Das macht Sinn. Bei Vermisstenfälle in nur einer Region kann ein eventueller Zusammenhang leicht aufgedeckt werden. Wenn sie sich aber auf einen großen Zeitraum und verschiedene Teile des Landes verteilen, ist es schon nicht mehr so einfach – und wenn sie gar hinter die Landesgrenzen verschwinden …«

Sie hatten natürlich alle schon von Serienmördern gehört, aber noch niemand hier hatte je mit einem zu tun gehabt. Serienmörder gehörten in amerikanische Filme und nicht nach Finnland und schon gar nicht in eine mittelgroße Stadt wie Pori.

»Um eine Person als Serienmörder zu klassifizieren, muss er mindestens drei Menschen in einem Zeitraum von mindestens einem Monat umbringen«, führte Manner aus. »Zwischen den Taten liegt häufig eine sogenannte Abkühlperiode, während der sich der Täter auf seine nächste Bluttat vorbereitet. Da müssen wir ansetzen. Es muss uns gelingen zu beweisen, dass der Täter bei allen Morden derselbe war. Nur ein Bild von Peter Pan allein reicht da nicht.«

»Sollten die Bissspuren übereinstimmen, haben wir einen Beleg, dass die Fälle Laura Törmänen und Milja Vuorinen zusammenhängen«, sagte Oksman.

»Damit sollten wir anfangen«, sagte Manner. »Ich finde es auch interessant, dass alle drei aus zerrütteten Familien stammen und überwiegend von ihren Müttern aufgezogen wurden.«

»Vielleicht ist das die Rolle, über die der Mörder sich den Mädchen nähert«, schlug Paloviita vor. »Die fehlende Vaterfigur.«

»Der Mann muss vor der Entführung mit den Opfern in Kontakt getreten sein«, erklärte Oksman.

»Peter Pan könnte die Figur sein, mit der er seine Opfer anlockt. Vielleicht als geheimer Verehrer?«, fügte Linda hinzu.

»Peter Pan. Ich könnte mir keinen schauderhafteren Namen für einen Serienmörder vorstellen«, bekannte Paloviita.

»Damit eines klar ist – kein Wort hierüber nach draußen!«, sagte Manner. »Sehe ich auch nur den kleinsten Hinweis auf Peter Pan in der Zeitung, dann rollen Köpfe. Verstanden?«

»Laura Törmänen hat viel Zeit im Netz verbracht. Ist das nicht der einfachste Weg, mit jungen Leuten in Kontakt zu treten? Pädophile lauern heute nicht mehr vor Schulhöfen. Die beliebtesten Orte für Grooming sind Online-Spiele«, sagte Oksman.

»Und im Netz kann man sich leicht als jemand anderer ausgeben. Zum Beispiel als Peter Pan«, fügte Linda hinzu.

»Das ist ein guter Ansatzpunkt«, gab Manner zu.

Oksman fuhr fort: »Opfer von Serienmördern haben häufig etwas gemeinsam. Beispielsweise Körperbau oder Haarfarbe. Der Mörder hat eine Fantasie, die er durch Töten zu erfüllen versucht, doch die Realität entspricht nie ganz der Vorstellung, also tötet der Mörder immer wieder, um die Tat ständig weiter zu perfektionieren.«

»Die Mädchen sind in verschiedenen Teilen Finnlands verschwunden und möglicherweise sogar außerhalb der Landesgrenzen. Der Mörder hat häufig seinen Wohnort gewechselt«, sagte Manner.

»Oder er hat einen Beruf, in dem er viel unterwegs ist. Zum Beispiel als LKW-Fahrer oder Geschäftsreisender«, merkte Paloviita an.

»Kann es sich nicht auch einfach um einen Pädophilen handeln, der beschlossen hat, seine Opfer umzubringen?«, fragte Linda.

»Trotzdem handelt es sich um einen Serienmörder. Serienmörder sind häufig klüger als der Durchschnitt, weshalb sie auch so lange agieren können, ohne gefasst zu werden. Sie bereiten ihre Taten sorgfältig vor, wissen, wie polizeiliche Ermittlungen ablaufen, und manipulieren Beweise. Äußerlich leben sie häufig ein völlig normales Leben, gehen arbeiten, haben eine Familie und Freunde. Es gab sogar Serienmörder, die Kriminaltechnik studiert haben«, erklärte Oksman.

»Du hast gesagt, dass es zwischen den Taten oft eine sogenannte Abkühlperiode gibt, die einige Wochen oder auch mehrere Monate betragen kann«, sagte Linda. »Doch in unserem Fall dauern diese Phasen sogar Jahre an. Ist das normal?«

»Allgemein nimmt man an, dass ein Serienmörder, der einmal auf den Geschmack des Tötens gekommen ist, den Tod Tag für

Tag im Kopf hat, doch in Wahrheit schwankt der Zeitraum beträchtlich. Juan Corona tötete 1971 in Kalifornien innerhalb von sechs Wochen fünfundzwanzig Menschen, Fred West dagegen tötete gemeinsam mit seiner Ehefrau Rosemary zwölf Menschen in einem Zeitraum von fünfundzwanzig Jahren. Oft ist die Planung der Tat und die Entführung des Opfers das, worum es eigentlich geht, weniger das Töten an sich, das nur ein unerlässlicher Bestandteil der Tat ist.«

»Es liegt doch auf der Hand, dass wir einen Mann suchen, oder?«, fragte Paloviita. »Andererseits, auch eine Frau kann vergewaltigen …«

»Es ist möglich, dass es mehrere Täter sind und dass darunter auch Frauen sind. Statistisch gesehen sind Serienmörder 25–45 Jahre alte weiße Männer, doch kennt die Geschichte auch blutrünstige Serienmörderinnen«, sagte Manner.

»Okay, wie machen wir weiter?«, fragte Oksman.

»Das Wichtigste ist jetzt, die Öffentlichkeit nicht aufzuschrecken. Als Nächstes vergleicht die Zahnforensik die bei Laura Törmänen und Milja Vuorinen gefundenen Bissspuren miteinander. Dann müssen wir mit allen Polizeidienststellen Kontakt aufnehmen, bei denen Mädchen vermisst gemeldet wurden. Wir erstellen eine Liste mit Fragen und versuchen so herauszubekommen, ob es zwischen den Vermissten und den Opfern Übereinstimmungen gibt. Erhalten wir Hinweise, die Lindas Theorie unterstützen, geben wir den Fall an das ZKA ab.«

ACHTER TEIL

Helsingin Sanomat 26. 03. 2012

MORD AN HANNA-RIIKKA SAMMALSUO IMMER NOCH UNGEKLÄRT

»Freund« nach über einem halben Jahr aus der Untersuchungshaft entlassen

Im Fall der 2009 in Kemi getöteten Hanna-Riikka Sammalsuo gab es erneut eine Wende. Im September war Onni Akseli Hietanen unter dem dringenden Tatverdacht des Mordes verhaftet worden. Hietanen hat bis zum heutigen Tag in Untersuchungshaft gesessen, in der ihm jeglicher Kontakt zu anderen Personen als seinem Anwalt untersagt war.

Das Amtsgericht trat gestern zusammen, um über die Fortführung der Untersuchungshaft zu befinden, und beschloss die Freilassung des Verdächtigen. Wie es in der Begründung heißt, konnte die Polizei keine hinreichenden Belege für Hietanens Schuld vorlegen, um die Haft zu verlängern. Die Entscheidung des Gerichts wurde nicht einstimmig gefällt. Der leitende Ermittler, Kriminaloberkommissar Tuomo Pajulahti, bekundete öffentlich seinen Unmut und bezeichnete die Entscheidung als unüberlegt. Der Redaktion ist es nicht gelungen, von Onni Akseli Hietanen oder dessen Rechtsanwalt eine Stellungnahme zu der Freilassung zu bekommen. Nach finnischem Recht kann Hietanen vom Staat Haftentschädigung fordern.

Die fünfzehnjährige Hanna-Riikka Sammalsuo war auf dem Schulweg verschwunden und zwei Monate später tot im Kemijoki aufgefunden worden. Vorausgegangen war eine ungewöhnlich breit angelegte Geländesuchaktion. In den Wochen nach dem Leichenfund wurden immer wieder Kerzen auf der Flussbrücke aufgestellt, unter anderem Züge und Busse hielten, um in einer Schweigeminute dem gewaltsam zu Tode gekommenen Mädchen zu gedenken.

45

Sie treten in ein schmuckvolles Treppenhaus mit Wendeltreppe und steigen in den zweiten Stock hinauf. Cosco führt Linda in einen geräumigen Saal, an dessen Decke Kristallleuchter von der Größe eines Kleinwagens hängen. Aus den Fenstern hat man einen Blick auf Mailands Zentrum, in der Sonne glänzt das schwarz-weiße Schachbrettmuster des Parketts. Kurz bleiben sie stehen, um die uralten Deckenfresken zu bewundern.

Eine gewaltige Flügeltür führt in einen verlassenen Flur, an dem sich holzvertäfelte Bürotüren aneinanderreihen.

Cosco öffnet eine von ihnen mit seinem Schlüssel. Sie betreten ein enges, etwa zwanzig Quadratmeter großes Atelier. Der Schreibtisch quillt über vor Stiften, Papier und Zeichenblöcken, in einer Ecke stapeln sich Stoffrollen. Neben der Tür steht eine lederne Couchgarnitur.

Es riecht nach einer Mischung aus Lakritz, Staub und getrockneter Farbe.

Cosco schließt die Tür und gibt Linda Zeit sich umzuschauen. Linda tritt ans Fenster und blickt in einen üppig grünen Park. Über eine vierspurige Straße dahinter strömen ununterbrochen Autos ins Zentrum und wieder hinaus.

»Weißt du, wo wir uns befinden?«

Linda schüttelt den Kopf.

»Das war Anfang der siebziger Jahre das Atelier von Giuseppe Manolo. Kennst du ihn?«

Linda nickt. Manolo ist eine der berühmtesten Modemarken.

»Genau an diesem Schreibtisch hat Manolo seine berühmte Estasi-Kollektion entworfen«, sagt Cosco weiter.

Cosco bemerkt, dass Linda nichts sagt. Also fügt er hinzu: »Du bist zu jung, aber für uns alte Hasen ist Estasi so etwas wie der Heilige Gral der Mode-Kollektionen. Sie hat Manolo märchenhaft reich und berühmt gemacht. Für originale Estasi-Stücke werden auf Versteigerungen immer noch Hunderttausende bezahlt.«

Cosco blickt um sich und seufzt. »Hier ist es geschehen. Manolo war ein zweiundzwanzigjähriger Jurastudent, doch seine Leidenschaft und sein Talent lagen woanders. Er brach sein Studium ab, verkaufte all sein Eigentum und mietete sich diesen Raum als Atelier und Wohnung. Auf diesem Sofa hat er geschlafen und Tag und Nacht gearbeitet. Der Rest ist Mode-Geschichte. Estasi hat das gesamte Modegeschäft auf den Kopf gestellt, es war etwas bisher nie Dagewesenes. Noch immer lassen sich Designer davon inspirieren.«

»Wieso haben Sie einen Schlüssel?«

Cosco lächelt. »Manolo besitzt das Gebäude. Beziehungsweise eine Stiftung, die seinen Namen trägt und deren Geschäftsführer ich bin. Die Stiftung stellt hier jungen, vielversprechenden Modedesignern Ateliers unentgeltlich zur Verfügung. Als ich Anfang der Achtzigerjahre mittellos die Universität in Mailand abschloss, habe ich ein Jahr in diesem Raum gearbeitet. Ich bin mir sicher, hier in diesem Raum liegt etwas Übernatürliches in der Luft.«

Linda nickt. Auf gewisse Weise fühlt auch sie diese magische Kraft, die diese Steinwände ausstrahlen. Sie stellt sich vor, wie der junge Giuseppe Manolo oder Michael Cosco mit hochgekrempelten Ärmeln vor dem Fenster am Zeichenbrett stehen, vollkommen konzentriert darauf, etwas zu schaffen, was die Welt noch nie gesehen hat.

»Haben Sie Manolo schon einmal getroffen?«, fragt Linda, denn Manolo umgibt ein sehr geheimnisvoller Ruf und er ist seit fünfzehn Jahren nicht in der Öffentlichkeit aufgetreten.

Cosco lacht. »Aber sicher. Er ist der Patenonkel meiner ältesten Tochter. Wir golfen jeden Sonntag zusammen.«

Cosco geht um den Schreibtisch herum, zieht eine Kognakfla-

sche aus der unteren Schublade und zwei Gläser, die er mit einem Baumwolltuch poliert. Linda will schon ablehnen, sieht aber ein, dass sie das nicht tun kann. Cosco gießt ein kupferfarbenes Getränk in die Gläser und reicht eines davon Linda. Cosco setzt sich aufs Sofa und bedeutet Linda, sich neben ihn zu setzen. Dann hebt er das Glas und sagt, wieder mit dieser seltsamen Betonung auf dem L:

»Ein Toast auf Linda, den neuen Fixstern am Mailänder Modehimmel!«

Sie stoßen an. Das Getränk ist bitter und brennt in der Kehle, aber Linda zwingt sich, es herunterzuschlucken. Sie spürt, dass Cosco sie beobachtet, und ist bemüht, nicht das Gesicht zu verziehen. Nach dem anfänglichen Brennen stellt sie fest, dass der Kognak eigentlich ganz gut schmeckt. Warm rinnt er die Speiseröhre hinunter. Der Alkohol wird sofort von den Schleimhäuten absorbiert, und Linda entspannt sich.

Cosco mustert Linda von Kopf bis Fuß, im Mundwinkel ein jungenhaftes Lächeln.

»Weißt du, L-inda, dass du mir gleich bei unserer ersten Begegnung aufgefallen bist? Viele Models sind schön, aber sie haben nicht … die Art, wie du dich gibst. Du bist einzigartig. Was würdest du davon halten, wenn ich dich zu einem unserer Models mache?«

»Als Model in Ihrem Haus?«

»Was für einen Vertrag hast du mit Gianbellino?«

»Ich habe keinen Vertrag in Mailand. Ich bin hier über eine finnische Agentur.«

Cosco nippt an seinem Kognak, Linda tut es ihm gleich. Diesmal rinnt ihr das Getränk schon leichter die Kehle hinunter, und sie spürt, wie ihr der Alkohol zu Kopf steigt. Sie fühlt sich sicher und selbstbewusst. Selbst in ihren wildesten Fantasien hätte sie sich nie vorgestellt, mit Michael Cosco gemeinsam Kognak zu trinken und dazu noch in dem legendären Atelier von Giuseppe Manolo.

Das glaubt ihr niemand.

»Ich habe ein paar Mädchen, die regelmäßig für mich arbeiten. Sie arbeiten für niemanden sonst, sie haben es nicht nötig. Was würdest du sagen, wenn ich Marjorie beauftrage, deinen Agenten zu kontaktieren? Zwei Jahre als mein Model, in meinen Shows, für die komplette Tour, mit allen Vorteilen.«

Linda will schon zustimmen, aber Cosco sagt: »Antworte nicht sofort, überleg es dir in Ruhe. Dein Agent möchte nicht, dass du etwas zusagst. Außerdem weiß ich, dass ein Umzug nach Mailand, Reisen um die ganze Welt, die Trennung von der Familie, von der Schule … das sind einschneidende Veränderungen für ein Mädchen in deinem Alter. Ich will nicht, dass du etwas übereilst. Sprich zuerst mit deinen Eltern und mit deiner Agentur und sag mir dann, zu welchem Ergebnis du gekommen bist.«

Cosco reicht ihr seine Karte. »Das ist meine Privatnummer. Du kannst mich jederzeit anrufen.«

Linda droht zu bersten.

Sie braucht nicht eine Sekunde zu überlegen. Selbstverständlich wird sie nach Mailand ziehen! Coscos Show tourt zuerst durch alle großen Städte Italiens und dann durch Paris, Berlin, London, anschließend weiter nach New York, Los Angeles, Tokio und schließlich nach Moskau. Zwei Jahre Modegalas, Pressetermine, Katalogshootings, Partys und Cocktailempfänge. Sie müsste ja verrückt sein, wenn sie nein sagen und nach Finnland zurückkehren würde, um sich in Winterjacken für Anttila fotografieren zu lassen.

»Tust du mir einen Gefallen«, bat Cosco, »geh noch einmal hin und her. Ich möchte es noch einmal sehen.«

Linda steht auf.

Sie trägt Sneaker mit hoher Sohle, beschließt aber trotzdem ihr Bestes zu geben. Das hier ist jetzt ihr Vortanzen. Von diesem Gang in Turnschuhen in einem beengten Atelier hängt ihre ganze Zukunft ab. Das wird eine tolle Geschichte, wenn sie erst reich und berühmt ist.

Sie läuft zum Fenster, dreht sich um und legt ihre Showmiene auf, die sie stundenlang vor dem Spiegel geübt hat. Sie reckt das Kinn, schaut pampig drein und beißt die Backenzähne zusammen. Dann läuft sie konzentriert und mit rhythmischen Schritten und wiegender Hüfte in Richtung Tür. An der Tür hält sie an, legt die Hände auf die Hüften, dreht sich ein paarmal als posiere sie vor einem Fotografen, dreht sich einmal um die Achse und kehrt zum Fenster zurück.

Cosco klatscht. »Bravo Linda, bravo! Wie die junge Cindy Crawford!«

Linda spürt seinen sengenden Blick auf ihrem Körper und errötet. Normalerweise würde sie sich zurückhalten, doch jetzt posiert sie ungeniert, schiebt ihre Hüfte nach vorn und biegt ihren Rücken durch.

Cosco bittet Linda wieder neben sich. Sie stoßen an und leeren ihre Gläser.

»Du glaubst, ich rede nur so dahin, aber ich meine es ernst. Du bist wie die neu erschaffene Cindy.« Dann schüttelt er den Kopf und korrigiert sich: »Oder besser gesagt, weit davon entfernt … du bist unvergleichlich. Aus dir wird mal ein großer Star. Als ich dich auf der Bühne gesehen habe, hat mein Herz einen Schlag ausgesetzt. Und ich bin nicht der Einzige. Das ist schwer zu erklären … so etwas spürt man, wenn es einem begegnet.«

Cosco zieht ein Blechdöschen hervor und lässt den Deckel aufschnappen. Darin enthalten ist eine kleine Menge weißen Pulvers. Cosco hält ihr die Dose hin.

»Jetzt feiern wir.«

Linda weicht zurück, doch Cosco lächelt ihr beruhigend zu. »Hab keine Angst. Es wird nicht umsonst Pulver der Götter genannt.«

Cosco gibt sich eine kleine Menge davon auf den kleinen Finger und schnupft es durch die Nase.

»Sieh mal, ich zeige es dir.«

Cosco nimmt erneut eine kleine Menge auf und hält sie Linda vors Gesicht. Linda weiß, dass sie spätestens jetzt nein sagen muss, dass alles an der Situation falsch ist, aber irgendetwas hindert sie daran. Sie kann einfach nicht, nicht nach all dem, was Cosco gerade getan und versprochen hat. Was ist schon schlimm an ein bisschen Schnüffelei? Rein gar nichts. Alle in Mailand tun das. Und dann wäre sie auch um diese Erfahrung reicher.

Cosco hält ihr das Pulver direkt unter die Nase, und sie zieht es hoch.

Erst geschieht nichts, doch nach einigen Sekunden fühlt sie ein seltsames Kribbeln auf der Nasenschleimhaut, das sich als taubes Gefühl über das Gesicht ausbreitet.

Cosco hat den Kopf geneigt und sieht sie mit einem schiefen Grinsen an.

Und plötzlich schüttet das Kokain eimerweise Wohlbehagen in ihr Gehirn. Schlagartig ist alle Unsicherheit, die Linda je empfunden hat, verflogen wie die Regenwolken beim Durchbrechen der Sonne. Niedergeschlagenheit, Anspannung, Furcht – alles ist verschwunden. Endlich hat sie Verbindung zu jenem winzigen, zarten Etwas, von dem sie immer wusste, dass es in ihr wohnt. Und jetzt, da sie es berührt, schwillt es an, bis es sie ganz erfüllt.

»Hast du überhaupt eine Ahnung, wie schön du bist? Ich schätze, du weißt es nicht einmal.«

Linda schüttelt den Kopf und taucht ein in Coscos Blick, der sie durchdringt wie ein Bündel Gammastrahlen.

Cosco nimmt ihre Hand in die seine und streichelt sanft die Innenseite.

»Ich mache einen Star aus dir.«

Plötzlich beugt er sich vor und drückt völlig unvermittelt seine Lippen auf ihren Mund. Die Berührung seiner feuchten Lippen verstört sie zunächst, doch im gleichen Moment durchströmt sie wieder eine warme Welle, und sie erwidert den Kuss. Sie lösen sich voneinander, schauen sich in die Augen und küssen sich erneut, diesmal länger und leidenschaftlicher. Cosco schlingt seinen Arm um ihre Taille und zieht sie zu sich heran, seine Lippen wandern ihren Hals herab.

Linda lässt es geschehen und neigt den Kopf zurück.

Coscos Hand wandert zu ihrer Brust und liebkost sie durch die Bluse. Die Härchen auf ihrer Haut stellen sich auf, ihre Brustwarzen werden hart. Der Verstand rät ihr, sich aus der Situation zurückzuziehen, doch eine andere, stärkere Kraft drängt sie in die entgegengesetzte Richtung. Coscos Berührung schickt Blitze des Wohlbefindens durch ihren Körper.

»Du bist so schön. Mein Gott, wie schön du bist«, raunt Cosco. Sein Atem wird schwerer. Er will ihr die Bluse über den Kopf ziehen. Erst da versteht sie, wohin das führen wird, und wehrt ihn sanft, aber entschieden ab. Doch das zeigt keinerlei Wirkung. Er wirft sie auf den Rücken und steigt über sie. Linda spürt das Gewicht des Mannes und seine Hände auf ihrer Haut, nicht mehr sanft, sondern rücksichtslos und fordernd. Und sie spürt noch etwas anderes: Coscos Gemächt, das sich gegen ihren Unterleib presst.

»Nein!«, ruft sie und versucht, ihn von sich zu schieben, doch er ist zu schwer.

»Shh!«, sagt Cosco beschwichtigend, saugt gierig an ihrem Hals und fingert an seinem Ledergürtel.

Entsetzt begreift Linda, dass er nicht vorhat aufzuhören. Der Gedanke ist so beängstigend, dass sie panisch wird. In ihren romantischen Vorstellungen passiert ihr erstes Mal mit einem zärtlichen Freund auf einem großen Bett in einem leeren Haus, nicht aber in einem verstaubten, nach Firnis und Wachs stinkenden Raum auf einem abgewetzten Ledersofa mit einem alten Mann, der sie mit Gewalt nimmt. Sie wehrt sich, doch Cosco hält sie jetzt gewaltsam fest. Verschließt ihr mit der Hand den Mund und ein Nasenloch.

Nur mit Mühe bekommt sie Luft, sie darf sich nicht bewegen, um nicht zu ersticken. Unentwegt redet er beruhigend und beschwichtigend auf sie ein, flüstert ihr zu, wie schön sie ist und dass aus ihr ein großer Star werden wird.

Tränen schießen ihr in die Augen, die Schminke verläuft über ihre Wangen.

Cosco schenkt ihr längst keine Aufmerksamkeit mehr. Seine Augen starren durch sie hindurch. Derbe Finger knöpfen ihre Jeans auf und mit einem kräftigen Ruck reißt er sie bis auf die Knie hinab. Einmal noch versucht sie, sich zu winden, aber sie ist ihm nicht gewachsen.

Cosco zwängt seine Hand zwischen ihre Beine. »Sei ein bisschen nett … sei ein nettes Mädchen, dann wird ein Star aus dir … oh mein Gott … du bist wie Seide …«

Linda schließt die Augen. Coscos Blick ist jetzt trüb. Er presst Lindas Mund noch fester zu und für einen Moment ist Linda kurz davor, das Bewusstsein zu verlieren.

Nach einer gefühlten Ewigkeit spannt sich sein Körper. Sein Becken stößt gegen sie und zerschlitzt sie mit unbarmherziger Härte. Der Druck auf dem Mund lässt nach, und er sackt auf sie. Er streichelt ihr Haar, seine Lippen knabbern an ihrem Hals. Linda wagt nicht, sich zu rühren. Er zieht sich aus ihr zurück. Ihr Unterleib brennt. Etwas Warmes rinnt an ihren Oberschenkeln herab.

»Fantastisch …«, murmelt er. »Du bist unglaublich … zum Star gemacht …«

Da sieht er das Blut, das das Sofa befleckt hat. Er knöpft sich die Hose zu und reicht Linda ein Papiertaschentuch.

»Ich … es tut mir leid.«

Linda zerrt Slip und Jeans hoch und wischt sich das verwischte Make-up aus dem Gesicht.

»Auf dem Korridor ist ein Bad.«

Cosco führt sie zur Tür der Toilette. Linda wäscht sich das Gesicht, ordnet ihre Haare und richtet ihre Kleidung.

Cosco wartet derweil im Flur. Sie gehen zur Treppe und in den Keller hinunter. Er fasst sie an der Hand und legt den Arm um sie. In den Gängen verliert Linda jeglichen Orientierungssinn. Sie läuft wie in Trance. Cosco öffnet Türen, biegt um Ecken und führt sie zum Hinterausgang des Gebäudes. Im Innenhof legt er ihr sanft die Arme auf die Schultern und sieht ihr in die Augen.

»Ist alles in Ordnung?«, fragt er ernst.

Linda nickt und lässt den Kopf sinken, doch er legt ihr den gebogenen Finger unters Kinn und hebt es wieder an.

»Du bist unglaublich schön und talentiert. Du kannst alles werden, was du willst. Buchstäblich alles. Es liegt nur an dir. Verstehst du das?«

Linda nickt wieder. Alles, was sie will, ist weg hier, doch Cosco hält sie fest, wie eben dort oben im Haus. Er runzelt die Stirn.

»Ich möchte nur sichergehen, dass du wirklich verstehst.«

Cosco zieht das Kokaindöschen aus der Tasche und schnupft etwas, bietet auch Linda etwas an, doch sie schüttelt den Kopf. Jetzt lächelt Cosco so breit, dass seine weißen Zähne blitzen. Sein Lächeln, das sie eben noch so sexy fand, erscheint ihr jetzt wie eine grässliche Fratze.

»Lass dich noch einmal anschauen.«

Er lässt sie los, tritt zwei Schritte zurück und legt den Kopf schief. »Schenk mir noch einmal diese Position und ein Lächeln.«

Sie sieht ihn an, stemmt die Hände in die Hüften, dreht sich um ihre Achse, reckt das Kinn und zwingt sich zu lächeln.

Cosco klatscht in die Hände. »Bravo, L-inda. Bravo!«

Er reicht ihr ein paar Scheine für ein Taxi. Linda nimmt sie, da sie nicht wagt, sie abzulehnen. Sie geht in Richtung Hausdurchgang, die Sonne brennt ihr im Nacken. Hinter ihr fällt die Tür zu. Tränen steigen in ihr auf, doch es gelingt ihr, sie herunterzuschlucken.

Ein Taxi hält neben ihr, der Fahrer lässt das Fenster herunter und grinst sie an. Linda wittert die Gier in seinen Blicken, die ihren Körper abtasten, und wird von Abscheu ergriffen. Sie bedeutet ihm weiterzufahren. Viertel für Viertel läuft sie zu ihrer Wohnung. Menschen kommen ihr entgegen, Autos zischen vorüber. Ampeln, Grünanlagen und Steinhäuser, doch nichts davon nimmt sie wahr.

46

Der Tag, der so heiter begonnen hatte, verdunkelte sich gegen Abend. Mittags begann es zu nieseln, und als Paloviita endlich nach Hause gehen konnte, goss es wie aus Kübeln. Der Herbst brach mit Macht herein.

Schon als er in seine Wohnstraße einbog, sah er, dass das Auto seiner Schwiegereltern vor seinem Haus parkte.

»Scheiße!«

Paloviita musste sein Auto am Straßenrand abstellen, da sein Schwiegervater seinen Mercedes so in der Einfahrt platziert hatte, dass Paloviitas Wagen unmöglich noch daneben passte. Obwohl er zur Haustür rannte, wurde er pitschnass.

Er brachte Schuhe und Jacke zum Trocknen in den Hauswirtschaftsraum, zog neue Strümpfe an, sagte Sini und Sara in ihrem Spielzimmer Hallo und betrat widerwillig die Küche, in der Terhi und seine Schwiegereltern Kaffee tranken.

Schon beim ersten Atemzug witterte er, woher der Wind wehte.

Von Norden, eiskalt und kräftig.

Er legte ein Lächeln auf und begrüßte alle mit gespielter Leichtigkeit.

»Überstunden«, sagte er, angelte eine Tasse aus dem Schrank, goss sich Kaffee ein und füllte dann auch die Tassen von Terhi und den anderen. »Es schüttet.«

Er lehnt sich gegen die Spüle und rätselte, worum es ging. War er vorbereitet, konnte er sich besser wappnen. Denn schon bald würde es Fragen hageln. Seine Schwiegereltern kamen nicht einfach so ohne Ankündigung vorbei. Es war offensichtlich, dass sie einen Moment abgepasst hatten, an dem er nicht zu Hause war. Er musste jetzt ruhig bleiben. Durfte sich auf keinen Fall provozieren lassen.

»Jetzt, da gerade alle Beteiligten versammelt sind, können wir ja anfangen«, sagte sein Schwiegervater, hob die Aktentasche auf den Tisch und ließ das Schloss aufschnappen.

Beteiligte. Anfangen. Verdammt.

Paloviita presste die Zähne zusammen, sein Magen krampfte sich in einer ersten Welle der Wut zusammen. Es gab nur eine Sache, die Risto meinen konnte, wenn er von *Beteiligten* sprach. Die Bürgschaft ihrer Schulden. Er nahm einen Schluck Kaffee und versuchte, seinen Puls unter Kontrolle zu bringen.

Als Terhi und er den Bau ihres Hauses planten, hatten Terhis Eltern für den Kredit gebürgt. Das Haus hatte eine irrwitzig hohe Summe Geld verschlungen. An nichts war gespart worden. Seine Schwiegereltern hatten sie darin sogar noch bestärkt.

»Macht es gleich richtig, damit ihr es später nicht bereut.«

Dann kamen Sini und Sara auf die Welt, und sie waren mit den Kreditzahlungen in Rückstand geraten.

Die Wahrheit war ihnen entgegengeschlagen wie ein Zehn-Tonnen-Hammer. Selbst die Tilgung der Zinsen überstieg ihre Möglichkeiten. Und so hatten die endlosen Streitereien mit Terhi begonnen. Sie mussten für etliche Monate eine Aussetzung der Tilgung beantragen, um ihren Lebensstandard halten zu können: mit Reisen, Wellnessurlauben und den Ratenzahlungen für ihre Autos. Zur gleichen Zeit hatte sein Schwiegervater die Zügel straffer gezogen. Heftige Vorwürfe setzten ein, nicht mehr nur Paloviitas Eigentum und Familie stünden auf dem Spiel, sondern es ginge nun auch um das Leben und Vermögen seiner Schwiegereltern.

Was natürlich nicht stimmte. Tatsächlich war die Bürgschaft für seinen Schwiegervater ein Klacks.

Vor gut einem Jahr hatten Terhi und er sich dann zusammengesetzt, den Taschenrechner zur Hand genommen und einen Plan geschmiedet, wie sie die Kreditzahlungen wieder leisten konnten.

Doch das hatte Risto kein bisschen gebremst. Ganz im Gegenteil. Fast jede ihrer Begegnungen gipfelte darin, dass Risto ihre finanzielle Situation auseinandernahm.

Und offensichtlich war es gerade wieder einmal so weit.

»Wie euch bekannt ist, haben wir als Bürgen das Recht, Einsicht in eure Bankangelegenheiten zu nehmen«, fing Risto an und entnahm seiner Aktentasche ein Bündel Papiere. »Ich bin schon seit Längerem besorgt. Nicht nur, weil letztendlich wir für euren Kredit geradestehen, sondern auch darüber, was für ein Leben ihr euren Kindern bietet.«

»Papa! Hast du unsere Konten eingesehen?«, empörte sich Terhi.

Risto hob abwehrend die Hand. »Natürlich hätten wir das nicht getan, wenn es aus meiner Sicht nicht absolut notwendig gewesen wäre. Wir haben um die Kontoauszüge des vergangenen Jahres gebeten.«

»Ohne uns zu fragen?«, wunderte sich Terhi. »Ich hätte sie euch auch geben können.«

Paloviita biss die Zähne zusammen und knetete die Kaffeetasse in seiner Hand. Jetzt brauchte es Nerven wie Drahtseile. Leider nicht seine Stärke.

Risto wandte sich an seine Tochter. »Tatsächlich? Na, dann dürfte dich das sicher auch interessieren.«

»Wie oft muss ich dir noch sagen, dass wir uns selbst um unsere Geldangelegenheiten kümmern. Die Tilgungen laufen normal!«

Paloviita dankte Terhi im Geiste. Es war wichtig, dass sie geschlossen auftraten.

Risto richtete seinen Blick auf Paloviita. Dabei kniff er die Augen zusammen, und obwohl er sich bemühte, ernst dreinzuschauen, konnte er ein Zucken um seinen Mundwinkel nicht unterdrücken, wie Paloviita feststellte.

»Das ist natürlich fein. Dennoch sind Dinge zutage getreten, die du besser wissen solltest.«

»Was denn nun schon wieder«, stöhnte Terhi.

»Ich habe lange darüber nachgedacht, ob ich die Sache überhaupt zur Sprache bringen sollte. Doch nach reichlicher Überlegung sind wir zu dem Schluss gekommen, dass wir nicht schweigen können. Wir sind schließlich deine Eltern und lieben dich.«

»Papa!«

»Moment! Es ging uns einfach darum, zu wissen, wo wir finanziell stehen. Dabei ist Mutter und mir etwas Besorgniserregendes aufgefallen. Zunächst einmal ist euer Girokonto ständig in den Miesen. Gut möglich, dass ihr es schafft, Kredit und Rechnungen zu begleichen, aber über einen Puffer verfügt ihr nicht. Ihr hangelt euch gerade so von Monat zu Monat, doch das ist nicht mein Anliegen. Vielmehr deutet alles darauf hin, dass Jari dich angelogen hat.«

»Was faselst du da?«, knurrte Paloviita.

»Na, na, immer mit der Ruhe«, erwiderte Risto. »Lass mich ausreden. Ich möchte nur wissen, über wie viele Konten ihr verfügt.«

»Drei«, antwortete Terhi. »Ein gemeinsames und je eins für die Kinder. Die wir angelegt haben, als Sini und Sara geboren wurden. Was soll die Frage?«

»Was würdest du sagen, wenn ich dir erzähle, dass Jari daneben ein eigenes Konto bei einer anderen Bank besitzt?«

Terhi hebt die Schultern. »Na und, Jari ist ein erwachsener Mensch.«

Risto sieht erst Terhi und dann Paloviita an. »Willst du, dass ich es sage, oder tust du es?«

Paloviita blähte die Nasenflügel. Er fühlte sich, als hätte ihn sein Schwiegervater gerade vor aller Augen splitternackt ausgezogen. Nie in seinem Erwachsenenleben hat er eine größere Schmach erfahren. Er erwiderte nichts.

»Dein Ehemann verfügt über Ersparnisse, von denen er, soweit uns bekannt ist, weder dir noch uns, den Bürgen für euren Kredit, etwas gesagt hat. Nach unserer Auffassung erfüllt das die Merkmale von Unterschlagung und Betrug.«

Terhi dreht sich zu ihrem Mann um. »Was für Ersparnisse?«

Paloviita schluckte. Er wusste ganz genau, von welchem Geld die Rede war. Er hatte sich eifrig bemüht, die Existenz dieses Kontos zu vergessen – genau genommen hatte er schon vor Jahren beschlossen, dass es dieses gar nicht gibt. Er beschloss, sich auch jetzt unwissend zu stellen. Sollte sein Schwiegervater die Sache doch offenbaren.

»Also gut. Du lässt mir keine andere Wahl.«

»Ich schaue mal nach den Mädchen«, sagte Terhis Mutter, stand auf und verließ die Küche.

Sie flüchtet, dachte Paloviita und wunderte sich nicht. Die ganze Situation war vollkommen absurd. Zu gern würde auch er durch die Tür verschwinden, sich ins Auto setzen und möglichst weit wegfahren.

Risto reichte Terhi einen Kontoauszug. »Neunundzwanzigtausend? Du hast fast dreißigtausend auf dem Konto?«

Paloviita antwortete nicht.

»Habe ich doch richtig geraten. Dein Gatte hat dir nichts von diesem Geld gesagt. Du hast keine Ahnung!«

Paloviita versuchte, in Terhis Gesicht zu lesen, es gelang ihm aber nicht, zu widerstreitend waren seine Gefühle: Überraschung, Zweifel, Enttäuschung und Wut.

Risto fuhr fort: »Mit anderen Worten, während ihr monatelang keine Tilgungen geleistet habt und die Bank euch Briefe geschrieben hat, hatte Jari ein prall gefülltes Konto!«

Paloviita verzog das Gesicht. Er erinnerte sich, wie sie unzählige Male spätabends mit Terhi in der Küche zusammengesessen hatten, Rechnungen sortiert und gerechnet hatten, in welcher Reihenfolge sie sie bezahlten. Ganz zu schweigen von jenen Diskussionen, in denen es darum ging, auf welche Hobbys, Wellnessurlaube, Mitgliedsbeiträge oder Zeitschriftenabos sie verzichten könnten, um Geld einzusparen. Letzten Endes war Terhi diejenige gewesen, die sich um die Geldangelegenheiten gekümmert und den größeren Teil zu ihrem gemeinsamen Lebensunterhalt beigetragen hatte, da sie als Lehrerin besser verdiente als er.

»Woher kommt das Geld? Was zum Teufel soll das?«, fragte Terhi.

»Lass uns heute Abend darüber sprechen, wenn wir allein sind, einverstanden?«, sagte Paloviita und schluckte. Er hatte keine Lust, die Sache vor seinen Schwiegereltern zu erörtern.

»Damit du mich wieder anlügen kannst?«, fragte Terhi.

»Ich habe dich nicht angelogen, dafür gibt es eine Erklärung, ich …«

Terhis Gesicht lief rot an. »Du hast verlangt, dass wir mein Auto verkaufen und ich mit dem Bus zur Arbeit fahre. Ich musste Abendkurse an der Volkshochschule geben, um zusätzliches Geld zu verdienen. Und du hast die ganze Zeit das Geld für ein neues Auto auf dem Konto?!«

Paloviita warf einen Blick auf seinen Schwiegervater, der ihn gehässig anstarrte.

»Das ist nicht mein Konto. Es gehört meiner Schwester.«

»Deiner Schwester! Tiina ruht seit dreißig Jahren tief unter der Erde!«

Paloviita verstummte. Es war ihm unmöglich, die Sache hier und jetzt erschöpfend zu erklären.

»Vor zwei Wochen, als wir in der Stadt waren, wollte ich den Kindern neue Winteroveralls kaufen, aber wir hatten kein Geld dafür. Du hast gesagt, wir müssen auf die nächste Gehaltszahlung warten, und so habe ich den ganzen Abend damit verbracht, ihre alten zu flicken.«

»Es sieht ganz so aus, als ob ihr einiges zu besprechen habt«, sagte sein Schwiegervater und ließ seine Aktentasche zuschnappen. Doch vorher musste er noch ein wenig mehr Öl ins Feuer gießen:

»Kannst du dir vorstellen, wie es sich für mich und Mutter anfühlt, wenn uns die Bank im Nacken sitzt? Wie viele Nächte wir wachgelegen haben … Und gleichzeitig hat dein sogenannter Ehemann uns die ganze Zeit verarscht!«

Risto sah seine Tochter an. »Ich habe dich schon vor Jahren gewarnt, dass dir dieser Fuzzi nichts als Ärger einbringen wird. Du hättest so viel Bessere haben können, wenn du nur auf mich gehört hättest.«

»Es reicht!«, brüllte Paloviita. Länger konnte er die Wut in seinem Bauch nicht unterdrücken. Adrenalin schoss ihm ins Gehirn.

Risto sah ihn giftig an und erhob sich langsam. Über seinem Brustkorb vom Umfang eines Fasses spannten sich die Hemdknöpfe, seine Halssehnen und Adern wölbten sich. Ristos ganze Erscheinung spie vor Siegesgewissheit. Sein Leben lang hatte er nach einer Gelegenheit gesucht, ihn und Terhi auseinanderzubringen. Paloviita wäre nicht verwundert gewesen, wenn er erfahren hätte, dass sein Schwiegervater vor ein paar Jahren, als er ihn verdächtigte, Terhi zu betrügen, einen Privatdetektiv engagiert hatte.

»Nein, uns reicht es jetzt!«, donnerte Risto zurück. »Dieses Schmierentheater hört jetzt auf! Ich habe die Schnauze voll von deinem leeren Geschwätz.«

Dann in ruhigem Ton an seine Tochter gewandt: »Ich sage das nicht gern, schon wegen der Kinder, sie haben sich ihren Vater nicht ausgesucht, aber überleg dir genau, ob du dieses Leben weiterführen willst. Ist es wirklich das, was du dir als junges Mädchen erträumt hast? Dieser Stress bringt deine Mutter und mich noch ins Grab.«

Paloviita bemühte sich immer noch, nicht die Beherrschung zu verlieren. Er holte tief Luft und sagte: »Dieses Konto hat nichts mit unserer finanziellen Situation zu tun. Es ist nicht mein Geld.«

Risto grinste. »Wem gehört es dann? Den Wichtelzwergen? Laut Aussage der Bank bis du der einzige Inhaber des Kontos.«

Eine dunkle, ölige Lache breitete sich langsam in Paloviitas Kopf aus und trübte seinen Verstand.

»Er hat dich angelogen«, sagte Risto. »All die Jahre. Wenn es eng bei euch war, ihr die Raten aussetzen musstet, ihr bei den Hobbys der Kinder knapsen musstet, wenn du kein Geld hattest, dir neue Kleidung zu kaufen – die ganze Zeit hat dein Mann im Mammon geschwelgt und es vor dir verheimlicht! Was für ein Mensch tut so etwas?«

Eine Träne lief über Terhis Wange und weiter in Richtung Mundwinkel. Am liebsten hätte Paloviita einen großen Schritt auf seine Frau zu gemacht und sie in die Arme genommen, doch er wusste, dass das die Situation nur verschlimmern würde. Terhi fühlte sich betrogen, und das nicht ohne Grund. Ihm war klar, dass er das Konto schon vor langer Zeit seiner Frau gegenüber hätte erwähnen sollen, aber wie alles, was mit Tiina zu tun hatte, wollte er es einfach nur tief in sich vergraben. Er hätte ihr erklären sollen, dass seine Eltern das Kindergeld seit seiner und Tiinas Geburt gespart und, obwohl Tiina mit sechs Jahren gestorben war, das Geld weitergezahlt und an dem Tag, an dem sie 18 geworden wäre, das Konto auf ihn überschrieben hatten.

Paloviita hatte nie auch nur einen Cent von dem Konto abgehoben, selbst dann nicht, als er während des Studiums mitunter kaum seine Miete bezahlen konnte. Lieber hatte er einen Studienkredit aufgenommen und seine Kumpels um Geld fürs Essen angebettelt, als dieses Konto anzurühren, auf dem seit dreißig Jahren die Zinsen aufliefen. Er war seine Schuldgefühle nie losgeworden. Das Gefühl, Schuld am Tod seiner Schwester zu tragen, begleitete ihn bis heute. Dieses Geld war Blutgeld. Eine Erinnerung daran, dass er für den Tod seiner Schwester verantwortlich war.

»Raus!«, schrie Paloviita. »Raus aus meinem Haus!«

Die Worte kamen ihm über die Lippen, ohne dass er groß darüber nachgedacht hätte.

Risto sah ihn mit schiefem Kopf und einem Blick an, der so unverfroren und arrogant war, wie er ihn selbst in all seinen Berufsjahren nie gesehen hatte.

»Du kommandierst mich hinaus? Hör mal, Bürschchen, dieses Haus gehört immer noch eher mir als dir. Und Jari, du bist nicht mehr als eine Luftnummer!«

Terhi fing an zu weinen. »Hört auf!«

Doch sein Schwiegervater zischte: »Nun schau dir an, was du anrichtest. Eine ordentliche Tracht Prügel verdienst du.«

»Him-mel-arsch noch-mal!«, stöhnte Paloviita.

Und plötzlich legte sich ein Schalter in seinem Kopf um. Er stürzte quer durch die Küche und mit gefletschten Zähnen wie ein urzeitliches Raubtier auf Risto. Dieser warf sich ihm brüllend entgegen. Sie prallten gegeneinander wie zwei Schafböcke auf der Weide. Sein Schwiegervater war stämmiger als er. Dreißig Jahre Krafttraining hatten Ristos Oberkörper muskulös geformt, doch im Alter von siebzig Jahren waren seine Bewegungen nicht mehr so geschmeidig. Jari wog zwanzig Kilo weniger als Risto, hatte einen kleinen Bauchansatz bekommen, aber ein Einsatztraining durchlaufen.

Der Zusammenprall war so heftig, dass sie gegen den Küchentisch donnerten, der umkippte und gegen die Backofentür knallte, die daraufhin zerbarst. Glassplitter rieselten aufs Parkett.

Risto griff Paloviita am Hemdkragen. Ein Reißen war zu hören, als die Nähte nachgaben. Paloviita wummerte mit dem Rücken gegen den Kühlschrank und hinterließ dort eine tiefe Beule.

»Aufhören!«, schrie Terhi schrill.

Jetzt kam auch Terhis Mutter wieder in die Küche gerannt und schrie erschrocken auf, als sie sah, was hier vor sich ging. Paloviita nutzte den Augenblick der Verwirrung und schlug mit aller Kraft mit dem Unterarm gegen Ristos Hand. Sein Griff lockerte sich, und er ächzte vor Schmerzen. Im gleichen Moment trat Paloviita ihm in die Magengrube. Seine Kniescheibe bohrte sich durch die Bauchmuskeln ins Zwerchfell und Risto klappte zusammen.

Aus Paloviitas Kehle löste sich ein Triumphschrei. »Hier – hast – du – deine – Luftnummer!«

»Jari! Hör auf!«, rief Terhi.

»Um Gottes willen!«, heulte seine Schwiegermutter und packte Paloviita am Ärmel, doch dieser riss sich los und warf sich auf seinen nach Luft schnappenden Schwiegervater.

»Ver-dammt! Jetzt, du Sack, fliegst du hochkantig raus!«

Paloviita packte Risto im Nacken. Seine Finger bohrten sich in das welke Fleisch. Er zerrte seinen Schwiegervater durch die Küche in den Flur. Jetzt erschienen auch Sini und Sara, sie weinten. Paloviita riss mit der freien Hand die Tür auf. Terhi wollte ihn festhalten und zurückziehen. Rücksichtslos stieß er sie zur Seite und schob Risto weiter zum Ausgang.

»Ruf die Polizei!«, rief Terhi ihrer Mutter zu. »Er bringt ihn noch um!«

Paloviita drückte die Türklinke herunter und öffnete die Haustür mit einem Tritt. Klamme, feuchte Herbstluft schlug ihnen entgegen. Die Fallrohre spien tönend Regenwasser vom Dach in die Kanalisation.

»Ha, verpiss dich, du alter Sack!«, sagte Paloviita mit einem kehligen Lachen.

Er spannte all seine Muskeln an, um Risto vor die Tür zu stoßen, als dieser sich plötzlich umdrehte und losriss. Paloviita versuchte, ihn wieder zu fassen zu bekommen, doch diesmal war sein Schwiegervater schneller und packte ihn an der Kehle. Seine Pranke drückte zu wie eine Schraubzwinge, und Paloviita blieb der Atem weg. Gleichzeitig schlug sein Schwiegervater ihn mit dem Hinterkopf mit aller Wucht gegen die Wand. Der Gipskarton gab nach und unter der Tapete bildete sich eine Delle. Paloviitas Knie gaben nach, aber er war sofort wieder hellwach. Paloviita versuchte, sich mit dem gleichen Trick zu befreien wie in der Küche und schlug gegen Ristos Arm, doch der Schlag blieb kraftlos und der Druck auf seine Kehle wurde stärker.

»Scheißkerl!«, brüllte Risto und schleuderte ihn zur Tür hinaus wie ein Bündel Reisig. Paloviita strauchelte über den Gartenweg und versuchte, das Gleichgewicht zu halten, aber schließlich stolperte er über seine eigenen Beine und plumpste mit dem Hinterteil auf den Rasen. Der Regen peitschte ihm ins Gesicht, die Haare trieften, und die Hose war völlig durchnässt. Doch nichts davon konnte den in ihm lodernden Zorn dämpfen, und so sprang er unversehens wieder auf und stürzte sich auf Risto. Sein Schwiegervater stellte sich ihm entgegen, und wieder waren sie in ein Handgemenge verstrickt. Sie drehten sich und zerrten aneinander und bemühten sich, den anderen aus dem Gleichgewicht zu bringen. An den Fenstern der benachbarten Häuser erschienen Neugierige, einige hatten bereits ein Handy am Ohr.

Arme und Beine wurden von Milchsäure geflutet, die Kämpfenden stöhnten immer heftiger. Endlich gelang es Paloviita, Risto zu Fall zu bringen. Sie fielen, einer über dem anderen, in eine Pfütze. Paloviita hob die Faust, aber sein Schwiegervater war schneller. Seine riesige Pranke traf ihn an der Nase, und sie platzte auf. Paloviita schlug mit aller Kraft zurück und traf die Leber, zum zweiten Mal an diesem Abend rang Risto nach Luft. Paloviita zeigte seine blutigen Zähne, holte mit der Faust aus und zielte auf Ristos Gesicht. Doch eh er zuschlagen konnte, wurde er zurückgezogen.

»Es reicht!«, war der energische Ruf eines Mannes zu hören.

Helfende Hände stützten Paloviita. Blut lief über sein Kinn. Er spuckte einen blutigen Klumpen auf den Rasen. Vor ihm stand sein Nachbar Jaska, ein Witwer in den Sechzigern, mit dem sie hin und wieder an den Wochenenden gemeinsam grillten.

»Ich denke, das war's für heute Abend«, sagte Jaska.

Paloviita nickte und schnaufte. Terhi und Heli eilten zu Risto. Beide weinten. Weitere Türen öffneten sich, und kurz darauf standen fünf, sechs Männer um sie herum, um sicherzustellen, dass die Prügelei nicht weiterging.

Erst jetzt setzte Paloviitas Verstand wieder ein. Er begriff allmählich, was passiert war, auch wenn er noch nicht alles richtig zu fassen bekam. Als ob jemand anderes in seinen Körper geschlüpft und sich geprügelt hätte. Unzählige Male hatte er von Verdächtigen bei Vernehmungen den Satz gehört: »Plötzlich wurde alles dunkel.«

Bisher hatte er das einfach für eine Ausrede gehalten.

Plötzlich wurde alles dunkel.

Genau so war es auch ihm gerade gegangen.

Irgendeine primitive Macht hatte von ihm Besitz ergriffen und den Verstand einfach ausgeknipst.

Risto wurde aufgeholfen. Paloviita wischte sich mit dem Ärmel das Blut ab. Er war bis auf die Unterhose durchnässt. Er bedankte sich im Stillen dafür, dass es ihm nicht gelungen war, dem Alten in die Fresse zu schlagen. Im schlimmsten Fall hätte er ihm etwas gebrochen. Terhi und seine Schwiegermutter führten Risto ins Haus. Paloviitas und Terhis Augen trafen sich für einen Moment, und er spürte die Endgültigkeit in diesem Blick. Als sähe er in den Brunnen, in dem Tiina ertrunken war. Er folgte Risto und den Frauen ins Haus, strich Sini und Sara über den Kopf und erkannte, dass er blutverschmierte Grashalme in ihren Haaren hinterließ. Beide weinten, ohne richtig zu begreifen, was hier gerade vor sich gegangen war.

Risto wurde auf einen Küchenstuhl gesetzt und bekam ein Glas Wasser. Paloviita ging direkt nach oben. Er zog sich aus, wusch sich das Gesicht ab, streifte sich trockene Sachen über und fing an, sein Zeug zu packen. Als er zehn Minuten später nach unten kam und sich die Jacke überzog, sprach niemand ein Wort mit ihm.

Er setzte sich ins Auto und fuhr davon.

In den Fenstern der Nachbarhäuser brannte Licht. Sein Weggang wurde von vielen Augen verfolgt.

47

Es regnete so stark, dass die Scheibenwischer machtlos waren. Paloviita fuhr die drei Hotels im Stadtzentrum ab, aber in keinem gab es ein freies Zimmer. Ab und zu schaute er auf sein Handy, um nachzuschauen, ob Terhi angerufen oder eine Nachricht geschrieben hatte, doch sein Telefon blieb stumm. Ehrlich gesagt rechnete er auch nicht mit einem Anruf. Einmal fuhr er am Haus seiner Eltern vorbei, doch ein innerer Widerstand hinderte ihn daran, auf ihr Grundstück zu fahren und um ein Nachtasyl zu bitten. Das Verhältnis zu seinen Eltern war schon kaputt, jetzt hatte er auch noch seine Ehe zerstört.

Er blieb an einer Bushaltestelle stehen und ließ den Motor laufen, damit die Scheiben nicht beschlugen. Die Scheinwerfer durchstachen die Dunkelheit und wurden vom nassen Asphalt reflektiert. Er öffnete das Fenster einen Spalt und zündete sich eine Zigarette an.

Seine Nase schmerzte. Bereits ein Jahr zuvor hatte er sie sich im Kampf mit einem Mossad-Agenten gebrochen, und sie war leicht schief zusammengewachsen.

Er blickte hinter sich. Auf der Rückbank lag die Reisetasche. Erst jetzt verstand er, wie endgültig alles war. Seine Beziehung stand schon seit Jahren auf Messers Schneide, doch sie hatten immer gehofft, alles könnte sich noch ändern. Doch das war pure Träumerei gewesen. Ohne Kinder hätten sie schon längst das Besteck aufgeteilt. Hätte er wirklich mit Terhi weiterleben wollen, wäre es seine Aufgabe gewesen, sich zu ändern und zusammenzureißen, doch dazu war er viel zu verbittert, zu stolz und zu lahmarschig. Und jetzt spürte er die Folgen.

Es war ganz allein ihm zu verdanken, dass seine Ehe so den Bach runtergegangen war.

Jetzt war es endgültig aus – und er empfand vor allem Erleichterung. Besonders hatte er die Scham gefürchtet. Er hatte immer im Kopf gehabt, was die anderen wohl denken würden.

Er erwog, zu einem abgelegenen Waldweg zu fahren und im Auto zu schlafen, doch es waren nur wenige Grad über null. Innerhalb weniger Stunden wäre er unterkühlt. Eine andere Möglichkeit war, einfach ins Präsidium zu fahren und auf der Couch im Pausenraum zu schlafen, aber auf das Getratsche, was unweigerlich darauf folgen würde, konnte er gut verzichten.

Also zog er sein Telefon aus der Tasche und wählte Lindas Nummer. Es läutete lange, und er wollte schon auflegen, als sie endlich antwortete.

»Wäre es eventuell vorstellbar, dass du mich heute Nacht auf deinem Sofa beherbergst?«

Die Antwort kam prompt. »Na klar. Ich schulde dir noch einen Gefallen. Und auch sonst. Linnea ist bei ihrem Vater. Hier ist Platz.«

Paloviita bedankte sich und beendete das Telefonat, ehe Linda noch mehr fragen konnte. Unterwegs hielt er an einem Supermarkt, kaufte etwas zum Abendbrot und zum Frühstück und fuhr zu Linda.

Sie empfing ihn an der Tür. Er reichte ihr die Einkaufstüte. Dann ging er duschen. Währenddessen bezog Linda ihm das Bett in Linneas Zimmer.

Im Schein der Küchenlampe besah sich Linda sein Gesicht. »Sieht nicht so schlimm aus – dieses Mal.«

»Wie auch immer. Das tut meiner Schönheit eh keinen Abbruch.«

»Wo hast du denn diesmal randaliert?«

Paloviita lächelte. Er fühlte sich unergründlich leicht. Zum ersten Mal seit langer Zeit nervte ihn nichts. Vielleicht lag es ja an einer chemischen Reaktion, an den Endorphinen oder so, die sein Körper in rasender Wut ausgeschüttet hatte. Woran auch immer, Paloviita hatte keinen Bock, es genauer zu analysieren.

Dann berichtete er, was vorgefallen war, und beschönigte seine Rolle nicht. Er fragte sich, wann er das letzte Mal so vorbehaltlos ehrlich gewesen war. Linda hörte ihm schweigend zu. Als er zu dem Punkt kam, an dem er sie angerufen hatte, unterbrach sie ihn:

»Was hast du als Nächstes vor?«

»Ich weiß es nicht. Ich glaube nicht, dass mein Schwiegervater mich anzeigt. Aber er wird auf alle Fälle dafür sorgen, dass ich bei der Scheidung gründlich ausgenommen werde.«

Linda lächelte. »*Been there*. Ville ist als Rechtsanwalt auf Familienangelegenheiten spezialisiert. Bei unserer Scheidung wurde alles andere als gerecht geteilt.«

»Solange ich nur die Mädchen noch sehen darf.«

Linda tätschelte seinen Arm. »Natürlich darfst du das. Terhi ist eine kluge Frau und eine gute Mutter. Sie wird das Wohl der Kinder über alles stellen.«

»Ich bereue es, so dämlich gewesen zu sein. Auf einen alten Mann loszugehen wie ein tollwütiger Köter. Ich verstehe nicht, was da über mich gekommen ist.«

»Es klingt, als ob er dich dazu bringen wollte.«

»Trotzdem. Ich bin Polizist. Wer, wenn nicht ich, müsste in der Lage sein, sich nicht provozieren zu lassen.«

Linda holte zwei langhalsige Bierflaschen aus dem Kühlschrank und reichte ihm eine davon. Paloviita dachte, dass er etwas zu Lindas Trinkerei sagen sollte, hatte er ihr doch gerade empfohlen, sich Hilfe zu holen, aber er verkniff es sich. Das war nicht der passende Augenblick dafür. Davon abgesehen: Bier war gerade das, was er jetzt brauchte.

Linda setzte sich in den Sessel und zog die Beine an. Paloviita war schon immer aufgefallen, dass Lindas Bewegungen etwas übernatürlich Geschmeidiges an sich hatten. Alles an ihr wirkte so leicht und mühelos. Er setzte sich ihr gegenüber und schaute sich um. Die Drei-Zimmer-Reihenhauswohnung war unauffällig eingerichtet. Obwohl sie noch nicht sehr alt war, waren die Abnutzungserscheinungen nicht zu übersehen. Im Flur waren ein paar Leisten lose, das Laminat in der Küche war stumpf, und das Waschbecken in der Toilette war halb verstopft.

Nach den Bieren mixte Linda ihnen einen Drink. Paloviita merkte, wie er betrunken wurde. Fast ohne es zu merken. Er hatte lange keinen Tropfen getrunken. Linda entkorkte eine Rotweinflasche und briet ihnen zum Abendessen ein paar Eier mit Blauschimmelkäse, Zwiebeln und Rucola. Nach dem Essen ging Paloviita auf die Toilette und wusch sein Gesicht mit kaltem Wasser. Er versuchte, einen klaren Kopf zu bekommen. Sein Gesicht fühlte sich taub an, und er starrte ins Leere.

Als er wieder ins Wohnzimmer kam, hatte Linda ihre Sachen gegen ein hautenges Nachthemd eingetauscht und den Fernseher eingeschaltet. Paloviita versuchte zu ergründen, ob Linda ebenso beschwipst war wie er, konnte aber keine Veränderung an ihr feststellen. Ihm fiel auf, dass er sie ungebührlich anstarrte, also wendete er den Blick ab.

Sie tranken die Weinflasche aus und unterhielten sich. Die Themen wechselten, aber ganz so, als hätten sie eine unausgesprochene Abmachung, mieden sie alles, was mit der Arbeit zu tun hatte.

Paloviita stand auf und studierte das Bücherregal, wo etliche Biografien, Heimwerker- und Bastelbücher und einige Romane standen. Die Auswahl passte gut zu dem Bild, das Paloviita von Linda hatte. Er musste grinsen, als ihm klar wurde, dass er dabei war, ein Profil seiner Kollegin zu erstellen. Es war ihm einfach in Fleisch und Blut übergegangen.

Auf dem mittleren Regal standen Fotos in einer Reihe. Die

meisten von Linnea, aber es gab auch ein Foto von Linda mit der Abiturmütze. Er nahm es in die Hand.

»Wenn ich mich recht erinnere, warst du früher Model?«

»Nur für eine kurze Zeit.«

Er hielt ihr das Abifoto hin: »Das wundert mich nicht. Du siehst aus wie ein Engel. Heute noch. Wie war das damals?«

»Das ist eine Ewigkeit her. Und wie gesagt, ich hatte nur wenige Shootings.«

Er merkte, dass Linda das Thema unangenehm war, und er stellte das Bild zurück. Er wusste, dass sie stark untertrieb. Vor vielen Jahren waren Fotos von Linda als Unterwäschemodel in der Männerumkleide der Polizei herumgereicht worden, bis ein älterer Kollege sie an sich genommen und aus dem Verkehr gezogen hatte. Auch Paloviita hatte nicht widerstehen können und sie sich angeschaut.

Er gab vor, gähnen zu müssen.

»Ich bin total platt. Ich glaube, ich haue mich hin. Danke, dass ich hier sein darf.«

»Wenn du noch einmal danke sagst, schläfst du draußen.«

Paloviita lachte, putzte sich die Zähne und kroch in Linneas Bett. Er lag auf dem Rücken, starrte an die Decke und lauschte dem Trommeln des Regens. Er dachte darüber nach, wie tief er gesunken war. Noch am Morgen hatte er ein Zuhause und eine Familie gehabt, jetzt lag er im Bett der Tochter einer Kollegin, und er hatte nicht den blassesten Schimmer, was morgen sein würde.

Er hörte, wie Linda den Fernseher ausschaltete, ins Bad und in ihr Schlafzimmer ging. Dann war es still.

Als das letzte Licht erloschen war, blieb Paloviita allein in der Dunkelheit zurück. Die Erkenntnis, dass seine Ehe gescheitert war, überrollte ihn wie ein Bulldozer. Der Alkohol verstärkte das Gefühl noch, sodass er kaum noch atmen konnte. Jedes Mal, wenn er die Augen schloss, schwindelte ihm, und sein Magen verkrampfte sich. Schließlich musste er sich aufsetzen, um sich nicht zu übergeben. Er hörte, wie Linda sich in ihrem Bett wälzte, und plötzlich konnte er nicht mehr anders, er legte das Gesicht in die Hände und weinte.

Das Gefühl, beobachtet zu werden, schreckte ihn auf. Als er den Blick hob, sah er Linda in der Tür stehen. Ihr Gesicht und Nachthemd wurden schwach vom Lichtschimmer erhellt, der durch die Jalousie fiel.

Sie fasste ihn an der Hand und zog ihn hinter sich her in ihr Schlafzimmer. Sie küssten sich. Linda schmiegte sich an ihn. Paloviita versuchte, gleichmäßig zu atmen und nicht zu schnaufen. Er wünschte, er hätte weniger getrunken und weniger Bauch. Er küsste Lindas Hals, strich ihr durchs Haar und umschlang mit dem anderen Arm ihre Taille. Von diesem Augenblick hatte er dutzende Male geträumt, aber nun geschah es viel zu schnell und auf die falsche Art. Immerhin war er noch verheiratet.

Linda presste sich an ihn. Sie wollte ihn wirklich. Und dann trat sie einen Schritt zurück, schlüpfte aus ihrem Nachthemd und ließ es zu Boden gleiten. Paloviita stierte ihren nackten Körper an. Erregung gemischt mit Panik erfüllte ihn. Schnell zog er seine Unterhose aus und sie umschlangen sich wieder, sanken aufs Bett. Paloviita küsste Lindas Hals, Brüste und Bauch und ließ seine Hand über ihren Körper wandern. Er atmete schwer und wartete, dass sich zwischen seinen Beinen etwas regte, doch egal wie sehr er es wollte, er wurde nicht steif. Als wäre irgendwo eine Leitung gekappt.

Linda bemerkte es und half mit der Hand nach, doch noch immer geschah nichts.

»Ich habe wohl ein paar zu viel …«, stöhnte er und rang um Konzentration.

»Ganz in Ruhe«, sagte Linda und knabberte an seinem Ohr. »Wir haben keine Eile.«

Sie schob ihre Hüfte gegen ihn, er spürte ihre Begierde, die er jedoch nicht befriedigen konnte. Noch einmal versuchte er, eine Erektion zu bekommen, doch ohne Erfolg. Schließlich gab er auf und schloss sie in seine Arme. Sie küssten sich noch einen Augenblick.

»Es tut mir leid.«

Linda fuhr ihm durchs Haar. »Macht nix. Du hattest einen stressigen Tag.«

Doch die Enttäuschung in ihrer Stimme war nicht zu überhören. Am liebsten hätte er gebrüllt und Dinge durch die Gegend geschleudert, doch er blieb einfach liegen. Unsinnige Scham überkam ihn. Der ganze Tag war ein einziger Albtraum.

Linda drehte ihm den Rücken zu. Er legte seinen Arm um sie. Sie bewegte sich unruhig und schmiegte sich eng an ihn.

Lange lag Paloviita wach und lauschte dem Regen. Irgendwann erwachte das Gefühl in seinem Unterleib, und er schwoll zu voller Größe, doch da schlief Linda schon tief und fest. Er fühlte sich vollkommen wertlos.

Als Paloviita erwachte, war Linda schon zur Arbeit gefahren. Er klaubte seine Unterhose vom Boden, machte beide Betten und ging ins Bad. Er hatte einen Kater, die Nase schmerzte empfindlich. Ihm fiel ein, dass er vergessen hatte, seinen Rasierer einzupacken. Lange betrachtete er das stoppelige Gesicht im Spiegel, erkannte sich zwar, hatte aber das Gefühl, hinter diesen Augen wohnte ein anderer Mensch. Selbstvorwürfe und Scham quälten ihn.

In der Küche lag ein Zettel, dass Kaffee in der Thermoskanne und zwei geschmierte Brote im Kühlschrank ihn erwarteten. Er versuchte zu essen, verspürte aber nicht den geringsten Hunger. Dann rief er Terhi an. Er rechnete damit, dass sie nicht antwortete, doch sie ging sofort ran.

»Wo bist du?«

»Im Hotel«, log er.

»Kommst du heute nach Hause?«

Nach Hause? Hatte er denn noch eins?

»Möchtest du, dass ich komme?«

»Zumindest haben wir zu reden.«

»Ich möchte dir sagen, dass es mir leidtut.«

»Das sollte es auch.«

»Wie geht es Risto?«

»Lass uns jetzt nicht darüber reden. Ihr seid beide Idioten.«

»Ich komme nach der Arbeit. Soll ich die Mädchen abholen?«

»Sie sind zu Hause. Ich habe mich heute krankgemeldet.«

Paloviita beendete das Telefonat und dachte, dass Terhi von ihnen beiden schon immer die Reifere gewesen war. Er war sich keinesfalls sicher, ob er schon bereit war, über die gestrigen Vorfälle zu reden. Die Katerschübe wechselten zwischen Flaute und Sturm. Als er die Straße betrat, hatte es aufgehört zu regnen. Der Himmel war wolkenlos und klar, beinahe frostig. Er setzte sich in seinen Wagen und fuhr zum Präsidium.

48

Die Stadtbibliothek öffnete um neun. Eine sommersprossige, als Pippi Langstrumpf verkleidete Bibliothekarin schloss die Tür auf. Sie trug einen Jeansrock, verschiedenfarbige Strümpfe, einen gestreiften Pulli sowie eine knallorange Perücke mit abstehenden Zöpfen. »Heute ist Kinder-Donnerstag«, sagte sie erklärend. »Grundschulklassen kommen in die Bibliothek, um Lesetipps zu erhalten.«

Linda lächelte. Pippi führte sie in einen Raum mit einem Mikrofiche-Lesegerät. »Es ist mit PC und Scanner verbunden, mit dem Sie Daten speichern und ausdrucken können. Wenn Sie Hilfe brauchen, melden Sie sich einfach.«

Damit entfernte sie sich und ließ Linda allein. Vor ihr lag eine Sisyphusaufgabe. Sie setzte sich und schaltete den Computer ein. Dann nahm sie ihre Liste mit den verschwundenen und ermordeten Mädchen hervor und machte sich einen Plan für die nächsten Stunden.

Eigentlich war es ganz bequem, alte Zeitungen auf Mikrofiche zu lesen. Schon bald war Linda vertieft in längst vergessene Nachrichten über längst vergessene Vorkommnisse, die heute anmuteten wie Urgeschichte, damals aber alle berührt hatten. Sie fühlte sich wie auf einer Zeitreise.

Selbst die allerersten Vermisstenmeldungen waren leicht aufzufinden. Zuerst sprang ihr eine Anzeige in der *Lapin Kansa* aus Rovaniemi vom März 2012 ins Auge. Unter der Anzeige war das Schulfoto eines blonden Mädchens mit einem hübschen Lächeln und einem Einhornpulli zu sehen.

VERMISST!
Unsere liebe Tochter
SALLA RUUSUNEN
verschwunden am 10. März um 14.20 Uhr,
als sie ihr Zuhause in der Visakatu verließ.
Wir bitten alle,
die uns auch nur den kleinsten Hinweis
auf ihren Verbleib geben können,
bei unten genannter Telefonnummer anzurufen.

Salla, wir haben dich lieb!
Und wir vermissen dich.
Bitte, komm nach Hause.
Mama, Papa und Minttu

Linda sah auf ihrer Liste nach: Salla Ruusunen war zum Zeitpunkt ihres Verschwindens in Rovaniemi dreizehn Jahre alt und wurde nie gefunden. Linda las alle Nachrichten zu den Ermittlungen und musste zugeben, dass nichts den Schmerz der Angehörigen so eindringlich offenbarte wie diese erste Vermisstenanzeige mit Bild in der Lokalzeitung.

Komm nach Hause. Wir lieben und vermissen dich.

Sie fand immer mehr Vermisstenmeldungen und Zeitungsartikel und versank in einer Welt der verlorenen Mädchen. Zu einigen Fällen fand sie nur wenige Zeilen, andere hatten die Schlagzeilen des ganzen Landes beherrscht.

Linda las die Berichte zu der in Sastamala verschwundenen Milja Vuorinen und dann zu Hanna-Riikka Sammalsuo. Als sie las, dass ihr Freund aus der Untersuchungshaft freigelassen werden musste, legte sie eine Pause ein. Sie drehte eine Runde durch die Bibliothek und stellte verblüfft fest, dass es auf Mittag zuging.

Also nahm sie in der Cafeteria der Bibliothek einen Lunch zu sich, und als sie in den Leihbereich zurückkam, war er voller

Kinder, die in einer Reihe hinter Pippi Langstrumpf herliefen. Sie zuckte zusammen, als sie hinter dem Schalter der Kinderabteilung einen jungen Mann entdeckte, der sich als Peter Pan verkleidet hatte. Linda ging zu ihm.

»Ziehen Sie sich immer so an?«

Der junge Mann, kaum volljährig, sah sie an.

»Heute ist Kinder-Donnerstag.«

»Was heißt das?«

»Jeden Donnerstag kommen Schulklassen in die Bibliothek.«

»Warum die Verkleidungen?«

Er sah sie an, als zweifele er daran, dass die Frage ernst gemeint war. Dann erklärte er: »Kinder sind schüchtern. Sie sind Erwachsenen gegenüber gehemmt, also verkleiden wir uns als Märchenfiguren und werden im Handumdrehen zu ihren besten Freunden. Und alle Schüchternheit ist verflogen.«

Nach einer Weile fragte sie: »Haben Sie Bücher über Peter Pan?«

»Selbstverständlich, das ist hier die Kinderabteilung.«

»Ich meine Ausgaben für Erwachsene?«

Er sah Linda an. »Ich wusste gar nicht, dass es Peter Pan auch für Erwachsene gibt.«

»Ich auch nicht.«

Er tippte etwas in den Computer. Sein Mund ein schmaler Strich. Nach einem Moment sagte er:

»Es sieht so aus, als ob wir eins haben, aber ich glaube nicht, dass es das ist, was sie suchen. Ein Sachbuch über Dämonen.«

»Das nehme ich«, sagte sie, ohne zu zögern.

»Ich hole es ihnen aus dem Magazin.«

»Danke.«

Der Mann, der aufgrund seines jugendlichen Alters in dem grünen Kostüm und mit dem grünen Hut wirklich aussah wie Peter Pan, verschwand durch eine Tür in den Keller. Linda spazierte unterdessen durch die Regalreihen und blieb vor den Bilderbüchern stehen. Sie nahm eine der zahlreichen Peter-Pan-Ausgaben zur Hand und blätterte darin. Auf farbigen Zeichnungen erleben Peter Pan, Captain Hook, Wendy und die verlorenen Jungs Abenteuer im Nimmerland. Besonders ein Bild zog sie an, auf dem Peter und Wendy Hand in Hand über einen Dschungel hinwegflogen. Wendy lächelte und sah Peter bewundernd an. Auch Peter schien zu lächeln, doch schaute man genauer hin, wirkte sein Lächeln eher wie ein hässliches Grinsen. Hatte Peter etwa gelbe Augen? Und die Zähne? Es sah fast so aus, als wären sie spitz.

»Sieht furchterregend aus«, sagte eine Stimme hinter ihr. Linda zuckte zusammen und fuhr herum. Fast hätte sie geschrien, denn Peter Pan stand direkt hinter ihr. »Das Buch«, sagte er und reichte es Linda.

Den Buchdeckel zierte ein alter schwarz-weißer Holzschnitt, der einen Mann ohne Hemd zeigte, der in einer unnatürlichen Haltung auf einem Hocker saß. Er war so dürr, dass seine Rippen hervorstachen. Sein Gesicht war schmerzverzerrt. Auf seiner Schulter saß eine zwergähnliche Gestalt, dessen tentakelartiger Schwanz um den Hals des Mannes gewunden war und auf dessen Brust fiel.

»Fabelwesen und Dämonen in der modernen Literatur«, las Linda.

Linda nahm ihm das Buch aus der Hand und ging in Richtung Kinderabteilung, wo sie einen freien Tisch am Fenster fand. Das Buch hatten zwei irische Frauen geschrieben und dafür Volkssagen und Märchen untersucht und die darin vorkommenden Dämonen im Licht der modernen Literatur beleuchtet. Das Buch enthielt reichlich Illustrationen, und zu ihrer Überraschung stellte Linda fest, dass sie die meisten der darauf abgebildeten Figuren kannte. Da gab es Werwölfe und Vampire aus Bram Stokers Dracula bis hin zu den romantischen Kreaturen in *Twilight*, vom Yeti bis zur Zahnfee. Obwohl das Buch in einem wissenschaftlichen Ton geschrieben war, sollte es offensichtlich zuallererst unterhalten.

Die Figur des Peter Pan nahm darin außergewöhnlich viel Platz ein. Auf einem ganzseitigen Ölgemälde stand er als Schatten im offenen Fenster eines Kinderzimmers und beobachtete kleine Kinder, die in ihren Betten schliefen. Die Unheimlichkeit des Bildes ließ Linda erschaudern.

Linda las die Kapitelüberschrift: *Untote und andere Vampirgestalten.*

Die Autoren des Buches lieferten eine Interpretation der ursprünglichen Erzählung von Peter und Wendy, in die sie auch J.M. Barries andere Bücher miteinbezogen, in denen die Gestalt des Peters vorkam. Peter Pan – so die Autoren – sei anders als in der Disney-Version, eigentlich eine gewalttätige Figur, der die Erwachsenen töten wolle, um die Kinder mit sich in die Unterwelt zu nehmen. Das Buch beschreibt Peter als eine umherirrende, narzisstische Persönlichkeit, die als Kind gestorben und im Limbus zwischen Leben und Tod gefangen ist. Peter ist demnach kein Junge, der nicht erwachsen werden will, sondern ein Junge, der tot ist und daher nicht altern kann. Nach dieser Interpretation verbirgt sich hinter Nimmerland, *Neverland*, das Totenreich Hades und Pan ist der Herrscher über dieses eigene kleine Reich der Unterwelt, der seine Lebenskraft aus den Verlorenen Kindern saugt.

Linda schlug das Buch zu und starrte den abstoßenden Holzschnitt auf dem Einband an. Sie ekelte sich. Peter Pan war immer eine ihrer Lieblingsfiguren gewesen. Ein wilder, rebellischer Junge, der gegen das Erwachsenwerden ankämpfte, um jeden Tag spielen und Spaß haben zu können. Doch die Anziehungskraft der Figur hatte sich gerade in etwas völlig anderes verwandelt.

49

Ihr Telefon klingelte. Linda musste in allen Taschen suchen, ehe sie es endlich fand. Sie antwortete.

»Hier ist Onni Sandberg«, sagte eine männliche Stimme.

Der Name sagte Linda gar nichts. Sandberg ahnte das offensichtlich, denn er fuhr fort: »Der Klassenlehrer von Laura Törmänen. Wir sind uns begegnet.«

»Ich erinnere mich«, sagte Linda.

»Ich rufe an, weil ich mich entschuldigen möchte.«

Linda war schon wieder nicht im Bilde. »Warum wollen Sie sich entschuldigen?«

»Ich habe mich wie der letzte Mistkerl benommen bei der Festnahme von Markku Rantanen.«

Jetzt fiel ihr Sandbergs finsterer Blick ein und wie er sie in Begleitung der Direktorin bedrängt hatte, den Grund dafür zu erfahren. Linda war von Berufs wegen an so viel Gepöbel gewöhnt, dass sie dem Ganzen keinerlei Aufmerksamkeit geschenkt hatte.

»Da gibt es nichts zu entschuldigen. Für die Ausführung der Festnahme bekommt die Polizei ganz gewiss kein Bienchen.«

»Ich möchte Ihnen aber gerne sagen, dass es mir leidtut. Und dass ich geschockt bin. Markku und ich waren Freunde. Ich wollte ihn verteidigen und habe meine Beherrschung verloren. Es ist einfach unvorstellbar für mich – für uns alle …«

»Das verstehe ich.«

»Sind Sie mit den Ermittlungen vorangekommen?«

Instinktiv war sie sofort hellwach. Sandbergs Neugierde kam ihr seltsam vor. Sie erinnerte sich daran, dass sie ihn schon bei ihrer ersten Begegnung unsympathisch gefunden hatte. Sie schrieb den Namen Sandberg auf einen Zettel und kreiste ihn mehrmals ein. Auch beim Namen Onni schellten die Alarmglocken. Gerade war er ihr irgendwo untergekommen, vielleicht in einem der Zeitungsartikel. Das musste sie überprüfen.

»Die Ermittlungen laufen auf Hochtouren.«

»Gut zu hören. Sie verstehen sicher, dass es in der Schule brodelt – so wie sicher auch bei Ihnen zu Hause.«

»Was meinen Sie damit?«

»Nun, Linnea geht ja auch auf unsere Schule. Die Schüler sind sehr nervös.«

Linda runzelte die Stirn. Aber er hatte natürlich recht. Sie hat Linnea kein einziges Mal gefragt, wie sie sich nach Lauras Tod fühlte und was sie darüber dachte, dass der Hausmeister der Schule als Sexualstraftäter entlarvt worden war. Die Gerüchteküche in der Schule brodelte sicher schon. Jugendliche waren schon von weit geringeren Dingen gestresst und niedergeschlagen. Wieder fühlte sie einen Stich im Herzen.

»Wäre es möglich, dass Sie mich über den Stand der Ermittlungen auf dem Laufenden halten?«, fragte Sandberg. »Natürlich nur darüber, was Sie kommunizieren dürfen. Ich könnte die Informationen dann an das Kollegium weitergeben.«

»Bedauere, aber das ist nicht möglich. Wir geben keine Informationen zu laufenden Ermittlungen heraus.«

»Verstehe.«

Linda beendete das Telefonat und starrte einen Augenblick das Telefon sowie den umrandeten Namen auf ihrem Zettel an und dachte: Wenn es irgendwo faulig roch, waren die Ratten die Ersten, die aus ihren Löchern gekrochen kamen.

50

Es wurde schon dunkel, dabei kam es Linda so vor, als hätte der Tag eben erst begonnen. Sie schaltete ihre Schreibtischlampe an und spielte mit dem Stift in ihrer Hand. Sie war sich sicher, dass sie etwas übersehen hatte, obwohl sie die Ermittlungsunterlagen dutzende Male durchgegangen war und teilweise schon auswendig kannte.

Ihr war bewusst, dass es selten ein Zufall war, wenn es bei einer Ermittlung einen Durchbruch gab, sondern vielmehr das Ergebnis sorgfältiger Polizeiarbeit. Je genauer man Fakten unter die Lupe nahm, neue Perspektiven einnahm und Möglichkeiten ausschloss, umso näher kam man der Lösung. Im Scherz hatte sie oft gesagt, dass das wichtigste Werkzeug des Polizisten nicht sein Gehirn, sondern sein Sitzfleisch war.

Sie zog ihren Notizblock heran. Ein ebenso altmodisches Relikt wie ihr Schreibtisch. Während ihre Kollegen schon längst zu Tablets, Diktiergeräten und Laptops übergegangen waren, trug Linda immer noch den Block mit sich herum, genauso wie einen Taschenkalender. Und in der Zeit, die die anderen benötigten, um ihre elektronischen Kalender aufzurufen, hatte sie schon alles mit einem Stift in ihrem Almanach notiert.

Sie ging ihre Aufzeichnungen durch. Anderen wären sie wohl nur als niedergekritzelter Bewusstseinsstrom erschienen, doch für Linda waren sie vollkommen stringent. Ein einziges Wort oder Gedankenstrich vermochten ihr ein ganzes Gespräch ins Gedächtnis zu rufen.

Diesmal begann sie mit dem ersten Gespräch mit Eveliina Törmänen. Die Frau war außer sich vor Sorge gewesen und davon überzeugt, dass jemand Laura etwas angetan hatte. Damals fand sie es voreilig, aber aus heutiger Sicht war es doch seltsam.

Gefunden hatten sie Laura nur durch Zufall. Andernfalls würden sie immer noch in einem Vermisstenfall ermitteln.

Auch war es Zufall, dass gerade sie Dienst gehabt hatte, als Eveliina Törmänen bei der Polizei erschien, und dass Laura in die gleiche Schule ging wie Lindas Tochter.

Mitunter kam es Linda so vor, als gäbe es irgendwo einen ordnenden Finger, der gerade zur rechten Zeit Dinge in eine bestimmte Richtung bewegte. Ein Finger, den sie Zufall nannten.

Je mehr Linda darüber nachdachte, umso banger wurde ihr. Das Verschwinden eines jungen Menschen weitete sich rasch zu einem riesigen Netz aus, und Linda war sich keineswegs sicher, ob sie noch die Kraft hatten, es ins Boot zu hieven.

Ihr stach eine Notiz von dem Tag ins Auge, an dem sie zum ersten Mal in der Schule gewesen war. Es sollte einen Vorfall im Computerraum gegeben haben, bei dem Laura und ein gewisser Oliver Nurminen aneinandergeraten waren. Ihr fiel ein, dass sie vergessen hatte, Nurminen zu kontaktieren, ebenso wie Stella Hietikko, angeblich Lauras beste Freundin, deren Name ein paarmal bei den Ermittlungen gefallen war.

Obwohl sie nicht davon ausging, dass sie ein Gespräch mit den beiden Jugendlichen wesentlich voranbringen würde, wusste sie doch, dass sie sie befragen musste. Es war wichtig, alle Türen zu öffnen und dahinterzuschauen, erst dann konnten man sie wieder schließen – oder einen neuen Raum betreten.

Linda fing mit Stella Hietikko an, deren Telefonnummer sie in ihrem Block notiert hatte. Da sie minderjährig war, konnte Linda sie nicht direkt kontaktieren, sondern musste über ihre Eltern gehen. Es wurde ein kurzes Gespräch. Die Familie war tief betroffen von Lauras Tod und wollte helfen, so gut sie konnte.

Kurz darauf erklang die zarte Stimme von Stella am Telefon.

»Warst du mit Laura gut befreundet?«, fing Linda an.

»Ja, sie war meine beste Freundin.«

»Seit wann wart ihr beste Freundinnen?«

Pause. »Solange ich denken kann.« Und nach einer weiteren Pause: »Aber zum Schluss war ich mir nicht mehr so sicher, wie eng wir tatsächlich noch waren. Laura hat sich verändert, und getroffen haben wir uns auch nicht mehr oft.«

»Was war das Erste, was du gedacht hast, als du von Lauras Tod erfahren hast?«

Diesmal antwortete sie sofort: »Ich war nicht überrascht.«

»Wie meinst du das?«

»Ich wusste, dass irgendwann so etwas passiert.«

»Wusstest du von den Fotos?«

»Alle wussten davon. Sie kursierten in der Schule auf allen Handys.«

»Die Fotos von Laura?«, fragte Linda nach.

»Ja.«

»Weißt du auch, wer sie in Umlauf gebracht hat?«

Es wurde lange still. Linda unterbrach die Stille:

»Du kannst es ruhig sagen ... das musst du sogar. Wir wollen herausfinden, wer Laura das angetan hat.«

Stellas Stimme brach, als sie weitersprach.

»Ich vermisse sie. Auch wenn sie mich nicht mehr mochte, aber sie war meine beste Freundin.«

Linda wartete, und Stella fuhr fort:

»Oliver hat das Foto per Mail an alle geschickt. Und dann ging es rum.«

»Oliver Nurminen?«

»Ja. Aber ich hab keine Ahnung, wo er es herhatte. Laura war total wütend. Ich dachte, sie bringt ihn um.«

»Damals im Computerraum?«

»Zum Glück ging der Lehrer dazwischen. Ich weiß nicht, wie es sonst ausgegangen wäre.«

»Danke«, sagte Linda. Obwohl sie wusste, dass es unprofessionell war, private und berufliche Dinge zu vermischen, konnte sie es sich nicht verkneifen zu fragen: »Kennst du eine Linnea Toivonen aus der Parallelklasse?«

»Nicht sehr gut.«

»War sie viel mit Laura zusammen?«

»Ja, in letzter Zeit. Sie waren sich ähnlich, beide richtige Bitches.«

Zu gern hätte sie mehr gefragt, unterließ es aber.

Sie beendete das Telefonat und klopfte sich mit der Kante ihres Handys gegen die Lippen. Dieser Fall kam ihr erschreckend nahe. Als Nächstes suchte sie nach der Nummer der Eltern von Oliver Nurminen und rief dort an. Im Hintergrund war eine heftige Diskussion zwischen Vater und Sohn zu hören. Es hatte ganz den Anschein, als ob der Sohn keinerlei Anstalten machte, mit der Polizei zu sprechen. Im Endeffekt wurde das Telefonat auf laut geschaltet. Vorsichtig sagte eine Jungenstimme:

»Oliver.«

»Du hast Fotos von Laura mit spärlicher Bekleidung über den Mailserver der Schule verbreitet«, kam Linda sofort zur Sache.

Aus der nun einsetzenden Stille schlussfolgerte sie, dass Oliver Nurminen im Augenblick hastig seine Alternativen durchging: Reden oder alles abstreiten? Offensichtlich entschied er sich für das Erstere, denn er sagte zaghaft:

»Nur ein Foto.«

Linda hielt sich nicht damit auf, ihn zurechtzuweisen. Hier ging es um den brutalen Mord an einem jungen Mädchen, nicht um eine törichte Dummheit. Ganz gleich, welche Folgen sie gehabt hatte. Ihre nächste Frage überlegte sie sich gut. Doch zuvor sagte sie:

»Ich weiß, dass du wegen des Fotos mit Laura Streit hattest.«

»Sie glauben aber nicht, dass ich Laura getötet habe!«, schrie er panisch.

»Ich will nur wissen, wie du an das Foto gekommen bist.«

»Es wurde mir von einem Fake-Account aus zugeschickt.«

»Unter welcher Adresse?«

»Peter@neverland.com.«

Linda schluckte.

»Hast du die Nachricht noch?«

»Nein, ich habe sie gelöscht, weil ...«

»... du befürchtet hast, deswegen in Schwierigkeiten zu geraten«, setzte Linda den Satz fort.

»Ja.«

»Du musst deinen PC und deinen E-Mail-Zugang der Polizei aushändigen. Ich schicke jemanden, der alles abholt.«

»Bekommt Oliver deswegen Schwierigkeiten? Sollten wir uns um einen Anwalt kümmern?«, fragte Olivers Vater.

»Ihr Sohn steht nicht unter Verdacht. An seiner Stelle würde ich mir allerdings in Zukunft zweimal überlegen, welche Folgen eine so harmlos erscheinende Handlung haben kann.«

Linda beendete das Telefonat. Ihre Haut kribbelte, wie immer, wenn es bei den Ermittlungen eine entscheidende Entwicklung gab. Sie rief bei Salminen an und bat ihn, den Computer möglichst bald von jemandem aus der Kriminaltechnik abholen zu lassen. Manchmal war es möglich, aus den Tiefen der Stromkreise und Transistoren noch etwas zutage zu befördern. Falls ihnen das gelingen sollte und sie möglicherweise auch noch die IP-Adresse des Absenders herausfanden, hatten sie gute Chancen, die Identität von Peter Pan zu ermitteln.

Linda fand, dass sie einer Lösung ziemlich nahe waren. Selbst wenn es ihnen nicht gelingen sollte, Peter Pan über die E-Mail zu entlarven, wussten sie schon jetzt eine Menge: Peter Pan kannte nicht nur Laura Törmänen, sondern auch andere Schüler der Schule. Sie hatten sich bisher auf einen Mörder in Lauras nahem Umfeld konzentriert. Nun war klar, dass sie Peter dort nicht finden würden.

NEUNTER TEIL

Satakunnan Kansa vom 09. 10. 2021

LEBENSLÄNGLICH

Das Amtsgericht Ostfinnland hat die aus Imatra stammende Polizistin Siiri Helena Bohm zu einer lebenslänglichen Freiheitsstrafe wegen Mordes verurteilt.

Siiri Helena Bohm, Polizeiobermeisterin bei der Polizei Imatra, hat im Zuge einer Hausdurchsuchung in einer Privatwohnung einer männlichen Person in den Rücken geschossen und diese dabei tödlich verletzt. Das Gericht sah es als erwiesen an, dass es sich hier um Mord mit besonderer Schwere der Schuld gehandelt hat, da Bohm die Tat in Ausübung ihres Dienstes und somit in Tateinheit mit grober Amtspflichtverletzung und Waffenmissbrauch beging. In der Begründung hieß es, dem Gericht seien keine Beweise vorgelegt worden, die auf Selbstverteidigung oder eine Situation hingedeutet hätten, in der eine äußerste Gewaltausübung durch die Polizei gerechtfertigt gewesen sei.

Der Vorsatz lässt sich dem Gericht zufolge dadurch begründen, dass sich Bohm und das 1969 geborene Opfer kannten und Bohm ein Motiv für den Mord hatte.

Zu dem Vorfall kam es, als die Polizei zu einem als Routine einzustufenden Fall von häuslicher Gewalt gerufen wurde und die unter Bohms Leitung stehende Streife den Einsatz übernahm. Den Notruf hatte ursprünglich eine dritte Person abgesetzt, die vor dem Eintreffen der Polizei nachweislich vom Opfer misshandelt worden war. Beim Eintreffen der Polizei befand sich das Opfer allein in seiner Wohnung.

Laut Bohms Aussage hatte sich die anfänglich ruhig erscheinende Situation schlagartig bedrohlich gewandelt, als ihr Partner die Wohnung verließ, um zum Auto zu gehen. Bohm schoss das Opfer tödlich in den Rücken. Zum Zeitpunkt des Geschehens war Bohms Bodycam ausgeschaltet. Das Urteil ist noch nicht rechtskräftig.

51

Aisha kommt ins Zimmer. Linda liegt in ihre Decke gehüllt auf dem Bett und starrt die Ecke an. Auf dem Nachttisch stehen eine halb ausgetrunkene Wodkaflasche und ein leeres Glas. Die Sonne scheint schwach durch die Vorhänge. Aisha setzt sich auf den Bettrand, stellte eine Tasse Tee neben die Flasche und streichelt ihre Haare.

»Du musst etwas essen.«

»Hab keinen Hunger.«

»Du weißt, dass du mir alles erzählen kannst … egal wie weh es tut.«

Linda antwortet nicht. Aisha bleibt lange schweigend neben Linda sitzen, erhebt sich schließlich und sagt an der Tür: »Ich brate dir auf jeden Fall ein paar Eier – und toaste ein Brot.«

Bald darauf steigt Linda der Duft von gebratenen Eiern und frischem Brot verführerisch in die Nase. Sie setzt sich auf. Ihre Ohren brummen vom Alkohol. Sie braucht eine Weile, bis sie ihr Gleichgewicht findet. Aisha lächelt, als sie in die Küche kommt, und für einen Augenblick erfasst die Wärme des Lächelns auch Linda.

Sie essen schweigend, aber Linda weiß, dass Aisha für sie da ist, wenn sie reden oder sich einfach nur an der Seite von jemandem zusammenrollen will. So wie gestern, als sie an dem Tag nach der Modenschau nach Hause gekommen und im Flur zusammengebrochen ist. Aisha hat sie in den Arm genommen und gehalten, bis ihr Zittern nachließ.

Ist das wirklich erst einen Tag her?

Aisha hat Tageszeitungen auf dem Tisch ausgebreitet und jeweils die entsprechenden Seiten aufgeschlagen. Alle berichten über Coscos Show. Auf der Titelseite eines Boulevardblattes glänzt ein großes Foto von Linda, wie sie mit rauschendem Rocksaum, erhobenem Kinn und konzentriertem Blick den Laufsteg entlangschreitet. Ein kleineres Bild am Rande zeigt Coscos lächelndes Gesicht. Lindas Magen verkrampft und sie wendet den Blick ab.

Wieder einmal klingelt das Telefon. Seit gestern Abend tut es das fast ununterbrochen. Aisha geht ran. Sie wechselt ein paar Worte mit dem Anrufer, dann hängt sie den Hörer zurück auf die Gabel und kehrt in die Küche zurück.

»Alle Modelagenturen wollen dich. Du wirst reich und berühmt. Ich habe alle Rückrufbitten auf dem Block neben dem Telefon notiert. Dein Agent aus Finnland hat bestimmt ein halbes dutzend Mal angerufen. Er macht sich Sorgen.«

Linda beißt von ihrem Brot ab. Brösel rieseln auf ihr Nachthemd. Sie streicht sie ab.

Aisha räumt den Tisch ab. »Früher oder später musst du reden … du weißt, dass ich …«

»Mir geht es schon besser.«

»Wenn ich du wäre, würde ich den restlichen Wodka stehenlassen, duschen und meinen Agenten anrufen. Schau mal raus, die Sonne scheint.«

Es klingelt an der Tür. Linda und Aisha sehen sich an. Aisha wirft einen Blick in den Spiegel, ordnet ihre Locken und geht, um aufzumachen. Die Tür knarrt in der Angel. Aisha spricht mit einem Mann. Als sie zurück in die Küche kommt, spricht Panik aus ihrem Gesicht.

»Antonio Barbieri fragt nach dir.«

Linda durchfließt ein kalter Schauer. Linda und Aisha sehen sich in die Augen.

»An der Tür?«

»Wo sonst. Was soll ich ihm sagen?«

»Sag ihm, dass du nicht weißt, wo ich bin.«

»Bist du irre? Außerdem habe ich ihm schon gesagt, dass du zu Hause bist.«

»Sag ihm, ich bin krank.«

Aisha sieht Linda fest an. »Barbieri sagt, dass er sich Sorgen macht. Seine Sekretärin hat versucht, dich zu erreichen.«

Linda schüttelt den Kopf.

»Aber …«

Aisha zögert noch, doch als Linda keine Anstalten macht aufzustehen, seufzt Aisha und geht zur Tür. Wieder wird gesprochen. Aisha lacht und gibt sich albern. Die Tür fällt ins Schloss, und Aisha kommt mit einem Blatt Papier in der Hand zurück.

Linda steht auf und geht mit dem Zettel in der Hand in ihr Zimmer. Sie dreht ihn hin und her und denkt an Barbieris Lächeln während der Modenschau, an seine Art, mit der er sie von Anfang an unter seine Fittiche genommen hat. Dann zerknüllt sie den Zettel und presst die Augen fest zu. Tränen laufen über ihre Wangen, ihr Körper krampft sich zuckend zusammen. Sie kippt Wodka ins Glas, trinkt und legt sich wieder hin. Sie macht die Augen zu, reißt sie aber gleich wieder auf, da sie sofort Coscos Hände auf ihrer Haut spürt. Um ihr Gehirn zu betäuben, trinkt sie noch mehr Wodka. Kurz darauf fällt sie in einen unruhigen Schlaf, sie wähnt sich in einem dunklen Tunnel, dessen Wände immer enger zusammenrücken, bis kein Sauerstoff mehr in der Luft ist.

Erst als es beginnt zu dämmern, wacht sie auf. Sie ist schweißgebadet. Kopfkissenbezug und Decke sind patschnass. Sie angelt nach dem Wodkaglas auf dem Nachttisch, greift aber ins Leere. Da kapiert sie, dass Flasche und Glas weggeräumt wurden. Ihr Mund ist trocken. Ihr ist übel.

Linda setzt sich auf. Als der Schweiß trocknet, wird ihr kalt. Jemand hat das Fenster geöffnet. Verkehrsgeräusche werden ins Zimmer getragen. Es ist fast neun. Linda zieht den zerknüllten Zettel, den Aisha ihr gegeben hat, unter dem Kissen hervor und glättet ihn. Sie liest die Nachricht unter der Telefonnummer bestimmt zehn Mal: »Linda, bitte ruf mich an. – Antonio.«

Lange starrt sie auf das Papier. Sie erinnert sich an Antonios

Lächeln beim Casting, an seinen ermutigenden Blick im Publikum, doch immer schiebt sich Coscos alles zerschneidendes Grinsen darüber. Sie kneift die Augen zu, um das Bild loszuwerden, und fürchtet gleichzeitig, dass sie es niemals loswerden wird.

Wieder sucht ihr Blick die Flasche auf dem Nachttisch.

Und immer wieder trifft er auf den Zettel mit Barbieris Namen darauf. Sie hat das übermächtige Bedürfnis, das in ihr aufgestaute schlechte Gefühl aus sich herauszulassen. Sie muss mit jemandem reden. Aisha …, Mutter und Papa sind zu nah. Es muss jemand Außenstehendes sein. Barbieris raue Stimme erklingt in ihrem Kopf:

»Du weißt, dass du mir immer vertrauen kannst, egal was kommt.«

Tief in ihrem Inneren fühlt sie, dass sie ihm wirklich vertrauen kann, obwohl sie sich kaum kennen. Außerdem ist er vielleicht der Einzige, der ihr wirklich helfen kann. Hätte sie doch nur den Mut, mit ihm darüber zu reden, was in dem staubigen Atelier passiert ist.

Linda steht auf und schaut in die Küche. Stille.

Sie wirft einen Blick in Aishas Zimmer. Sie schläft. Nadias Tür ist geschlossen.

Linda hebt den Hörer ans Ohr. Sie wählt die Landesvorwahl für Finnland und lässt den Hörer wieder sinken. Alles fällt in sich zusammen. Wen sollte sie anrufen? Papa? Mutter? Ihren Agenten? Was sollte sie ihnen sagen?

Sie hält immer noch Antonios Zettel in der Hand. Sie wählt seine Nummer. Es klingelt nur einmal, dann hört sie seine Stimme.

»It's me, Linda.«

»Endlich. Bist du in Ordnung? Deine Mitbewohnerin hat gesagt, du seist krank.«

»Mir geht es schon besser.«

»Prima … weißt du, ich ertrinke hier in Rückrufbitten. Alle wollen dich für ihre Shows. Es ist total verrückt. Ich kann mich nicht

erinnern, so etwas schon mal erlebt zu haben. Ich habe mit deinem Agenten gesprochen, aber auch er konnte dich nicht erreichen. Auch bei Cosco habe ich angerufen. Er hat gesagt, dass er dir einen Vertrag angeboten hat. Du hast hoffentlich noch nicht zugesagt?«

»Nein.«

»Gut. Das wollte ich hören ... Stimmt etwas nicht? Du klingst ...«

Linda fühlt die Tränen in sich aufsteigen.

»Ich ... gehe nach Finnland zurück.«

»Mit Sicherheit nicht. Das wäre ein großer Fehler. Was ist passiert?«

»Ich will nicht, ich gehe zurück.«

»Ich komme vorbei.«

»Nein!«

»Linda, hör mir zu. Ich kann dir helfen, egal worum es geht. Und wenn ich es nicht selbst kann, finde ich jemanden, der dir helfen kann. Geht es um Geld? Das ist kein Problem.«

Linda antwortet nicht.

»Linda, ich komme jetzt zu dir. Ich möchte nicht, dass du etwas Dummes machst.«

»Nicht hierher. Im Park ...«

»Im Giardini della Guastalla? Ich bin in einer halben Stunde da.«

52

Linda ging ihrer Tochter zur Bushaltestelle entgegen. Das hatte sie schon seit ein paar Jahren nicht mehr gemacht, doch heute schien es ihr das einzig Richtige zu sein.

Sie setzte sich auf die Bank im Wartehäuschen und rauchte nacheinander zwei Zigaretten. Ein paarmal stand sie auf, wenn sie einen Bus kommen sah, aber es war jedes Mal die falsche Linie. Ein heftiger Wind wehte und kroch ihr unter die Jacke.

Nach jenem fatalen Unfallabend hatte sie dreimal mit Ville gesprochen und einmal mit Linnea, die gröbsten Wellen hatte sie glätten können. Jetzt war die Situation einigermaßen stabil. Sie hatte all ihre Willenskraft aufbringen müssen, Ville gegenüber zuzugeben, dass sie Hilfe brauchte. Und dass sie sich welche holen würde, sobald der Stress etwas nachgelassen hätte. Das zu Schrott gefahrene Auto hatte sie nicht erwähnt, sondern vorgegeben, das Getriebe sei kaputt. Zum Sorgerechtsstreit hatten sie kein Wort mehr gewechselt. Doch Linda wusste, dass er noch bevorstand. Sie kannte Ville. Früher oder später würde er all ihre Fehler auf den Tisch hauen wie das Siegerblatt beim Pokern.

Als Linneas Bus endlich kam, drückte sie die Zigarette aus und trat zur Seite. Linnea stieg, die Tasche über der Schulter, als Letzte aus. Linda nahm ihr die Tasche ab und wollte ihre Tochter umarmen, doch Linnea wich ihrer Berührung aus. Also liefen sie nebeneinanderher, ohne ein Wort zu wechseln. Erst als sie ihr Haus betreten und die Jacken ausgezogen hatten, sagte Linda:

»Mutter ist gestorben.«

Linnea sah sie an. »Oma Lotta?«

Linda nickte. Es kostete sie all ihre Kraft, nicht zusammenzubrechen. Linnea hatte ihre Mutter immer Oma Lotta genannt, obwohl sie sie im Laufe ihres Lebens kaum ein dutzend Mal gesehen hatte. Das letzte Treffen lag mindestens drei Jahre zurück. Ihre Oma war für Linnea praktisch ein fremder Mensch.

Wie letzten Endes auch für sie.

»Was ist passiert?«

»Krebs.«

»Warum hast du mir nicht gesagt, dass Oma Krebs hat?«

»Ich wusste es selbst erst seit ein paar Tagen.«

»Aber sie war doch deine Mutter«, sagte Linnea.

Linneas Telefon piepte. Sie zog es hervor, schaute kurz drauf und verschwand in ihrem Zimmer. Linda ging in die Küche und stellte die Kaffeemaschine an. Eine halbe Stunde später steckte sie den Kopf durch die Tür von Linneas Zimmer. Sie lag auf dem Bett und tippte auf ihrem Handy herum. Als Linnea sie erblickte, schaltete sie es schnell aus und legte es auf den Tisch.

»Mit wem chattest du?«

»Mit Sanni.«

»Du hast ein paar Tests.«

»Jaja, ich hab' schon gelernt.«

Linnea erhob sich, ging in den Flur und zog ihre Jacke über.

»Wo willst du hin?«

»Zu Sanni. Wir üben zusammen Mathe.«

»Ich bring dich.«

»Ich gehe zu Fuß. Wessen Auto ist das eigentlich?«

»Ein Mietwagen. Solange, bis meiner aus der Werkstatt kommt. Kein Aber, ich bringe dich. Das ist ein Befehl.«

Linda zog ebenfalls die Jacke an und war gerade dabei, in die Schuhe zu schlüpfen, als es an der Tür klingelte. Linnea öffnete.

»Ist deine Mutter zu Hause?«, erkundigte sich eine Männerstimme.

Überrascht sah Linda, dass Ari Kekäläinen auf der Schwelle stand.

»Komme ich ungelegen?«

Linnea ließ ihn vorbei. Seine gesunde Hand hielt einen Stoffbeutel, den er Linda reichte.

»Ein kleines Dankeschön für den netten Abend und das Nachtquartier.«

Linda schaute in den Beutel, der eine teure Flasche Champagner enthielt.

»Danke, das wäre nicht nötig gewesen.«

Angesichts von Linneas säuerlichem Blick sagte sie zu Kekäläinen: »Komm schon mal rein. Ich bringe Linnea schnell zu einer Freundin. Das dauert nur zehn Minuten. Willst du mitkommen oder hier warten?«

»Ich kann hier warten. Also, nur wenn es keine Umstände macht.«

Linda und Linnea gingen zum Auto. Linda setzte zurück und bog auf die Straße ein. Erst als sie nicht mehr zu sehen waren, schloss Kekäläinen die Tür.

»Datest du meinen Lehrer?«, fragte Linnea mit unüberhörbarer Kälte in der Stimme.

»Er ist ein Freund.«

»Der dir Schampus bringt, Kaffee kocht und sich für ein Nachtquartier bedankt?«

»So etwas tun Freunde. Und außerdem, was wäre so schlimm daran, wenn wir zusammen wären?«

53

Jari Paloviita stand mit gerunzelter Stirn vor dem Sektregal und betrachtete die Auswahl. Es gab Flaschen in allen Farben mit Sekt in den unterschiedlichsten Geschmacksrichtungen. Er verstand nicht viel von Weinen und schon gar nicht, was die prickelnden anging. Das Einzige, womit er sich einigermaßen auskannte, war stinknormales Bier. Also studierte er Etiketten und Produktbeschreibungen und wählte schließlich einen Sekt mittlerer Preisklasse aus, der als für alle Gelegenheiten geeignet beschrieben wurde. Immerhin war die Flasche ansehnlich.

Er kaufte an der Kasse noch eine Geschenkverpackung, überlegte kurz, ob es wirklich ratsam war, Linda Alkohol mitzubringen, doch Blumen und Schokolade erschienen ihm noch unpassender. Außerdem war Linda ja keine Alkoholikerin. Wer trank nicht schon mal etwas zur Entspannung nach der Arbeit. Ganz zu schweigen am Todestag der eigenen Mutter.

Er fuhr auf direktem Wege zu Linda, bekam aber im letzten Moment Muffensausen und kreiste noch einmal durch die Siedlung, um Mut zu sammeln. Lächerlich, wie er fand, aber schließlich steuerte er Lindas Haus an.

Beißend kalter Wind fuhr ihm unter die Jacke. Das Atmen fiel schwer. Sein Herz raste mit tausend Schlägen pro Minute, wie damals, als er noch ein Teenager war und zu seinem ersten Date mit der angehimmelten Klassenkameradin ging. Damals war er abgeblitzt. Befürchtete er, dass es ihm jetzt auch so ergehen würde? Das Ganze war ziemlich albern. Linda war seine Kollegin und Freundin – und letzte Nacht mehr als das. Zumindest beinahe. Schließlich wollte er nicht um ihre Hand anhalten, sondern sich nur bei ihr für ihren Beistand, das Nachtquartier und ihre Freundschaft bedanken. Sowas taten Freunde doch.

Paloviita trat vor die Tür, zog seine Hose hoch, um den Bauchansatz zu kaschieren. Dann klingelte er und wartete. Es wurde aufgeschlossen und die Tür öffnete sich. Ihm klappte die Kinnlade herunter, denn nicht Linda stand dort, sondern ein Mann mit hochgekrempelten Ärmeln und in Backschürze. Ein Arm war eingegipst und hing in einer Schlinge. Paloviita schaute zurück, um sicherzugehen, dass er sich nicht in der Tür geirrt hatte.

»Ist Linda zu Hause?«

»Sie ist kurz unterwegs, aber gleich wieder da.«

»Ich …«, stotterte Paloviita. Der Mann bemerkte die Geschenktüte, und am liebsten hätte Paloviita sie hinter seinem Rücken verschwinden lassen.

»Kommen Sie rein. Der Kaffee läuft gerade durch, und ich backe Brötchen.«

»Brötchen? Ich … komme lieber später wieder.«

»Soll ich etwas ausrichten?«

»Sagen Sie, Jari war dienstlich hier. Nichts Wichtiges. Ich rufe sie später an.«

Der Mann reichte Paloviita die gesunde Hand. »Ari Kekäläinen.«

Paloviita ergriff und drückte die Hand. »Jari Paloviita. Schön, Sie kennenzulernen.«

»Sind Sie sicher, dass Sie nicht warten wollen?«

Paloviita formte die Lippen zu einem Lächeln. »Absolut sicher.« Damit drehte er sich um, ging zu seinem Auto und fuhr davon. Er konnte noch erkennen, dass Kekäläinen so lange in der Tür stehen blieb, bis Paloviita hinter der Kurve verschwunden war.

Sein Magen grummelte.

Ich backe gerade Brötchen, murmelte er vor sich hin und gab Gas, um es bei Grün über die Kreuzung zu schaffen. Kekäläinens honigsüßes Lächeln ging ihm nicht aus dem Kopf. Er war sich sicher, den Namen schon einmal gehört zu haben, wusste aber nicht, in welchem Zusammenhang. Wahrscheinlich hatte Linda ihn mal erwähnt. Lindas Männergeschmack war ihm ein Rätsel: Letztens hatte er sie mit einem langen Lulatsch im Wollpullover im Kino getroffen und jetzt diese backende Gipshand bei ihr zu Hause. Was zum Teufel …

Aggressiv bremsend und beschleunigend raste er nach Hause, und reichte schließlich Terhi an der Tür die Sektflasche, die sie nur zögerlich annahm. Er konnte sich nicht erinnern, wann er seiner Frau das letzte Mal ohne einen konkreten Anlass etwas geschenkt hatte. Sicher seit Jahren nicht.

»Das soll keine Entschuldigung sein, aber zumindest eine Friedensgeste«, kommentierte Paloviita seine Gabe.

54

Linda ertappte sich dabei, dass sie ununterbrochen lächelte. Das hatte sie seit Jahren nicht getan. Ari Kekäläinen hatte völlig unerwartet Kerzen in der dunkelsten Ecke ihres Lebens entzündet. Ob aus ihnen beiden etwas werden würde, wusste sie nicht, aber darauf kam es nicht an. Zumindest hatte sie jetzt einen Freund, in dessen Gesellschaft sie sich wohl fühlte.

Als sie wieder nach Hause gekommen war, hatte sich Kekäläinen bereits in der Küche zu schaffen gemacht und mit seiner gesunden Hand Brötchen gebacken. Linda hatte die Ärmel hochgekrempelt und war ihm zur Hand gegangen. Gemeinsam und ohne Hektik. Das hatte sie vermisst. Zwei Erwachsene, die etwas gemeinsam machten.

Dann hatten sie Kaffee getrunken, ofenwarme Brötchen gegessen und die von Kekäläinen mitgebrachte Champagnerflasche geköpft. Erst als Linnea angerufen hatte, um zu sagen, dass sie sich jetzt auf den Weg nach Hause machte, war Kekäläinen aufgebrochen.

Paloviita aber machte ihr zu schaffen.

Die Art, wie er sich verhielt, gefiel ihr nicht. Seit der gemeinsam verbrachten Nacht hatte er kein Wort mehr mit ihr gewechselt. Wenn er doch wenigstens mal angerufen hätte. Es schien ihr, dass Jari angesichts seiner Probleme mal wieder den Kopf in den Sand steckte.

Ihre Gedanken wanderten zurück zu Kekäläinen. Zu seiner mehlbefleckten Schürze, dem Lachen, den beiläufigen Berührungen. Seinem Lächeln.

Aber sie konnte sich nur schwer konzentrieren, griff immer

wieder zum Telefon, wählte schließlich Linneas Nummer. Keine Antwort. Sie legte das Telefon auf ihren Schreibtisch und spitzte die Lippen. Eigenartig, dass sie Linnea nicht erreichen konnte. Eigentlich sollte ihre Tochter zu Hause sein und lernen.

Aber ernsthafte Sorgen machte sie sich noch nicht. Linnea erledigte alles, was mit der Schule zu tun hatte, zuverlässig und eigenständig. Darin kam sie nach ihrem Vater.

Das war auch nicht der Grund, warum sie angerufen hatte. Sie wollte ganz einfach sichergehen, dass alles in Ordnung war. Immerhin lief Lauras Mörder noch frei herum.

Peter Pan. Das Ungeheuer.

Noch einmal wählte sie Linneas Nummer, wieder ohne Erfolg. Womöglich hatte sie nur das Handy lautlos gestellt, um sich aufs Lernen zu konzentrieren. Sie würde sie schon zurückrufen.

Kurz erwog Linda, nach Hause zu fahren, um sich zu vergewissern, dass wirklich alles in Ordnung war. Natürlich konnte sie auch die Nachbarin bitten, bei ihnen zu klingeln. Sicher war sie nur nervös. Ihr Gehirn lief auf Hochtouren, und sie sah überall nur Gefahren, und dabei sollte sie sich doch darauf konzentrieren, Peter Pan zu finden.

Hätten sie diese Bestie endlich gefasst, würde alles wieder in normalen Bahnen laufen.

Ihr Telefon klingelte. Es war Salminen von der Kriminaltechnik.

»Wir haben Oliver Nurminens Heimcomputer gescannt.«

Ihr Innerstes zog sich vor lauter Furcht zusammen, dass die Techniker wieder auf etwas Schreckliches gestoßen sein könnten. Salminen erriet wohl ihre Gedanken und beruhigte sie:

»Wir haben nichts Dramatisches gefunden – zumindest nichts, was wir nicht bei der Mehrheit aller Teenager finden würden.«

»Peter@neverland.com?«, fragte Linda.

»Deswegen rufe ich an. Es ist uns gelungen, eine bereits gelöschte E-Mail wiederherzustellen. Daran angehängt war, was der Junge schon zugegeben hatte: ein intimes Foto von Laura. Er hatte es sofort nach Erhalt mit einigen Kumpels geteilt. Die Mail enthielt keinen Text, nur das Foto.«

Lindas Haut kribbelte. War es ihnen gelungen, die IP-Adresse zu identifizieren, hatten sie einen neuen Verdächtigen.

»Erinnerst du dich an den Gesandten?«, fragte Salminen.

»Wie könnte ich den vergessen.«

Vor zwei Jahren hatte ein junger fanatischer Mann, der sich selbst der Gesandte nannte, zwei Handgranaten in einem vollbesetzten Nachtklub hochgehen lassen und so fünf Menschen getötet. Später hatte er einen Familienvater und einen Gemeindepfarrer brutal ermordet, bis er selbst bei einer Explosion und dem darauffolgenden Brand ums Leben gekommen war.

»Der Gesandte war ein Computergenie. Es ist uns einfach nicht gelungen, die Videos, die er hochgeladen hatte, zurückzuverfolgen. Dazu wären wir auch heute noch nicht in der Lage. Aber wir haben dabei etwas gelernt, und wir haben unsere Verfahren verfeinert. Noch vor zwei Jahren hätten wir Peter Pans IP-Adresse nicht entschlüsseln können.«

»Heißt das, ihr habt sie?«, fragte sie hoffnungsvoll. Ihre Stimme zitterte.

»Dieser Peter … muss über umfangreiche IT-Kenntnisse verfügen, auch wenn er zum Glück kein Genie vom Kaliber eines Gesandten ist. Die Mail ist über drei öffentlich verfügbare Router hier in Finnland geleitet worden. Vor den Erkenntnissen aus dem Fall des Gesandten wäre es uns nicht möglich gewesen, sie zurückzuverfolgen, inzwischen haben wir aber ein Verfahren dafür entwickelt.«

»Kannst du mit dem Schaumschlagen aufhören? Mir ist schon klar, dass es kompliziert war«, sagte Linda.

»Die E-Mail ist von einem Computer der Oberschule West-Pori aus versendet worden.«

»Wie bitte?«

»Genauer können wir es leider nicht sagen, aber ich denke, das engt den Kreis der Verdächtigen schon ordentlich ein.«

Linda brachte kein Wort heraus, dann bemerkte sie, dass Salminen auf eine Reaktion wartete. »Danke. Hervorragende Arbeit«, brachte sie schließlich hervor.

55

Linda schnappte sich ihren Notizblock und ging in Oksmans Büro. Sie zog die Tür hinter sich zu und setzte sich auf den Besucherstuhl. Oksman reagierte nicht auf ihr Kommen, so sehr war er damit beschäftigt, etwas auf seinem Bildschirm zu lesen. Fast war ihr, als könnte sie hören, wie Oksmans Gehirnwindungen einrasteten und surrten wie der Mikroprozessor eines Computers.

Endlich wendete er sich Linda zu. Der wächserne Blick verschwamm, und er blinzelte, als kehrte er aus einem anderen Universum zurück.

»Du sagtest, ich soll vorbeikommen«, stellte Linda fest.

Oksman drehte den Bildschirm in ihre Richtung. Darauf zu sehen war der an Laura Törmänens Oberschenkel sichergestellte Gebissabdruck. Oksman ließ Linda in Ruhe schauen und klickte dann das nächste Bild an, auf dem der Gebissabdruck auf der Schulter der aus dem Rautavesi geborgenen Milja Vuorinen zu sehen war.

»Jetzt ist es offiziell. Laura Törmänen und Milja Vuorinen wurden von der gleichen Person getötet.«

Linda nickte. Tief in ihrem Inneren hatte sie das bereits geahnt.

»Lass mich raten: Der Täter kann nicht aufgrund der Bissspuren identifiziert werden?«

»Nein, lediglich näher eingekreist. Doch in dem Moment, in dem wir einen Verdächtigen haben, können wir ihn damit überführen.«

Oksman sah sie an. »Und ich habe gerade die Information bekommen, dass mindestens vier Vermisstenfälle in verschiedenen

Teilen Finnlands in aller Stille wiederaufgemacht wurden und jetzt wegen des Verdachts auf ein Tötungsdelikt weiterermittelt wird. Das ist allein dein Verdienst. Ausgezeichnete Polizeiarbeit. Manner hat das Zentrale Kriminalamt kontaktiert. Wahrscheinlich nehmen sie das Ganze unter ihre Fittiche. Kann sein, dass das zu einem der größten Kriminalfälle in der finnischen Geschichte wird. Du wirst berühmt und als Gast in alle Talkshows eingeladen.«

Linda lächelte. Sie konnte sich nicht erinnern, dass Oksman sie jemals gelobt hatte. Oder irgendwen sonst. In letzter Zeit wirkte er ohnehin viel entspannter. Vielleicht, dachte sie, hatte ja dieser Kollege von der Schutzpolizei, mit dem er in letzter Zeit viel unterwegs war, Anteil daran.

Linda machte sich nichts vor: Obgleich sie eine Menge herausgefunden hatte, lag immer noch viel im Dunkeln. So wussten sie beispielsweise immer noch nicht, wie der Täter seine Opfer an die Orte gelockt hatte, an denen sie dann entführt worden waren. Geschweige denn, wohin er sie im Anschluss gebracht, wo er sie getötet hatte und was dann weiter geschehen war.

Die Gegend, in der Laura Törmänens Leiche in den Fluss geworfen worden war, hatten sie gründlich untersucht. Doch keine einzige Überwachungskamera an den Brücken hatte etwas aufgezeichnet, weder ein Auto noch irgendeine verdächtige Person. Entweder hatte der Täter das bewusst so arrangiert oder verdammtes Glück gehabt.

»Zeig mir nochmal das Täterprofil, das wir erstellt haben.«

Oksman reichte ihr das gewünschte Papier. Linda las es sich erneut durch, obwohl sie das bereits dutzende Male getan hatte. Sie hoffte, es möge ihr vielleicht doch noch irgendetwas Neues auffallen, bei dem sie ansetzen konnte. Das Aha-Erlebnis blieb aus. Das umfangreiche und umständlich formulierte Profil hätte man ihrer Meinung nach leicht auf ein paar wenige Worte reduzieren können:

Ein vierzig bis fünfzig Jahre alter, hellhäutiger Mann, gebildet, intelligent, mit guten Umgangsformen, bei der Polizei bisher nicht aktenkundig.

»Wir wissen jetzt, von wo aus die E-Mail an Oliver Nurminen versendet wurde«, sagte Linda. »Von einem PC in der Schule.«

Linda ließ Oksman einen Moment, um die Information zu verdauen.

»Was bedeutet das deiner Meinung nach?«, fragte er dann.

»Wenn das tatsächlich stimmt und nicht nur ein Trick ist, um uns zu verwirren, dann müssen wir noch mal hinter die Mauern der Schule schauen.«

»Dann muss es jemand vom Schulpersonal sein«, stellte Oksman fest.

Linda wusste, dass ihr Kollege recht hatte. Von den Schülern konnte es schon aus Altersgründen keiner sein. »Hier kommen wir mit keiner Datenbank weiter«, sagte sie und blätterte in ihrem Block.

Oksman nickte. Falls es stimmte, dass Peter Pan bisher keine Vorstrafen hatte, würden sie im Strafregister keinerlei Informationen über ihn finden, nicht einmal Fingerabdrücke. Ein Mann, der über Jahre hinweg und unentdeckt Mädchen entführt und ermordet hatte, musste zwangsläufig äußerst schlau und vorsichtig sein. Doch mit völlig leeren Händen standen sie jetzt nicht mehr da. Sie hatten eine Liste aller Personen, die an der Schule beschäftigt waren. Verglichen sie die mit den Einwohnerregistern jener Orte, an denen Mädchen verschwunden waren, würden sie über kurz oder lang auf den Täter stoßen. Aber die Zeit drängte, es musste ihnen gelingen, bevor der Täter erneut zuschlagen konnte.

Lindas Blick blieb an einem Namen hängen, den sie in ihrem Block notiert hatte: Onni Sandberg, Lauras Klassenlehrer. Ein Mann, der sich bücken musste, wenn er durch eine Tür ging, und der sie angerufen hatte, um sich nach dem Fortgang der Ermittlungen zu informieren. Der Mann, der etwas Abstoßendes an sich hatte. Und gut mit dem Pädophilen Markku Rantanen befreundet war.

Jetzt wusste sie, wo ihr der Name schon einmal begegnet war. In einem Zeitungsartikel, den sie auf Mikrofiche in der Bibliothek gelesen hatte. Beim Mord an Hanna-Riikka Sammalsuo 2009 in Kemi war der Freund des Opfers verhaftet worden, aber aufgrund fehlender Beweise schon bald wieder freigelassen worden. Sein Name war Onni gewesen. Der Nachname jedoch stimmte nicht überein, daran erinnerte sich Linda noch, aber Namen ließen sich ändern, wie sie im Fall des Hausmeisters Rantanen gesehen hatten.

Rasch rechnete sie aus, dass Onni Sandberg zum Zeitpunkt des Mordes an Sammalsuo etwa im Alter des damals verhafteten Freundes gewesen sein musste. War das ein Zufall? Serienmörder hatten immer ein erstes Opfer. War Hanna-Riikka Sammalsuo das erste Mordopfer des jungen Peter Pan gewesen?

»Wir brauchen einen Plan«, sagte sie schließlich. »Wie würdest du vorgehen?«

»Wir kontaktieren alle Polizeireviere mit vermissten Mädchen und bitten um eine Liste aller Personen, die im Zuge der Ermittlungen befragt wurden.«

Linda nickte. Daran hatte sie auch als Erstes gedacht.

»Dann müssen wir an den Anfang zurückkehren«, sagte Oksman weiter. »Wir müssen verstehen, wie der Täter seine Opfer auswählt.«

Linda nickte wieder. Das war die Schlüsselfrage.

»Es sind keine Zufallsopfer. Sie werden nicht auf dem Schulweg in ein Auto gezerrt. Sie werden an einen ruhigen Ort gelockt«, fuhr Oksman fort.

Linda nickte auch diesmal.

»Der Täter beobachtet seine Opfer über einen längeren Zeitraum. Er überlässt nichts dem Zufall. Vielleicht hat er von den

Mädchen sogar ein eigenes Profil erstellt. In der Schule war das einfach, da kam er nahe an seine Opfer heran. Gut möglich, dass er irgendwo eine Art Excel-Tabelle führt, in der er Informationen über seine potenziellen Opfer sammelt. Zum Aussehen, zu ihrem Verhalten, was sie essen, mit wem sie unterwegs sind und so weiter.«

»Das klingt abscheulich«, sagte Linda. »Wie ein Produktvergleich bei Lebensmitteln.«

»Aber es macht Sinn. Unser Mörder ist kein Jack the Ripper, der jede Woche einmal zuschlägt und mit der Polizei Katz und Maus spielt und ihr Briefe schreibt. Er ist clever, vorsichtig und wählerisch. Um keinen Preis möchte er auffliegen. Also sind wir wieder bei der Frage: Wie wählt der Täter seine Opfer aus?«

»Meinst du nach Haarfarbe und Körperbau?«

»Ich denke, es ist komplizierter. Das Opfer muss aus bestimmten Verhältnissen stammen.«

»Was meinst du damit?«

»Alle Opfer stammen aus zerrütteten Familien, aufgrund von Alkoholismus oder anderen Drogenproblemen. Darüber hinaus muss das Opfer kindlich oder labil sein, damit das Verschwinden zunächst nach Weglaufen aussieht. Laura hat spärlich bekleidete Fotos von sich ins Netz gestellt und die Gesellschaft älterer Jungs gesucht. Milja Vuorinen wiederum guckte noch Zeichentrickfilme. Es ist sicherer für den Mörder, sich Mädchen zu nähern, von denen er weiß, dass sie ein schwieriges Verhältnis zu ihren Eltern haben.«

»Aus dir wäre ein guter Profiler geworden«, sagte Linda.

»Reine Küchenpsychologie.«

»Gibt es denn eine andere?«

Oksman ging über Lindas Einwurf hinweg und fragte: »Wo ist der Täter seinen Opfern zum ersten Mal begegnet? Das ist die Tausend-Dollar-Frage.«

»Er arbeitet an einem Ort, an dem er vielen jungen Leuten begegnet. Suchen sich Pädophile nicht oft solche Jobs?«

Jetzt war es an Oksman zu nicken. Ihnen beiden war klar, dass sie sich etwas Entscheidendem näherten.

»Lass uns die Liste machen«, sagte Linda. »Hast du Papier und Stift?«

Oksman riss ein kariertes Blatt vom Block und reichte es Linda zusammen mit einem Kugelschreiber.

»Enge Verwandte können wir wohl aus der Rechnung streichen und uns auf das Personal der Schule konzentrieren.«

»Wir dürfen nicht vergessen, dass die Schulcomputer nicht nur von Lehrern und Schülern benutzt werden, sondern auch von den Erziehern im Hort, von Sozialarbeitern, der Schulgesundheitsschwester und so weiter«, gab Oksman zu bedenken.

»Das wird eine lange Liste. Die Lehrerinnen und Lehrer können wir nach dem Fall Markku Rantanen ja wohl ausschließen. Deren Hintergründe wurden schon hunderte Mal gecheckt.«

Linda klopfte mit dem Stift auf das Blatt, doch sie schrieb keine Zeile.

Über den Raum legte sich Stille. Einige Zeit sagte niemand etwas. Das Einzige, was zu hören war, war die Mine des Kugelschreibers, die über das Papier kratzte. Dann verstummte auch dieses Geräusch.

Oksman blickte auf und sah, dass Linda den Kugelschreiber in ihrer Hand anstarrte.

»Woher hast du den?«

»Den Stift?«, fragte Oksman »Von Hanna Vuorinen, der Mutter von Milja Vuorinen. Irgendeine IT-Firma.«

»Autosoft Consultants«, murmelte Linda.

»Sollte ich die kennen?«

»Ich habe auch so einen Kugelschreiber bei mir zu Hause.«

Zwischen Lindas Brauen bildete sich eine tiefe Furche. Sie sah Oksman an.

»Ari Kekäläinen, der IT-Lehrer an Lauras Schule. Das ist ein Stift seiner Firma. Was macht dieser Stift im Haus der Vuorinens?«

»Der IT-Lehrer«, konkretisierte Oksman. »Ist es derselbe, der auch beim Streit zwischen Oliver Nurminen und Laura Törmänen im Computerraum anwesend war?«

Linda nickte. In ihrem Magen rumorte es.

»Nächste Frage: Wer vom Personal der Schule ist in der Lage, Schülern eine E-Mail mit verborgener IP-Adresse zu senden?«

Linda schwieg.

»Wir müssen den Mann unter die Lupe nehmen. Wir treffen uns in einer halben Stunde wieder hier.«

Linda nickte stumm. Sie hatte das Gefühl, dass in ihrem Magen ein schwerer Eisenklumpen lag.

Eine halbe Stunde später kamen Oksman und Linda wieder in dessen Büro zusammen. Oksmans Augen leuchteten vor Begeisterung, Lindas waren dunkel und getrübt.

Oksman begann:

»Ari Kekäläinen, geboren am 28. Februar 1970 in Rovaniemi. Verbrachte seine Kindheit in Tornio, mit zwölf Jahren Umzug nach Siikalatva in Nordösterbotten. Abitur am Gymnasium Oulun Lyseo 1988, sechsmal die Bestnote Laudatur, Wehrdienst bei der Jägerbrigade Rovaniemi 1988–89. Dienstgrad Hauptgefreiter. Nach der Armee Zulassung zum Studium an der Technischen Universität Tampere. Abschluss als Diplom-Ingenieur 1992, Hauptfach Informations- und Elektrotechnik. Lehrbefugnis 1998. Arbeit mal hier mal dort. Vertretungsstellen unter anderem in Tornio, Rovaniemi und Helsinki. Die Firma Autosoft Consultants wurde bereits 1990 gegründet, als Kekäläinen noch Student war. Sie ist im Steuerregister gelistet, der Umsatz ist aber praktisch gleich Null. Verheiratet mit Katja Kekäläinen, geborene Nieminen. Geburtsjahr der Ehefrau ist 1981. Zwei Kinder, ein vierjähriges Mädchen und ein sechs Monate alter Junge. Die Wohnung befindet sich im Putimäentie im Westen Poris.«

»Verheiratet und Kinder?«

Um sicherzugehen, schaute Oksman erneut auf den Bildschirm: »Verheiratet seit 2010. Die Ehefrau ist ausgebildete Krankenschwester, laut dem Steuerregister aber seit längerem Hausfrau.«

Linda versuchte, ruhig zu bleiben, zitterte aber am ganzen Leib wie im Fieber. Ihr war gleichzeitig heiß und kalt.

Sie war verarscht worden.

Und sie war darauf reingefallen.

Das Gefühl tiefer Demütigung bahnte sich den Weg an die Oberfläche und stürzte sie in ein heftiges Gefühlschaos.

»Ich habe ihn zu mir eingeladen«, sagte sie mit dünner Stimme. »Er saß auf Linneas Bett und wir haben gelacht.«

Oksman schwieg.

Also sprach Linda weiter: »Ich habe Risto Heikkilä von der Kripo in Sastamala angerufen. Kekäläinen war ihm ein Begriff. Er hatte an der Sylvää-Schule kurzzeitig einen krankheitsbedingt ausgefallenen Lehrer vertreten, war aber zum Zeitpunkt des Mordes bereits nach Pori verzogen. Nichts hatte damals oder später auf Kekäläinen gedeutet. Er ist einzig in seiner Eigenschaft als Lehrer befragt worden. Heikkiläs Eindruck von Kekäläinen war der eines leicht zugänglichen und angenehmen Menschen.«

Oksman wartete ab.

»Und ich habe mit Hanna Vuorinen telefoniert. Ich habe sie gefragt, woher sie den Stift hatte, den sie dir gab. Zuerst wusste sie nicht, was ich meinte, bis es ihr wieder einfiel. Kekäläinen hatte Anfang März 2018 bei ihnen zu Hause den Router ausgetauscht. Sie haben zusammen Kaffee getrunken, und Kekäläinen hatte nichts für die Arbeit verlangt und nur den neuen Router in Rechnung gestellt. Mit anderen Worten, er hat das häusliche Umfeld des Mädchens ausspioniert und hatte Zugang zu ihrem Computer.«

»Der Stift«, erinnerte sie Oksman.

»Vuorinen hatte in der Schule erwähnt, dass sie bei sich zu Hause Probleme mit dem Internet hatte. Das war dem Direktor zu Ohren gekommen, und er hatte ihr gesagt, dass bei ihnen gerade ein Mann vertretungsweise als Informatiklehrer arbeite, der sich damit auskenne. Der Direktor gab ihr daraufhin den Werbekuli von Kekäläinens Firma, und ihre Mutter hatte am darauffolgenden Tag dort angerufen und ihn gefragt, ob er ihr helfen könne.«

»Wie ein Vampir«, sagte Oksman.

»Was?«

Oksman sah sie an. »Der Legende nach kann ein Vampir kein Haus ohne Einladung betreten.«

Lindas Magen krampfte sich jäh zusammen. Oksmans Äußerung ließ sie erschaudern. Ihr kam der Buchumschlag aus der Bibliothek in den Sinn, auf dem ein schemenhafter Peter Pan auf der Fensterbank stand und schlafende Kinder beobachtete.

Andererseits konnte sie sich nicht vorstellen, dass Kekäläinen jemandem Leid zufügte. Das war einfach unmöglich. Das musste ein Zufall sein. Sie hätte doch etwas gespürt. Immerhin war sie Polizistin.

Aber er hat dich angelogen und behauptet unverheiratet und kinderlos zu sein.

Hattest du bei Michael Coscos Lächeln eine Vorahnung?

Bosheit lässt sich nicht am Gesicht ablesen.

»Sterben wäre ein furchtbar großes Abenteuer«, sagte sie und fügte erklärend hinzu: »Das hat, glaube ich, Peter Pan im Buch von J. M. Barrie gesagt.«

Kurz darauf ergänzte sie, wie um den Samen des Zweifels zu säen: »Kekäläinen hatte eine Woche vor Laura Törmänens Verschwinden eine Hand-OP.«

»Hast du die Krankmeldung gesehen?«

Und als Linda nicht antwortet, sagte Oksman: »Wir fahren zu seiner Wohnung in der Putimäentie.«

»Zuerst muss ich sicher sein, dass Linnea zu Hause ist.«

»Wir nehmen die Waffen mit, nur zur Sicherheit«, sagte Oksman noch.

56

Als der Regen nachließ und die Wolken aufrissen, wurde es kühler, und der Wind regte sich. Linnea dachte, dass der Wintereinbruch nicht mehr lange auf sich warten ließe. In wenigen Wochen würde der erste Schnee fallen.

Noch einen Augenblick sah sie hinaus, riss sich dann von ihren Gedanken los, um sich wieder in das Mathebuch vor ihr zu vertiefen. Sie tippte etwas auf dem Taschenrechner, doch schon bald irrte ihr Blick erneut aus dem Fenster. Ihre Gedanken schweiften wieder ab. Die Wipfel der Bäume bogen sich in den Böen, über die Straße lief eine Frau in roter Steppjacke.

Die Schule war Linnea schon immer leichtgefallen, doch in letzter Zeit hatte sie Mühe, sich zu konzentrieren. In ihren Gedanken kreiste nun Peter. Im Geiste ging sie die Gesichter der Jungs durch, achtete auf ein Lächeln oder einen Blick, der das Geheimnis enttarnen würde, doch Peter blieb ein Rätsel.

Nimmerland.

Allein bei dem Gedanken beschleunigte sich ihr Puls. Es klang so romantisch. Sie wusste schon, was Nimmerland bedeutete.

Der erste Kuss.

Was sollte es sonst sein.

Sobald sich ihre Lippen zum Kuss vereinten, würden sie in das märchenhafte Nimmerland fliegen.

Ihr Telefon machte Bling. Linnea lächelte.

Hi Wendy!

Falls du noch mit mir ins Nimmerland reisen möchtest, könnte ich dich jetzt mitnehmen. –P–

L: Jetzt? Ich habe morgen einen Mathetest! PAA-NIIK! :D

P: Okay …

L: Willst du mich im Ernst genau jetzt sehen?!!! :)

P: Du nicht?

Linnea sah aus dem Fenster. Der Wind wirbelte trockenes Laub über den Bordstein. Ihre Mutter war arbeiten und sie allein. Sie wusste, dass sie eigentlich lernen musste, sie war schon jetzt zu spät dran, aber andererseits: Sie würde schon irgendwie klarkommen und überhaupt, was spielte ein Test überhaupt für eine Rolle? Eine verhauene Arbeit würde noch keine Auswirkungen auf die Zeugnisnote haben. Außerdem konnte sie vor dem Schlafengehen ja immer noch den Prüfungsstoff durchgehen.

L: Falls ich komme, denk dran, dass du versprochen hast, mich ins Nimmerland zu bringen! :)

P: Das werde ich. Wir fliegen dorthin.

L: Wo treffen wir uns?

P: Kennst du den Platz im Musa-Wald?

L: Den Spielplatz Inkkaripuisto?

P: Ja, genau den. In einer halben Stunde? Am Totempfahl.

L: Okay!

P: Komm allein.

Linneas Wangen glühten. Sie ging ins Bad und begutachtete sich im Spiegel. Das Gesicht eines Kindes! Ihr Telefon klingelte.

Es war ihre Mutter.

Sie stellte es lautlos und starrte es an, bis die Verbindung abbrach. Wenn ihre Mutter sie fragte, warum sie nicht ans Telefon gegangen war, würde sie sagen, sie hätte beim Lernen Kopfhörer aufgehabt.

Dann öffnete sie die Schminkbox ihrer Mutter, nahm sich Lippenstift, Wimperntusche und den Kajalstift heraus und begann mit langsamen Bewegungen ihr Gesicht zu pudern.

ZEHNTER TEIL

Lapin Kansa vom 06. 06. 1987

DIE POLIZEI INFORMIERT: KNOCHENFUND IM ULJUA-STAUSEE MIT SICHERHEIT MARIA RAHKOLA ZUGEORDNET

Es war der Schock seines Lebens. Im Netz von Väinö Siniranta, einem Fischer aus Siikalatva, hatte sich am vergangenen Sonnabend ein Büschel verfangen, das aussah wie die Haare eines Menschen. Am Abend des gleichen Tages bargen Armeetaucher Knochen aus dem Wasser, darunter den Schädel einer jugendlichen Person. Wie die Polizei Nordösterbotten heute bestätigte, konnten die Knochen der vor drei Jahren verschwundenen Maria Rahkola zugeordnet werden. Das damals dreizehnjährige Mädchen verschwand im September 1984 beim Beerensammeln im Wald. Zunächst war man davon ausgegangen, dass sie sich verirrt hatte. Das Gelände wurde daraufhin weiträumig abgesucht. Bisher ist nicht bekannt, wie die Leiche auf den Grund des künstlich angelegten Sees gelangen konnte, der sich in über dreißig Kilometern Entfernung vom vermuteten Ort ihres Verschwindens befindet.

57

Linda zieht sich um, schlüpft in das lange Sommerkleid und die Strickweste. Sie wäscht ihr Gesicht mit eiskaltem Wasser und starrt sich im Spiegel an. Endgültig wird ihr klar, dass es das Mädchen, das mit blühenden Fantasien allein nach Mailand aufgebrochen ist, nicht mehr gibt. Sie kämmt sich flüchtig die verfilzten Haare.

Dann begibt sie sich zur Tür, zieht sie vorsichtig auf und tritt ins Treppenhaus. So ganz begreift sie immer noch nicht, warum sie eingewilligt hat, sich mit Antonio zu treffen. Doch tief in ihrem Inneren weiß sie, dass es die richtige Entscheidung ist. Sie muss mit jemandem reden, und Antonio ist wahrscheinlich der einzige Mensch auf der Welt, der über genügend Einfluss verfügt, um ihr zu helfen. Ihr Wort gegen das von Cosco hat keinerlei Gewicht, wenn allerdings Antonio ihr beisteht, ist alles möglich. Und überhaupt, was hat sie schon zu verlieren?

Draußen ist es warm. Die Straßenlaternen leuchten. Es herrscht reger Verkehr. Nur vereinzelt sieht sie Touristen. Eine größere Gruppe Jugendlicher hängt an einer Straßenecke herum und schaut zu ihr herüber. Sie beschleunigt ihre Schritte. Die Luft ist schwer wie dichtes Gewebe. Vor ihr liegt der Park wie eine grüne Mauer. Sie überquert die Straße und lässt den Verkehrslärm hinter sich. Hier ist es ruhiger. Der Park wird von Lampen erleuchtet. Die Zikaden zirpen. Von irgendwo weht der Geruch nach gebratenem Fleisch herüber. In der Ferne spielt Musik.

Linda biegt in den Kiesweg ein. Über ihr recken Bäume ihre Äste zueinander. Ein älteres Paar kommt ihr entgegen, und sie tritt zur Seite in den Schatten der Bäume. Die beiden starren sie verwundert an, und sie drückt sich noch tiefer in den Schatten.

»Linda?«

Ihr Herz schlägt schneller und sie fährt herum.

»It's just me«, sagt Antonio und lächelt, seine weißen Zähne blitzen. »Ich habe mir solche Sorgen gemacht.«

Er kommt ihr mit ausgebreiteten Armen entgegen. Linda weicht ein paar Schritte zurück. Ihre Reaktion lässt sein Lächeln ersterben.

»Was ist passiert? Erzähl es mir.«

Linda blickt um sich. Instinktiv hat sie einen Platz gewählt, von dem sie bei Bedarf leicht entkommen kann.

»Cosco …«, kriegt sie heraus, ist aber nicht in der Lage weiterzusprechen. Was tut sie hier? Bildet sie sich das alles nur ein? Cosco und sie haben Alkohol getrunken und Kokain genommen. Sie haben sich berührt, gelacht. Es waren die falschen Signale, die sie Cosco gegeben hat. Gab ihm zu verstehen, dass auch sie es wollte … Gab es einen Zeitpunkt, an dem sie nein gesagt hatte? Linda ist sich ziemlich sicher, dass es so war, kann sich aber nur noch bruchstückhaft an die Situation erinnern. Alles darum herum versinkt im Nebel, der nach und nach verblasst. Doch an den Geruch im Raum kann sie sich erinnern. Den wird sie niemals vergessen.

»Cosco ist voll des Lobs, die Show … dein Auftritt.«

Linda antwortet nicht. Antonio kommt einen Schritt auf sie zu. Sein Gesichtsausdruck wird ernst.

»Hör mal, ich weiß nicht, was zwischen euch vorgefallen ist, aber ich bin nicht dumm. Die Hauptsache ist aber, dass du in Ordnung bist – und dass du nichts Dummes gemacht hast.«

Lindas Gedanken fallen in sich zusammen. Antonio sieht sie unter zusammengezogenen Brauen an.

»Etwas Dummes?«, stammelt sie.

Antonio sieht sie genau an und sagt mit gesenkter Stimme: »Hör mir gut zu, denn davon kann deine ganze Zukunft abhängen. Und nicht nur deine, sondern auch die deiner Familie, deiner zukünftigen Kinder, aller Menschen, die du kennst.«

Er macht eine Pause, um sicherzugehen, dass er ihre volle Aufmerksamkeit hat.

»Coscos Show war ein größerer Erfolg, als irgendjemand zu hoffen gewagt hatte. Die Fotos gehen gerade um die Welt. Ich kann mich nicht erinnern, wann mein Telefon jemals so heiß gelaufen ist. Jedes erdenkliche Modehaus will dich. Wenn du deine Karten jetzt klug spielst, wird es dir nicht an Ruhm oder Geld mangeln.«

Linda und Antonio sehen sich einen Moment in die Augen. Dann schmilzt der ernste Ausdruck in seinem Gesicht, und das Lächeln kehrt zurück.

»Linda, was ist los? Du solltest lächeln. Du bist in Mailand, es ist Sommer, du wirst berühmt. So wie Cindy …«

Linda, ich mache einen Star aus dir!

»Ich will nach Hause«, sagt sie.

»Nach Hause!? Du kannst jetzt nicht gehen! Erzähl mir doch erst mal, was passiert ist!«

»Cosco … er hat mich vergewaltigt.« Sie weiß nicht, warum sie das Antonio gegenüber ausspricht. Die Worte sind einfach so aus ihr herausgeströmt, als ob sie darauf gewartet hätten.

Antonio erwidert nichts. Sie sehen sich in die Augen. Der Wind knistert in den Blättern. Die Musik, die kurz verstummt war, ertönt jetzt wieder in voller Lautstärke von den Häusern. Antonio sieht sie ernst an, und bricht dann jäh in Lachen aus.

»Ich habe schon geahnt, woher der Wind weht«, sagt er. »Als Cosco erzählt hat, wie du dich benommen hast, war es mir klar. Ich habe es geahnt und deshalb angerufen.«

»Was war … klar?«, stammelt Linda.

Antonio fasst sie an den Schultern. Linda zuckt zusammen. Antonio sieht ihr streng, aber gleichzeitig väterlich sanft in die Augen.

»Nichts dergleichen ist passiert«, sagt er. »Verstehst du? Michael hat dich nicht vergewaltigt. Er hat dich nicht einmal berührt. Lass diese Gedanken erst gar nicht in deinen Kopf. Wenn ich mitkriege,

dass du auch nur ein Sterbenswörtchen in der Richtung verlauten lässt, werde ich dafür sorgen, dass man kein gutes Haar an dir lässt.«

Linda hat das Gefühl, als würde sich ein Eiszapfen durch ihr Herz bohren. Für einen Moment verliert sie jegliche Selbstkontrolle. Eine Mischung aus Weinkrampf, Panik und kochender Wut überkommt sie.

Antonio hält sie an den Schultern fest, sieht ihr in die Augen und erklärt ihr ruhig, als spreche er mit einem Kind über die einfachste Sache der Welt:

»Ich hätte dich für klüger gehalten, Linda. Dass du weißt, wie die Dinge in Mailand laufen. Oder glaubst du ernsthaft, dass ich dich, ein vollkommen unerfahrenes Mädchen, das kaum auf Stöckelschuhen laufen kann, für die Show von Michael Cosco engagiert habe, weil du so außergewöhnlich bist? Ich dachte, du verstehst, dass Dienstleistungen mit Dienstleistungen bezahlt werden. Ich habe dich Cosco vorgestellt, weil ich mir sicher war, dass wir uns verstanden haben.«

Linda will etwas sagen, aber Antonio schneidet ihr das Wort ab.

»Ich weiß, dass du das verstehst … nun, wie gesagt, auch in Zukunft warten viele Jobs auf dich. Aus dir kann alles werden, was du nur willst, doch das setzt voraus, dass du deinen Mund hältst. Es ist rein gar nichts passiert. Derartige Anschuldigungen können dich sogar ins Gefängnis bringen. Michael ist eine sehr einflussreiche Person in dieser Stadt und darüber hinaus.«

Tränen schießen ihr in die Augen, ihre Beine geben nach. Dann packt sie der Zorn. Sie reißt sich los und rennt in Richtung Kiesweg. Antonio läuft ihr nach und holt sie an der Kreuzung Via della Guastalla Via S. Barnaba ein. Er dreht sie zu sich um. Diesmal ist jede Süße aus seinem Gesicht verschwunden. Seine Augen funkeln wie zwei glühende Kohlen.

»Du verdammtes Flittchen!«

Linda will weitergehen, doch Antonio hält sie grob am Arm fest.

»Lass mich los!«

Aber Antonio hat nicht die Absicht, sie loszulassen. Stattdessen wird sein Griff um ihren Oberarm grober. Linda stöhnt vor Schmerz auf.

»Jetzt hörst du undankbare nichtsnutzige Göre mir mal zu! Du wurdest engagiert, um Coscos Schwanz zu lutschen, und du hast den Job angenommen. Und für diesen Schlampendienst haben wir dich auf den Olymp gehoben. Kannst du dir vorstellen, wie viele Schlampen Schlange stehen, um deinen Platz einzunehmen? Du denkst, du bist etwas Besonderes, aber du bist ein Nichts. Ein absolutes Nichts. Die Stadt ist voll kleiner Pussys wie dir.«

Und nach einer kurzen Pause: »War ich jetzt deutlich genug? Verstehst du nun, wie der Hase läuft? Und nun sei ein braves Mädchen, denn ich glaube, das bist du, geh in deine muffige Bude zurück, wähl die Nummer deines Agenten und sag ihm, dass du dabei bist. Ihr werdet beide sehr reich werden.«

»Ich … will nicht«, presst sie hervor.

Die Gedanken schießen ihr wie Meteoriten durch den Kopf. Der Boden unter ihr schwankt. Antonios Griff tut ihr weh. Er blickt sich um, ob sie jemand sieht und stößt sie dann gegen die Hauswand. Sein Gesicht ist nur wenige Zentimeter von ihrem entfernt. Deutlich kann sie die Mischung aus Zigarre und Kaffee in seinem Atem riechen.

»Es ist so, dass du es nur in dieser Stadt – und nirgends sonst – noch zu etwas bringen kannst. Von diesem Moment an bist du nichts als ein Stück Scheiße. Kapiert? Ich werde persönlich dafür sorgen, dass du keinen einzigen Modeljob mehr bekommst. Niemand wird dir deine Märchen glauben.«

Antonio lacht und sieht sie abfällig an.

»Fick dich, du nichtsnutzige Fotze. Zu schade nur, dass ich dich nicht zuerst flachgelegt habe. So muss ich Coscos Worten glauben, dass es spärlich war. Michael und ich sind unantastbar. Uns gehört diese Stadt. Du bist beileibe nicht die Erste, und nach dir werden

noch Hunderte kommen. Wenn du den Mund aufmachst, werde ich dich vernichten.«

Er fasst mit der anderen Hand an Lindas Brust und drückt derb zu.

In diesem Moment legt sich in Lindas Gehirn ein Schalter um. Als würde eine andere, bedeutend ältere und kräftigere Person die Regie übernehmen. Ihr Gesicht verzieht sich vor Wut. Zwischen zusammengepressten Zähnen zischt sie auf Finnisch hervor: »Hände weg, du Arsch!«

Angesichts der plötzlichen Veränderung schreckt Antonio zusammen und lässt sie los. Noch bevor er reagieren kann, trifft ihn Lindas Tritt mit aller Wucht zwischen den Beinen, und er japst nach Luft. Er sinkt auf die Knie und hält sich den Schritt.

»Nie wieder!«, schreit sie. Der zweite Tritt trifft ihn im Gesicht. Seine Lippe platzt auf, Blut fließt ihm aus dem Mund und über das Kinn.

»Verdammte Hure«, ächzt er und kriegt ihren Rocksaum zu fassen. Linda versucht sich zu befreien, doch da reißt der Stoff. Sie will erneut zutreten, doch diesmal ist Antonio vorbereitet, weicht mit Leichtigkeit aus und umklammert ihren Knöchel.

»Ich bringe dich um!«, zischt er und beginnt sich aufzurichten, ohne Linda loszulassen.

Sie will ihr Bein losreißen, aber Antonio hält sie mit eisernem Griff umklammert.

»Ich töte dich!«

Antonio zieht an ihrem Bein, Linda strauchelt und fällt rücklings auf den Asphalt. In diesem Augenblick überkommt sie ein unerklärliches Selbstvertrauen. Alle Panik ist wie weggeblasen. Ihre Gedanken sind klar und eiskalt. Antonios Bewegungen dagegen steif und schwerfällig, sie weiß, dass sie ihm ordentlich weh getan hat. Trotz ihres Größenunterschieds hat sie zumindest für einen Moment die Oberhand. Da entdeckt sie einen scharfkantiges Stück Beton, das von der Bordsteinkante abgeplatzt ist, und hebt es auf.

Ruhig wartet sie, bis Antonio sich auf den Knien aufgerichtet hat und auf sie zugekrochen kommt.

»Du … stirbst«, keucht er.

Dann treffen sich ihre Blicke und verhaken sich zum letzten Mal ineinander. Ein Lächeln schleicht sich auf Lindas Gesicht, und Antonios zornverzerrtes Gesicht verschwindet aus ihrem Blickfeld. Den Bruchteil einer Sekunde später trifft ihn das Betonstück mit zerschmetternder Kraft an der Stirn. Ein seltsam dumpfes Geräusch ertönt wie von einem hohlen Baumstamm. Linda ist sofort klar, dass der Schlag tödlich war. Seine Stirn platzt auf, und Blut spritzt auf ihren Rock.

Linda richtet sich auf, streicht ihren Rock glatt und vergewissert sich, dass sie niemand gesehen hat. Sie lässt das Stück Beton neben ihn fallen und läuft ruhig davon. Doch dann kehrt sie noch einmal um. Sie wundert sich über sich selbst, wie sie so kühl agieren kann. Linda fasst Barbieris Leiche am Arm und schleift ihn ein paar Meter vom Fußweg auf die Straße, als wäre er überfahren worden. Sie beugt sich über ihn und durchsucht seine Taschen. Sie findet sein Portemonnaie und steckt es ein. Dann hebt sie das blutverschmierte Betonstück wieder auf und läuft rasch in Richtung Universität. Sie drückt sich eng an die Hauswände und bleibt im Schatten. Den Betonklotz wirft sie in den ersten Mülleimer, an dem sie vorbeikommt, und die Geldbörse in den nächsten. Sie hofft, dass das die Carabinieri etwas aufhalten wird und sie zunächst von einem Raubmord ausgehen.

Autos kommen ihr entgegen. Linda bemüht sich, ruhig zu laufen, und erreicht den Hof ihres Hauses. Im Treppenhaus lässt die Wirkung des Adrenalins nach, und sie beginnt zu zittern. Dann übergibt sie sich. Erst jetzt bemerkt sie, dass ihre Finger voller Blut sind.

Nur mit Mühe bekommt sie den Schlüssel ins Schloss. Im Flur sieht sie sich Aisha gegenüber.

»Guter Gott! Was ist passiert?«

Aisha kriegt sie gerade noch zu fassen und verhindert so, dass sie einfach auf dem Boden aufschlägt, und das schon zum zweiten Mal in dieser Woche. Aisha führt die zitternde Linda in die Küche und setzt sie auf einen der Stühle.

»Du bist von oben bis unten voller Blut. Deine Haare … und dein Kleid … wo blutest du?«

Aisha will sie untersuchen, doch Linda schiebt sie weg und sagt: »Das ist Antonios Blut!«

»Barbieri?!«

»Pssst«, macht Linda und sieht Aisha an. »Ich glaube, ich habe ihn getötet.«

Aisha presst die Hand auf den Mund.

Durch das offene Fenster hören sie die Sirenen herannahender Einsatzfahrzeuge. Linda steht auf und schließt das Fenster.

Aus Nadias Zimmer ist ein Rascheln zu hören. Linda und Aisha erstarren. Als es wieder ruhig ist, erzählt Linda alles, gefasst und ohne Aufregung: vom Casting, der Modenschau, dem Kokain in Coscos verstaubtem Atelier, der Vergewaltigung, dem Betonstück und dem Geräusch, als der Schädel aufplatzte. Aisha unterbricht sie kein einziges Mal. Als Linda fertig ist, holt Aisha die Wodkaflasche, die sie Linda zuvor weggenommen hatte, und gießt ihnen beiden ein Glas ein.

»Das tut mir alles so leid«, sagt Aisha. Dann fügt sie hinzu. »Du musst nach Finnland verschwinden.«

»Gehst du nicht zur Polizei?«

Aisha schüttelt den Kopf. »Ich bin mit fünfzehn vergewaltigt worden. Von zwei Klassenkameraden auf dem Schulweg. Ich habe bisher noch nie darüber gesprochen, aber seither ist kein Tag vergangen, an dem ich nicht daran gedacht hätte.«

Linda trinkt einen Schluck Wodka und ist dankbar für die Erleichterung, die er bringt.

»Du musst duschen«, sagt Aisha. »Und wir müssen das Kleid verschwinden lassen.«

Aisha hilft Linda beim Ausziehen. Dann sitzt Linda unter der heißen Dusche und sieht zu, wie das Blut in den Abfluss rinnt.

Als sie mit einem Morgenmantel bekleidet wieder in die Küche kommt, hat Aisha bereits Lindas Kleid zerschnitten und zusammen mit den Schuhen in drei verschiedene Plastiktüten verpackt und im Müll der Nachbarhäuser entsorgt.

»Im Hausflur waren Blut und Erbrochenes«, sagt Aisha. »Ich habe es so gut es ging weggemacht. Morgen buchen wir dir den ersten Flug zurück nach Finnland.«

»Warum tust du das für mich?«

»Weil ich das Arschloch sonst selbst umgebracht hätte. Jetzt kann dieses Schwein niemandem mehr etwas anhaben.«

58

Von außen wirkte das Haus völlig normal, ein Haus, in dem eine x-beliebige finnische Familie eben lebte.

Der Flachdach-Bungalow aus den Siebzigern war im Laufe der Jahre renoviert worden, hatte es aber inzwischen wieder dringend nötig. Der Rasen war vermoost, aber erst vor Kurzem gemäht worden. In einer Ecke der Terrasse stand ein Gasgrill aus Edelstahl, ein Kinderwagen stand verlassen unter dem Fenster. Im Sandkasten lagen verschiedenfarbige Förmchen und anderes Buddelspielzeug.

Linda und Oksman gingen zur Haustür. Der Wind zerrte trocken und kalt an ihren Jacken.

Linda drückte die Klingel. Nichts.

Die Erinnerung daran, wie sie vergeblich an der Tür ihrer Mutter geläutet hatte, übermannte sie.

Oksman betätigte versuchsweise die Klinke.

Die Tür sprang auf. Sie sahen sich an.

»Polizei!«, rief Linda ins Hausinnere hinein.

Es war schummrig, die Vorhänge zugezogen. Aus dem hinteren Teil des Hauses drangen schwache Geräusche.

Instinktiv legte Linda die Hand aufs Achselholster. Ihre Nackenhaare sträubten sich. Sie traten in den Flur und zogen die Tür hinter sich zu. Ein muffiger Geruch lag in der Luft, es war schwer zu sagen, woher er kam.

»Polizei. Wir sind im Haus. Ist jemand da?«

Plötzlich stand eine Gestalt vor ihnen.

Sie war so still im Flur erschienen, dass die Kommissare nichts gehört hatten. Lindas Herz setzte einen Schlag aus. Dann begriff sie, dass ein etwa vierjähriges Mädchen mit verwuschelten Haaren vor ihnen stand, das in einem viel zu großen Schlafanzug steckte. Ihre Zehen waren nackt, mit einer Hand schleifte sie einen zerzausten Plüschhund hinter sich her. Das Mädchen blickte sie an, ohne etwas zu sagen und schlich genauso geräuschlos davon, wie sie erschienen war.

Vorsichtig folgten sie ihr.

Sie kamen an der Küche vorbei. In der Spüle stapelte sich schmutziges Geschirr, teilweise noch mit Essensresten daran. Die Zeiger der Uhr klackten.

»Polizei!«

Das Dämmerlicht verdichtete sich. Nur durch die Vorhangstoffe drang ein schwacher rötlicher Schein.

Wieder stand das kleine Mädchen in dem schmalen Flur unversehens vor ihnen. Haare fielen ihr ins Gesicht, sie strich sie hinter die Ohren, doch sie rutschten sofort wieder zurück.

»Ist Mama oder Papa zu Hause?«, fragte Linda.

Das Mädchen antwortete nicht, schaute sie nur neugierig an und verschwand hinter einer Ziegelmauer.

Wir folgen einem weißen Kaninchen, dachte Linda. *Gleich werden wir fallen.*

Im Wohnzimmer auf der Couch saß eine Frau und stillte. Sie war extrem dünn und blass. Auch sie war noch im Nachthemd, obwohl es fast drei Uhr nachmittags war. Ein knochiger Arm stützte den Nacken des Babys. Sie schaute ihnen mit leerem Gesicht entgegen. Das kleine Mädchen im Pyjama kletterte zu ihrer Mutter aufs Sofa und blieb dort sitzen.

»Ist Ari zu Hause?«, erkundigte sich Oksman.

Die Frau schüttelte langsam den Kopf.

»Wo ist er?«

Sie antwortete nicht. Das Baby regte sich unruhig. Sie nahm es von der Brust, legte es sich gegen die Schulter und schuckelte es leicht, bis es sich beruhigt hatte.

Die Wanduhr tickte gleichmäßig.

»Wo ist Ari Kekäläinen?«

Als die Frau immer noch nichts sagte, blieb Oksman im Wohnzimmer, während Linda eine Runde durch das Haus drehte. Sie warf einen Blick in den Hauswirtschaftsraum und das Badezimmer. Die Fliesen starrten vor Dreck. Überall lagen Wäschehaufen. Linda durchstreifte das gesamte Haus und vergewisserte sich, dass Kekäläinen nicht zu Hause war, und kehrte dann ins Wohnzimmer zurück. Die Schummrigkeit, die Gerüche und die Unordnung sprachen eine deutliche Sprache. Linda hatte bereits dutzende ähnlicher Wohnungen gesehen. An solchen Orten wohnten Menschen, die sehr müde waren.

Jäh wurde Linda von Panik ergriffen. Sie sah sich an Stelle dieser Frau. Zu gern wäre sie an die frische Luft gestürzt und hätte aus voller Kehle geschrien.

»Wo ist Ihr Mann?«

Die Frau öffnete die Lippen, als wollte sie sprechen, entschied sich dann aber, weiter zu schweigen.

Oksman und Linda verließen das Haus. Oksman rüttelte am Garagentor. Es war verschlossen. Linda trat vor eine kleine Seitentür. Sie wurde von einem verrosteten Rasenmäher versperrt. Sie schob ihn beiseite und drückte die Klinke. Auch die Seitentür war verschlossen. Sie wischte das Fenster sauber, doch es war von innen zugeklebt.

Oksman stellte sich neben Linda. Sie hob einen Stein aus einem Beet und schmiss ihn gegen das Fenster. Das Glas zerbrach klirrend. Linda schob ihre Hand hindurch und musste feststellen, dass sowohl Tür als auch die Fensteröffnung von innen mit Glaswolle verkleidet waren. Ihre Finger erreichten die Schließvorrichtung. Sie drehte daran, die Tür öffnete sich, und sie konnten hineingehen.

Oksman betätigte den Lichtschalter. Mit leichter Verzögerung flackerten Neonröhren auf.

Sie befanden sich in einer Garage für zwei Autos. Anders als in den Wohnräumen war hier alles penibel geordnet. Nirgends ein Staubkorn, Oberflächen und Wände glänzten wie in einem Operationssaal. Die Werkzeuge lagen fein säuberlich in den Regalen oder hingen in Reih und Glied an Wandhaken. Ringschlüssel, Meißel, Sägen, Stechbeitel, ein Winkelschleifer und ein Akkuschrauber. Selbst die Winterreifen, die aufeinandergestapelt auf den Reifenwechsel warteten, sahen aus wie poliert. Die Decke war mit Akustikplatten verkleidet. Linda kicherte hörbar, doch die Dämmung schluckte jedes Geräusch.

In der Mitte des Bodens glänzte ein Abfluss aus Edelstahl wie ein einsames Auge. Daneben ein leuchtend gelber Hochdruckreiniger, der mit einem Schlauch verbunden war.

Sie liefen quer durch den Raum.

Die eine Hälfte der Garage war für den Wagen und die Werkzeuge vorgesehen, die andere Hälfte jedoch hatte eine komplett andere Bestimmung.

Hier stand in einer Ecke ein Bett, über dem ein Wirrwarr aus Stricken, Drahtseilen, Windenhaken, Flaschenzügen und Ketten zu sehen war. Auf einem Tisch daneben lagen Kabelbinder, Klebebandrollen und Haarlackspraydosen. Die Matratze des Bettes war mit einer durchsichtigen Schutzfolie bedeckt, die mit drei Gurten fixiert war.

Obwohl es absolut still war im Raum, glaubte Linda, Schreie zu hören.

Oksman rief bei der Einsatzzentrale an, damit auf schnellstem Wege die Technik und zwei Streifenwagen zum Haus geschickt sowie der Soziale Dienst informiert würde. Dann meldete er sich bei Manner.

»Wir brauchen umgehend eine Überwachung des Handys von Ari Kekäläinen. Schnell!«

»Ich kümmere mich darum«, versicherte Manner.

Linda hatte in einer Ecke etwas entdeckt. Sie zog Schutzhandschuhe über und trat zu einer Videokamera, die auf einem dreibeinigen Hocker stand. Sie entriegelte den Kamerabildschirm und drückte die Starttaste. Auf dem Monitor erschien ein handgefilmtes Video von der entkleideten Laura Törmänen, die bäuchlings auf der Abdeckfolie lag. Sie war gefesselt und fixiert, ihr Rücken bäumte sich heftig auf, ihre Augen waren vor panischem Entsetzen geweitet. Die Kamera zoomte auf ihr Gesicht, dann auf ihren Körper. Das Bild zitterte leicht, als die Kamera auf einem Stativ befestigt wurde. Dann trat der nackte Ari Keküläinen in den Bereich der Kamera, auf dem Rücken ein riesiges Peter-Pan-Tattoo, und legte sich auf Laura.

Linda schaltete die Kamera aus.

Oksmans Telefon klingelte. Er ging ran.

59

Ari Kekäläinen zog seinen Arm aus der Gipsschale und legte sie auf den Beifahrersitz. Dann zog er die Trageschlinge über den Kopf und legte sie neben den Gips. Er öffnete die Faust und ließ sein steifes Handgelenk kreisen.

Warmes Blut strömte in die Oberflächenäderchen, seine Haut kribbelte. Wie sehr er diese Verkleidung hasste, aber ein paar Tage musste er sie noch aufrechterhalten.

Er stellte den Rückspiegel ein, sah sich selbst in die Augen und fuhr sich mit der Zunge über die Zähne. Widersprüchliche Gedanken schossen ihm durch den Kopf.

Es war zu früh für eine weitere Entführung.

Alles in ihm zischelte, dass es zu schnell gehe und viel zu gefährlich sei.

Das war verrückt.

Wäre er vernünftig, würde er sich noch für eine Weile tot stellen, bis es wieder sicher wäre. So lange war es ihm dank seiner hervorragenden Selbstbeherrschung nun schon gelungen, nicht erwischt zu werden. Als er zum ersten Mal Blut geschmeckt hatte, war er vierzehn gewesen. Der Herbst 1984 und die ein Jahr jüngere Maria Rahkola. Alles war gelaufen wie in einem Märchen. Ihre Blicke hatten sich in der Theater-AG der Schule wieder und wieder getroffen.

Er als Peter Pan und Maria als Wendy, und er hatte sie mitgenommen als Mutter der Verlorenen Jungs. Dann waren sie sich zufällig im Wald begegnet, als hätte das Schicksal sie zusammengeführt. Er war wieder Peter und Maria wurde zu Wendy. Gemeinsam waren sie ins Nimmerland geflogen und hatten wunderbare Dinge zusammen gemacht. Wie natürlich sich alles angefühlt hatte. Danach gab es kein Zurück mehr, er war auf ewig zwischen zwei Welten gefangen.

Damals war alles ganz einfach gewesen, anders als heute, wo die jungen Leute sich der Risiken bewusst und auf der Hut waren. Auch die Polizeitechnik entwickelte sich immer weiter. Heute gab es überall Kameras. DNA-Untersuchungen, Telekommunikations- und Internetüberwachung. Es war unmöglich, keine Spuren zu hinterlassen. Der Spielraum war minimal, Fehler konnte er sich nicht leisten. Nicht damals, und auch heute nicht.

Und nun war er gerade dabei, den größtmöglichen Fehler zu begehen.

Doch egal, wie sehr er sich bemühte, er konnte seine Begierde nicht länger zügeln. Der Ruf aus Nimmerland war einfach zu mächtig. So war es ihm schon einmal ergangen. Damals in Helsinki. Jung und unerfahren war er gewesen, und fast hätte sein Verlangen alles verdorben. In jenem Jahr hatte er drei Mädchen entführt. Das war wunderbar, aber auch hochgefährlich. Damals hatte er sich geschworen, dass er nie wieder solch ein Risiko eingehen würde. Sonst konnte er nicht weitermachen.

Doch jetzt geschahen in seinem Inneren Dinge, die er einfach nicht mehr unterdrücken konnte.

Diese versoffene Polizistin hatte ihn zu sich nach Hause eingeladen.

Linneas Zimmer zu sehen, ihren Geruch einzuatmen und in ihrem Bett zu schlafen, hatte ihn an den Rand des Wahnsinns getrieben. Und jetzt gelang es ihm nicht, die Fantasien, die sein Gehirn ihm sandte, abzustellen.

In der Tat war er kurz davor gewesen, Linnea statt Laura zu entführen. Beide hatte er vom ersten Tag des Schuljahres an beobachtet und von beiden ein Profil angelegt. Sein ganzes Leben hatte sich nur noch darum gedreht, den Mädchen zu folgen. Alles, was er jemals gedacht oder getan hatte, zielte immer nur auf die nächste Entführung, die nächste Ekstase, bis zum Höhepunkt, zum Töten.

Dank seines Berufes konnte er ungefährdet durch die Kupferkabel in die Zimmer der Kinder gelangen und sie ausspionieren, so wie der fliegende Peter Pan durch die Fenster. Im Innersten von Schaltkreisen und Rechnern verbargen sich heute alle möglichen Benutzernamen und Passwörter, die privatesten Dinge eines Menschen, und er, er hatte die Macht, Zugriff darauf zu erhalten. Immer noch hatten die Menschen keine Ahnung, was Datensicherheit bedeutete, und bildeten sich ein, geschützt zu sein. Schließlich hatte das Zünglein an der Waage zu Lauras Gunsten ausgeschlagen. Nicht, weil er sich von ihr mehr angezogen fühlte, sondern einfach deshalb, weil sie die sicherere Alternative war.

Jetzt bereute er seine Wahl.

Hätte er sich gleich richtig entscheiden, wäre er jetzt nicht in dieser Situation.

Jetzt musste er auch Linnea bekommen.

Bedauerlicherweise war der Sand im Stundenglas ins Leere gerieselt, und ihm fehlte die Zeit, sie mit Chats weiter aufzuweichen. Wollte er noch in die Frucht beißen, musste er sofort und unverzüglich handeln.

Er startete den Transporter und fuhr rückwärts auf die Straße. Beim Blick zurück auf sein Haus sah er hinter den Vorhängen eine kleine Bewegung. Die Uhr im Armaturenbrett zeigte halb drei. Er war im Zeitplan.

Plötzlich sah er ein bekanntes Auto, das ihm entgegenkam. Schnell bog er in einen Seitenweg ein und hielt im Schatten einer Weißdornhecke. Er erkannte Linda am Steuer, den dürren Typen, der neben ihr saß, kannte er nicht. Er ließ das Auto vorüberfahren und beobachtete, wie Linda vor seinem Gartentor hielt.

Kekäläinens Miene verdunkelte sich.

Er wartete, bis die Polizisten im Haus verschwunden waren, und wendete.

60

Es klingelte an der Tür.

Linnea zuckte zusammen.

Sie hatte sich die Wimpern getuscht und trug gerade Lippenstift auf.

Wer war das denn? Vielleicht ein Paketbote, der eine der Sendungen brachte, die ihre Mutter ständig in Online-Modehäusern bestellte, obwohl sie nie eine Gelegenheit hatte, sie zu tragen.

Sie würde nie so werden wie ihre Mutter, dachte sie.

So erbärmlich.

Sie überprüfte ihr Make-up und fand, sie hatte sich verändert. Sie sah beinahe aus wie eine …

Erwachsene.

Wie ihre Mutter.

Plötzlich kam ihr der schreckliche Gedanke, vor der Tür könnte ihre Mutter stehen. Aber die wäre doch mit ihrem Schlüssel hereingekommen. Davon abgesehen war sie arbeiten, wie immer.

Linnea wusch sich die Hände, trocknete sie ab, ging zur Haustür und öffnete sie.

»Hallo«, sagte Ari Kekäläinen.

Linnea war verdutzt. Ihr Informatiklehrer war der Letzte, den sie erwartet hatte.

Sie errötete. Musste Mutter echt etwas mit ihrem Lehrer anfangen? Allein der Gedanke war zum Kotzen. Wie oft musste sie sich noch für ihre Mutter schämen?

Sie ließ ihn herein.

Kekäläinen zog die Tür hinter sich zu und lächelte. Linnea hörte, wie die Tür ins Schloss fiel.

»Meine Mutter ist nicht da«, sagte sie.

Kekäläinen zog Schuhe und Jacke aus. »Ich weiß. Sie hat mich gebeten vorbeizuschauen«, sagte er. »Hat sie dir nichts gesagt?«

Ihr fielen die Anrufe ihrer Mutter ein, die sie nicht beantwortet hatte, und nickte. »Ich wollte gerade los. Sie können im Wohnzimmer warten. Möchten Sie einen Kaffee?«

Kekäläinen stellte sich ihr in den Weg. »Das wird leider nicht möglich sein.«

Obwohl ein Lächeln auf seinem Gesicht lag, konnte sie die Veränderung spüren, die plötzlich in ihm vorgegangen war. Als wäre ein dunkler Schatten durch ihn hindurch gehuscht. Außerdem fiel ihr auf, dass sein Arm nicht mehr in einer Schlaufe lag und er auch keinen Gips mehr trug. Ein seltsames Gefühl befiel sie. Als ahnte sie eine Gefahr, obwohl nichts Bedrohliches ersichtlich war. Ein Instinkt regte sich tief in ihrem Inneren und sandte Warnsignale aus.

»Hast du dir mit einem Peter Nachrichten geschickt?«, fragte er unvermittelt.

Lindas Herz setzte einen Schlag aus. Woher wusste Kekäläinen von Peter? Sie nickte, weil sie nicht wagte, es zu leugnen. Die ganze Situation hatte jetzt etwas sehr Bedrohliches.

Das Signal wurde stärker: *Hau ab!*

»Das haben wir befürchtet. Ich bin also gerade noch rechtzeitig gekommen«, sagte Kekäläinen. »Es ist etwas Schreckliches geschehen. Peter ist nicht der, für den du ihn hältst. Er hat Laura Törmänen umgebracht, und jetzt ist er hinter dir her. Aber die Polizei weiß, wer der Mann ist. Deswegen hat mich deine Mutter angerufen. Sie nehmen den Mann gerade fest. Sie bat mich, bei dir zu bleiben, bis alles vorbei ist.«

Angestrengt verarbeitete Linnea das Gehörte.

Anfänglich verstand sie nur Bahnhof, doch als ihr klar wurde, worum es ging, fiel es ihr schwer, das Ganze zu begreifen. Angestrengt versuchte sie, die Puzzleteile zusammenzufügen, doch das alles war zu verwirrend und vielschichtig. Was Kekäläinen ihr gerade offenbart hatte, klang so unglaublich, dass sich das niemand ausdenken konnte – also musste es stimmen. Wie hätte er sonst von Peter wissen können, wenn nicht von ihrer Mutter?

Peter war in Wirklichkeit ein kranker Mörder.

Urplötzlich begriff sie, wie knapp das alles gewesen war.

Ihre Beine gaben nach, das Blut sackte nach unten, Tränen schossen ihr in die Augen.

Kekäläinen legte ihr seine Hand auf die Schulter und drückte sie sanft. »Alles gut. Es besteht keine Gefahr mehr.«

Er führte sie zum Sofa im Wohnzimmer.

Linnea war schwindelig. All die schrecklichen Geschichten, die über den Mord an Laura erzählt wurden, kamen ihr in den Sinn. Natürlich glaubte sie nicht alles, was sie gehört hatte, wie das von den festgesaugten Neunaugen oder der in den Hals gesteckten Spraydose. Jungs dachten sich so etwas aus, um Mädchen Angst zu machen.

Trotzdem lief es ihr kalt den Rücken herunter. Beinahe wäre sie dem Mörder geradewegs in die Arme gelaufen.

»Willst du ein Glas Wasser?«

Linda nickte. Kekäläinen ging in die Küche und füllte ein Glas mit Leitungswasser. Danach ging er ins Bad, und als er wieder herauskam, hielt er eine goldfarbene Haarlackdose in der Hand.

»Bedauerlicherweise haben wir nicht viel Zeit.«

61

Das Telefonat dauerte nur zwei Minuten, Oksman sah Linda dabei unverwandt in die Augen. Sie versuchte, in seinem Gesicht zu lesen, war aber nicht erfolgreich.

Endlich bedankte er sich für die Information und steckte das Handy weg.

Spätestens jetzt begriff sie, dass etwas nicht stimmte.

»Kekäläinens Handy konnte geortet werden.«

Linda starrte ihn an.

»Linda …«

So hatte sie ihren Kollegen noch nie gesehen. Sein Gesicht war grau, die Augen blickten verzagt wie die eines kleinen Kindes.

»Nun spuck es schon aus!«

»Linda, hör mir zu. Tu nichts Unüberlegtes. Kekäläinen ist bei dir zu Hause …«

Linda fuhr herum und stürzte zur Tür. Oksman war sofort hinter ihr, er versuchte, sie am Arm festzuhalten, ohne Erfolg. »Linda, nicht! Eine Streife ist bereits unterwegs!«

Oksmans Worte verhallten ohne Wirkung.

Sie stürmte hinaus und sprang ins Auto. Oksman hätte sie fast noch erwischt, aber als er den Türgriff schon in der Hand hatte, gab sie bereits Gas, und seine Finger rutschten haltlos ab. Mit quietschenden Reifen bog sie in die Kurve. Und verschwand aus seinem Sichtfeld.

Kurz sprintete er ihr hinterher, gab aber rasch auf. Ihr leerer Blick beunruhigte ihn. Es blieb ihm nichts anderes übrig, als zu hoffen, dass die Streife vor ihr am Haus eintreffen würde.

Er hörte noch das Quietschen der Reifen und das Jaulen des

Motors, der auf Hochtouren lief, als er sein Telefon wieder zur Hand nahm und den Einsatzleiter erreichte. Er informierte ihn darüber, dass Linda auf dem Weg zu ihrem Haus war.

»Sie hat ihre Waffe dabei«, sagte er weiter. »Information an alle Streifenwagen: Linda Toivonen ist unterwegs zu ihrem Haus, sie ist bewaffnet.«

62

Linda trat das Gaspedal durch. Der Motor heulte, die Reifen frästen sich in den Asphalt. Sie schoss mit wahnwitziger Geschwindigkeit davon. Sie holte alles aus dem Motor heraus und spürte die leblose, vorwärtsdrängende Kraft des Wagens.

Als sie auf eine breitere Straße einbog, musste sie eine Vollbremsung machen, sonst wäre sie in einen langsamer fahrenden Volvo gekracht. Die Reifen quietschten und hinterließen Gummistreifen, ihr Wagen brach aus und kam quer auf der Gegenfahrbahn zum Stehen. Sie hatte den Motor abgewürgt.

Wild schreiend schlug sie auf das Lenkrad ein.

Das hinter ihr fahrende Auto konnte gerade noch bremsen und hupte wütend. Linda ließ den Motor wieder an, legte den ersten Gang ein, gab Gas und riss das Lenkrad herum. Das Auto schoss vorwärts, fand die Richtung und fuhr mit qualmenden Reifen davon.

Sie beschleunigte. Laternenmasten, Verkehrszeichen, Fahrbahnmarkierungen sausten vorüber.

Wieder stockte der Verkehr vor ihr.

Wild riss sie das Steuer herum, fuhr über den Grasstreifen auf den Radweg und beschleunigte mit eingeschaltetem Warnblinker. Die Leute schauten ihr hinterher, jemand hupte, ein anderer nahm das Telefon zur Hand.

Ihr Telefon klingelte. Sie reagierte nicht darauf.

Wieder auf der Fahrbahn raste sie über grüne Ampeln und jagte den Motor hoch. Beim Einbiegen in ihre Straße war die Geschwindigkeit viel zu hoch. Schotter lag auf der Fahrbahn, und sie verlor die Kontrolle, versuchte gegenzulenken, bekam das

Auto aber nicht eingefangen. Die Räder trafen wieder auf Asphalt, doch es war zu spät. Sie geriet ins Schleudern, knallte gegen eine Reihe Briefkästen und räumte sie ab wie alle neune beim Kegeln. Ihr Wagen wurde in die Hecke des Nachbarn katapultiert und blieb dort stecken.

Linda riss die Fahrertür auf und rannte los. Bis zu ihrem Haus waren es nur ein paar hundert Meter. Zwischen den Dächern war der Klang herannahender Sirenen zu hören.

In ihrer Einfahrt stand ein Transporter mit der Aufschrift: *Autosoft Consultants – Wir helfen gerne!*

Das Blut surrte in ihren Ohren, im Mund der Geschmack von Münzen. Deutlich stieg ihr der ekelhafte Geruch nach Firnis, Staub, einem Ledersofa und Schweiß vermischt mit Rasierwasser in die Nase.

Ich mache einen Star aus dir.

Am Transporter vorbei rannte sie zur Tür und drückte die Klinke. Abgeschlossen. Sie zog ihr Schlüsselbund hervor. Ihre Hände zitterten, es fiel zu Boden. Sie hob es auf, suchte nach dem richtigen Schlüssel. Als sie ihn endlich fand, sprang die Tür auf.

Gedämpft drang Linneas weinerliches Schluchzen aus dem Inneren der schwach beleuchteten Wohnung. Linda zog ihre Waffe, entsicherte sie und ging hinein.

Sylvi Mäkelä hatte sich gerade Kaffee gekocht und mit der Tasse in der Hand ans Fenster gesetzt, als sie das Geräusch quietschender Reifen vernahm.

Sie sah, wie ein weißes Auto mit hoher Geschwindigkeit um die Ecke geschossen kam und außer Kontrolle geriet. Sofort sprang sie auf und schrie, als es in ihre Hecke raste. Dann konnte sie sehen, wie die Fahrertür aufgerissen wurde und eine Frau die Straße hinunterrannte.

So schnell sie konnte lief sie ins Schlafzimmer, um ihr Handy zu holen und den Notruf zu wählen. Dann zog sie ihre Daunenjacke über und trat ins Freie. Das Auto stand zur Hälfte auf ihrem Rasen. Sie schaute in die Richtung, in der die Frau davongelaufen war, doch sie war schon aus ihrem Blickfeld verschwunden.

Sie schilderte dem Mitarbeiter der Leitstelle, was vorgefallen war, und wurde aufgefordert, sich bis zum Eintreffen der Streife ruhig zu verhalten.

In diesem Moment fiel ein Schuss.

Kurz darauf ein zweiter, dritter, vierter.

Kalevi Hietanen war soeben dabei, das Gras vor seinem Haus zusammenzuharken, als er heulende Motorgeräusche, quietschende Reifen und einen Knall hörte, kurz darauf zersplitterndes Glas.

Eine Frau mit blonden Haaren raste in wilder Jagd an ihm vorbei. Gerade noch konnte er in ihr die Polizistin erkennen, die zwei Häuser weiter wohnte. Erst wollte er ihr hinterherrufen, ließ aber davon ab, als er ihren Gesichtsausdruck sah.

Er trat auf die Straße. Einige Nachbarn waren ebenfalls aus ihren Häusern gekommen, auch hinter den Fenstern waren Gesichter zu sehen. Vor dem Haus der Polizistin stand der Wagen einer IT-Firma. Die Haustür stand sperrangelweit auf. Vorsichtig näherte er sich, als wäre es ein schwarzer Schlund, der ihn zu verschlingen drohte.

Dann ein Knall.

Als drei weitere knallende Geräusche direkt auf das erste folgten, warf er sich auf den Bauch, schlug sich auf dem Asphalt das Gesicht auf und spürte, wie warmes Blut in seinen Mund strömte.

Viel später, als schon alles vorüber, Polizei und Rettungskräfte abgezogen und im Wohngebiet wieder Ruhe eingekehrt war, saß Kalevi in seinem Haus auf der Couch und lauschte dem Ticken der Uhr. Er hatte seine Beobachtungen der Polizei geschildert, doch immer wieder kehrten seine Gedanken zu einem bestimmten Moment zurück. Wie eine Schallplatte, die einen Sprung hatte und unentwegt das gleiche Stück spielte.

Unablässig sah er das Gesicht seiner vorbeistürmenden Nachbarin, vollkommen leer, und hörte die Schüsse, die stets aufs Neue in seinem Hinterkopf widerhallten.

Aus irgendeinem Grund hatte er der Polizei jedoch nicht gesagt, dass er gemeint hatte, kurz vor den Schüssen den Schrei eines jungen Mädchens und kurz darauf das bestialische Brüllen einer Frau gehört zu haben. Und auch jetzt noch, sobald er die Augen schloss, war da dieses Brüllen. Voller Schmerz, unmenschlich – und erfüllt von Wut.

Als Paloviita an Lindas Haus ankam, war die Straße voller Einsatzfahrzeuge der Polizei. Blaulicht wurde von den Fenstern und Wänden der umliegenden Häuser zurückgeworfen. Zwei Krankenwagen hatten sich zwischen die Polizeiwagen geschoben. Die Straße war abgeriegelt, Polizisten in Uniform zogen Absperrbänder um das Grundstück. An der Straße und auf den Grundstücken standen Neugierige allein oder in Gruppen, die Polizei bemühte sich darum, sie zurückzudrängen. Viele filmten das Geschehen mit ihren Handys. Es dauerte nicht lange, und die ersten Pressegeier gesellten sich ebenfalls dazu.

Nun würde sich die Geschichte von diesem Peter Pan in Windeseile in den Nachrichten verbreiten – und zwar nicht nur in Finnland, sondern überall. Und es würde lange dauern, bis sich das Medienspektakel wieder gelegt hätte.

Paloviita kam an Lindas Mietwagen vorbei, der immer noch mit zerknautschter Schnauze auf dem Nachbargrundstück stand. Auch um ihn wand sich blauweißes Flatterband. Auf dem Beifahrersitz lag ein Funkgerät und ratterte. Paloviita schaltete es aus. Sein Magen rumorte, im Hals steckte ein Kloß, der nicht weichen wollte.

Raunela und Salminen standen in Schutzanzügen auf der

Treppe. Raunela gab Paloviita ein Zeichen, dass er ins Haus konnte. Es gab Momente, in denen es einfach keine angemessenen Worte gab.

Die Technik würde Arbeit für Wochen, wenn nicht für Monate haben. Hier und in Kekäläinens Wohnung – ebenso wie in vielen Teilen Finnlands, wo die alten Fälle als Mordermittlungen wieder neu aufgerollt worden waren.

Im Haus roch es nach Kordit.

Es wimmelte von Menschen. Polizisten in Uniform, Kriminaltechniker, Rettungssanitäter. Auf dem Teppich im Flur ebenso wie an der Tür des Garderobenschranks waren Blutspritzer zu sehen. Paloviita kämpfte sich auf der Suche nach Linda vor. Die Couch im Wohnzimmer stand nicht mehr an ihrem Platz, auf dem Fußboden glänzte eine große dunkle Blutlache, die bereits dickflüssig zu werden begann. Die Patronenhülsen waren eingesammelt worden, die Fundorte auf dem Parkett markiert. Paloviita zählte, dass mindestens vier Schüsse abgegeben worden waren.

Dann erblickte er Linda, die gegen den Heizkörper gelehnt unter dem Fenster saß. Die Arme um die Beine geschlungen, den Kopf auf den Knien. Er zwängte sich zwischen den Polizisten hindurch und hockte sich neben sie. Linda hob das Kinn und ihre Blicke trafen sich. Paloviita schenkte ihr ein Lächeln, und Linda erwiderte es schwach.

»Linnea?«, fragte er.

Linda sah in Richtung Küche. Dort wurde Linnea gerade von einer Ärztin untersucht.

»Hat er …?«

Linda schüttelte den Kopf.

Paloviita legte seinen Arm um Lindas Schulter. Linda sah ihm in die Augen.

»Ich wollte ihm in den Kopf schießen.«

»Aber du hast es nicht getan.«

»Mit dieser Entscheidung muss ich nun leben.«

»Du hast richtig gehandelt. Eines Tages wirst du es auch so sehen. Glaub mir.«

»Er hatte Linnea in seiner Gewalt.«

»Er wird noch lange leben und für seine Taten büßen. Wenn man einen Menschen tötet, trägt man es sein Leben lang mit sich herum. Diese Last wird niemals leichter.«

»Ich weiß.«

Sie sahen sich an, und in ihren Blicken lag vollkommenes gegenseitiges Verständnis.

»Keine Lügen mehr«, sagte Linda.

»Was meinst du damit?«

»Das Auto.«

Paloviita brauchte einen Moment, bis er verstand, was sie meinte, und sagte: »Jetzt bist du nüchtern. Das ist schon vergessen. Niemand hat danach gefragt.«

»Ich will, dass du es zur Anzeige bringst. Ich werde mich stellen.«

Paloviita sah sie an.

»Ich bin betrunken gefahren. Ich hätte jemanden töten können, fast hätte ich es auch. Einen Jungen auf seinem Rad. Das muss ein Ende haben. Ich bin Trinkerin, eine Alkoholikerin, und wenn ich das nicht in den Griff kriege, werde ich enden wie meine Mutter. Ich habe all die Lügen satt, sie ziehen immer nur neue nach sich. Wenn ich jetzt damit durchkomme, werde ich mich wieder hinters Steuer setzen. Ich brauche Hilfe.«

Lange sahen sie sich in die Augen. Dann nickte Paloviita und reichte ihr seine Hand. Linda ergriff sie.

Der Arzt hatte Linneas Untersuchung beendet. Linda stand mühselig auf. Paloviita passte auf, dass sie nicht strauchelte. Linda ging in die Küche, zog einen Stuhl heran und setzte sich neben Linnea. Mutter und Tochter fielen sich in die Arme und drückten sich lange und fest. Paloviita ging vors Haus, wo inzwischen ein heftiger Wind wehte. Er trat hinter die Absperrbänder, zündete sich eine Zigarette an und schaute zum Himmel. Die Luft war klar, nur am Horizont zeichnete sich der Rand einer Wolke ab.

EPILOG

Es war ein schmuckloser Klassenraum, die Schulbänke waren an die Wand geschoben. An der Tafel standen die Mathematikhausaufgaben für den nächsten Tag, darüber hing das schwarz-weiße Porträt des Staatspräsidenten. In der Mitte des Raumes bildeten zehn Plastikstühle einen Kreis.

Linda saß mit dem Rücken zum Fenster, durch das rötlich verblassendes Abendlicht schimmerte. Ihr gegenüber saß eine etwa siebzigjährige, grauhaarige Frau, daneben eine Zwanzigjährige mit rundem Gesicht.

Die Sitzung begann mit einer allgemeinen Information über die Tätigkeit der Anonymen Alkoholiker und den Inhalt ihrer Treffen. Die Frau, die die Sitzung leitete, sprach zuerst über ihren eigenen Alkoholismus. Linda hörte schweigend zu. Sie war Doktorin der Medizin, hatte einen Ehemann und zwei erwachsene Kinder. In ihrem Leben gab es eine Lücke von etwa zehn Jahren, eine Zeit, an die sie praktisch keine Erinnerung mehr hatte, weil sie während dieser ganzen Zeit betrunken gewesen war. Trotzdem hatte sie ihre Arbeit erledigt, Freunde getroffen und war ihren Hobbys nachgegangen. Selbst während der Verteidigung ihrer Doktorarbeit stand sie unter Alkoholeinfluss, ebenso auf den Weihnachtsfeiern ihrer Kinder, im Fitnessstudio und bei Familienfeiern. Immer hatte sie einen Grund für ihr Trinken gefunden: mal war es eine Feier, dann wieder Trauer oder Stress.

Doch dann wurde sie gestoppt.

Bei einer morgendlichen Verkehrskontrolle der Polizei musste sie pusten: 1,2 Promille. Sie war auf dem Weg zur Arbeit, um ein achtjähriges Mädchen am Herzen zu operieren. Zu den AA habe sie aber erst viel später gefunden. Jetzt war sie seit sechs Jahren trocken, dachte aber immer noch täglich ans Trinken.

Dann war die nächste Teilnehmerin an der Reihe, und jede von ihnen erzählte ihre Geschichte. Einige Geschichten waren kurz, andere länger. Bei vielen lagen die Ursachen für ihre Trinksucht in den frühen Jugendjahren, bei anderen in jüngerer Zeit. Einige sagten nichts und gaben das Wort weiter. Auch Linda hatte vorgehabt, nichts zu sagen, doch als die Reihe an sie kam und sie das ermutigende Lächeln der anderen sah, öffnete sie den Mund und begann:

»Als ich ein Kind war, trank meine Mutter jeden Tag, und ich habe sie dafür gehasst. Jetzt bin ich selbst eine Mutter, die jeden Tag trinkt – und ich verabscheue mich dafür.«

Ausgezeichnet als »Bester Kriminalroman Finnlands 2020«

Arttu Tuominen
WAS WIR VERSCHWEIGEN
Kriminalroman
Aus dem Finnischen
von Anke Michler-Janhunen
416 Seiten
ISBN 978-3-7857-2761-4

Pori, Finnland. An einem stürmischen Herbsttag wird ein sturzbetrunkener Mann mit mehreren Messerstichen in einem Holzhaus ermordet. Ein typisch finnischer Mord – so der lakonische Kommentar der hinzugerufenen Kommissare. Der Fall scheint zunächst schnell gelöst: Im nahe gelegenen Wald wird noch am gleichen Abend ein verdächtiger Mann festgenommen. Doch für den Ermittler Jari Paloviita entpuppt sich der Mord als schwierigster Fall seines Lebens. Der Verdächtigte war in der Jugend sein allerbester Freund. Und Jari Paloviita verdankt ihm sein Leben ...
- Der erste Band in der international erfolgreichen Krimireihe des finnischen Bestsellerautors

Lübbe

Verbrechen, die nie vergessen werden ...

Arttu Tuominen
WAS WIR NIE
VERZEIHEN
Kriminalroman
Aus dem Finnischen
von Anke Michler-Janhunen
400 Seiten
ISBN 978-3-7857-2859-8

Eine Mordserie an älteren, pflegebedürftigen Männern hält die finnische Kleinstadt Pori in Atem. Als Kommissar Jari Paloviita eine SS-Uniform in der Wohnung eines der Ermordeten findet, nehmen die Ermittlungen eine unerwartete Wendung. Es stellt sich heraus, dass eines der Mordopfer in den 40er Jahren freiwillig an der Seite der Deutschen gekämpft hat. Aber trifft das ebenfalls auf den ermordeten Albert Kangasharju zu? Und warum kommen die vermuteten Kriegsverbrechen erst jetzt ans Licht und wer ist es, der sich nach so vielen Jahrzehnten auf diesen brutalen Rachefeldzug für womöglich ungesühnte Taten macht?
- Der in sich abgeschlossene dritte Band in der international erfolgreichen Krimireihe des finnischen Bestsellerautors

Lübbe

Der neue Polit-Thriller aus Finnland von Tuomas Oskari: Hochspannung pur!

Tuomas Oskari
IM STURM DER MACHT
Thriller
Aus dem Finnischen
von Anke Michler-Janhunen
368 Seiten
ISBN 978-3-7857-0046-4

Helsinki 2028: Der Einfluss extremer Parteien hat erschreckend zugenommen, und auf Beschluss der finnischen Regierung werden Flüchtlinge in einem »Transit-Zentrum« auf einer stillgelegten Kreuzfahrtfähre festgesetzt. Zudem will die Regierung einem internationalen Verbund faschistisch regierter Länder, angeführt von Italien, beitreten. Als die finnische Ministerpräsidentin den italienischen Kollegen in Helsinki empfängt, wird sie von einem Scharfschützen aus dem Hinterhalt erschossen. In dieser dramatischen Lage kehrt Leo Koski, der Ex-Ministerpräsident, nach Helsinki zurück, zunächst nur als Spielball mächtiger Männer. Doch bald erkennt er, dass ein Staatsstreich geplant ist. Und den muss er mit allen Mitteln verhindern!

Lübbe